KB107189

함께 피는 들꽃처럼

한승진

한승진 성공회대 신학과, 상명대 국어교육과, 한국방송대 국어국문학과 · 교육과 · 가정학과 · 청소년교육과를 졸업했다. 학점은행제로 사회복지학, 아동학, 청소년학, 심리학으로 학위를 취득했다. 한신대 신학대학원 기독교윤리학(신학석사), 고려대 교육대학원 도덕윤리교육(교육학석사), 중부대 원격대학원 교육상담심리(교육학석사) · 중부대 인문산업대학원 교육학(교육학석사), 공주대 특수교육대학원 중등특수교육(교육학석사), 공주대 대학원 윤리교육학과(교육학박사)에서 인문학적 소양을 쌓았다. 현재는 학점은행제 상담학 학사과정중이다.

월간 『창조문예』 신인작품상 수필로 등단하였고, 제 45회와 제 46회 한민족통일문예제전에서 산문부문 전북도지사상(차관급)과 제 8회 이준 열사 추모글쓰기 산문부문 주한네덜란트대사상(장관급)을 수상하였다. 익산 황등중학교에서 학교목사와 선생이면서, 황등교회 유치부 교육목사와 『투데이안』 객원논설위원과 『전북기독신문』 논설위원으로 활동하고 있다. 인터넷신문 『투데이안』과 『크리스찬신문』과 『전북기독신문』, 『익산신문』, 『기독교교육』에 글을 연재하고 있고, 대전극동방송 익산본부에서 청소년바른지도법(청바지) 칼럼을 방송하고 있다.

공동 집필로는 고등학교 교과서 『종교학』이 있으며, 단독 저서로는 『쉽게 읽는 기독교윤리』, 『함께 읽는 기독교윤리』, 『현실사회윤리학의 토대 놓기』, 『우리가 잊지 말아야할 것들』, 『종교, 그 언저리에서 길을 묻다』외 다수가 있다. 역서로는 『예수님이라면 어떻게 하실까』가 있다.

함께 피는 들꽃처럼

초판인쇄 2016년 04월 25일
초판발행 2016년 05월 02일

지 은 이 한승진
발 행 인 윤석현
발 행 처 박문사
책임편집 이신
등록번호 제2009-11호

주소 서울시 도봉구 우이천로 353 성주빌딩 3F
전화 (02) 992-3253 (대)
전송 (02) 991-1285
전자우편 bakmunsa@daum.net
홈페이지 http://www.jncbms.co.kr

ISBN 978-89-98468-97-2 03800 **정가** 19,000원

함께 피는 들꽃처럼

한승진

박문사

책을 펼치며

> "사랑하면 알게 되고, 알면 보이나니,
> 그 때 보이는 것은 전과 같지 않으리라."

조선 정조 때의 대문장가인 유한준이 한 말입니다. 나이 중년이 되다 보니 멍해지고 멈칫하는 순간이 많아졌습니다. 중년은 그런 대로 조급하고 불안하게 살아가는 청년의 시기를 넘어선 시기로 어느 정도 인생 경륜도 쌓였으니 마음이 진정되는 시기이기도 합니다.

한 가정의 가장이 되었고 제 품에서 곱게 잠든 4남매가 자랍니다. 나이 26에 들어간 대학 공부 이후 여러 고등교육기관에서 학사와 석사와 박사학위도 취득하면서 두루 교양도 쌓고 선생도 되고, 목사도 되고, 작가도 되고, 여기저기 신문과 방송에 연재도 하고 있으니 나름대로 화려하지는 않지만 그래도 열심히 살아온 삶입니다. 그러나 중년의 시기다 보니 숨 가쁘게 살아온 세월을 회상하고 주어진 사명을 되새기고 살아갈 일들을 생각하다보면 잠 못 이루기도 합니다. 어느 땐 아무생각 없이 늦은 밤에 커피를 마신 것처럼 괜히 가슴 뛰는 일이 많아지기도 합니다. 청춘은 아니나 아직은 피 끓는 열정으로 그만큼 제게 주어진 사명도 잘하고 싶고 하고 싶은 일들도 많습니다.

문득 잠 못 이루는 밤에 저 멀리 바라보이는 별빛을 보면서 오늘 밤에도 잠 못 이루며 치열하게 살아가며 고독에 잠긴 사람들을 떠올려봅니다. 멀고 먼 거리를 날아가는 비행기의 기장과 대양을 항해하는 항해사는 누가 대신해줄 수 없는 주어진 사명에 그저 묵묵히 온 밤을 지세워야 합니다. 여기엔 지금도 나라 지키는 국군 장병들이나 병원 당직 의료진들도 그렇습니다. 이들은 자신의 눈에 익은 별자리를 보면서 밤을 보내기도 할 것입니다. 이들은 저 마다의 고독한 밤이 있을 것입니다.

그리고 이 순간 저처럼 어디에선가 홀로 작은 불을 켜고 너무 일이 많다고 일을 어떻게 해야 할지 몰라 난감해하면서 지난持難한 삶을 한탄하는 이들도 있을 것입니다. 또한 미뤄왔던 선택과 결정을 해야 하는 사람들도 있을 것입니다. 물론 고민고민하면서 결단하고 계획해서 일을 해나가도 세상은 크게 달라지지 않겠지만, 아직은 스스로 무한한 가능성을 가진 존재이지 미미한 존재라고 믿고 싶지 않은 눈빛들도 있을 것입니다.

누군가 살면서 정말 무겁고 괴로운 선택을 해야 하는 순간이 언제였나 물어본 적이 있습니다. 이 질문에 다들 자신의 삶을 뒤돌아보면서 답을 쉽게 내리지 못했습니다. 그때 한 사람이 무거운 표정으로 단순하게 답을 하였습니다. 고등학교 때 가출하려고 마음을 먹었는데 그 순간 빗줄기가 쏟아졌다고 합니다. 그 빗줄기를 보면서 지금 가출해야 하나, 아니면 내일 가출할까? 라는 고민의 순간이 무겁고 괴로운 선택의 순간이었다고 하였습니다.

저는 중차대한 질문에 비해서 대답이 너무 가볍다고 생각하면서도 동시에 이런 생각도 해봤습니다. 사람이 살아가면서 늘 거창한 선택의 순간만 있는 것이 아닙니다. 매일 같이 점심메뉴를 골라야 하는 것처럼 선택으로 점철된 것이 우리의 삶이기도 합니다. 하지만 빗줄기가 아니라 태풍이라도 결코 막을 수 없는 결정과 선택의 순간도 있습니다. 제게 아내와의 결혼, 아이들과의 소중한 만남, 목사가 돼야만 하나, 선생이 될까 하는 고민은 그랬습니다. 하루하루가 소중하고 순간순간이 새로움으로 가득 찼던 청춘의 시간이 다 지나가고, 밤을 지새우면서 작은 선택을 위한 고민과 열정의 끝을 경험하게 되는 지금 이 순간이 힘들기도 하지만 그래도 큰 탈 없이 오늘에 이름이 감사하기도 합니다.

주변을 둘러보면 '진입금지', '관계자 외 출입금지' 이러한 문구를 자주 보게 됩니다. 이런 문구는 사람을 뒤로 물러나게 합니다. 그런데 이런 경고성 글보다 더욱 위압적으로 사람을 위축하게 하는 것이 있습니다. 바로 분위기입니다. 화려한 명품 갤러리나 고급 식당이나 관공서나 경찰서와 같은 곳은 누구나 들어갈 수 있게 커다란 문을 만들어 놓았지만 그 분위기로 사람을 위축시킵니다. 그런 곳이 익숙하지 않은 저와 같은 사람들은 그 분위기만으로 마음속에 출입금지라는 글자가 각인됩니다.

반면에 커다란 문도 없고, 입구가 어딘지도 모르는 골목 안 작은 식당이나 카페는 누구나 자연스럽게 발을 들여놓을 수 있습니다. 누구라도 어색하지 않은 마음으로 들어올 수 있도록 작고, 단출하지만 아주 편한 문을 열어놓고 기다리는 듯합니다. 화려한 문양으로 장식되어 자신을 뽐내는 컵은 아니지만 소박하기에 부담 없이 다가가기에 편안한 컵에 따뜻한 차 한찬이 정겹습니다. 오늘 문득 제가 이런 사람이면 좋겠다는 생각이 듭니다. 이런 제 생각과 느낌과 의견을, 삶의 이야기들을 담아내는 책을 내면 좋겠다는 생각이 들었습니다. 이런 생각으로 글을 씁니다.

이렇게 저렇게 큰 목적이나 부담 없이 쓴 하나하나의 글샘을 길어올리다 보니 어느새 단행본을 낼만한 분량이 채워졌습니다. "구슬이 서 말이라도 꿰어야 보배"라는 말처럼 그동안 여러 신문사와 방송에 연재한 다양한 주제를 담아낸 글들을 모았습니다. 분명 다른 주제, 다른 이야기이나 저만의 빛깔과 향기로 쓴 글이다 보니 그런 대로 모든 글이 하나의 맥으로 잇닿아 잇기도 합니다. 그것은 제가 생각해온 사람됨의 가치입니다. 이것이 이 책의 제목이 담아낸 의미입니다.

어떤 사람이 살고 있었습니다. 그 사람의 나이는 53살이었습니다. 오랜 세월 동안 불운이 겹쳐 허리를 펴고 살 수 있는 날이 좀처럼 없었습니다. 전쟁으로 입은 부상 때문에 왼손이 불구였고 몇 차례나 말단 공무원에 취직됐으나 오래 지속되지 못했습니다. 오히려 작은 실수 때문에 교도소에 끌려 들어가기까지 했습니다.

그런데 이 사나이가 어떤 계기로 시간이 너무 많아서였는지, 돈벌이 생각이 났기 때문이었는지, 또는 창작 의욕이 생겨서 이었는지는 알 수 없으나, 어쨌든 책을 쓸 결심을 했습니다. 과연 이 사나이는 누구일까요? 이 사나이가 쓴 책은 벌써 350년 이상이나 전 세계 사람들에게 열광적으로 읽혀지고 있습니다. 이 죄수의 이름은 다름 아닌 세르반테스, 그 책은 두말할 것도 없이 『돈키호테』입니다.

그의 일생은 참으로 흥미 있고 우리에게 깊은 뜻을 던져주고 있습니다. 젊은 시절에 활동하다 잊혀진 사람이 많은데 50대의 나이에 활력과 창조력을 잃지 않은 사람, 비록 몸은 감옥에 갇혀 있었으나 그의 정신은 훨훨 높은 곳을 날고 있었습니다. 어려운 역경에서 그는 승리자가 되었습니다. 우리는 누구나 승리자가 될 수 있습니다. 지난날의 게으름이나 나태함을 버리고 내일을 위해 열심히 살아가는 사람이야말로 진정한 승리자입니다.

플라톤은 사람은 태어날 때 반쪽 인간으로 태어나 어느 시기에 다른 반쪽과 만나 온전한 하나의 인간을 이룬다고 했습니다. 이 온전한 하나의 인간이 미래입니다. 50대의 늦은 나이지만 이런 저런 삶의 질곡에서 삶의 의미를 발견했기에 세르반테스는 열정적으로 책을 쓸 수 있었을 것입니다. 그는 책을 쓰는 열정으로 그의 육체는 감옥에 갇혀 있었지만 그의 정신은 훨훨 하늘높이 치솟을 수 있었습니다.

저는 작은 농촌에서 작고 사소한 일들로 뒤엉켜 살아가는 그저 그런 소시민입니다. 그다지 화려하지도 유명하지도 높고 고상한 지위나 재력을 자랑하지 못하는 그저 그런 지극히 평범한 사람입니다. 제 역할은 언제든지 대체가 가능합니다. 그러나 저는 작은 곳에서 작은 생각과 느낌과 의견일망정 그것을 고이 간직해서 드러내고 있습니다. 이것이야말로 저만의 독특한 빛깔과 향기입니다. 글을 쓰고 책을 내는 작업에 쏟아붓는 작업이야말로 제겐 소중한 자유혼을 불태우는 삶의 희열을 만끽하는 행복입니다.

이 책은 지난 2015년부터 지금까지 월간 ≪기독교교육≫, 주간 ≪크리스챤신문≫, 주간 ≪전북기독신문≫, 주간 ≪익산신문≫, 일간인터넷신문 ≪투데이안≫, 일간 ≪전라매일신문≫에 연재한 글들과 대전극동방송 익산본부에서 진행한 청소년바른지도법(청바지)으로 매주 목요일 11시 50분－12시에 방송한 칼럼을 보완해서 엮은 것입니다. 이처럼 이 책은 각각의 필요에 따라 지면의 성격에 따라 빛을 낸 글샘입니다. 이런 글샘을 하나로 묶고 보니 다른 듯 같은 이야기인 것만 같습니다.

이 책의 독자를 기독교신앙인만이 아니라 비기독교인까지 아우르다보니 인용하는 성경구절을 읽기 쉽고 이해하기 쉬운 『우리말성경』을 중심으로 했고, 하나님은 부득이 존칭으로 하였으나 예수님은 예수로 해서 존칭을 하지 않았음을 밝히오니 이점 널리 양해바랍니다.

책을 내는 작업마다 그랬듯이 이번에도 감사한 분들의 사랑에 힘입어 책을 내게 되었습니다. 어눌한 책에 추천사를 써주신 한일장신대학교 신학과 예배설교학 분야 최영현 교수님께 감사드립니다. 사실 저와는 이른바 학연이나 지연이나 혈연으로 연결되지 않는 분이십니다. 목사로서 소속 교단도 다르고 세대도 다릅니다. 그럼에도 추천사까지 써주시는 호의를 베풀어주시고 귀한 사귐을 갖게 된 것은 교수님이 학식은 물론이고, 덕망을 두루 갖추신 분이시기에 가능했습니다. 작은 농촌 중학교 행사에 강사로 청함에 쾌히 응해주시고 오셔서 성심을 다해 주시곤 했습니다. 교수님과의 교우를 바탕으로 제가 섬기는 황등중학교가 한일장신대와 교류협약을 체결하고 상호 유익을 위한 일도 해나가고 있습니다. 교수님의 성실과 겸손은 제게 늘 교훈이 다가옵니다.

늘 넉넉한 웃음으로 격려해주시면서 엉성한 글을 교정해주신 황등교회 김순자 권사님에게 감사의 마음을 전합니다. 이 지면을 빌어 어려운 교육여건에서도 그 사명을 감당하느라 노고를 아끼지 않으시는 제 삶의 터전이요, 글의 샘터인 황등중학교 김완섭 교장 선생님 이하 교직원들 그리고 같은 재단 성일고등학교 김성중 교장 선생님과 교직원들에게도 감사의 말씀을 전하고, 학교법인 황등기독학원 재단이사회 조춘식 이사장님과 이사님들과 황등교회 정동운 담임목사님과 교인들에게도 감사의 말씀을 전합니다. 책을 낼 수 있도록 노고를 아끼지 않으신 도서출판

박문사 윤석현 대표님을 비롯한 여러분의 노고에 감사드립니다. 이 책을 만드는 과정에서 노고를 감당해 주신 노동의 일꾼들께도 진심으로 감사드립니다.

끝으로 매달 연재 글을 쓰고, 단행본으로 엮어내는 작업을 하는 동안 남편으로, 아빠로서 정성을 다하지 못함을 이해하고 용납해 주는 아내(이희순)와 아이들(한사랑, 한겨레, 한가람, 한벼리)에게도 고마운 마음을 담아 사랑을 전합니다. 가족은 제게 늘 큰 힘이 되고 삶의 원천이랍니다.

밤하늘의 별을 헤아려보는
여유를 만끽하는

한승진

추천사

모든 것은 저마다의 자취를 남기기 마련입니다. 걸어가는 사람은 발자국을 남기고 다리가 없는 뱀도 흙을 어지럽힌 흔적을 긋습니다. 심지어 날아가는 새마저 공기의 흐름을 자취로 남깁니다. 이러니 사람인들 그 지나간 향취를 어찌 남기지 않겠습니까? 한승진 목사님은 그 누구보다 살아내는 자취를 진하게 남기는 분이십니다. 당신의 말대로 숨 가쁘게 살아오셨고 그러다 보니 잠도 못 이루시는 때가 많았다 하십니다. 이런 한목사님의 삶은 가정과 학교에서 내 아이 남의 아이 구분 짓지 않고 넘나드는 것으로 요약이 됩니다. 그런데 이상하게도 이렇게 아이들을 가르치시고 지도하는 일상 가운데서도 늘 가슴이 뛰는 삶을 사십니다. 마치 "농밀한 카페인을 들이킨 마냥 가슴이 뛰는" 경험을 시시때때로 하신다는 말이 허투루 들리지 않는 것은 이 글타래를 봐도 알 수 있습니다. 그리고 그 일은 가르치는 일을 업으로 삼은 사람에게 결코 일상적이지 않은 일상인 것을 우리는 알고 있습니다.

그러나 이 가르침을 받는 아이들이야 따사로운 햇살 아래 꽃놀이겠지만 정작 그 선생님의 삶은 고단하기 이루 말할 수 없을 것이라는 예상쯤은 구태여 교편을 잡아본 일 없는 그 누구라도, 또 같은 호흡으로 이 시대를 사는 이라면 누구라도 미루어 짐작할 수 있는 일이기도 합니다. 그래서 한목사님이 잠을 이루지 못하며 고독에 부르르 떠시는 것이 한 다리 건너 남의 일처럼 무심히 여겨지지 않습니다. 이 책 중간중간 강조하신 그대로 감사, 또 감사일 따름입니다.

다행히 목사님은 이 고독에 함몰되지 않고 붓을 들어 세상을 밝히기로 결심을 하셨습니다. 그리고 마침내 희망을 이야기하고 있습니다. 이런 목사님의 글은 "전해라"라고 외치는 가수가 끝끝내 알려주지 않는 그 '전하는 사람'의 목소리이지 싶습니다. 이 책은 사람들에게 전하고 있습니다. 자신의 처지를 한탄하며 어떠한 수단과 방법을 동원해서라도 신분의 상승을 이루려고 하는 이에게 그래도 바르게 사는 것이 그 자리에서 최선이고 최상임을 전하고 있습니다. 자신을 지어준 (정신적인 혹은 물리적인) 고향 땅과 진득한 정이 배인 흙을 하시라도 떠서 마천루가 지어내는 신기루를 좇으려 하는 이에게도 참된 꿈의 묵직함을 전하고 있습니다. 기어이 한국을 "헬조선"이라 하며 떠날 궁리를 하고, 이 모든 것이 그저 장탄식으로 그칠 꿈인 것을 비관하여 종래에는 이 세상마저 등지려고 하는 모든 이들에게도 전합니다. 그래도, 아직은, 갈 때가 아니라는 것을 전합니다. 그러나 여전히 목사님의 어투는 부드럽고 상냥합니다. 그래서 전하라고 명령하는 그 높디높은 사람이 아니라 그 뜻을 오늘도 저에게 또 많은 아픈 친구들에게 담담하게 전하는 사람인 것이 분명합니다.

고덕산 자락에
넘어가는 해를 보며

최영헌

차례

1
어떻게 살 것인가

2
우리 모두의 책임입니다

3
공부도 행복하답니다

4
쳇바퀴에서 벗어나기

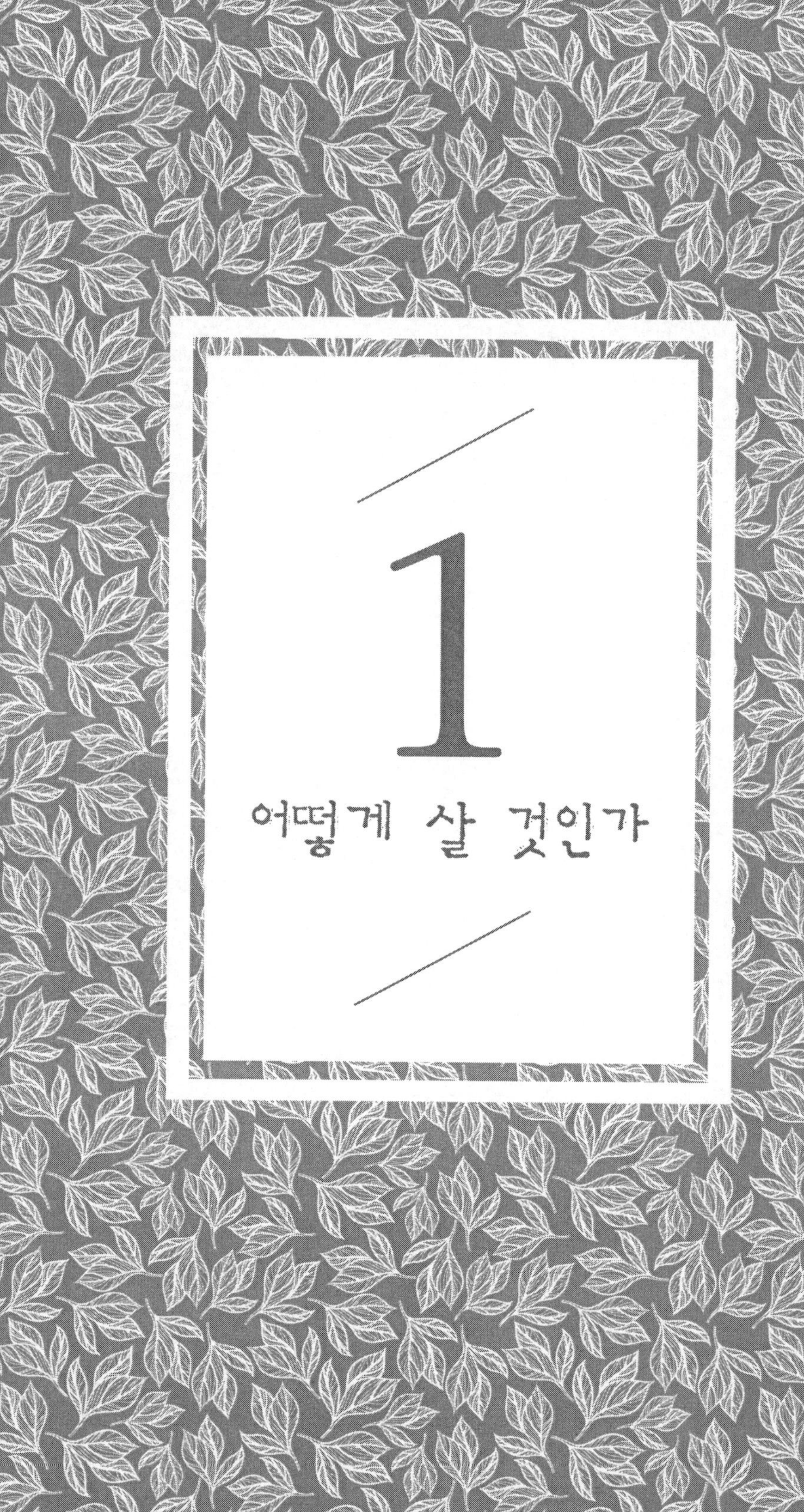
1
어떻게 살 것인가

관계 단절시대, 어떻게 살 것인가

──────────────── 여기저기서 암울한 소식이 넘쳐납니다. 극심한 취업난, 장기 내수침체, 최악의 가계부채에다 기업실적 악화 등 겹겹이 절벽에 갇힌 사회입니다. 서민들에게 다가오는 상실감이 큽니다. 그 중에서도 가장 큰 충격은 이로 인한 '관계의 단절'이라고 할 수 있습니다. 유달리 '연대와 공존의 가치'를 중시하는 우리의 전통적인 삶의 양식이 무참히 짓밟히면, 당사자로선 그 여파가 작지 않습니다. 가족의 연대의식이 희박해지는 가운데 개인 또한 사회로부터 소외되고, 국가로부터도 제대로 보호받지 못하고 있다는 불신감이 깊어갑니다. 이게 바로 이 시대를 읽을 수 있는 키워드입니다.

우리나라는 여러 지표상 삶의 질이 좋지 않은 편입니다. 경제협력개발기구OECD의 '2015 삶의 질' 보고서를 보면 우울한 모습이 고스란히 드러납니다. 공동체나 가족과의 유대가 심각할 정도로 악화돼 있습니다. 자신이 어려울 때 의지할 친구나 친척이 있는가를 측정하는 '사회연계지원' 점수가 72.37점으로 OECD 평균(88.02점)에 크게 못 미칩니다. 회원국 가운데 꼴찌입니다. 그밖에 여러 조사의 공통점은 개인 고립감이 더 커지는 쪽으로 초점이 맞춰집니다. 고령층일수록, 소득과 교육수준이 낮을수록, 육체노동자일수록, 임시직일수록 불안점수가 높아집니다. 취약 계층일수록 미래에 대한 불안감이 크게 작용하는 이치를 읽을 수 있습니다. 자신의 삶에 대한 불안감보다 그게 더 큽니다. 작용하는 요인을 외부 탓으로 돌리고 있습니다.

우리나라는 OECD 회원국 가운데 노인 빈곤율, 노인자살률이 각각 1위의 부끄러운 기록을 갖고 있습니다. 2년 후면 고령사회, 2026년엔 초고령 사회에 진입할 것이라는 전망에도 아직껏 고령 사회를 맞을 준비가 부족해 보입니다. 노인 4고苦로는 빈곤, 질병, 고독, 무위가 꼽힙니다. 65세 이상 고령자 4명중 3명은 삶에 만족하지 못합니다.

저출산-고령화 사회, 노인에게는 희망이 없는 사회입니다. 청소년들의 사정 또한 다를 바 없습니다. 청년 실업률이 10%에 육박합니다. 역대 최악 수준입니다. 체감실업률은 이보다 3배로 추정됩니다. 청년 10명 가운에 3명이 실업으로 사회와 단절돼 있는 셈입니다. 젊은이들이 나래도 펴지 못한 채 절망의 벼랑 끝으로 내몰렸습니다. 꿈과 희망을 포기하는 그들의 현실이 안타깝습니다.

그러니 가족 간 유대도 느슨해지게 마련입니다. 주요국가의 SNS와 뉴스에 나타난 행복과 불행의 연관어를 빅데이터로 최근 분석한 결과를 보니 주목할 만한 결과가 나왔습니다. 우리나라는 가족, 사랑, 감사, 엄마라는 단어가 행복과의 연관어로 나타났습니다. 행복의 조건으로 가족을 꼽는 나라는 우리나라밖에 없습니다. 한국인의 가족의존성을 감지할 수 있습니다. 한국인의 행복감은 먼저 가족 중심의 1차 집단과의 관계에서 파생되고, 그 다음으로는 2차 집단인 사회와의 관계에서 설정되고 있음을 알 수 있습니다.

쓸쓸하게 죽어가는 도시의 군상群像을 봅니다. 옆집에서 누가 아파서 꼬꾸라져도 등을 토닥여 줄 사람조차 없습니다. 누군가는 '외로운 영혼이 모인 도시'라고 했습니다. 궁극적으로는 사회가 평온할리 없고 국가가 제대로 돌아갈리 없다는 분석이 나옵니다.

지구상 그 누구도 여섯 사람 단계만 거치면 서로 아는 사이입니다. 이른바 6단계 분리 이론six degrees of separation입니다. SNS 확산 이후 그 간격이 더 좁혀지고 있는 추세입니다. 가까운 거리에서 서로 다층 복합적인 네트워크로 연결돼 있지만 스스로 자유롭지 못한 세상입니다. 군중 속의 심리적 고독과 소외감을 토로하는 모습 그 자체가 아이러니입니다.

세계는 하나입니다. 만유가 한 몸 공동체입니다. 만유는 상생의 고리, 서로 없어서는 살 수 없는 은혜의 관계로 연결돼 있습니다. 나의 작은 몸짓 하나가 모든 사람과 만물에 영향을 미칩니다. 상생으로 우뚝 서려는 지혜와 힘을 갖추는 일이 시급합니다. 나 자신의 존재에 대한 새로운 각성이 필요합니다. 숙고하는 삶, 깨어 있는 삶, 더불어 함께 숲을 이루는 공동체성을 회복하는 것이 시급합니다.

교육열의 건강성을 논의할 때입니다

──────────── 우리나라를 특징짓는 말 중에서 대표적인 것이 교육열입니다. 교육에 대한 열정으로 우리나라는 세계를 놀라게 하는 경제성장을 이룩했고, 근대적인 사회구성체의 실현도 이룩할 수 있었습니다. 그러나 '지나치면 모자람만 못하다過猶不及'는 말처럼 지나친 교육열은 우리 가정과 사회에서 여러 가지 문제점을 드러내고 있습니다. 그러다보니 교육열에 대한 비판이 여기저기에서 제기되고 있습니다.

교육열은 우리사회에만 존재하는 고유하거나 독특한 사회현상은 아닙니다. 교육열의 저변을 이루는 동기체제는 다른 나라에서도 쉽게 찾아볼 수 있는 보편적인 측면이 있습니다. 이는 교육을 통한 생계유지 수단의 획득, 사회공헌, 자아실현 등을 위해서 교육은 그 어떤 요소보다 중요하기 때문입니다. 그러나 교육열이 다른 나라와는 분명하게 구별되는 우리나라를 특징짓는 주된 요인인 것이 사실입니다.

우리나라의 교육열은 지나칠 정도로 과열되어 있고, 입시에 따라 편중된 교과중심이라는 특징을 보이고 있습니다. 그 열기가 오직 국·영·수와 같은 주요 교과목 학습만을 향해 있다는 점, 대학 진학이라는 한 가지 목적만을 향해 전력질주하고 있다는 점으로 특징지어집니다. 입시 과열이라 바꿔 말해도 지나치지 않은, 한쪽으로 치우친 교육열이 사회 전반으로 불타오르고 있습니다. 대입수능일에 온 나라가 긴장하면서, 혹시라도 수험생들에게 지장을 줄까봐 직장인들의 출근시간을 늦추거나 경찰인력까지 동원해서 교통안전으로 수험생의 수송을 돕는 나라는 우리나라밖에 없을 것입니다. 심지어 종교기관들도 앞을 다투면서 합세하고 있습니다. 종교기관들마다 수능 대비 40일 특별새벽기도회(법회)나 합격기원 특별기도회(법회)가 여기저기에서 펼쳐집니다.

이런 교육열은 이 시대를 살아가고 있는 우리 청소년들에게 진취적인 기상과 도전정신을 심어주어, 지하자원이 부족하고 분단으로 어려운 여건인 우리나라가 부강한 나라가 되기 위한 인적자원을 확충하기 위해서는 필수불가결한 것이라고 말하는 이들도 있습니다. 무한 경쟁이 당연시되는 사회에서 경쟁적인 교육열은 필요악이라는 것입니다. 그러나 이런 논리로 교육열이 갖는 문제들을 외면하거나 방관할 수 없습니다. 그 이유는 교육열이 갖는 비인간적인 요소들로 인해 청소년들이 심각하게 병들어 가고 있는지를 생각해봐야하기 때문입니다.

주요 교과목 중심의 대학 입시에 온 국민이 집중하는 풍토는 인성교육의 소홀이라는 결과를 가져올 수밖에 없습니다. 입시에서 중요하게 나오는 교과목들이 중요하게 교수-학습될 수밖에 없습니다. 학교는 주요과목 위주로 교육과정을 편재하고, 교사와 학생들은 이를 당연시할 수밖에 없습니다. 시험에 나오지 않고, 별로 중요하게 취급되지 않는 교과목들은 가볍게 여겨지거나 무시됩니다. 그러니 학생과 학부모들은 이런 교과목들을 배우는 데 시간과 돈을 쓰려하지 않습니다. 그럴 시간과 돈은 입시에 필요한 교과목을 익히는 데 쏟아 붓습니다. 심지어 걷는 데 들이는 시간과 체력이 아까우니 일일이 자가용으로 등하교 시켜주고, 집안 심부름은 일절 시키지 않으며, 친척들과 만나는 집안 행사보다 학원 참석을 더 챙기는 풍토마저 보이고 있습니다.

자신의 내면을 바르고 건전하게 가꿔, 다른 사람과 공동체와 자연과 더불어 사는데 필요한 인간다운 성품과 역량을 기르는 교육에는 관심이 없습니다. 우리가 살아가면서 필요한 배려, 감사, 공익성, 도덕성, 공감능력과 같은 인성의 함양을 기대하기 어렵습니다. 시험에 나오는 교과목 중심으로 가르쳐지고 배우는 것은 시험에 나오는 것들을 더 가치 있게 여기고 시험에 나오지 않는 것들은 은연중에 무시하는 풍토를 만들었습니다. 그러다보니 풍부한 인문교양을 통한 숙고熟考하는 인간이 될 수 없고, 예술적 감성을 통한 삶의 여유와 감흥도 알아갈 수 없습니다. 그러니 학교성적과 인성이 반비례하는 지경에 이르기도 했습니다. 이에 따라 청소년들은 이기적인 행동, 일탈, 자발성 결여, 타인배려능력 부족, 기초생활습관의 부재, 분노조절의 어려움, 욕설의 생활화, 폭력의 일상화 등의 반인륜적인 인성의 문제를 드러내고 있습니다. 출세와 부귀영화를 누리려는 수단을 쟁취하려는 목적의 교육은 과열過熱이지만 인성을 함양하기 위한 교육에는 소홀히 한 결과, 우리는 친구들을 상습폭행하고 따돌리며 자살에 이르게까지 하는 패륜을 서슴지 않는 청소년들을 양산해냈습니다.

최근의 여러 통계 자료들은 우리 청소년들의 학업스트레스가 고위험군에 있음을 보여주고 있습니다. 한국청소년정책연구원이 2011년 우리나라와 미국, 일본, 중국의 고등학생 7,293명을 대상으로 실시한 〈4개국 청소년 건강실태 국제비교조사〉 결과에 의하면, 우리나라 청소년들은 "최근 1년간 스트레스를 느꼈다"고 답한 비율이 87.8%로 4개국 중 가장 높은 것으로 나타났습니다. '공부문제(72.6%)'로 가장 많은 스트레스를 받고 있으며, 중국 59.2%, 미국 54.2%, 일본 44.7%에 비해서도 스트레스 강도가 훨씬 높았습니다.

통계청 자료에 따르면, 15~19세 청소년의 전체 사망 중 자살이 차지하는 비중이 2000년 13.6%에서 2011년 36.9%로 급증했는데, 10대가 자살을 택하는 주요 이유는 성적비관과 입시 스트레스였습니다. 자살을 생각해 본 10대들 중 절반 이상(53.4%)이 "성적, 진학문제로 자살충동을 느껴봤다"고 대답했습니다.

이렇듯 현재 우리나라는 성적이 낮은 학생뿐만 아니라 성적이 우수한 학생들까지 더 좋은 성적을 내야 한다는 압박에 시달리고 있습니다. 과중한 학업과 입시경쟁으로, 무기력한 감정과 스트레스에 무방비로 노출되어 있습니다. 평소 짜증과 답답함, 좌절감 등의 부정적인 정서를 많이 느끼고, 시험이 가까워오면 불안과 긴장에 빠집니다.

입시위주의 교육을 강조하는 것은 학교 안팎에서 학생이 경험하는 교육과정을 시험 준비과정으로 만들 수밖에 없습니다. OECD 국가 중 매년 수학, 읽기, 과학에서 최상위 성적을 보이고 고등교육 이수율은 2007년 이후 계속 1위를 고수하고 있지만, 앞의 통계지표들이 보여주듯 우리 청소년들의 학업스트레스는 점점 극으로 치닫는 현상을 보일 수밖에 없습니다. 정부에서는 학업스트레스가 자살 및 폭력과 같은 사회문제로 이어지는 현 위기를 돌파하고자 '인성교육을 통한 자살예방'과 같은 대책을 마련했지만, 국 · 영 · 수 중심, 수능 중심의 교육 열기가 그대로 존재하는 한 지금과 같은 병리현상은 그대로 지속될 수밖에 없습니다.

PISA*와 TIMSS** 등을 통해 나타나는 우리나라 청소년들의 학업성취는 매우 우수합니다. 그러나 정의情意적 영역에 대한 평가 결과는 매우 다르게 나타납니다. 이를테면 PISA 2006 과학의 경우, 전체 57개국 중 흥미는 56위, 자아개념은 56위, TIMSS 2011에서는 초등학교 4학년 학생의 수학 흥미가 전체 50개국 중 50위, 자신감 49위, 과학 흥미는 50위, 자신감은 48위였습니다. 높은 성적을 보이고 있는 지적 성취 결과와는 달리, 그 교과에 대한 내재적 동기intrinsic motivation를 가늠해 볼 수 있는

---

* **국제학생평가프로그램**Programme for International Student Assessment는 OECD의 과제의 하나로 15세의 학생들의 기술과 지식의 정책지향적 국제 지표를 제공하도록 설립되었습니다. 평가 영역은 읽기, 수학, 과학 세 분야입니다. OECD 회원국 중 의무교육 종료 단계에 있는 15세 학생을 대상으로 읽기, 수학 교육, 과학 교육, 문제 해결을 조사하는 것이 목적입니다. 국제적인 비교를 통해 교육 방법을 개선하고 표준화 관점에서 학생의 성적을 연구하는 것을 목적으로 하고 있습니다. 연구 프로그램의 개발이 1997년 시작되었습니다. 조사 데이터 파일이 모두 공개되며, OECD PISA 공식 사이트에서 구할 수 있습니다. 조사 대상은 OECD 회원국 중에 15세 3개월에서 16세 2개월의 학생이며, 학년은 고려되지 않습니다. 홈스쿨링을 통해 공부를 하는 학생은 제외되고, 학교 교육에 참여하고 있는 사람만을 대상으로 합니다.

** **수학 과학 성취도 추이변화 국제비교 연구**TIMSS, Trends in International Mathematics and Science Study는 중학교 2학년 학생들의 수학과 과학 성취도를 국제적인 수준에서 비교하고 그 변화를 파악하여 연구 참여국들의 교수 학습의 실제와 교육 정책을 상호 비교할 수 있는 정보를 제공하려는 연구입니다. 1990년에 시작해서 연구 절차나 방법의 타당성이 입증되어 온 이 국제비교 연구는, 연구 참여국의 수학 과학 성취도와 변화 추이 등 유용한 정보를 제공해 왔습니다. TIMSS 2007은 50개국이 참가하여 약 23 만 명을 대상으로 조사한 평가결과로서 우리나라는 150개교 중학교 2학년 학생 5,448명이 참가하기도 했습니다. TIMSS에서는 학생들이 무엇을 알고 할 수 있는지 국제적으로 보여주기 위해 4개의 성취수준(수월, 우수, 보통, 기초)을 설정하고 있습니다.

정의적 척도는 매우 낮게 나타났습니다. 성취도 수준은 높지만 스스로 잘 할 수 있다는 생각이 부족하고, 해당 교과목에 대한 흥미도 별로 없으며, 혼자서 주체적으로 학습할 수 있는 자기주도성도 매우 떨어진다는 모순적인 결과입니다. 막상 공부에 집중해야 하는 대학교육 단계에서 국제적 경쟁력을 갖추지 못하고 있는 우리교육의 현실도 이와 같은 내재적 동기가 결여된 이유입니다.

내재적 동기란 사랑의 욕구, 흥미, 호기심 등 내적이고 개인적인 요인들에서 유발된 동기를 가리킵니다. 활동 그 자체에 기쁨을 느끼고, 가치 있다고 생각되는 일에 몰두하게 만듭니다. 과제 자체나 그것이 가져다주는 성취감을 즐기며, 활동 자체가 보상으로 작용하기 때문에 어떤 처벌이나 유인책도 필요로 하지 않습니다.

반면 외재적 동기란 스스로의 의지와 무관한 요소들에 의해 동기화되는 것으로, 좋은 성적, 경제적 이익, 타인 혹은 사회로부터 인정받는 것을 목적으로 하는 동기입니다. 따라서 외재적 동기를 가진 학생들은 쉬운 내용 또는 자기에게 유리한 과목만 공부하게 될 가능성이 크며, 이런 영역에서는 내재적 동기를 가진 학생들보다 더 좋은 학업성적을 보이기도 합니다. PISA나 TIMSS에서, 우리나라 학생들의 학업성취도가 매우 뛰어나지만 그 과목에 대한 자신감, 자아개념, 흥미는 거의 꼴찌인 현상들이 바로 그 실례입니다.

외재적 동기를 가지고 학습하는 것이 부정적인 것만은 아닙니다만 지나치게 외재적 동기로 학습함은 장기적으로나 자발성과 자아실현의 측면에서 문제입니다. 더 좋은 평가를 받기 위해 초등학교부터 이어지는 선행학습은 학습효율을 크게 떨어뜨립니다. 각종 정의와 공식을 암기하기도 벅차니, 실생활과 접목된 교과 내용에 호기심과 흥미를 느낄 틈이 없습니다. 이는 지금은 잘 하지만 별로 흥미도 없고 앞으로 하고 싶지도 않아 염증을 내는 경우가 발생합니다.

초·중등 교육의 최종 목적이 궁극적으로는 대학에 진학했을 때 그리고 학교 밖으로 나갔을 때 효과적으로 기능할 수 있도록 준비시키는 것이라고 볼 때, 지금의 교육 열기는 분명 미래를 어둡게 하고 있습니다. 어떤 영역에서 현재는 잘 못한다고 하더라도 흥미와 관심을 갖고 혼자서 열심히 해 보려는 노력을 기울여 나가는 자발적인 동기를 기대하기 어렵습니다.

우리나라 청소년들에게 "무엇을 하고 싶냐?"고 물으면, 대다수가 "뭘 해야 해요?"고 반문합니다. 계속되는 입시위주 경쟁으로 암기식·주입식 교육에 매몰되어, 인간에게 가장 중요한 사람의 가치와 삶의 의미에 대한 질문이 없습니다. 꿈과 희망으로 자기 삶의 주인이 되기는커녕 다양한 활동의 기회를 박탈당한 채 무력하게 하루하루를 살아낼 뿐입니다. 이런 결과는 지금과 같은 우리나라의 교육제도, 교육 열기 속에서는 어찌 보면 당연한 일입니다. 입시에 나오는 교과목 중심으로 교육을 받게 됨에 따라 획일적인 교육과정 속에 암기 위주로 공부하는 과정을 제대로 따라가지 못하는 대다수 학생들의 성장 가능성을 제한하고 있습니다.

영국의 경우, 국가교육과정을 통해 학업 가이드라인을 제시하고 구체적인 학업지도는 각 학교의 재량에 맡깁니다. 학생들은 먹고 싶은 음식을 선택하듯 교과목을 골라 맞춤형 교육을 받을 수 있습니다. 역사, 무용, 드라마, 경제, 요리, 정보통신, 외국어, 관광, 음악 등 원하는 분야를 집중적으로 공부할 수 있기에 어렸을 때부터 전문성을 기를 수 있습니다. 그러나 우리나라는 대다수가 대학 입시를 목표로 하는 학교에 진학해서 똑같은 교육과정 속에 초·중·고등학교 12년을 보내게 됩니다.

자신이 진짜 원해서 하기보다 시켜서 하는 경우가 많은 공부를 억지로 하는 동안 내 꿈이 뭔지, 하고 싶은 게 뭔지를 생각해 보기란 쉽지 않습니다. 다양한 교육과정 속에 자기 스스로 선택하고 몸으로 체험해 보면서 자신의 적성과 소질을 계발해 나갈 기회가 드뭅니다. 이런 교육 현실에서 무슨 꿈을 꾸며 성장할 수 있을까요? 인문사회과학이라 부르는 사회, 역사, 철학, 윤리, 경제 등 인간과 사회에 관한 학문을 그저 달달 외울 뿐이니, 인문학적 상상력이나 숙고라는 사고가 가능할 수 있을까요? 능동적으로 사고하고 비판하는 능력을 발달시키지 못하고 생각하는 것 자체를 귀찮아합니다. 따라서 학교 교육과정을 제대로 따라가지 못하는 많은 수의 학생들은 학업에 흥미를 잃고 컴퓨터 게임, 핸드폰 게임 등에 빠지고 맙니다. 점차 학습에 흥미를 잃고 게임에 파묻혀 지내는 삶……. 당연히 자신의 꿈, 미래, 비전 등에 대해 진지하게 고민을 해본 적이 없습니다. 우리 청소년들이 진취성을 잃어가고 그들에게서 꿈과 희망을 찾아볼 수 없는 작금의 현실은, 병들고 피폐해진 대한민국의 단면을 보여주는 것만 같습니다.

이제 우리는 더 이상 단기간 동안만 유효한 목표에 집착하고 있는 과열된 입시교육 너머의, '진정한 교육열'이 요구되고 있는 시점에 직면해 있습니다. 교육열의 방향을 어떻게 하면 바람직한 방향으로 전환시켜 나갈 수 있을 것인지에 대한 깊은 성찰과 진지한 고민이 필요한 때입니다. 이런 방향전환은 교육열을 무조건 없애자는 것이 아닙니다. 우리 사회의 고질적인 입시교육과 지나친 경쟁을 하루아침에 인위적으로 없앨 수도 없고, 그렇게 한다고 해서 교육열이 가져온 문제가 다 해결되는 것도 아닙니다. 자칫하면 교육문제 해결도 못하면서 도리어 교육열이 가져온 장점마저 잃어버릴 수도 있습니다. 그러므로 시의적절한 해결책으로 우리의 현실인 교육열의 장점과 추동요인을 분석해서, 장점을 살려나가되 보완책으로 그동안 중요하게 다루지 않은 내재적 동기와 인성함양이 뒷받침되도록 교육과정과 입시제도와 학교교육을 개선해 나가야 할 것입니다. 학교당국과 학부모와 학생들은 무엇이 참된 교육인지를 되짚어보는 숙고하는 자세로 오늘의 교육을 반성하고 내일을 준비하는 지혜를 발휘해 나가야합니다. 이것은 오늘 우리 시대의 약자인 청소년을 위한 우리 어른들이 수행할 거룩한 사명일 것입니다.

오늘 우리에게 아버지란 어떤 의미일까요

엄마가 있어 좋다, 나를 예뻐해 주셔서
냉장고가 있어 좋다, 나에게 먹을 것을 줘서
강아지가 있어 좋다, 나랑 놀아줘서
아빠는 왜 있는지 모르겠다.…….

——————————— 언젠가 어느 초등학교 3학년 어린이가 쓴 '아빠는 왜?' 라는 시입니다. 이 시는 가정과 멀어져가는 가장들의 현실을 잘 반영했기에 많이 알려졌습니다.

요즘 아버지는 가족들 사이에서 왕따를 당합니다. 아버지는 투명인간 취급을 받으며 설 곳을 잃어가고 있습니다. 자식들과의 긴 대화는 사라진지 오래입니다. 지난 2014년 통계청에서 발표한 자료에 따르면, 청소년들 가운데 상당수가 아버지와 거의 대화를 나누지 않는 것으로 나타났습니다. 아버지와 대화하는 시간이 하루 평균 30분 미만이라고 답한 비율이 42.1%로 가장 많았고, 전혀 대화하지 않는다는 대답도 6.8%에 이르렀습니다. 아버지가 퇴근해 집으로 귀가하면 얼굴만 빠끔히 비추고 각자의 방으로 사라지는 경우가 대부분입니다. 저녁을 먹고 난 뒤 소파에 누워 TV를 보다 홀로 잠드는 아버지의 모습은 특별한 가정에서만 볼 수 있는 것이 아니라 많은 가정에서 쉽게 찾아볼 수 있습니다. 아버지가 맘 놓고 편히 쉴 수 있는 장소는 거실의 소파뿐입니다.

부계중심 사회에서 우리 아버지들은 가족의 생계를 책임지는 것을 본인의 가장 큰 책임이라고 생각합니다. 그러나 그 책임감은 아버지를 자식들의 문제나 집안 문제에 대해선 전혀 관심 갖지 않는 사람처럼 보이게 하기도 합니다. 아버지는 가족을 위해 한 눈 팔지 않고 열심히 일했으니 가족의 사랑을 듬뿍 받으며 자식들의 존경을 받으면서 행복하고, 뿌듯한 보람으로 더 열심히 있는 힘을 다해 일하리라 다짐해야하는데 실상은 그렇지 못합니다. 정작 결과는 가족과 멀어져 있습니다. 어찌보면 아버지는 가정에서 하나의 섬처럼 동떨어져 있는 존재입니다. 이런 상황은 아버지나 가족 모두 잘 압니다. 이를 개선해야함을 가족 모두 잘 압니다. 그러나 서로가 서로에게 선뜻 다가가지 못합니다. 서로에게 대화가 없으니 싸울 일도 없습니다. 그러니 평화가 가득해서 좋다고 말할 가족은 없습니다. 과연 이런 가정을 행복한 가정이라고 말할 수 있을까요?

오늘 우리 시대의 아버지들은 직장에서 남모를 고통 속에서 살아갑니다. 나라 경제는 추락을 거듭하면서 불안한 경제구조로 인해 직장에서 필요한 인원수를 줄여야한다는 이른바 구조조정에 따른 감원減員이 심심치 않게 이뤄지고 있습니다. 또한 실적實績을 강요하면서 저마다의 성과成果를 평가해서 그에 따라 진급과 감원을 결정하고, 성과급 지급에서 차등을 두는 것이 당연시되다보니 평생직장이란 말은 옛말인지 오래입니다. 그러다보니 직장이 제2의 가정이 아니라, 경쟁과 평가로 찬바람이 부는듯합니다. 이런 직장에서 위로는 상급자가 실적을 강요하면서 평가잣대를 들이대고, 아래로는 하급자들이 젊고 유능함으로 치고 올라오면서 자리를 위협합니다. 이처럼 힘들게 살아가는 아버지들은 가족들이 힘들어할까봐 집에서는 내색조차 하지 않습니다.

사마귀, 거미, 귀뚜라미, 전갈의 수컷은 짝짓기가 끝나면 튼튼한 유전자를 가진 자신의 2세를 위해 암컷에게 잡혀 먹힘으로써 임신부(?)의 영양 공급원으로 생을 마감합니다. 가시고기의 생애를 살펴보면 가슴뭉클한 감동이 일어납니다. 어미 가시고기는 산란을 한 후 힘들어 바로 죽습니다. 그러면 아비 가시고기가 그 알을 보호하는데 밤과 낮으로 먹지도 자지도 않고 15일 동안 보살핍니다. 결국 아비 가시고기는 기진맥진하여 죽게 되고 부화한 새끼 가시고기들은 아비의 살을 뜯어먹고 성장합니다. 죽어서도 새끼들의 밥이 되어주는 것입니다.

그런데, 그런데 말입니다. 얼마 전 어버이날을 며칠 앞둔 어느 날 경남 사천에서 30대 남매가 아버지를 살해하려다 미수에 그친 사건이 발생했습니다. 경찰에 따르면, 아버지에게 수차례 경제적 지원을 요구했다가 번번이 거절당하자 남매가 사전모의를 하고 전기충격기와 가스분사기, 농약, 각목까지 준비해서 아버지를 살해하려 했다는 것입니다. 통계청의 '부모 혹은 노인 부양에 대한 의식변화' 조사에서도 2002년에는 가족이 책임져야 한다가 70.7%였는데, 2012년에는 33.2%로 대폭 줄어들었습니다.

끼니조차 해결 못하는 무능한 흥부보다 최소한 자기 가족만큼은 풍요롭게 살 수 있게 한 놀부가 인정받는 세상이 된지 이미 오래입니다. 복지 시설에 근무하는 이들조차 아동복지는 유한有限하며 이 땅의 미래가 걸려있기에 희망적이지만, 노인복지에서는 한 사람의 클라이언트를 위해 도대체 언제까지 보살펴야 할지조차 모르기에 힘이 빠진다고 말합니다. 떨어지는 낙엽을 바라보는 스산한 가을날, 떨어지는 꽃잎을 바라보는 심정과는 비교도 할 수 없이 가슴이 먹먹합니다.

우리 아버지들은 아들과의 관계가 어떻습니까? 인터넷에서 골프를 아주 좋아하는 사람이 골프와 자식의 비슷한 점이라며 올린 글입니다. 내용은 다음과 같습니다. 첫째, 한번 인연을 맺으면 도무지 끊을 수가 없습니다. 둘째, 끝까지 눈을 떼면 안 된다. 공이 날아가는 것을 지켜보지 않으면 어디에 떨어졌는지 모르기 때문입니다. 셋째, 잘못 때리면 딴 길로 가서 다시는 돌아오지 않습니다. 넷째, 남들에게 자랑할 때는 부풀려 말합니다. 다섯째, 아무리 고액과외를 받아도 소용없는 것은 마찬가지입니다. 여섯째, 18홀을 다 돌면 더 이상 해줄 것이 없습니다. 자식에게 빗댄다면 18세가 되면 더 이상 해줄 것이 없다는 것입니다. 아버지와 아들의 관계성을 피상적이지만 굉장히 의미 있게 이야기하고 있다고 생각합니다.

카피라이터 정철은 그의 책 『인생의 목적어』에서 인생의 목적어가 될 만한 소중한 단어가 무엇인지 2,820명에게 물어본 결과를 담았습니다. 가족, 사랑, 나, 엄마 등의 순이었습니다. 아버지는 23위에 있었습니다. 이와 같은 결과를 보고 저자는 아버지 사직서를 내겠다고 이야기합니다. 그의 글입니다.

"본인은 일신상의 사유로 아버지직을 그만두려 한다. 아버지가 아버지답지 않게 감히 이런 결심을 하게 된 이유는 내가 아버지라는 사람 맞나 하는 생각을 떨칠 수 없기 때문이다. … 나는 아버지 공부를 했어야 했다. 아버지의 역할에 대해 조금 더 치열하게 고민했어야 했다. 조금 더 솔직했어야 했다. 나는 무능한 아버지로 보이는 것이 싫었다. 아니 두려웠다. … 이런 비겁한 말을 했다. 때로는 필요 이상의 호통으로 자식들을 제압했다. 아버지의 무능을 감출 수는 있었겠지만 자식들이 아버지를 이해할 수 있는 기회를 빼앗았다. 자식들이 어른이 되는 날을 한참 뒤로 미루게 했다. 아버지가 가져야 할 태도는 아니었다. 후회한다. 미안하다."

어떤 사람에게 아들과 대화를 하는지 물었더니 그렇다고 대답합니다. 잘 놀아도 준다고 합니다. 참 좋은 아버지라고 하며 아들의 나이를 물으니 '두 살'이라고 말합니다. 대부분의 아버지들이 그럴 것입니다. 자녀가 어릴 때는 잘 놀아주다가 자녀가 초등학생, 중학생이 되면 서서히 멀어집니다.

많은 사람들이 이야기합니다. 돈을 버는 것도 힘들고, 세상에서 잘 나가는 자리를 차지하는 것도 힘들지만 그래도 그것들은 열심히 하다보면 뭔가 얻을 수 있는데 자식 농사만큼은 정말 어렵다고 말입니다.

우리가 아버지 되는 연습을 안 했기 때문에, 아버지가 처음 되어보기 때문에, 배우지 않은 채 아버지가 되었기 때문에 아버지의 역할을 잘 못합니다. 이것이 우리의 실상입니다. 아버지들이여 아이에게 표현해야 합니다. 네가 얼마나 소중한 아이인지, 네가 있음으로 내 인생에 얼마나 많은 기쁨이 있었는지 아이에게 표현해야합니다. 모든 아이들은 아버지에게서 그런 말 듣기를 기다리고 있습니다. 그런데 사실 아버지들이 그러한 이야기를 못하는 이유는 아이를 무서워하기 때문입니다. 아이가 어렸을 때는 큰소리를 쳤으면서도 자녀가 나이가 들면 아버지는 자녀들을 무서워합니다. 그런 이야기를 했다가 아들이 픽 웃으며 조롱하거나 비난할까봐 겁이 나는 것입니다. 이처럼 모든 아버지들은 겁이 많습니다. 그러니 자녀도 표현해야 합니다. "아버지가 제게 주신 것들을 기억해요. 아버지가 제 아버지인 것이 참 감사해요"라고 말입니다.

우리의 아버지가 얼마나 소중한 분입니까? 우리의 생명의 근원입니다. 우리에게 사랑을 가르쳐 주신 분이고, 인생은 이렇게 살아야 한다고 우리를 깨닫게 해 주신 분입니다. 세상에서 나를 사랑하는 사람은 내 아버지입니다. 아버지는 우리의 어린 시절, 우리의 영웅이었습니다. 어렸을 때 아버지를 좋아하지 않은 아들과 딸은 없을 것입니다. 아버지가 없으면 마치 내가 존재하지 않는 것처럼 여겼고, 혹시라도 아버지가 나를 놓칠까봐 손을 꽉 붙잡기도 했습니다. 아버지의 얼굴이 안 보이면 울기도 했습니다.

그런데 어느 날인가부터 우리는 우리의 아버지를 평가하기 시작합니다. 아버지에게 강력하게 항의를 하기도 하고, 심지어 아버지를 비난하고 조롱합니다. "나는 아빠, 엄마처럼 살지 않을 거야!" 큰소리까지 칩니다. 그리고는 아버지는 나를 이해하려 한 적이 없다고, 나와 시간을 보낸 적이 없다고 소리를 지릅니다.

그러다가 사랑하는 사람을 만나서 결혼하고 자녀를 낳아 키우면서 깨닫게 됩니다. 나에게 두 팔과 두 다리가 있고, 이만큼 온전하고 건강하고 자랄 수 있었던 것은 아버지가 나를 세심하고 돌보고 한결같이 사랑해 주었기 때문이라는 사실을 말입니다. 부모가 된 후에야 비로소 내가 아버지로부터 얼마나 큰사랑을 받았는지 깨닫게 됩니다. 늦은 나이에, 때로는 아버지가 돌아가신 후에야 아버지를 용서하려는 마음이 생기는 것이 우리 삶의 패턴입니다.

우리는 모두 이상적인 아버지상과 현실적인 아버지상 사이에서 갈등합니다. 옛날에는 경제적으로 부양만 잘해도 '좋은 아버지'라고 했습니다. 하지만 최근에는 아버지상이 달라지고 있습니다. 대화하는 아버지, 자녀와 정서적 유대를 지닌 아버지, 자녀양육에 참여하는 아버지 등 아버지에 대한 기대가 자꾸 바뀌고 있습니다.

아들들은 기억해야 합니다. 우리 아버지들은 자녀에게 이상한 소리를 들을까봐 겁을 먹고 있다는 것을 말입니다. 그러니 표현해야합니다. "아버지 덕분에 제가 이만큼 자랐습니다. 여기까지 올수 있었습니다. 아버지, 사랑합니다." 어머니와 딸들의 관계도 마찬가지입니다.

'아빠, 어디 가?', '나는 아빠다' 등 부성애를 소재로 하는 TV 프로그램이 20 · 30대 층에서 인기를 얻으며 뜨고 있습니다. 아버지에게 따뜻한 말 한마디 건네기 힘든, 또 아버지를 피하기에 급급한 자식들이지만 그래도 이들이 아버지의 사랑을 느끼고 싶어 한다는 것은 아이러니합니다. 가정에서 느끼지 못하는 부성애를 스크린 상으로 느끼려는 것은 아닐까 싶습니다. 어쩌면 세상에서 가장 어려운 직업은 아버지입니다.

세상 풍파에 부딪치며 지친 몸을 이끌고 집으로 돌아왔지만 반겨주는 이 하나 없이 차가운 소파에서 눈을 붙이는 우리의 아버지들. 오늘 그런 아버지를 일으켜 따뜻한 말 한마디 건네 봅시다. 응원과 격려는 아버지의 처진 어깨를 추켜올릴 수 있을 것입니다.

아버지를 단순히 가족을 부양해야하는 것으로만 생각해서는 안 됩니다. 아버지들은 철인鐵人이 아닙니다. 아버지들에게 위로와 격려가 절실합니다. 누가 있어 아버지들에게 따뜻한 말을 건네고 용기를 줄 것인가요? 가족밖에 없습니다. 아버지를 인정해 주고 아버지에게 시간과 공간을 줘야해야 합니다. 저는 아버지하면 떠오른 시가 한 편 있습니다. 김현승의 '아버지의 마음'이라는 시입니다.

바쁜 사람들도
굳센 사람들도
바람과 같던 사람들도
집에 돌아오면 아버지가 된다.

어린 것들을 위하여
난로에 불을 피우고
그네에 작은 못을 박는 아버지가 된다.

저녁 바람에 문을 닫고
줄에 앉은 참새의 마음으로
아버지는 어린 것들의 앞날을 생각한다.
어린 것들은 아버지의 아버지 나라다—아버지의 동포다.

아버지의 눈에는 눈물이 보이지 않으니
아버지가 마시는 술잔에는 항상
보이지 않은 눈물이 절반이다.
아버지는 가장 외로운 사람이다.
아버지는 비록 영웅이 될 수도 있지만

폭탄을 만드는 사람도
감옥을 지키던 사람도
술가게의 문을 닫는 사람도

집에 돌아오면 아버지가 된다.
아버지의 때는 항상 씻김을 받는다.

지난 2014년 감사의 글쓰기대회에서 전북교육감상을 수상한 전주 신흥고 2학년 김용욱 학생의 '아버지'라는 시입니다.

우리 집엔 자정이 다 되어서야 들어오는 머슴 하나 있습니다.
그는 자기를 무척 닮은 아이들의 잠자리를 살펴주고는 지친 몸을 방바닥에 부립니다.
아침, 그는 덜 깬 눈을 부비며 우리 형제를 학교라는 곳까지 데려다 주고
허름한 지갑 속에서 몇 장 안 되는 구겨진 종이돈을 살점처럼 떼어 줍니다.
그리곤 그는 일자리로 가서 개미처럼 밥알을 모으며 땀을 흘립니다.
그러기를 20여년… 지칠 때도 되었는데 이제는 힘 부칠 때도 되었는데
오늘도 그는 작은 체구에 축 쳐진 어깰 툭툭 털고는 우리에게 주름진 웃음을 보이지만
머슴 생활 너무 힘겹고 서러울 때 우리에게 이따금씩 들키는 눈물방울
그 속에 파들파들 별처럼 떨고 있는 남은 가족의 눈망울들
그 머슴을 우리는 아버지라 부릅니다. 아버지!

앞에서 소개한 '아빠는 왜?'의 지은이는 정말 아빠가 왜 있어야 하는지 아직 잘 모르는 철부지 아이라면 고등학교 2학년 학생은 아빠는 아버지의 힘든 삶을 짐작하며 자신의 생각을 잘 표현했습니다. 한량, 풍운아, 샌님은 우리나라 아버지의 전형을 일컫는 말들입니다. 가부장에다 버럭버럭 호통이나 칠 줄 알지 세상물정이라곤 모르며, 식솔이야 굶어 죽든

말든 자신의 영달과 낙을 위해 평생 뜬구름처럼 떠돌았던 가장들. 오랜 유교 사회였던 우리나라에서 여성 파워가 빛의 속도로 퍼져 나간 것은 역설적이지만 이 아버지들 덕분이었습니다. "엄마처럼 살지 않겠다." "아버지 같은 남자와는 결혼 안 한다."는 딸들의 다짐은 아버지에 대한 애증에서 싹텄습니다.

그런데 언제부턴가 엄부자모嚴父慈母가 자부엄모慈父嚴母로 바뀌었습니다. 가부장이 가모장家母長으로 된지 오래입니다. 최근 서울가정법원이 집계해 보니 부모가 이혼하면 "아빠와 살고 싶다."는 자녀가 뜻밖에 많았다고 합니다. 특히 중학생 이상 10명에 3명은 아빠를 양육자로 선택했다고 합니다. 이런 통계도 있습니다. 2014년 어느 디지털 콘텐츠 업체가 SNS에서 가족 관련 언급 횟수를 들여다봤더니 '아빠'가 '엄마'보다 25%나 많았다고 합니다. 반면 '무섭다'는 말은 아빠보다 엄마와 관련한 문장에서 10 배 넘게 등장했습니다. 눈만 뜨면 "공부해라", "학원가라" 잔소리하는 엄마들이 지겹기도 할 것입니다. 그 사이 영리한 아빠들은 생존 전략을 터득했습니다. 친구처럼 다정한 '프랜디friendy" '스캔디 대디Scandi Daddy'로 변신해 시들어가던 가장의 위상을 새로이 세운 셈입니다. 부성애가 모성애보다 못할 리도 없습니다.

이제부터 아버지들도 솔직해질 필요가 있습니다. 열심히 일했을 뿐인데 어느 날 외톨이가 되어버린 현실을 한탄하기보다 자신의 감정과 생각을 가족들에게 있는 그대로 말하는 것이 화목한 가정을 형성하는 데 중요합니다. 아버지의 사명은 가족을 먹여 살리는 것에서 그쳐서는 안 됩니다. 이는 가장 기본적인 것일 뿐입니다. 여기서 더 나아가 정신적으로 행복하게 만들어주기도 해야 합니다. 아버지들이 직장에 들어가기 위해서, 철저히 준비하고 열정적으로 임하듯이 가정에서 아버지의 역할도 그냥 사랑하는 마음만으로 되는 것이 아닙니다. 정성 들여 시간 내고 지혜도 발휘해야합니다.

그러나 어렵게만 생각할 일이 아닙니다. 자녀들을 자주 보지 못하거나 자녀들에게 직접 이야기를 하지는 못하더라고 SNS를 이용하면 됩니다. 말로 하기 힘들면 '네가 옆에 있어서 고맙구나. 네가 내 아들인 것이 자랑스럽구나'라고 보내 보시기 바랍니다. 저절로 알게 되리라 생각하지 말고 표현해야합니다.

세대 차이가 나고 입장의 차이가 나는 자식들과 대화하려면 자식의 입장에 서 보고, 변화된 세태를 이해하려는 부단한 노력, 자식의 고민을 들어주는 인내와 여유, 낮은 자세의 겸손과 배려도 있어야합니다. 이를 위해서는 아내와의 충분한 소통과 사랑 또한 중요합니다. 요즘은 대부분이 맞벌이 부부이다 보니 아내들도 힘이 듭니다. 직장생활과 가정생활 모두를 완벽하게 해낼 수는 없습니다. 같은 직장생활을 하니 고충을 알아주고 함께 위로할 동지가 바로 부부입니다. 또한 가사노동의 적절한 분담과 자식교육과 사랑을 함께할 동료가 바로 부부입니다.

이 글을 쓰고 나서 학생들에게 수업을 하면서 뮤직비디오를 보여준 것이 있습니다. 제가 참 좋아하는 뮤지션으로 늘 열정적인 모습으로 자극을 받곤 하는데 가사가 참 좋습니다. 이 노래는 싸이Psy의 '아버지'라는 노래입니다.

> YO 너무 앞만 보며 살아오셨네
> 어느새 자식들 머리 커서 말도 안 듣네
> 한 평생 처자식 밥 그릇에 청춘 걸고

새끼들 사진보며 한푼이라도 더 벌고
눈물 먹고 목숨 걸고 힘들어도 털고 일어나
이러다 쓰러지면 어쩌나
아빠는 슈퍼맨이야 얘들아 걱정마
위에서 짓눌러도 티낼 수도 없고
아래에서 치고 올라와도 피할 수 없네
무섭네 세상 도망가고 싶네
젠장 그래도 참고 있네 맨날
아무 것도 모른채 내 품에서 뒹굴거리는
새끼들의 장난 때문에 나는 산다
힘들어도 간다 여보 얘들아 아빠 출근한다

아버지 이제야 깨달아요
어찌 그렇게 사셨나요
더 이상 쓸쓸해 하지 마요
이젠 나와 같이 가요

어느새 학생이 된 아이들에게
아빠는 바라는 거 딱 하나
정직하고 건강한 착한 아이 바른 아이
다른 아빠 보단 잘 할테니
학교 외에 학원 과외
다른 아빠들과의 경쟁에서
이기고자 무엇이든지 다 해줘야 해
고로 많이 벌어야 해 니네 아빠한테 잘해
아이들은 친구들을 사귀고 많은 얘기 나누고

보고 듣고 더 많은 것을 해주는 남의 아빠와 비교
더 좋은 것을 사주는 남의 아빠와 나를 비교
갈수록 싸가지 없어지는 아이들과
바가지만 긁는 안사람의 등쌀에 외로워도 간다
여보 애들아 아빠 출근한다

아버지 이제야 깨달아요
어찌 그렇게 사셨나요
더 이상 쓸쓸해 하지 마요
이젠 나와 같이 가요

여보 어느새 세월이 많이 흘렀소
첫째는 사회로 둘째 놈은 대학로
이젠 온 가족이 함께 하고 싶지만
아버지기 때문에 얘기하기 어렵구만
세월의 무상함에 눈물이 고이고
아이들은 바삐 보이고 아이고
산책이나 가야겠소 여보 함께 가주시오

아버지 이제야 깨달아요
어찌 그렇게 사셨나요
더 이상 쓸쓸해하지 마요
이제 나와 같이 가요 오오

당신을 따라갈래요

가정은 사회건강의 초석이랍니다

최근 우리 사회의 가정 붕괴 현상과 사회적 병리 현상은 심각한 수준에 도달하고 있습니다. 자살이 늘고 있는가 하면, 이혼율이 급증하고, 또 버려지는 아이들, 가정 폭력, 청소년 가출도 늘고 있습니다. 이 아이들은 다시 건강하지 못한 삶의 길에 들어서게 됩니다. 그러나 보다 근본적으로 우려되는 것은 요즘 아이들의 폭력성과 이기심이, 그리고 신경증이, 너무 일반적으로 만연되어 있어 걱정스러운 수준에 이르고 있다는 사실입니다.

이러한 병리적 현실을 우리는 어떻게 치료해나갈 수 있을까요? 학교에서는 학생들 각자 각자가 자신이 특별한 존재라고 느끼고 자긍심을 지닐 수 있도록 학생들에게 정성을 다해 세심한 배려를 해야 할 것입니다. 그러나 교과목 성적이 우수한 학생에만 관심을 쏟는 학교에서 인성교육을 하는 지금의 현실이 이러한 문제 해결에 얼마나 무력한 것인지 우리는 잘 알고 있습니다. 자신에 대한 자긍심을 갖지 못하게 하는 절망감과 그래서 밖으로 향하는 분노에서 범죄, 자살, 폭력, 따돌림이 발생합니다. 자신의 불행에 대한 책임을 자신에게만 묻기에는 너무나 억울해서 그 누군가에게 호소하고 싶지만 억울함을 호소할 데가 없습니다. 자기 자신에 대한 자책감과 절망감을 해소하기 위해 그 누군가에게 위로받고 싶으나 위로받을 수 없습니다. 그들은 세상이 원망스럽고 그 누군가에게 화가 납니다. 이러한 문제를 해결하려면 누군가가 이들의 호소를 듣고 그들이 자긍심을 되찾을 수 있도록 도울 수 있는 여유와 사랑이 있어야 합니다. 이를 위해 사회는 그렇게 할 수 있는 공간을 제공해야 합니다.

그러나 사회구성원들을 무한 경쟁으로 내몰고 있는 오늘의 신자유주의적 사회체계에는 그러한 공간도 없고, 개인이 남에게 관심을 가질 수 있는 여유를 허용하지 않습니다. 이런 현실에서 그나마 가정이야말로 우리 사회를 건강하게 가꾸어 갈 수 있는 제1의 토대입니다. 왜냐하면 오늘날 우리가 폐부 깊숙이 사랑을 배울 수 있는 곳은 가정뿐이기 때문입니다. 가정은 나를 자기 자신 못지않게 사랑하는 다른 사람이 있다는 것을, 그리고 나 자신을 사랑하는 법을 배우는 공간입니다. 나를 사랑하는 이가 조부모님인들, 부모인들, 또 경우에 따라서는 나와 혈육으로 얽혀져 있지 않은 사람인들 어떤가요? 내가 쉴 곳은 가정뿐입니다.

그런데 문제는 오늘날, '남편 구타에 참다못해 흉기로 살해', '매 맞는 남편 늘어, 하소연도 힘들어', '어머니가 딸 폭행 사주' 등의 신문 기사를 접하는 것이 그리 어려운 일이 아니라는 사실입니다. 요즘 우리는 가정해체로 인한 가족의 방황을 자주 목격합니다. 이미 이혼과 독신이 허물이 아닌 사회가 되었으며, 계약결혼 또한 용인할 수 없는 무엇이 아닌 현실입니다. 이와 함께 저출산이 심각한 국가적 문제로 대두되고 있습니다. 정부나 지자체에서 출산을 장려하는 다양한 프로그램을 개발하고 있지만 그것만으로 문제가 쉽게 해결될 것 같지도 않습니다.

전통 가정에서는 제가齊家라는 이름으로 삼강오륜三綱五倫을 강조했습니다. 삼강이 아버지와 아들, 남편과 아내 사이의 종적 질서를 강조해서 요즘 시대에 다소 문제가 되는 면이 있지만, 삼강보다 먼저 성립된 오륜은 그렇지 않습니다. 아버지와 아들 사이에는 친밀[親]을, 남편과 아내 사이에는 분별[別]을 설정해서 가정을 지키는 최소한의 윤리로 삼고 있기 때문입니다. '친'과 '별'을 각각 상하와 좌우관계에서 형성되어야 할 주요 덕목으로 본 것입니다.

가정 해체를 우려하며 그 대안으로 전통적 가정윤리만을 강조할 수도 없는 노릇입니다. 그러나 옛 사람들이 가정을 지키기 위해서 얼마나 고심하였던가 하는 것은 한 번쯤 생각해 볼 필요가 있습니다. 자녀에게 종속되어 있는 부모가 아니라 자애와 효도가 살아 있는 가정, 조롱의 대상이 되는 부부가 아니라 손님처럼 서로 공경하는 여빈상경如賓相敬의 가정이 우리 시대에 절실하기 때문입니다.

가정에서 충분한 사랑을 받고 자라난 자녀는 자신에게 닥쳐오는 다양한 형태의 시련을 누구보다 잘 극복하기 마련입니다. 가족들과 나눈 견고한 사랑 덕분입니다. 그야말로 가정은 우리에게 힘을 공급하는 마르지 않는 샘과 같은 것입니다. 안락과 휴식, 존경과 믿음, 인내와 대화는 가정을 지키는 위대한 요소들입니다. 제가 참 좋아하는 시입니다. 어렵고 힘든 삶에서도 가정을 지키는 가장의 사랑과 다짐이 잘 드러난 시입니다. 이 시를 볼 때마다 가정의 소중함을 깊이 느끼곤 합니다.

가정

박목월

지상地上에는
아홉 켤레의 신발.
아니 현관에는 아니 들깐에는
아니 어느 시인의 가정에는
알전등이 켜질 무렵을
문수文數가 다른 아홉 켤레의 신발을.

내 신발은
십구문반十九文半.
눈과 얼음의 길을 걸어
그들의 옆을 벗으면
육문삼六文三의 코가 납작한
귀염둥아 귀염둥아
우리 막내둥아.

미소하는
내얼굴을 보아라
얼음과 눈으로 벽을 짜 올린
여기는
지상.
연민漣憫한 삶의 길이여.
내 신발은 십구문반.
아랫목에 모인
아홉 마리의 강아지야.
강아지 같은 것들아.
굴욕과 굶주림과 추운 길을 걸어
내가 왔다.
아버지가 왔다.
아니 십구문반의 신발이 왔다.
아니 지상에는
아버지라는 어설픈 것이 존재한다.
미소하는
내 얼굴을 보아라.

청춘이여,
내일의 태양은 뜬답니다

———————————— 심각하게 이민을 고민하는 청년의 이야기입니다. 30대 중반의 청년은 그저 그런 지방 사립대를 나와 중소기업 몇 곳에서 일하다, 이제는 이민을 준비한다고 합니다. 못 먹고 사는 것도 아닌데 왜 굳이 이민까지 가야하느냐는 질문에 준비했다는 듯이 너무나 명쾌한 이유를 내놓았습니다.

첫째, 자신이 돌아다녀보거나 이리저리 알아본 호주나 북유럽 등의 나라에서는 어떤 일을 하더라도 먹고 살만합니다. 예를 들면, 우리나라에서 1시간 일해서 얻는 최저임금 6,030원으로는 점심식사 한 끼는 커녕 커피 한 잔 마시기 힘듭니다. 그리고 그런 최저임금조차도 지켜지지 않는 사업장이 많습니다. 그러나 위의 나라들은 어떤 일을 하더라도, 오히려 험한 일을 할수록 얻는 소득이 높습니다. 1시간 일하면 "식사도 하고 커피도 마실 수" 있습니다.

둘째, 앞에서 언급한 외국에선 레스토랑이나 가게 같은 곳에선 말할 것도 없고, 농장이나 공장 같은 곳에서도 일을 시작하고 끝내는 시간, 쉬는 시간 등이 확실해서 험한 일이라 하더라도 혹사 받는다는 느낌이 들지 않습니다. 반면 우리나라에서는 8시간 노동에 쉬는 시간이 확실한 사업장은 찾기 힘듭니다. 설령 있다 하더라도 윗사람의 눈치를 엄청 봐야 합니다.

마지막으로, 이민을 가고 싶은 가장 큰 이유는 우리나라에서 청년들이 가지지 못하는 게 바로 가능성입니다. 지금 고생하더라도 미래 가능성이 있다면 견디고 이겨내겠지만, 가능성은커녕 지금 아무리 열심히 해도 나락으로 떨어지지 않을까 걱정만 태산입니다.

이 청년의 이야기를 단지 한 개인의 주관적 느낌이나 생각으로 치부할 수 없습니다. 사실관계가 확실한 지 볼 필요도 있고, 또 주관적 시선이 강하게 느껴지는 부분이 없지 않지만, 오늘날 우리의 노동현실과 청년들이 처한 현실이 어떠한 지 정확하게 보여주고 있습니다.

무엇보다도, 우리나라와 비슷한 경제규모를 가진 다른 나라와 비교해 볼 때, 노동자들의 평균 소득은 낮고, 노동시간은 훨씬 더 길고, 노동강도도 훨씬 더 높습니다. 노후연금이나 의료, 교육 등의 사회적 보장도 부족하기 짝이 없습니다.

우리나라 노동자들의 절반 이상은 비정규직이며, 비정규직의 소득은 정규직의 60% 정도이고, 비정규직 노동자가 일정한 시간이 지나서 정규직으로 전환되는 경우는 극소수에 불과합니다. 한 번 비정규직으로 시작하면 평생을 비정규직으로 살아야 하는 셈입니다.

뿐만 아니라, 최근의 통계가 보여주는 바에 의하면, 가난한 사람이 자신의 가난에서 벗어나는 경우(빈곤탈출률)는 최근 10년 동안 점점 더 줄어들고 있습니다. 또한 노동으로 버는 소득(근로소득)은 점점 낮아지고 있는 반면, 은행 이자나 주식 배당금과 같은 자본소득은 점점 높아지고 있습니다. 부와 가난은 각각 자녀들에게도 그대로 이어집니다. 부모가 가난하면 나도 가난하고, 부모가 비정규직이면 나도 비정규직인 것입니다.

이 청년의 마지막 말입니다. "우리나라 청년들이 가지지 못한 게 뭔지 아세요? 첫째는 가능성이고, 둘째도 가능성이고, 셋째도 가능성이에요. 빨리 짐 싸서 이 나라를 떠나는 게 정답입니다." 정말로 그렇게 생각한다면, 우리는 그에게 뭐라 답해야 할까요? 이런 상황 앞에서 청년들에게 무슨 말을 할 수 있을까요? 이 상황에 우리 기성 세대들은 어떻게 응답해야 할까요?

어느 통계를 보니 요즘 초등학생들의 장래희망, 꿈 선호도 1위가 공무원, 2위가 교사, 3위가 임대업인 것으로 나타났습니다. 최근 인기리에 종영한 드라마 〈응답하라 1988〉 속 장면에서는 "국민학교(초등학교의 그 당시 이름) 학생들의 장래희망으로 1위 과학자, 2위 교수를 차지했으며 운동선수, 의사가 그 뒤를 이었습니다."라고 하는 뉴스 보도 장면이 나옵니다. 90년대까지만 해도 아이들은 과학자, 소방관, 화가, 대통령, 경찰 등의 다양한 꿈을 가지고 있었습니다. 미디어의 영향이 아예 없는 건 아니었지만 그 시절 아이들에겐 '하고 싶은 일'을 장래희망으로 꼽는 경우가 많았습니다. 하지만 최근에는 그 꿈이 현실적이어도 너무 현실적으로 바뀐 것만 같습니다. 장래희망에 공무원 급수는 어떻게 알았는지 '7급 공무원'을 써내는가 하면 '임대업'을 하고 싶다는 아이들도 부지기수인 것으로 드러났습니다. 이 같은 소식을 접한 네티즌들은 "요즘 애들은 참 일찍 깨우친다. 공무원, 임대업이 답이다."라는 댓글을 달며 사회가 구조적인 문제점을 안고 있기에 이와 같은 결과가 나오는 것이라는 반응을 보이기도 했습니다.

나이 어린 초등학생들이 진취적인 기상을 발휘할 꿈을 펼치려고 하는 것이 아니라 그저 안전하게 살아가려는 소박한 생각을 꿈이라고 하고 있으니 말입니다. 뭔가 미래가 희망적이고 무한한 가능성이 펼쳐질 것이라 여긴다면 이렇진 않을 텐데 안타깝습니다. 하기야 그럴 법도 한 것이 '아프니까 청춘'이라는 말도 있지만 요즘 청년실업이 급증하면서 꿈을 잃어버린 청춘들이 많고 비정규직이 일반화되면서 삶의 터전이 불안이 된지 오래입니다. 그러니 초등학생들마저 이럴 수 있습니다. 요즘 젊은 세대들이 우리 시대를 가리키는 말이 헬조선이라고 할 정도입니다. 즉 지옥과 같은 나라라는 말입니다.

헬조선Hell朝鮮은 2012년 6월경에 등장한 우리나라의 인터넷 신조어입니다. 헬Hell(지옥)과 조선의 합성어로 '우리나라가 지옥에 가깝고 전혀 희망이 없는 사회'라는 의미입니다. 즉, 우리나라가 지옥과 비견될 정도로 살기 나쁜 나라라는 의미입니다. 원래 헬조선은 디시인사이드 역사 갤러리에서 사용된 용어였습니다. KBS 드라마 ≪정도전≫이 방영될 때에 디시인사이드 정도전 갤러리에서 ≪정도전≫팬들을 놀리기 위해 헬조선이라는 말이 등장하기도 했습니다. 그러다가 청년실업문제 등 정부정책에 대한 불만, 경제적 불평등, 과다한 노동시간의 문제, 아무리 노력해도 가난에서 벗어날 수 없는 현실, 일상생활의 불합리함 등에 대한 비판으로 사용되기도 했습니다.

이후 트위터나 페이스북 등 SNS를 통해 언급량이 늘어 2015년 9월에 빠르게 확산되었습니다. 2015년 9월 3일, 디시인사이드는 헬조선 갤러리를 개설했습니다. 2015년 9월 18일 빅데이터 분석업체 다음소프트에 의뢰해 블로그와 트위터를 분석해보니 온라인상에는 '헬조선'이라는 단어의 노출 건수가 폭발적으로 증가했고 또한 '헬조선'이라는 인터넷 커뮤니티까지 등장하기도 했습니다. 또한 디시인사이드 유저는 부루마블이라는 새로운 게임을 만드는 등 청년들의 억눌린 불만이 게임 같은 해학적인 방법으로 표출되기도 했습니다.

헬조선을 이야기하는 청년들은 금수저를 물고 태어날 노력을 하지 않았다며 자책하며 현실을 비꼬기도 하며 20대와 30대 사이에서는 '더 이상의 희망이 없다'면서 외국에서 받을 차별에도 이민을 준비하기도 하고, 한편으로는 분노 대신 "이 맛에 헬조선 삽니다"라는 조롱을 하기도 합니다. 2015년엔 헬조선이라고 불리는 시대상을 담은 한국영화가 극장가를 채웠습니다.

오늘날의 청춘들은 연애, 결혼, 출산을 포기한 3포 세대에서 내 집 마련, 인간관계를 포기한 5포 세대를 지나, 꿈과 희망까지 포기한 7포 세대까지 이르렀습니다. 더 이상 성공신화가 불가능한 '금수저'로 상징되는 상속주의 세상입니다. 자신이 '흙수저'임을 절감하는 청춘들에게 '아프니까 청춘'이라거나 '네 능력 탓이니 더 노력하라'는 신자유주의적 능력주의 위로의 말은 얼마나 공허한가 싶습니다. 저는 요즘 청춘들의 현실을 바라보면서 이들에게 무엇을 해 줄 수 있는가를 묻곤 합니다.

더러 제게 상담을 하러오는 청춘들에게 '삶은 더디더라도 자신의 힘으로, 자신의 두 발로 우뚝 딛고 서서 하늘을 우러러 보는 일'이라며 진정한 자신이 간절히 원하는 자신의 길이 무엇인지 확인하고 굳게 서보라고 권면합니다. 하늘을 우러르란 말 속에는 부디 남들이 알아주는 삶, 그저 안주하는 삶이 아니라 누가 뭐라고 해도 자신이 하고 싶은 일로 더불어 함께 살아가는 사람중심인 세상을 만들어달라는 제 간절한 소망도 담겨 있습니다. 연이어 탈락, 실패, 좌절의 연속이지만 그래도 내일의 태양은 어김없이 뜹니다. 내일의 상징은 새로운 희망입니다. 같은 날이지만 어제와는 나아질 것이라 기대하며 계획도 세우고 각오도 다지는 건 청춘의 특권입니다.

소크라테스는 인간다운 삶이란 좋은 집에서 잘 태어나 부유하게 사는 것이 아니라 인생이 던지는 시련과 고난을 맞으며 꿋꿋이 사는 것이라고 말했습니다. 세계적인 영화 〈바람과 함께 사라지다〉 마지막 장면에서 여주인공 스칼렛은 지쳐 쓰러져 울다 고향으로 돌아가기를 결심하고 이렇게 말합니다. "내일은 내일의 태양이 뜬다." 그렇습니다. 세상이 암울해도 삶은 계속되어야 하고 새로운 출발은 마음속의 분노와 증오를 다스리는 일부터 시작됩니다. 지금은 악한 때, 힘든 때입니다. 그래도 세상을 기성세대를 탓하는 것에서 그치지 말고 열정을 불태우면서 시간을 아껴 미래를 준비해보시기 바랍니다. 언제나 역사의 현장에서 기성세대를 넘어서 새로운 지평을 연 세력은 청춘들이었습니다.

청춘들이여, 다시 꿈을 꾸십시오. 일어서서 세상을 바꾸십시오. 그대들은 아무리 힘들어도 결코 빼앗기지 않을 젊음이 있고, 꿈이 있습니다. 기성세대가 아무리 잘났다고 으스대지만 지나가는 세대일 뿐입니다. 기성세대는 미래를 담아낼 수 없습니다. 미래를 바로 여러분의 것입니다. 영화 〈사랑에 대한 모든 것〉에서 호킹의 말입니다. "인간의 노력엔 어떤 한계도 없다. 삶이 아무리 힘들어도 우린 뭔가 할 수 있고 이룰 수 있다.

생명이 있는 곳에 희망이 있습니다."

이른바 '응답하라, 1988'세대로서, 초등학생들이 부러워하는 교사직에 종사하는 저로서는 참으로 안타까움이 더합니다. 문득 저희 세대를 떠올려봅니다. 제가 초등학교 시절이후 중고등학교 다니던 시절은 오늘날 초등학생들이나 중고등학교 학생들은 상상조차 하기 어려운 시절이었습니다. 물론 일제강점기나 6.25전쟁과 같은 참혹한 시기보다는 낫지만 정말 어려웠던 시절이었습니다. 최근 저희 집 아이들이 즐겨보는 〈검정고무신〉이라는 만화에는 그 때 그 시절이 잘 드러납니다. 그 당시는 나라 전체가 너무도 가난했습니다. 그리고 서슬 퍼런 군사독재정권으로 사회 전체가 꽁꽁 얼어붙은 듯한 공포였고, 온갖 부조리와 부패가 난무하고 폭력과 차별이 당연시되었습니다. 요즘 같은 다양한 방송미디어의 발전이나 SNS등은커녕 컴퓨터도 없었습니다.

그러나 이 시절은 꿈이 있었고, 없이 살아도 자존심이 있었고, 이웃간에 나눔과 정이 오고 갔습니다. 그러니 분명히 힘들지만 괴롭지는 않았고, 어렵지만 견디지 못할 정도는 아니었습니다. 어쩌면 오늘날의 어려움은 제가 살아온 시절이나 그 이전 시절보다 더 어렵지는 않습니다. 언제나 어려운 시기는 있습니다. 당장은 지금이 인생에서 가장 큰 어려움이고, 견디기 힘든 시절인 것 같지만 아무리 어려운 시절도 다 이겨낼 힘이 있고, 언젠가는 다 지나갑니다. 희망만 있다면 그 어떤 어려움도 이겨낼 수 있습니다. 아무리 어려워도 꿈을 포기하지 않는다면 행복의 가능성은 언제나 열려 있습니다. 부디 청춘들이 다음 세대들이 힘을 내기를 간절히 바랍니다.

최근 인기리에 종영된 드라마 〈응답하라 1988〉가 많은 사람들이 좋아해 엄청난 시청률로 선풍적인 바람을 일으켰습니다. 출연배우가 좋아서, 줄거리가 재미있어서, 서로 다른 이유로 드라마를 사랑했습니다. 이 드라마가 인상 깊은 것은 1988년에는 동네 주민들이 서로 왕래를 많이 했고, 동네 친구들이 몰려다니기도 많이 했습니다. 서로에게 힘이 되는 모습이었습니다. 실제로 이 시기를 보냈던 제게 정다운 추억을 되새기게 한 드라마였습니다. 저처럼 〈응답하라 1988〉을 사람들이 좋아한 이유는 이런 정을 찾아보기 어렵기에 그 때 그 시절을 그리워했던 것은 아닐까 생각해봅니다. 시간이 흐를수록 삶이 각박해지는 세태 속에서도 그 때와 같이 살지 못하는 사람들이 늘어나고 있습니다. 특히 청춘들이 숨 쉴 수 있는 공간이 줄어드는 것 같아 안타깝습니다. 6.25전쟁 이후 세대들은 시간이 갈수록 경제적 여건이 좋아졌다지만, 최근 20~30대만 유일하게 이전 세대보다 삶이 어려워졌다는 말도 있습니다.

청춘이여, 힘들고 외롭지만 그래도 세상은 살만합니다. 알게 모르게 정을 나누는 소중한 이웃이 있답니다. 혹시 지금까지 그런 이웃이, 어른이 없다고 절망하지 마시기 바랍니다. 언젠가는 그런 이웃을 만날 수 있습니다. 분명 우리가 사는 세상이 각박하지만 우리 주변에는 고운 사랑으로 함께하는 이웃들이 많이 있습니다. 얼마 전 훈훈한 이야기가 전해지면서 큰 감동을 받은 적이 있습니다. 지난 2016년 2월 19일 최근 페이스북 '서울대학교 대나무숲'에는 익명으로 감동 사연이 전해졌습니다. 이는 한 시간 만에 '좋아요' 만 개를 돌파하며 감동을 자아냈습니다. 그 내용입니다.

> 동기들끼리 술을 마시다가 말이 나왔다.
> "야, 근데 너는 군대 안가니?"

"군대? 가야지,"

나는 그리고 서둘러 잔을 들었다.

"야, 잔 비었다 잔."

나는 군대를 안 간다. 못 간다고 쓸 수도 있는데, 그렇게 쓰기에는 군대를 가야하는 사람들에게 미안하다. 나는 가장이다. 엄마아빠는 둘 다 고아라고 했다. 보육원에서 같이 자라고 결혼했다고, 그리고 내가 열두 살 때, 두 분은 버스사고로 돌아가셨다. 내가 할 수 있는 건 뭐가 있었을까, 일곱 살짜리 동생과 두 살짜리 동생을 위해서, 공부를 하고, 새벽엔 배달을 하고, 다섯 평짜리 방에서 셋이 잤다. 학교에서는 장학금도 줬다, 수급자비도 정부에서 줬다. 분유, 기저귀, 대부분 그런 걸 사는데 썼다. 물론 그때는 지금보다는 썼다. 그래도 꼬박꼬박 저축도 했다. 한 달에 오 만원, 많은 돈은 아니었다. 사실 그것도 주인집 아줌마 명의였다. 그리고 몇 년 뒤에 아줌마가 나를 앉혀두고 말했다.

"너, 대학 갈거니?"

"아, 일하려고요"

"아니야, 잘 들어, 공부 열심히 해서 좋은 대학을 가, 그래서 과외를 하렴."

어린나이에 몸이 상하면 나중에 더 먹고 살기 힘들다고 했다. 몸도 커서 다섯 평에서 자기도 힘들 텐데, 돈 많이 벌어서 조금 더 넓은 집으로 이사 가라고, 세상에 착한 사람이 있다는 걸 나는 이 아줌마 덕에 알게 되었다.

서울대생 가장은 최근 페이스북 서울대학교 대나무숲 페이지에 동생들과 함께 비좁은 단칸방에서 생활했던 어린 시절, 새벽 배달 일을 하면서 어려운 형편을 꾸려나간 사연을 털어놨습니다. 그는 열두 살 어린나

이에 부모님을 잃고 두 명의 어린동생들을 책임져야 했습니다. 힘든 소년 가장 뒤에는 묵묵히 도와준 주인집 아주머니가 있었습니다. 서울대생 가장은 꼬박꼬박 저금을 할 수 있게 해주고, 포기하려 했던 대학 진학도 설득했다고 밝혀 감동을 자아냈습니다. 끝으로 서울대생 가장은 아주머니 덕에 대학을 졸업했다고 감사 인사를 전해 많은 이들을 뭉클하게 했습니다. 이를 접한 누리꾼들은 "서울대상 가장, 정말 살만한 세상인가봐." "서울대생 가장, 눈물 흘렸다." "서울대생 가장, 내가 다 행복하네." 등의 반응을 보였습니다.

지금의 각박한 우리 사회 현상이 세월이 흘러가면서 사람들에 의해서 만들어졌다면, 다시 정이 느껴지는 사회로 돌아갈 수도 있을 것입니다. 청춘들이 더 나아진 미래를 가질 수 있다는 희망을 갖고, 격려와 배려를 경험하는 시대가 되길 소망해봅니다. 당장 그렇게 되긴 어렵더라도 차근차근 해나가면 반드시 이뤄질 수 있을 것이라는 희망을 가져봅니다. 저와 같은 기성세대들이 어른답게 조금 더 배려하고, 조금 더 나눔으로 다음 세대들이 미래를 긍정할 수 있도록 해 나가야할 것입니다. 청춘은 이 땅의 미래입니다. 청춘들이 꿈꿀 수 있도록, 실패해도 다시 기회를 주어야 합니다. 헬조선이 아니라 희망과 행복과 사랑이 넘치는 나라가 되도록 우리 모두가 다음 세대, 청춘을 품어야할 때입니다.

청년 실업 문제에 따른 우리의 자세

골든타임Golden time이라는 말이 있습니다. 골든타임은 원래 라디오와 TV에서 한 주간을 단위로 가장 시청률이 높은 방송시간대를 뜻하는 말입니다. 원래 일본식 영어로 미국식 방송용어에는 없는 말입니다. 현재 우리나라 TV의 경우 저녁 7시부터 10시까지의 3시간을 골든타임이라고 부르는데, 이 시간대의 광고비용이 최고에 이릅니다. 광고비용이 가장 비싸다는 것은 그 시간대가 가장 시청률이 높다는 것입니다. 수 십 년 전부터 골든타임이라는 뜻이 황금시간대를 의미하는 말로 사용되었는데, 최근에는 모든 분야, 모든 업종에서 쓰여 지고 있습니다.

요즘 이 말이 사람들의 주의를 끄는 것은 의학에서 쓰이는 의미가 주목을 끌기 때문입니다. 의학에서 말하는 골든타임은 생명을 살릴 수 있는 시간, 병원에서 생과 사를 오가는 환자의 목숨을 다투는 시간을 의미합니다. 즉 의학적으로 응급 질환에서 어떤 치료가 효과가 있기 위해 행해져야 하는 제한시간을 뜻합니다. 영어 뜻대로 '황금 시간', 환자의 생명을 살릴 수 있는 제한적인 시간을 뜻합니다. 예를 들면 심장마비 환자는 4분, 중증외상 환자의 생사가 결정되는 시간은 응급 외상 환자의 경우 한 시간, 뇌졸중, 심근경색 환자는 3시간이 골든타임이 됩니다. 이 시간 안에 처치를 받는다면 환자는 생명을 건질 확률이 높은 것이고, 이 시간을 놓치면 환자는 소생할 가능성이 떨어지는 것입니다. 골든타임은 의사가 환자를 치료하는 가이드라인을 결정하는 엄청나게 중요한 시간입니다.

화재 발생 후 최초 5분은 소방의 골든타임으로 불립니다. 초기에 불길을 잡아 대형 화재로 번지는 것을 막는 한계선입니다. 그러나 화재예방 일십백천一十百千말이 있는데 이는 화재 발생 시 '1인의 첫 10초 판단이 소방관 100명을 대신하여 1,000명을 구한다'는 뜻입니다. 전문적인 안전 · 소방 교육을 통해 화재 초기 진압 및 대응 능력을 강화하고 화재 진압의 골든타임을 확보해야 한다는 뜻입니다.

지금도 우리의 가슴을 아프게 하는 세월호 사건 때에도 골든타임은 있었습니다. 세월호 선장과 선원들이 승객들을 구할 수 있는 귀한 골든타임을 놓쳐 많은 인명피해를 봤습니다. 이러한 골드타임은 경제에도, 정치에도, 교육에도, 종교에도, 국가에도 다 적용이 될 것입니다. 한순간 골든타임을 알리는 시간이 다가올지도 모릅니다. 우리의 의식이 둔감해서 변화되는 세상의 흐름을 깨닫지 못하고 달콤한 욕망과 이기심에 빠져 있는 순간에 성큼성큼 다가올지도 모릅니다. 오늘 우리에게 시급한 과제인 골든타임은 무엇일까요? 이중 하나가 청년실업문제입니다.

지난 2016년 2월에 통계청이 발표한 '고용동향'에 따르면, 15~29세 청년층 실업률은 11.1%로 직전월 1월에 비해 1.9%나 늘어났습니다. 청년 실업률이 가파르게 올랐습니다. 정부당국은 계절적 요인도 한몫을 한다고 하지만, 1999년 7월 11.5% 이후 약 16년 만에 가장 높은 수준의 수치입니다. 박근혜 정부가 들어 선 이후 2013년 8.5%, 2014년 10.9%, 2015년에 11%가 넘었으니, 거의 해마다 청년 실업률은 높아만 가고 있습니다. 정부 당국의 발표가 이러한 것이고, 실제 청년 실업자는 100만이 넘을 것으로 내다보는 이들도 있습니다. 각 대학마다 졸업생은 졸업을 최대한 연기하고, 도서관마다 취업준비생으로 바글바글합니다.

더욱 심각한 것은 청년 실업률과 더불어 일자리의 질입니다. 박근혜 정부가 들어선 이후 고용 70%를 정책공약으로 내세웠지만 실제 고용률은 악화되었고, 70%의 공약 수치를 맞추려는 당국의 고육지책은 비정규직을 양산했을 뿐만 아니라 우리나라의 고용시장을 더 취약하게 만들고 있다는 평가가 지배적입니다. 다시 이런 고용시장의 혼란은 청년과 노인 세대 간의 갈등으로 나타납니다. 우리 주변에서 쉽게 볼 수 있는 것처럼, 배달업이나 주유소에 있는 청소년들과 노인들의 일자리가 대표적인 사례일 것입니다.

이런 현상은 우리 주변에서 쉽게 찾아볼 수 있는 큰 고통으로 나타나고 있습니다. 제가 아는 한 청년은 2015년 2월 음악대를 졸업한 '취준생(취업준비생)'입니다. 매일 아침 7시부터 커피전문점에서 시급을 받고 4시간씩 아르바이트를 한다고 합니다. 그리고 커피전문점에서 아르바이트가 끝나면, 오후에는 피아노 학원에서 주 3일간 6시간씩 피아노를 가르치는 아르바이트를 합니다. 그러니깐 주 3일은 10시간씩 아르바이트를 뛰고, 나머지 시간은 취업 준비를 합니다. 그런데 놀랍고 안타까운 것은 시급으로 힘겹게 벌어, 정규직 교수가 겹벌이(투잡)로 하는 레슨에 18배가 되는 시간당 10만 원짜리 아르바이트 수강을 받고 있습니다. 음악대 교수는 이 청년의 고통을 뻔히 알면서도 고액의 레슨비를 받으면서 이를 당연하게 여긴다고 합니다. 그나마 수입의 대부분을 월세와 식비로 쓰는 다른 청년지방생들과는 비교할 수 없을 정도로 나은 편입니다. 여기서 보듯 우리 사회의 양극화의 문제나 부자들의 도덕적 해이는 이루 말할 수 없는 지경에 이르렀습니다.

지난 2015년 4월 1일자 금융권의 관련 보도에 따르면, 외국계 시티은행은 실적 악화를 이유로 지난해 영업점 56곳을 폐쇄하고 전 직원의 15%에 해당하는 650명을 희망퇴직으로 내보냈습니다. 그런데 이들의 아픔을 감내해야할 은행장은 연봉 근로소득 25억과 퇴직금 46억 등 총 71억의 보수를 받았습니다. 국내계 메리츠화재는 전 직원의 16%에 해당되는 406명을 퇴출시켰지만, 대표는 87억의 배당금을 챙겼습니다. 심지어 그는 지난 2012년에 회사의 순이익이 69%나 감소했지만, 연봉 89억과 배당금 47억을 더해 총 136억을 챙겼다고 합니다. 대부분의 은행권의 사정이 이러하고, 대기업의 사정도 마찬가지입니다. 금융권을 감시하는 사정당국이 손 놓고 있는 것을 볼 때 자본과 권력의 유착은 너무나도 심각한 지경에 이른 것이 분명하고, 그 결과는 고스란히 힘없는 이들에게 전과되어 최고의 청년실업률, 최고의 자살률, 최고의 이혼율 등으로 나타나고 있습니다. 이처럼 암울한 우리 사회 현실의 가운데에 우리가 있습니다.

우리는 거대 자본의 횡포에 대해 주저 없이 고발해야 하고 그 병폐를 증언해야 합니다. 더 나아가 도덕재무장 운동과 같은 의식개혁운동을 전개해야 합니다. 뿐만 아니라 물신주의 배격과 자본주의의 한계를 넘어설 수 있는 대안사회를 향한 구체적인 플랜을 세워 청년들에게 대안사회의 비전과 꿈을 심어 주어야 합니다. 이를 위해 시민단체들과 종교기관마다 청년을 위한 사회적기업과 협동조합을 통한 지역사회운동을 전개했으면 합니다.

먼저 지역사회의 이슈cause와 청년 일자리를 연계해 보거나 마을공동체의 비전과 창업을 연계해 볼 수도 있습니다. 생태운동과 평화운동에 대한 관심과 비전을 심어주고 이를 통해 일자리와 창업을 모색해 볼 수 있습니다. 청년실업률을 낮추기 위해 국가가 해야 할 일이 있습니다. 이를 우리는 유권자로서 주권의 주인으로서 국가에 요구해야하고 그렇게 하는 지 눈여겨보고 감시와 감독과 관심과 협조를 해야 합니다. 또한 우리 모두가 꿈과 희망이 가득한 청년들을 위해 우리 사회가 무엇을 해야 할 지를 함께 논의하고 지혜를 모이고 힘을 모아야합니다.

우리 모두가 청년에 대해서 조금 더 관심을 갖는다면 우리주변에서 정부나 NGO의 지원을 받아 만들 수 있는 청년 일자리도 많이 있을 것입니다. 생태친화적인, 지속가능한 청년일자리 찾기를 위한 노력으로 우리 청년들에게 힘이 되어주면 좋겠습니다. 이는 우리의 선택이 아니라 의미입니다. 이른바 '금수저・흙수저'를 말하고, '헬조선'을 말하는 청년들이 더 이상 꿈과 희망을 포기하지 않도록 골든타임을 의식해야합니다.

88만원 세대의 이해와 과제

요즘의 젊은 세대들을 지칭하는 용어가 많습니다. 이는 그만큼 우리 사회에서 젊은 세대에 대한 관심이 많고 우려되는 점도 많기 때문일 것입니다. 이중 하나가 '88만원 세대'라는 말입니다. 88이라는 숫자는 우리에게는 매우 뜻깊고 희망찬 숫자입니다. 팔팔(88) 끓는 물을 상징하는 숫자를 연상시키고, 올림픽을 개최한 연도가 1988년이기에 그렇습니다. 그런데 여기서 말하는 88이라는 숫자는 반대의 의미입니다. 젊은 세대의 임금이 88만원밖에 되지 않는다는 의미로 암울한 젊은 세대의 현실을 드러낸 사회고발적인 의미를 담고 있는 숫자입니다. 즉 최저 임금에도 턱없이 미달하는 수치입니다.

최근에는 젊은 세대를 지칭하는 용어로 'N포세대'라는 말도 생겼습니다. 이 말은 주거 · 취업 · 결혼 · 출산 등 인생의 많은 것을 포기하는 20~30대 청년층을 일컫습니다. N포 세대는 연애와 결혼, 출산을 포기한 청년층을 뜻하는 '삼포세대三抛世代'에서 유래했습니다. 삼포세대는 2010

년 이후 청년실업 증가와 과도한 삶의 비용으로 인해 등장한 20~30대 젊은 세대입니다. 취업과 내 집 마련을 포기한 '오포세대五抛世代', 인간관계나 미래에 대한 희망을 포기한 '칠포세대七抛世代' 등의 신조어도 나타났습니다. N포세대는 해당 신조어들을 포괄하는 의미로 쓰이고 있습니다.

N포세대의 원인으로는 높은 주거비용과 교육비, 낮은 임금 상승률, 불안정한 고용시장 등이 꼽힙니다. 학자금 대출이나 높은 주거비용에 시달리면서도 임금 상승률이 낮아 부담이 커졌기 때문입니다. 경기 침체로 실업률이 증가해 취업 경쟁이 치열해지고, 비정규직 등 불안정한 고용 형태가 늘어난 것도 N포세대 등장에 영향을 미쳤습니다. 사회 안전망과 복지 부재 역시 N포세대를 만드는 문제로 지목됩니다. 결혼한 청년층의 경우 출산 휴가나 경력 단절 문제, 사교육비 등으로 부담을 느껴 출산을 미루거나 피하는 현상도 늘고 있습니다.

N포세대 문제가 다음 세대에도 이어진다는 점에서 심각한 사회문제로 여겨집니다. 또한, N포세대 문제로 인해 노력해도 기회를 얻지 못한다는 인식이 확장되면서 이로 인한 사회적 갈등이 일어날 가능성도 거론됩니다. 이처럼 경제적 · 사회적 압박으로 인해 불안정한 젊은 세대의 상황을 보여주는 신조어들은 많습니다.

『88만원 세대』는 경제학자 우석훈과 월간 ≪말≫기자 출신의 블로거이자 사회운동가인 박권일이 함께 쓴 책으로, 저임금노동으로 착취당하고 비정규직 노동자가 대부분이라 직업시장을 떠돌아다녀야 하는 20대~30대를 의미합니다. 이 제목은 그대로 20대의 경제적 상황을 의미하는 사회용어로도 쓰이게 되었습니다. 2007년 8월에 진보 인터넷 신문

≪레디앙≫에서 출간된 '세대 간 불균형'에 관한 경제 비평서로 출판되었으며, "한국경제 대안 시리즈" 중 첫 번째 책입니다. '절망의 시대에 쓰는 희망의 경제학'이라는 부제가 붙어 있습니다.

이 책으로 인해 젊은 세대의 정체성이 가상假像의 평균 임금으로 명명되었습니다. 어렴풋하게는 젊은 세대의 어려운 현실을 알고는 있었지만 정확한 수치로 노동의 가치가 이것밖에 되지 않음을 분명하게 드러냈기에 이 책이 출판된 이후 이에 대한 관심과 논란이 있었고 두 공저자의 이견異見도 있었습니다만 이 책의 제목이 사회적 반향을 일으키면서 젊은 세대를 지칭하는 용어로 알려졌습니다. 이 만큼 젊은 세대가 직면한 경제적 현실이 착잡합니다.

이처럼 경제와 노동의 개념으로 보면 88만원 세대는 불행한 세대입니다. 자본주의 사회에서 기본적으로 삶을 영위하려면 일정액의 임금이 보장되어야하는데 그렇지 못하기 때문입니다. 그러니 88만원 세대로 불리는 젊은 세대를 위한 경제구조 구축과 이들을 위한 일자리 창출 등의 논의는 시급하고도 중요한 과제입니다. 이것은 분명 우리 기성세대의 몫이고 정치권과 경제계와 노동계 등 관련 기관과 역량을 갖춘 이들이 깊이 고민할 과제입니다. 그러면 88만원 세대로 불리는 젊은 세대는 그저 수동적인 자세로 무책임하게 기성세대가 해결해주기만을 기다리면 되는 것일까요? 그럴 수는 없습니다. 그래서도 안 됩니다.

젊은 세대 또한 자신들의 정체성을 고민해보고 더 나은 미래를 위한 자기 계발과 역량강화를 위한 부단한 노력과 준비가 선행되어야합니다. 88만원 세대로 불리는 젊은 세대가 불행한 세대로 불리면서 사회적인 동정과 관심을 불러일으키는데 중점을 두다보니 자칫 젊은 세대가 수행할 과제나 짊어질 책임과 몫에 대한 것은 별로 거론되지 않고 이들 세대에 대한 보다 깊은 의미 파악은 안 된 것 같습니다.

『88만원 세대』의 공저자인 우석훈은 2012년 3월 26일 자신의 블로그에 '88만원 세대'의 절판을 선언했습니다. 그는 자신의 저서가 의도와 다르게 활용됐다며, 이 책을 "세상에 준 기여보다 부정적 폐해가 더 많게 된 책"으로 평가했습니다. 특히 그는 새누리당 부산 사상구 당원협의회 위원장으로 제2의 박근혜를 꿈꾸는 손수조가 스스로를 '88만원 세대'로 지칭하는데 불편한 심기를 내비치며, 이 책이 "청춘들이 움직이지 않을 이유로 삼게 된 책"이라고 말했습니다. 우석훈은 "청춘들이여, 정신 좀 차려라"라며 독자들에게도 절판의 책임이 있음을 밝혔습니다. 블로그 글을 올린 후 우석훈은 실제로 출판사와 상의해 책을 절판시켰습니다. 우석훈의 말대로 88만원 세대라는 말이 젊은 세대의 정치적 이익을 위한 명분과 실리로서, 자기책임을 소홀히 할 핑계거리로 여겨져서는 안 됩니다. 분명 88만원은 빈곤한 생활자를 지칭하는 불행을 상징하는 말이지만 뒤집어 보면 88만원의 불우함은 이들 세대가 무상으로 누린 수혜의 그늘일 수도 있습니다. 무슨 일이든지 한 쪽 측면만이 아닌 다양한 측면의 시각이 필요합니다. 동전도 양면이 있고 상자에도 여러 면으로 구성된 다면구조이듯이 말입니다.

88만원 세대를 대략 1980년 이후 출생 세대로 생각해보면, 이들의 부모는 어떤지요? 대략 70년대에 고교를 졸업한 유신세대입니다. 유신세대는 1972년 12월 27일 개정 · 공포된 유신헌법에 의해 박정희 대통령의 집권 2기인 제4공화국의 유신체제 가 등장하게 된 일련의 사태에서 자란 세대를 말합니다. 10월 유신 시대의 배경은 경제적 · 사회적 · 국제적 ·

정치적인 제반 측면에서 살펴볼 수 있습니다.

첫째, 경제적 측면은 1960년대부터 본격적으로 추진된 경제발전의 파행성을 들 수 있습니다. 산업화의 급격한 추진으로 인한 대자본 편향의 무분별한 외자도입정책과 수출 진흥 정책은 1960년대 후반부터 시설과잉을 낳았고, 이는 외채상환의 압박 및 긴축정책과 더불어 금융공황적 자금난으로 이어졌습니다. 이러한 현상은 1969년부터 차관기업의 부실화 문제로 점차 현실화되었습니다.

둘째, 사회적 측면은 1960년대의 경제발전은 대자본을 위주로 한 저곡가 · 저임금에 기초한 수출지향적 산업화였기 때문에, 1970년대 초에 접어들어 노동자를 비롯한 서민층의 생존권 문제가 점차 분출하게 되었습니다. 예컨대 전태일의 분신사건, 광주대단지 폭동사건, 체불임금 지불을 요구하는 파월派越노동자들의 대한항공 빌딩 방화사건 등은 이러한 양상을 상징적으로 보여주고 있었습니다.

셋째, 국제적 측면은 국제적인 긴장완화로 인한 동북아시아 긴장완화와 남북대화의 국내적 영향을 들 수 있습니다. 1960년대 말부터 비롯된 한반도 주변의 긴장완화는 1970년 2월 발표된 '닉슨 독트린'을 계기로 아시아에서의 미국 개입정책의 후퇴로 나타났습니다. 이러한 국제정세를 배경으로 남북대화도 급속히 진전되어 1972년 7 · 4남북공동성명이 발표되었습니다. 정부는 이 같은 국제적 긴장완화의 영향에 의한 국내 반공체제의 이완을 우려했습니다.

넷째, 정치적 측면으로는 박정희 대통령과 지지 세력의 장기집권 의도를 들 수 있습니다. 장기집권을 의도하는 박정희 대통령의 3선 개헌에 대해 야권은 1971년 대통령 선거와 국회의원 선거에서 집권당의 지위를 위협했고, 이와 더불어 재야 및 학생들의 반독재민주화운동은 더욱 치열해졌습니다. 심지어 여권 내부에서 이를 둘러싼 권력 갈등의 결과, 오치성吳致成 내무부장관의 해임결의안을 가결시킨 '항명파동' 등이 벌어지기도 했습니다.

이상과 같은 배경 속에서 박정희 대통령은 제반 문제들을 합리적으로 해결하기보다는 강력한 체제 구축으로 대응했습니다. 북한의 도발 위협 속에 경제건설의 가속화를 위한 정치적 안정을 기하기 위해서 강력한 지도력이 필요하다는 이유로 삼선개헌이 실시되었습니다. 새로 고친다는 의미의 '유신'이라는 용어를 사용하면서 권력유지를 위해 '통일주체국민회의'라는 단체를 구성해 유신헌법을 제정해서 입법, 행정, 사법의 삼권이 모두 대통령에게 집중된 독재정권, 철권정치를 밀어붙였습니다. 이 과정에서 숨죽이며 두려움에 떨면서 살아온 세대들이 바로 유신 세대입니다.

성질이 급해서 대학 다닐 때 부모가 됐다면 이른 386세대 정도입니다. 386 세대世代(삼팔육 세대)는 1990년대 후반에 만들어진 말로, '30대, 80년대 학번, 60년대 생인 세대'를 말합니다. 주로 1980년대에 학생운동을 통해 민주화운동을 경험한 세대를 통칭합니다. 연도별 나이에 따른 386세대라는 명칭은 원래, 80년대 이후 널리 사용되었던 인텔 80286 또는 인텔 80386 등의 마이크로프로세서를 탑재한 컴퓨터의 명칭이었던 286컴퓨터, 386컴퓨터 등의 용어에서 비롯된 조어입니다.

30대, 80년대 학번, 60년대 생인 세대'라는 용어의 정의를 엄격히 적용하면, 용어의 정의에 "30대"라는 가변적인 나이가 포함되어 있으므로 해가 바뀜에 따라 386세대라 불리는 세대는 1990년에 첫 등장해서 2008년에 사라지게 됩니다. 그러나 통상적으로 “30대”라는 나이 구분을 제외하고, 시기적으로 제5공화국 때 민주화 투쟁을 했던 대학생 또래들의 세대를 가리킵니다. 그래서 1960-70년대 학생운동을 했던 전공투 세대나 유럽 68혁명에 참여했던 68세대와 비교되기도 합니다.

386세대는 1980년대 민주화 운동이라는 특유의 역사적 경험으로 인해 진보적인 정치 사회의식과 태도를 형성하고 있으며, 이전 세대보다 훨씬 탈권위적, 탈지역적 모습을 보였습니다. 그리고 “분배” 또는 국가보안법과 같은 문제에 대해 진보적인 태도를 갖고 정치단체 또는 사회단체에 가장 높은 참여를 하는 등의 특징을 가지고 있습니다. 또, 자본주의가 안착화, 고도화 되어가고 있는 대한민국의 문제점을 해결하기 위한 하나의 정치적 철학으로, 이전 세대에서는 금기시되었던 마르크스주의 또는 사회주의를 받아들이기도 했을 뿐 아니라, 한반도의 분단 상황에 대한 인식과 결부되어 민족주의적 성향을 강하게 드러내면서, 광주 민주화운동 당시의 미국의 역할에 대한 비판적 시각을 취하며 반미 성향을 표출하기도 했습니다.

다른 세대에 비해 정치적 저항의식내지는 비판적 사회의식을 더 많이 갖고 있는 것으로 믿어지고 있으며, 1980년 후반 대한민국이 민주화를 하는 데 크게 기여한 점은 높은 평가를 받고 있습니다. 그러나 교육 개혁을 이룬 프랑스의 68세대와 달리 386세대는 종신고용과 연공서열의 마지막 세대로 사회에 진출해서, 부유한 삶을 살고 있는 대한민국 최대 기득권층이 되어, 여러 방면에서 유리한 위치를 차지했으면서도 학벌사회를 오히려 조장 및 강화하는 등에 대한 젊은 세대로부터 비판의 목소리가 근래 들어 더욱 높아지고 있기도 합니다.

이들은 젊은 시절을 군사 독재의 정치적 억압 속에서 보냈습니다. 책을 읽거나 노래를 듣는 것도 자유롭지 못했습니다. 해외여행은 원천적으로 봉쇄돼 있었습니다. 그래도 다행히 경제성장은 순조로웠기 때문에 취업 문제로 고민하진 않았습니다. 취업이 어렵지 않았기 때문에 대학생들이 전공 공부에 매달리지도 않았습니다. 덕분에 '빨간 책(당시 금서로 지정된 진보적 성향의 책)'을 밑줄 그어 가며 읽었고, 이 집단적 체험은 우리 사회의 민주화를 앞당기는 기폭제가 되기도 했습니다.

한마디로 88만원 세대의 부모들은 군사독재라는 공동의 적을 앞에 두고 연대했기 때문에 학점, 외국어, 봉사활동, 그리고 경우에 따라서는 외모까지 포함되는 '스펙 경쟁'을 경험하지 않았습니다. 개인들끼리 좋은 직업을 선점하기 위해 경쟁을 치르지 않았기 때문에, 아마도 직업적 전문성은 그다지 높은 편이 아닐 수 있습니다. 그럼에도 일찍 정치적으로 독립해 싸운 덕분에 세대지분을 인정받으며 현재의 기득권 세대로 군림하고 있습니다.

이들의 후계자요, 자식인 다음인 88만원 세대는 정치적으로 불우했지만 경제적으로 행복했던 시기에 어린 시절을 보냈습니다. 요즘 젊은 세대의 피부와 체격과 옷차림을 보면 이전 세대와는 비교하기조차 무례할 정도로 놀랍습니다. 그야말로 종種의 진화가 한눈에 관측됩니다. 정치적 환경도 개선됐습니다. 이들이 초등학교 진학하는 무렵 우리 사회는 민주화를 이루어냈습니다. 이들은 더 이상 검은 교복을 입지 않았고, 뙤약볕에서 군복에 가까운 교련복을 입고 총검술 훈련을 받지 않았습니다. 폭발적인 대중매체와 문화산업의 성장은 금서와 금지곡 시대의 남루한 문화소비를 전설로 만들었습니다. 한마디로 이들은 한국 근대사에서 경제적으로 가장 풍요롭게, 정치적으로 가장 자유롭게, 문화적으로 가장 풍부한 환경에서 성장한 세대들입니다. 게다가 어린 시절부터 경쟁체제에서 성장해 자본주의 적응 훈련까지 마친 세대입니다. 이렇게 보면 한국 근대사에서 가장 행복하고, 경쟁력이 있는 세대입니다.

그런데, 이들을 기다리고 있는 것이 88만원과 적응하기 어려운 기성세대의 조직문화이기도 합니다. 참 아이러니한 사회구조적 현실입니다. 어쩌면 이들에게 사회진출의 의미는 안락한 온천에서 얼음 물속으로 들어가는 극기체험일 수도 있습니다.

대학을 졸업하고 어렵게 취업에 성공한 제자들이나 후배들을 만나 보면 소감이 개운치 않습니다. 고생해서 들어간 직장 치고는 별로라는 이유에서입니다. 월급이 적습니다. 밤늦게 일하기 힘듭니다. 폭탄주 마시기 힘듭니다. 저마다 이유가 다양하지만 공통적으로 조직 문화가 너무 보수적이고 불합리한 관행과 관례가 많습니다. 아무래도 가정에서 학교에서 구김 없이 자란 세대들에게 병영 같은 환경에서 성장한 기성세대의 문화는 적응하기 어렵습니다. 기성세대의 권위주의에 불편한 88만원 세대는 이를 회피하기 위해 일탈적 개인주의로 치달을 수밖에 없고, 일탈적 개인주의는 사회적 생산보다 소비를 통해 스스로의 정체성을 확인할 수밖에 없습니다. 부모세대가 엄청난 돈과 시간과 노력을 투자해 이룩한 88만원 세대의 경쟁력이 사회적 생산으로 연결되지 못할 수 있습니다. 물론 그 반대의 현상도 나타납니다. 기성세대들은 88만원 세대의 문화가 낯섭니다. 그들은 '요즘 신입사원들은 실력은 있는데, 조직에 대한 애정과 일에 대한 투지가 부족하고 너무 개인주의적'이라고 한탄합니다.

권위주의와 일탈적 개인주의는 적대적 공생관계를 형성합니다. 조직의 억압적 권위는 일탈에 대한 명분을 제공하고, 구성원들의 일탈은 다시 조직의 억압을 정당화하는 명분으로 동원됩니다. 만약 88만원 세대와 기성세대 사이의 관계가 이런 관계라면 조직의 역량을 충분히 발휘하기 어렵습니다. 외부의 어려움이 아니라 내부의 세대 갈등이 조직균열로 이어져 회복불능 상태를 만들지도 모릅니다. 이는 심각한 국가적 손실이요, 위기입니다.

세대 간의 문화적 단절을 극복하려면 기성세대가 먼저 변해야 합니다. 사회적 성취의 결과를 과신하지 말고, 성취의 방법에 내재한 반민주적 요소를 성찰할 필요가 있습니다. 88만원 세대에게 비친 기성세대의 가장 큰 문제는 방법론, 즉 문화입니다. 구조조정의 방법론으로 '초봉삭감'을 내세우는 기성세대는 기득권 중심의 몸싸움에 익숙한 사람들입니다. 나 홀로 삭감된 초봉을 받고 입사한 사원에게 권위를 기대할 수 있을까요?

88만원 세대도 '캥거루족'이란 소리를 듣기 싫으면 지금 겪는 이런저런 어려움이 당장 먹고 살기에 급급한 경제구조를 개선해보고자 온 몸으로 부딪치면서 경제 강국을 이룩한 부모세대의 피와 땀과 눈물 덕분임을 인식해야합니다. 그리고 사회초년생이 된 지금 이전에 부모 세대가 무상으로 부여해준 경제적인 여건제공이라는 보호막에서 누리던 풍요로움의 현재적 비용이라는 점을 인식해야 합니다. 이러한 자각은 사회적 현실에 주인으로 참여함으로써 한 세대를 책임질 주체적 성인으로 성장하는 데 결정적 계기가 될 것입니다.

분명 우리 사회의 경제 구조나 여건은 어렵지만 그렇다고 꿈을 펼치기에 불가능한 것은 아닙니다. 부정적인 요소들에 포기하지 말고 긍정적인 개선해나갈 요소들을 바라보고 나아가야합니다. 이전 세대들이 척박한 현실에서도 결코 포기하지 않고 도전한 것처럼 열정과 투지로 자신의 미래를 개척해나가야 합니다. 쉽고 편하고 빠르고 대접받으려는 자세는 젊음이 아닙니다. 젊음은 특권인 동시에 책임이고 가능성입니다. 기성세대와 우리 사회는 어디까지나 이런 분위기와 상황과 여건을 만들어주고 도와주는 것이지 무한한 가능성을 가능으로 만들 책임과 주체는 젊은 세대들임은 분명합니다. 세상에 공짜는 없고, 거른 끼니는 언젠가 때우게 되는 법입니다.

명절이 불편한 젊은 세대들의 초상

"하늘은 높고 말은 살찐다"는 계절의 꽃인 가을입니다. 눈이 부시게 푸른 날이 이어지고, 들판엔 오곡백과가 풍성합니다. 이 고운 가을이면 어김없이 우리 민족의 최대 명절인 추석秋夕이 옵니다. 추석 명절이 되면 원근각처에 흩어진 가족들이 모입니다. 추석은 음력 8월 15일에 지내는 명절로 신라시대 초기 때부터 지금껏 이어져왔습니다. 조상에 대한 차례와 성묘를 지내는 날로 가난한 집안일지라도 이 날만은 쌀로 술을 빚고 과일을 풍성하게 차려 놓아 '더도 말고 덜도 말고 한가위만 같아라'라는 말이 나왔다고 합니다. 보름달이 뜬 밤에 온 가족이 둘러앉아 도란도란 이야기꽃을 피우는 것이 얼마나 행복했으면 이런 말이 나왔을까 싶기도 합니다.

그러나 지금의 명절은 과거와는 많이 다릅니다. 단편적인 사례이긴 하지만 몇 년 전에는 추석에 차례상 차림 문제로 부부싸움후 홧김에 음독자살을 한 30대 여성, 수능을 앞두고 비관자살을 한 20대 남성 등의 보도가 있었습니다. 또한 친척들과 마주하기가 껄끄러워 추석 연휴기간에 자진해서 회사에 출근을 하고, '명절 기간 동안 가게도 닫을 텐데 끼니는 어디서 때워야 할까'라는 고민의 사연을 듣기도 했습니다. 이런 이야기가 우리의 미래를 책임질 젊은 세대에게는 더욱 곤혹스럽다.

어느 포털사이트에서 대학생 886명을 대상으로 실시한 설문조사에서 '명절 때 대학생이 친척들에게 가장 듣기 싫은 말'이 무엇이었는지 아시는지요? 흔히 예상하듯이 정답은 "어느 대학교에 다니니?"가 1위였다고 합니다. 그러면 2위는 무엇이었을까요? 정답은 "취직은 언제쯤 할 것이니?"였고 3위는 "남과 나를 비교하는 발언"으로 친척들이 자신에 관해 평가하는 것이 부담스럽다는 의견이 전체 61%에 달했다고 합니다. 오랜만에 만나서 반갑게 안부를 묻고 위로하고 격려하면서 깊은 사랑을 나눌 친척들과의 만남이 젊은 세대들에게는 불편하니 이를 어떻게 해야할지요?

이번 추석연휴에도 이런 불편한 질문과 만남이 부담스러워서 친척집에 가길 꺼려하거나 공부를 하느라 바빠서, 명절을 이용해 여행을 가는 등 여러 핑계를 만들어 실제로 가지 않은 경우가 있을 것입니다. 가더라도 인사만 잠깐, 안부만 묻고 헤어지는 모습을 보이려고 할 것입니다. 젊은 세대들은 자신의 부끄러운 모습을 보이지 않기 위해, 친척들에게 한소리 듣기 싫어서 '이번만 나 홀로 명절을 보낼 거야' 하며 피하는 것은 더욱 자신을 위축되게 하고 주눅 들게 하고 그럴수록 더 잘해야, 더 잘돼야 한다는 강박관념이 될 수 있습니다. '피할 수 없으면 차라리 즐겨라'는 말처럼 명절을 피하려고만 말고 맞이하면 어떨까요? 친척들에게 듣기 싫은 말이 있어도 그 말에 위축이 되더라도 우리 고유의 명절의 의미를 한번 되새겨보며 명절을 즐기면 어떨까요?

어릴 때 저는 일 년에 각각 한 번씩 돌아오는 '설'과 '추석'을 손꼽아 기다렸습니다. 그것은 지금도 마찬가지입니다. 교사들은 이 두 명절에 명절휴가비가 지급되니 봉급통장을 보는 기쁨이 큽니다. 풍성한 명절음식과 각 방송사에서 방영하는 설, 추석특선 영화가 어린 저를 설레게 했습니다. 그러나 중학교에 입학하면서부터는 더 이상 명절을 즐겁게 맞이할 수 없었습니다. 그 이유는 "반에서 몇 등하니?" 등 친척들의 '명절 잔소리' 때문이었습니다. 물론 이 잔소리가 저를 향한 관심인 것은 잘 압니다. 그리고 이 질문이 가슴에 박혀 열심히 공부하는 계기가 되기도 했으니 약이 되기도 했습니다.

그러나 친척들은 비슷한 또래인 사촌들과 비교하곤 했습니다. 은근히 자기 자식 자랑에 신이 나신 친척들도 있었습니다. 그럴 때는 가족과 친척 간의 정을 쌓는 명절이 갖는 본래의 의미를 알고 있었지만, 가시방석에 앉아 있는 듯 불편했습니다. 그 때문에 맛난 빛깔과 향기로 식욕을 돋우는 음식들과 친숙하지도 못했습니다. 더러는 급히 먹고 자리를 피하고 싶은 마음에 먹고 싶은 것도 참기도 했고, 급히 먹느라 체하기도 했습니다. 그럴 때는 명절에 친척 간의 정을 나누는 것이 무척이나 힘들었습니다. 명절이 정말 싫었습니다. '누가 이런 명절을 만들었나' 원망스럽기도 했습니다.

요즘 젊은 세대들이 꼭 중학생 시절의 제 모습인 것만 같습니다. 명절을 기다리기보다는 피하고 싶어 합니다. 친척들의 충고 아닌 충고(?) 덕에 제가 어렸을 적 앉은 가시방석이 그들에게도 전해집니다. 명절은 피할 수만 있다면 피하고 싶은 날이 되어버렸습니다. 명절이 불편하다고 느끼는 대학생들이 많습니다.

2014년 1월엔가, 민족 최대 명절인 설을 앞두고 어느 신문사에서 대학생들을 상대로 조사한 '설 귀향계획에 대한 설문'에 따르면 '친척집을 방문하는 등 귀향 계획이 전혀 없다'는 응답이 27.4%에 달했습니다. 또한 '귀향 또는 역귀향을 고려하지 않는다'고 답한 대학생들은 그 이유로 '친척 어른들을 뵙는 게 부담스럽다(27.3%)'고 답했습니다.

졸업예정자 즉 구직자들에겐 명절이 더욱 두렵다고 합니다. 고용노동부 취업포털 '워크넷'이 20~30대 구직자 3천 34명을 대상으로 설문조사한 결과, 응답자의 대부분은 온 가족이 모이는 명절 때 친척들에게 듣는 말로 인해 스트레스를 받는 것으로 나타났습니다. 전체 응답자의 87.5%가 '구직자로서 명절이 스트레스로 작용한다'고 답했습니다. 20대 구직자가 친척들에게 듣기 싫은 말 1위(23.9%)는 "누구는 취직 했다더라"였습니다. 이어 "아직도 취직 못했니?(20.2%)" 등이었습니다. 응답자 10명 중 8명이 명절에 스트레스를 받는다고 하니 명절을 마냥 웃으며 맞이하는 기대하는 젊은 세대가 대단하다고 느껴질 정도입니다.

심지어 이러한 불편함 때문인지 명절연휴를 자기발전 시간으로 보내는 학생들도 있습니다. 마음 불편한 연휴를 보내느니 시급 높은 아르바이트를 하는 것이 오히려 속 편하다는 것입니다. 또 내년 명절을 맘 편히 맞이할 수 있도록 학원이나 독서실로 가는 학생도 있습니다. 가장 풍요로워야 할 명절이 피하고 싶은 날이 되는 현실입니다.

며칠 뒤면 추석입니다. 이번 추석엔 일방적인 충고보다 서로의 이야기와 고민을 들어주는 자리가 많았으면 좋겠습니다. 어른들은 학생들의 입장에서 그들의 고민을 함께 헤아려보고, 그 고민에 대한 혜안을 내려줘야 하지 않을까요? 학생들도 어른들의 삶의 지혜가 깃든 말씀을 경청한다면 서로를 조금씩 더 이해하는 뜻깊은 명절이 될 것입니다. 서로에 대한 진심어린 배려가 있다면 명절은 더 이상 그 누구에게도 불편한 자리가 되지 않을 것입니다.

대학서열로 사람을 규정짓는 줄세우기식 문화, 청년실업의 심화로 힘겨워하는 우리의 젊은이들이 안타깝습니다. 보름달이 뜨는 밝고 환한 밤, 친척들과 모여 송편을 빚고 송편이 찌는 동안 설레었던 기억, 또래 친척들과 성묘를 다니면서 장난을 치던 어린 시절이 새록새록 떠오르며 그리워지는 것은 왜일까요? 부디 우리 어른들이 궁금하더라도, 조언해주고 싶더라도 그냥 모르는 체해주는 너그러운 마음이면 어떨까요? 때로는 말하지 않는 것이, 모르는 체해주는 무관심이 더 사랑일 수 있습니다.

명절이 즐겁지 아니한가

어렸을 땐 명절이 마냥 즐거웠습니다. 맛있는 거 먹고, 또래 친척들을 만나서 노는 게 좋았습니다. 그런데 어느 순간부터 친척 어른들을 뵙는 게 조금 불편해진 순간이 찾아온 것 같습니다. 고등학교 때부터였던 것 같습니다. "너 반에서 몇 등 정도 하니?"라는 질문에서 부터였던 것 같습니다.

JTBC에서 방영하는 '비정상회담'은 11명의 각국 세계 청년 대표를 모아 기성세대의 멘탈을 흔드는 비정상적이고 재기발랄한 세계의 젊은 시선을 보여줍니다. 우리나라 청춘들이 봉착한 현실적 문제를 다양한 시선을 통해 제공하고 있습니다. 여기서 이탈리아 대표가 결혼에 관해 토론을 나누던 가운데 "한국은 너무 질문이 많다"고 말한 것이 인상 깊었습니다. 우리나라는 수많은 질문을 던진다고 말했습니다. "너 대학 어디 갔니?" 대학 입학 후에는 '취업은 했니?', 취업 후에는 '결혼은 언제 하니?', 결혼 후에는 '아이는 언제 가질거니?' 등 타인에 대해 너무 많은 질문을 던진다고 말했습니다.

심지어 우리나라는 결혼 상대가 없는데도 "30살 정도 되면 결혼할 예정이에요"라는 등의 엉뚱한 이야기를 한다고 했습니다. 정작 결혼 상대가 어떤 사람인가는 중요한 것이 아니고, 남들에게 흔히 비춰지는 '결혼 적령기'가 더 중요하다는 말입니다. 터키 대표는 "한국 결혼식은 축의금 계좌번호도 보낸다"며 결혼 문화를 비판했습니다.

정과 정이 오가는 나라. 사람간의 관계를 중요시하는 나라. 우리나라의 현실적인 명절은 우리가 생각하는 모습과는 사뭇 다른 것 같습니다. 한 결혼정보회사에서 예비 며느리들이 꿈꾸는 가장 이상적인 명절을 조사한 결과 '시부모님 없이 우리끼리 여행하기'가 44%로 가장 높았습니다. 오죽하면 '명절 이혼'이라는 말까지 생길 정도일까요? 최근 대법원은 매년 명절 연휴 직후 이혼율은 최근 5년간 24.1%로 증가했다고 밝혔습니다. 또한 연휴 다음 달 접수된 이혼 소송은 3,581건으로, 전달보다 14.5% 증가하는 등 이런 추세가 2009년부터 계속 반복되고 있다고 합니다.

1992년 퓰리처상을 받은 뉴욕타임즈 칼럼니스트 안나 퀸드랜은 "가족을 빼고는 쓸 만한 소재를 생각할 수 없습니다. 가족은 다른 모든 사회 영역의 상징입니다."라며 가족의 중요성을 강조했습니다. 사람 사는 게 늘 좋을 수만은 없지만 평소에 보기 힘든 사람들, 특히 '가족'이라는 울타리 안에 있는 사람들끼리 재고 따지면서 외면하지는 않았으면 좋겠습니다. 명절맞이 친척집에 가기 전에 생각해봅니다. 내가 사랑하는 가족들마저 사회가 정해주는 기준의 잣대로 평가하려는 것은 아닌지. 사회가 원하는 욕구에 파묻혀 정작 본인이 가지는 중요한 가치를 흔들리게 만드는 것은 아닌지 말입니다.

"너 반에서 몇 등 정도 하니?"라는 질문보다 "가장 친한 친구는 어떤 친구니?"라는 질문을. "취업은 했니?"보다 "힘내"라는 진심어린 격려의 말을 하는 것이 겉으로 드러나는 현상을 중시하고 그것만 보는 것이 아닌 사랑하는 이들의 내적 정서를 함께 공유하고, 이해하는 것입니다.

무궁화 사랑, 나라사랑

——————————— 고려 16대 예종 임금 때의 이야기로 전해오는 이야기로 할아버지, 할머니의 입에서 입으로 전해져오는 이야기입니다. 예종 임금은 참으로 사랑하는 신하가 셋 있었습니다. 세 신하를 똑같이 아끼어 벼슬도 똑같이 지금의 차관급인 시랑의 벼슬을 내렸습니다. 그러나 신하들은 그렇지가 못했습니다. 어떻게 해서든지 예종 임금에게 더 잘 보이려고 했습니다. 더 잘 보이려고 하니, 서로 시기하고 헐뜯곤 했습니다. 그러나 세 사람 가운데 한 사람인 구 시랑만은 그렇지 않았습니다. 마음이 비단결 같고 청렴결백하기 이를 데 없는 구 시랑은 다른 사람의 이야기를 할 때면, 이렇게 말하곤 했습니다.

> "쓸데없는 소리 하지 마시요. 그 친구를 욕하면 내 얼굴에 침 뱉기와 같소."

이렇게 말하고는 자리를 뜨곤 했습니다. 정 시랑과 박 시랑은 둘이 만나면 구 시랑을 험담하는 얘기로 시간가는 줄 몰랐습니다. 이들은 결국 구 시랑을 궁궐에서 쫓아내기로 의견일치를 봤습니다. 그렇게 해서 임금의 사랑을 둘이서 나눠 갖자고 말입니다. 그러나 아무리 찾아봐도 그럴만한 거리가 없었습니다. 그러면 그만 포기하면 될 일을 그게 아니었습니다. 이미 그들의 마음속은 욕심으로 가득했습니다. 어떻게 해서든지 구 시랑을 내쫓으려고 작정했습니다. 이들은 결국 없는 죄를 만들어서 뒤집어씌웠습니다. 마침 자신들이 남들 모르게 받아온 뇌물을 구 시랑에게 떠 넘겼습니다. 그렇게 해서 자신들이 뇌물을 받아온 것을 숨기고 구 시랑을 모함했습니다. 심지어 그 뇌물로 구 시랑이 임금을 몰아내고 새 임금을 올리려고 모의했다고 했습니다. 이들은 처음엔 구 시랑을 몰아내려다가 마음을 바꿔 아예 그를 죽이려고 작정했던 것입니다.

예종 임금은 아끼는 신하 둘이서 한마음 한뜻으로 확신에 차서 말하니 제대로 확인도 해보지 않고, 그들의 말을 믿고 말았습니다. 예종 임금은 정 시랑과 박 시랑의 꾐에 넘어간 것입니다. 예종 임금은 나중에서야 박 시랑과 정 시랑의 흉계인 줄을 뒤늦게 알았으나, 명색이 임금이 말한 것을 번복하자니 체면이 말이 아니라 그대로 시행하고 말았습니다.

"내 마땅히 사형으로 다스릴 것이나, 그동안의 공로가 있으니 경상도 땅으로 귀양을 보내는 것으로 자비를 베푼다. 종 하나를 붙여서……."

예종 임금은 말끝을 맺지 못했습니다.

"전하……."

구 시랑은 엎드려 울었습니다. 너무도 억울했습니다. 그러나 한번 떨어진 임금의 말은 어쩔 수 없었습니다.

그날로 구 시랑은 귀양지로 끌려갔습니다. 귀양지에 도착한 구 시랑은 개성 쪽으로 무릎을 꿇고 앉아 임금 생각만 하면서 하염없이 울었습니다.

'나는 아무 죄도 없는 몸이다. 죄인은 정 시랑과 박 시랑인데 그들 곁에 계신 임금님을 도와드릴 수도 없고, 이를 어쩌면 좋단 말인가.'

혼자서 이렇게 생각하면서 외롭게 살았습니다. 뇌물을 받아먹은 파렴치범破廉恥犯에다가 역적逆賊으로 몰렸으니 구 시랑의 집안도 망해 버렸습니다. 그의 아내는 종이 되어 어디론가 끌려갔고, 그의 아들과 딸들은 어떻게 되었는지 소식조차 모르게 되었습니다. 그럼에도 구 시랑은 임금을 원망하지 않았고, 이해했고 충성심은 날로 더해만 갔습니다. 그러면서 자신이 임금을 도와드릴 일이 없음이, 나쁜 신하들 속에 있는 임을 걱정으로 잠을 이룰 수가 없었습니다.

'전하, 만수무강萬壽無疆하소서…….'

구 시랑은 누가 보는 것도 아닌데 매일 하루 세 번 임금이 있는 개성을 향해 큰 절을 올리면서 기도했습니다. 이를 옆에서 지켜보던 그의 종 먹쇠가 간절하게 말했습니다.

"구 시랑님, 뭘 좀 잡수셔야죠, 이렇게 앉아서 기도만 하신다고 누가 알아주기라도 한단 말입니까?"

먹쇠가 울면서 간청했지만, 구 시랑은 눈 하나 까딱하지 않았습니다.

"좀 드세요, 이렇게 굶으시다가는 제 명을 못사십니다. 제명을……."

벌써 며칠째 굶고 있는 구 시랑이었습니다. 가랑비가 구슬피 내리던 어느 날, 구 시랑은 결국 숨을 거두고 말았습니다. 그의 죽음에는 그가 충성을 바친 임금도 사랑하는 가족도 아무도 없었습니다. 먹쇠만이 그의 죽음을 슬퍼했습니다. 먹쇠는 그의 시신을 양지바른 곳에 묻어 주었습니다.

다음해 봄. 구 시랑의 묘 앞에는 한 송이의 꽃이 피었습니다. 그 꽃은 작고 여린 모양이었고, 어딘가 모르게 슬퍼 보였지만 왠지 모를 단단함으로 묘한 분위기를 자아냈습니다. 이 꽃으로 인해 구 시랑의 무덤은 초라하기 이를 데 없었지만 지나가는 이들의 시선을 끌기에 충분했습니다. 이 꽃이 바로 우리나라의 국화國花인 '무궁화無窮花'였습니다.

사람들은 구 시랑이 무궁화로 다시 태어났다고들 했습니다. 구 시랑의 임금을 사랑하던 마음이 빨갛게 달아서 빨간빛이 되었고, 구 시랑의 죄 없음을 여러 사람에게 알리기 위해 꽃잎은 하얀빛이 되었고, 보랏빛 등으로 피어났다고들 했습니다. 무궁화의 꽃말은 '일편단심一片丹心' 또는 '영원永遠'입니다. 임금을 사랑하던 그 염원念願이 무궁화로 피었으니 그 충성된 마음이야 변할 리가 있을까요?

구 시랑은 요즘같이 약삭빠르게 자기 이익에만 민첩한 요즘 사람들이 보기엔 참 어리석은 사람입니다. 그렇게 억울한 일을 당하고도 임금에 대한 원망하는 마음이 없었습니다. 어떻게 그럴 수가 있을까요? 구 시랑이 죽어서 무궁화가 되었다는 이야기는, 이 이야기를 만들어낸 사람들이나 전한 이들은 이야기가 진짜냐 아니냐가 중요한 것이 아니라 그의 삶이 너무나도 숭고한 감동이기에 그러했을 것입니다. 이 이야기 이외에도 우리나라에는 무궁화와 관련된 이야기들이 많습니다. 이처럼 무궁화는 무궁무진하게 우리네 삶과 함께해온 우리나라 꽃입니다.

무궁화는 오래 전부터 우리나라에서 쉽게 찾아 볼 수 있었으며, 자연스럽게 우리 겨레의 민족성을 나타내는 꽃으로 인식되면서 '나라꽃'으로 인정받았습니다. 우리나라 사람은 누구나 할 것 없이 나라꽃이 무궁화인 것을 알고 있습니다. 우리나라 국가國歌인 애국가에서도 무궁화가 분명하게 나옵니다. 무궁화가 우리민족과 연관되어 나타난 것은 역사적으로 그 연원連原이 무척 오래되어 고조선까지 거슬러 올라갑니다.

우리나라의 상고사를 재조명 하고 있는 『단기고사檀寄古史』에는 '근수槿樹'로, 『환단고기桓檀古記』에는 '환화桓花'나 '천지화天指花'로 무궁화를 표현하고 있습니다. 이는 조선시대의 『규원사화揆園史話』에 '훈화薰花'로 표현해서 단군시대에 무궁화가 자생하고 있었음을 뒷받침 해줍니다. 신라 효공왕 때와 고려 예종 때는 외국에 보내는 국서國書에서 우리나라를 '근화향槿花鄕'라 표현할 만큼 무궁화가 많이 피어 있었습니다. 일제강점기 시대에 『조선총독부 고등경찰사전』을 보면 이런 구절이 나옵니다.

> "고려조시대에는 전 국민으로부터 열광적 사랑을 받았으며 문학 서적과 의학 서적에서 진중한 대우를 받았다. 우리 일본의 사쿠라, 영국의 장미와 같이 피어 국화로 피어 있다가 이조에 들어서 왕실화를 이화梨花로 정하매 무궁화는 점차로 세력을 잃고, 조선 민족으로부터 소원해졌던 것인데 20세기의 신문명이 조선에 들어오매 유

지들은 민족사상의 고취鼓吹, 국민정신의 통일 진작에 노력하여……."

이처럼 무궁화가 고려 시대부터 우리나라를 대표하는 꽃이었음을 확인할 수 있습니다. 조선시대로 오면서 이화李花가 이씨李氏 왕조王朝의 문장紋章이 되었으므로 무궁화가 조선을 대표하는 꽃으로 표현되지 못했으나, 여러 문헌과 작품에 다양하게 표현되어 있습니다. 이홍직의 『국어대사전』에 나오는 내용입니다.

"무궁화는 구한말 시대부터 우리나라 국화로 되었는데 국가나 일개인이 정한 것이 아니라, 국민 대다수에 의하여 자연발생적으로 그렇게 된 것입니다. 우리나라를 예부터 '근역' 또는 '무궁화 삼천리'라 한 것으로 보면 선인先人들도 무궁화를 몹시 사랑했음을 짐작할 수 있다."

조선후기와 개화기開化期를 거치면서 다시 무궁화를 우리나라의 상징화象徵花로 인식하게 되었습니다. 이 시기에 우리나라에서 20여년을 살다 간 영국인 신부 리처드 러트가 쓴 『풍류한국』에 나오는 말입니다.

"프랑스, 영국, 중국 등 세계의 모든 나라꽃이 그들의 황실이나 귀족의 상징이 전체 국민의 꽃으로 만들어졌으나, 무궁화만은 유일하게도 황실의 이화가 아닌 민중의 꽃이 국화로 정해졌다."

그렇습니다. 무궁화는 일반 사람들의 꽃입니다. 우리 민족과 무궁화를 결부시켜서 이야기한 것은 여러 곳에서 찾을 수 있고, 우리 스스로는 옛부터 우리나라를 '무궁화 삼천리'라 하면서 은연중 무궁화를 우리나라를 대표하는 꽃으로 인식하고 있었습니다. 특히, 일제 강점기에는 일제의 압박 속에서 무궁화가 겨레의 얼로, 민족정신을 상징하는 꽃으로서 뚜렷이 부각되어 고통속의 민족에게 꿈과 희망을 주었습니다. 이런 점에서 무궁화는 통일조국을 이룩해나가는데도 유익합니다.

국호國號, 국기國旗, 국가國歌는 남북한이 다릅니다만 국화國花인 무궁화는 남북한이 하나 되는 통일조국을 이루는 데도 유익합니다. 무궁화는 우리 겨레가 오랜 세월 사랑해온 꽃이고 우리민족의 아픔과 힘을 대변하는 꽃이기에 북한에서도 반대할 이유가 없습니다. 무궁화는 일반 사람들이 주권을 행사해야한다는 민주주의民主主義나 모두가 공동으로 생산과 소비를 함께해야한다는 공산주의共産主義 모두 공유할 수 있는 귀중한 자산資産입니다.

무궁화는 아주 오래 전, 어쩌면 인류역사화 함께한 꽃인지도 모릅니다. 그 유래가 아주 오래된 꽃입니다. 이는 마치 우리나라가 반도국가로 대륙세력과 일본의 끊임없는 외침外侵 속에서도 반만년을 이어온 것과 같습니다. 무궁화는 장미처럼 자신을 뽐내기에 바쁘지 않습니다. 고운 자태를 뽐내는 백합처럼 너무도 희어 부담스럽지도 않습니다. 그저 자기 자리에서 올곧게 자랄 뿐입니다.

누가 뭐라 하든 말든 주어진 자기 자리에서 하늘 뜻 받들어 제 삶을 묵묵히 이어가는 꽃입니다. 벚꽃처럼 강렬하게 피고 지는 것이 아니라 꾸준하게 자기 빛깔과 향기를 드러내는 꽃입니다. 이렇게 보면 무궁화는 소수의 고귀한 사람들이 아니라 평범한 다수의 사람들과 같습니다. 고가품高價品의 도자기가 아니라 일상적인 질그릇과도 같습니다. 이는 마치 눈이 부시게 아름다운 젊은 여성들의 모습이 아닌 투박하기 이를 데 없는 우리네 어머니와도 같습니다. 그러기에 무궁화는 "예쁘고 아름답기"라기 보다는 "정답고 사랑스럽습니다."

무궁화는 우리 곁에 언제나 함께하는 이웃과도 같습니다. 크지 않아

위압감이 없고 가시가 없어 어색함이 없고, 화려하지 않아 불편하지 않으니 좋습니다. 은은한 매력, 평범함 속에 베어나는 은근과 끈기가 우리 민족과 우리 자신을 비춰보는 거울과도 같습니다.

오늘 문득 교정校庭에 피어있는 무궁화를 보면서 작은 농촌 중학교에서 아이들과 함께하는 교사의 길을 묵묵히 걸어가리라 다짐해봅니다. 문득 도란도란 친구들과 수다에 시간가는 줄 모르는 아이들의 모습이 꼭 무궁화 같다는 생각에 혼자 웃음지어 봅니다.

화해와 일치를 통한 평화통일

——— 화해……. 화해는 '싸움하던 것을 멈추고 서로 가지고 있던 안 좋은 감정을 풀어 없애는 일'입니다. 참으로 아름다운 말입니다. 듣기만 해도 숭고함마저 배어 나오는 듯, 참 좋은 말입니다. 그러나 이는 다른 사람들이 화해를 말하거나, 제가 다른 사람에게 화해를 권유할 때입니다.

화해는 때로는 우리를 참 당혹스럽게 하는 말이기도 합니다. 막상 우리가 화해를 말해야 할 때, 또 누군가가 우리에게 화해를 말할 때는 '화해'라는 말이 적지 않게 당혹스럽기도 합니다. 막상 누군가와 화해하려 할 때, 화해를 해야만 할 때, 우리는 '안 좋은 감정을 어떻게 풀어야 하는지', '왜 풀어야 하나'를 스스로에게 묻고는 선뜻 화해의 손을 내밀기를 망설입니다.

어렵게 화해의 손을 내밀었는데 상대방이 흔쾌히 호응해 주지 않으면 당황하며 분개하기도 합니다. 그런가 하면 누군가가 우리에게 예기치 않은 화해의 손을 내밀 때 선뜻 호응하지 못하고 순간 당황해서 망설이거나, 또는 짐짓 놀라는 척하며 화해를 청하는 사람의 속내를 궁금해하며 주저하기도 합니다. 이처럼 우리가 화해하기 어려운 것은 명분과 체면을 의식하기 때문은 아닌지, 내려놓을 수 없는 자기 중심성은 아닌지 생각해 볼 일입니다.

화해는 일치를 위해 꼭 선행되어야 하는 중요한 과정입니다. 특히 남북한의 일치나 남북한 사람들의 하나 됨이 그러합니다. 화해 없이 일치가 이루어진다면, 그것은 물리적인 통합에 불과합니다. 남북한 통일은 우리 민족의 마음이 일치해서 하나가 되었을 때 비로소 완성될 수 있습니다. 그런데 오랜 세월 남북 화해는 우여곡절을 겪으면서 제대로 이루어지지 못하고 있습니다. 이에 대해 북한의 폐쇄성과 자의성을 탓하고 주변 국가들의 자세를 탓할 수는 있지만 이런 이유만은 아닙니다. 물론 이런 이유가 타당하기도 하고 옳기도 하지만 이것만은 아닙니다. 남을 탓하기 이전에 우리가 해온 우리의 잘못을 반성해보는 것이야말로 더욱 중요합니다. 우리는 남북 화해를 바라면서 명분과 체면에 얽매이곤 해왔고 우리가 형이고 북한은 동생이라는 자세, 우리가 인구나 경제적으로 우세하니 우리가 주도해야한다는 생각, 우리가 베푼 것에 즉각적인 고마움을 표하면서 수용하고 순응해야한다는 생각이 화해와 일치를 가로 막는 것은 아닌지요?

너무나 화가 나서 용서나 화해란 있을 수 없다고 생각한 어떤 사람이 있었습니다. 그 사람은 사람에 대한 분노로 인해 매우 힘들고, 그 사람과 얽힌 일들로 인해 괴로웠습니다. 어느 날 그는 미움으로 가득한 자신을 객관적인 시각에서 바라봐야한다는 거룩한 부담감에 휩싸였습니다. 이에 그는 자기 입장을, 자기 억울함과 분함을 절절히 하소연하며 기도했습니다. 그러다보니 자신이 미워하는 사람의 허물과 배신감이 변해서, 자신의 부족함과 조급함이 보이기 시작했습니다. 그러다보니 자신도 모르게 미워한 그 사람에게 찾아가게 되었습니다. 무조건 무릎을 꿇고 눈물로 자신이 지나쳤다고 사과했습니다. 그랬더니 그도 울면서 자신이 잘못했다고 사과했습니다. 둘은 한참을 부둥켜안고 울었습니다. 주변 사람들이 뭐라고 하든 말든 아랑곳하지 않고서 말입니다.

그렇게 한참을 우는 데 옆에서 그의 아내가 무슨 일인가 싶어서 깨우는 바람에 눈을 뜨고 보니 꿈이었습니다. 분명 실제가 아닌 꿈이었지만 어찌나 생생한지 또렷했고 가슴 속이 후련했습니다. 그는 꿈에서 깨어 눈을 떴을 때, 정말 거짓말처럼 마음이 편안했고 그 사람에 대한 분노가 눈 녹듯 녹아내렸습니다.

남북 화해와 일치를 위한 노력은 명분이나 체면을 따지지 않고, 주도권을 쥐려는 자세에서 벗어나야합니다. 어느 한 쪽이 먼저 다른 한 쪽을 꼭 안아주는 통 큰 마음과 자세로 시작해야합니다. 이는 물질적으로, 정신적으로 여유가 있는 우리 쪽에서 먼저 시작해야할 것입니다.

이런 화해의 자세는 남북통일을 위한 것에서만이 아니라 우리 삶의 모든 영역에서 모든 사람관계맺음에서도 마찬가지입니다. 이런 성숙한 자세가 생활화될 때 남북통일을 위한 화해와 일치도 쉽게 진행될 것입니다. 이를 위한 가정과 학교와 사회의 교육에 우리 모두가 앞장서기를 기대해봅니다.

다시 청춘으로, 자신을 외칠 차례

우리는 모두 꿈을 꾸면서 살아갑니다. 세계여행, 복권당첨 등 꼭 이루고 싶은 꿈이 있을 것입니다. 저 또한 꿈 많은 청춘이 있었습니다. 안정된 직장, 단란한 가정, 보람된 일터, 삶의 질을 높이는 취미생활은 물론 대중들이 모두 알만한 인지도 있는 책을 쓴 작가도 되고 싶었고 학문탐구의 성과가 축적된 학술논문도 쓰고 싶었습니다. 그러나 꿈은 꿈이고 현실은 현실인 경우가 많았습니다. 꿈을 꾸는 대로, 생각하는 대로 인생살이가 되지는 않았습니다. 이런 저런 국가적 위기와 가정사의 아픔으로 힘든 시절도 있었습니다. 대부분의 사람이 그러하듯 시간이 흐를수록 '현실'이란 단어 앞에 꿈을 포기하곤 했습니다. 그런데 가만히 생각해보면 이는 꿈을 꾸기보다 현실을 앞세우는 것이 더 편해서였을지도 모릅니다.

주변 시선에 내 기준을 맞추고 그 시선 속에 내가 포함돼 있다는 안도감에 만족하기도 했고 잦은 실패와 좌절로 학습된 무기력에 빠져 그저 그렇게 살기도 했습니다. 그래도 가정을 이뤘고 교사와 목사로 박사학위도 하고 책도 내고 신문과 방송도 하니 이 정도면 괜찮은 것이 아닌가 하는 안일함으로 게으름을 모면하려 했습니다.

이처럼 안도감에 취해있을 때 한 편의 CF가 눈에 들어왔습니다. 'Just Do it: 너를 외쳐봐.' 영상에는 우리나라 축구 국가대표로 활약했던 이영표 선수와 각자의 분야에서 최고를 꿈꾸는 운동선수들이 나왔습니다.

광고 속 선수들은 구슬땀을 흘리며 열심히 훈련하지만 마음대로 몸이 따라주지 않자 곧 좌절했습니다. 그들을 보며 이영표 선수는 "시간낭비야", "인생에 도움이 안 돼", "요즘이 어떤 세상인데", "남들이 하는 일을 하라"며 가슴 아픈 말을 남긴 채 유유히 사라졌습니다. 등장인물 중에는 그의 차가운 말 한 마디에 한숨을 내쉬며 운동을 그만두는 선수도 있었습니다. 선수들이 지쳐있을 즈음, 이영표 선수가 다시 나타나 그들의 가슴에 불을 붙이는 한 마디를 꺼냈습니다. "그런데도 끝까지 해보겠다는 거야?" 그 말에 모든 등장인물들은 지금껏 좌절했던 순간들을 극복하기 시작했습니다.

이영표 선수의 일침은 여기서 끝나지 않았습니다. 그는 광고가 끝난 후 인터뷰 영상에서 이런 말을 했습니다.

> "한계를 만나면 포기하는 것이 일반적입니다. 그것이 통계로 나타난 결과입니다. 그러나 관점을 바꿔 한계를 만나는 순간을 자신이 성장하는 기회라고 생각하고, 그 한계를 뚫어내고 통계 밖으로 뛰쳐나오는 사람들이 있습니다. 재능은 찾는 것이 아니라 만드는 것입니다."

광고는 실시간 검색어에 오를 정도로 사람들에게 큰 관심을 받았고,

영상은 유투브에서만 조회수 100만 건을 훌쩍 뛰어넘었습니다. 영상을 본 누리꾼들의 반응 또한 열광적이었습니다. "이영표의 마지막 대사가 마음을 울렸다"는 반응부터 "제품 광고라기보다 공익광고 같다", "영상을 보고 나니 사무실을 박차고 나가고 싶다" 등의 찬사가 쏟아졌습니다.

이 광고는 2030세대 청년들의 이야기를 간접적으로 담고 있었기 때문에 네티즌들의 관심을 끌 수 있었습니다. 또한 꿈을 꾸고 있지만 현실이라는 벽 앞에서 고군분투하는 청춘들에게 기운을 주는 메시지가 담겨있었기 때문에 뜨거운 관심을 받을 수 있었습니다. 저는 이 광고를 보면서 "나이는 숫자에 불과하다"함을 되새겼습니다. 꿈을 꾸며 도전하는 사람은 청춘입니다. 분명 제게도 꿈이 있고 목표가 있고 계획이 있습니다. 꿈을 잃지 않은 이상 저는 청춘입니다.

누가 여러분을 알아주지 않는다고 해서 쉽게 자신의 개성을 포기하지 마십시오. 주머니 속의 송곳은 결국 드러나게 마련입니다. 우리가 태어난 데는 이유가 있고, 각자에게 주어진 사명이 있습니다. 그것을 찾아 이루기까지 결코 주저앉지 말고, 때가 되면 반드시 이루어짐을 믿고 때를 기다리며 하나하나 척실하게 준비해나가면 됩니다.

경제적 어려움으로 연애 · 결혼 · 출산을 포기하는 이른바 '3포세대'가 늘면서 혼인 건수가 2년 연속 30만건 수준에 그쳐질 것이라 합니다. 통계청이 발표한 인구동향에 따르면 2015년 11월까지 누적 혼인건수는 26만 9600건에 그쳤습니다. 혼인 건수가 11년 만에 최저치를 기록했던 2014년 같은 기간(27만1200건)보다 적은 수치입니다. 혼인건수는 2010년(32만6000간)부터 2013년(32만2000건)까지 4년 연속 32만건 대를 기록했지만 2014년 급감해 30만건 대(30만5500건)에 그쳤습니다. 지난

2003년(30만2500건)과 2002년(30만4900건)에 이어 역대 3번째로 낮은 기록이었습니다.

2015년에도 결혼 기피 현상은 크게 개선되지 않았습니다. 특히 하반기 들어서는 7월부터 10월까지 4개월 연속으로 혼인 건수가 전년 대비 마이너스를 기록했습니다. 11월 혼인 건수는 2만3200건으로 전년 동월 대비 10.6% 증가했지만 이는 2014년 11월 통계 수치가 유독 낮게 나타난 것에 대한 기저효과 성격이 컸습니다.

문제는 더욱 심각합니다. 현재 우리나라 청년들은 연애, 결혼, 출산을 포기한 '3포 세대'를 넘어 인간관계, 주택구입, 희망, 꿈마저 포기한 '7포 세대'에 이르렀습니다. 취업난이 심각해지자 포기해야 할 항목들이 많아졌습니다. 위의 일곱 가지를 모두 포기하더라도 더 나아지는 건 없다고 느끼는 이들도 많습니다. 취업난을 해결하겠다는 정부의 여러 정책도 그들에게 직접 와 닿지는 않는 듯합니다. 청년들이 서야할 무대가 좁아지고 있습니다. 꿈이 사라지고 있습니다.

분명 청년들은 힘든 삶의 과정에 직면하게 될 것입니다. 하지만 그대로 포기하고 주저앉는다면 일반적인 통계 밖으로 뛰쳐나갈 수 없게 됩니다. 재능을 만들 수 있는 기회가 사라지고 말 것입니다. 앞을 가로막고 있는 벽에 주눅 들지 말고 있는 힘을 다해 힘차게 밀어내어 성장할 줄 알아야 합니다. 분명 사회는 청년들을 힘들게 하는 부조리와 불의와 부적합한 여건이 가득하지만 그렇다고 사회를 탓하며 주저앉아 있는 것은 청년답지 않습니다. 두 주먹 불끈 쥐고 일어나야합니다. 잃어버렸던 꿈을 되찾아야 합니다. 모든 준비를 마치고 다시 일어났다면, 그 다음은 이 세상에 '나'를 외칠 차례입니다.

이준 열사의 나라사랑으로 호국보훈

우리나라는 세계에서 아홉 번째로 무역 규모 1조 달러를 달성하고 G20 정상회의와 핵 안보 정상회의를 개최하는 등 세계의 경제 질서를 만드는 일에 일조하는 중심 국가로 도약했습니다. 과학 인프라 부분에서 세계 4위, 꼭 가 봐야 할 도시 및 국가로 서울이 3위, 산업 경쟁력 부분에 있어서는 디스플레이, 메모리 반도체, 조선, 휴대폰 부분에서 명실 공히 이미 타의 추종을 불허하고 있는 지 오래입니다.

세계 여러 나라의 젊은이들이 우리나라의 K-POP을 따라 부르고, 드라마를 보며 우리나라의 문화를 사랑합니다. 일본 천황에게 과거사에 대해 사과를 하라고 으름장을 놓고 일본의 어떤 경제적 압박에도 두려워하지 않는 힘을 지니기도 했습니다. 세계 정상들을 불러 회의를 주재하는 의장국이 됐고, 유엔 사무총장과 세계은행 총재가 세계를 호령하고 있기도 합니다. 1988년 서울 올림픽을 개최했고, 2002년 한일월드컵을 개최했습니다. 최근에도 지난 2012년 런던 올림픽에서는 금메달 13개로 세계

5위에 올랐고, 2018년 동계올림픽이 평창에서 진행될 것입니다. 과거 작은 변방의 나라가 이제 세계가 주목하는 나라가 된 것입니다. 이처럼 기적적인 눈부신 성장과 자유와 평화를 누릴 수 있었던 것은 과거 국가를 위해 목숨까지 아끼지 않았던 이 준 열사와 같은 순국선열의 희생과 헌신이 있었기에 가능한 일이었습니다.

이 준 열사를 비롯한 애국애족의 순국선열 인사들의 숭고한 희생으로 오늘의 번영을 누리지만 오늘을 사는 대부분의 사람들은 이들의 희생을 아주 먼 옛날의 화석火石처럼 여기는 것만 같아 안타깝습니다. 나라를 위해 이름도 빛도 없이 희생한 순국선열, 이들이 있었기에 나라가 있고, 우리는 이들의 희생을 잊어서는 안 되는데 말입니다. 올해도 여김없이 현충일顯忠日을 맞아 여기저기에서 국가보훈의 행사가 열렸습니다. 그러나 대부분의 행사가 구색을 맞추고 생색내기 위해 치루는 의전행사 같기만 했고, 그나마 일회성으로 끝나는 것 같았습니다. 순국선열의 거룩한 희생정신을 되살리지 못하고 그것을 기억의 뒤편으로 밀쳐놓고 있는 듯해서 씁쓸함을 지울 수 없었습니다. 이런 현실은 가슴깊이 반성할 우리의 현실입니다.

나라사랑의 소중함을 느끼며 숙연한 마음가짐을 갖게 되는 호국보훈의 달에 정부와 국민들이 구체적이고 실천할 수 있는 진정한 보훈이 무엇이 있는지 생각해 보는 시간을 가졌으면 좋겠습니다. 오늘 우리나라의 국내외적 환경은 화사한 장미빛깔이 아닙니다. 같은 민족끼리 총부리를 겨누고 있는 휴전선休戰線 상태로 세계에서 유일하다시피한 분단의 아픔에 직면해 있고, 주변 강대국의 이해가 교차하는 지정학적 위치 때문에 국가안보에 한시도 관심을 늦출 수 없는 상황입니다. 이른바 신자유주의로 지칭하는 세계화는 인류의 공동 번영과 문화 공유의 기회를 제공해 주지만, 국가간 무한경쟁을 가속화하고 경쟁에서 낙오된 국가는 비참한 생활과 생존의 위협을 가져오기도 합니다.

이러한 세계화의 물결 속에서 국가정체성을 지키면서 치열한 생존경쟁에서 살아남고 승리하려면 그 어느 것보다 내부의 분열과 갈등을 해소하고 공동체 의식인 애국심을 길러 국가적 힘을 배양하는 것이 시급합니다.

세계 각국들은 개인화, 파편화로 자국自國에 대한 공동체의식인 애국심이 약화될까 하는 우려를 합니다. 이에 따라 자국의 애국자를 발굴하고 재조명하여 이를 승화시켜 국가적 차원에서 가치화하는 노력을 기울이고 있습니다. 이를 통한 나라사랑 정책을 통해 국민들의 애국심을 고양하고 나라사랑의 가치를 근본으로 삼아, 국민이 나라에 헌신할 수 있는 애국심과 충성심 및 희생정신을 함양하려고 열을 올리고 있습니다.

이런 세계 각국의 양상을 거울삼아 우리도 사회통합을 저해하는 시대착오적이고 소모적인 모든 요소를 제거하고, 범사회 · 범국가적인 차원에서 나라사랑 정신을 되새기는 선양사업을 추진해서 공동체의식을 향상시켜 자발적인 충성심을 확보해 나가야합니다.

우리 대한민국은 한민족이라는 공통의 뿌리를 공유하고 고유한 언어와 문화, 반만년의 역사를 갖고 있는 단일 민족 국가입니다. 이 특성때문에 지정학적 요충지다보니 끊임없는 강대국의 외침을 받았지만 그 속에서 건재할 수 있었던 것은 민족의식이 유난히 강했기 때문이었습니다. 이러한 민족의식이 민족적 단결로 이어져, 2차 세계대전 이후 독립하거나 새로 탄생한 140여 개 신생 독립 국가들 가운데서는 단연 최고의 경제 발전을 이룩하였습니다. 그러나 눈부신 경제적 발전은 물질적 측면에서 풍요로워지고 편리해진 것이 사실이지만 상대적으로 우리 사회 내에서는 빈곤감과 박탈감으로 양극화를 초래함으로써 계층간, 세대간, 지역간 갈등과 분열이 심화되기도 했습니다.

아무리 물질적 번영을 누리고 있는 나라일지라도 국민의 정신력이 건강하지 못하면 그 나라는 침체하기 마련이며 미래가 어두울 수밖에 없습니다. 이점에서 프랑스의 신학자요, 계몽주의 철학자 르낭Joseph Ernest Renan이 "국가는 영혼으로 존재한다"고 한 말은 가슴속 깊이 새겨들어야 명언名言일 것입니다.

국가를 위한 숭고한 정신, 순국선열의 공로를 기억하고 계승해서 나라 사랑에 대한 인식을 고양시켜 국가 발전과 국민 통합에 목적을 둔 나라 사랑 정신 함양에 역전을 두어야합니다. 나라 사랑정신은 국가와 민족의 장래를 결정합니다. 그렇다면 어떻게 해야 나라사랑의 정신을 강화할 수 있을까요? 두말할 필요 없이 그것은 체계적인 나라 사랑 교육을 통해 나라 사랑 정신을 함양하는 일입니다.

나라 사랑 교육이 중요한 가장 근본적인 이유는 무엇일까요? 나라가 있어야 국민이 있고, 나라를 사랑하는 국민이 있어야 나라의 발전과 안보가 보장될 수 있기 때문입니다. 나라 사랑 교육을 통해서 국가 정체성이 확립되면, 자신이 속한 나라에 대한 자긍심과 자부심을 갖게 됩니다. 이를 통해 나라를 부흥·발전시키는데 헌신함은 물론 나라가 위기에 처했을 때는주저함이 없이 국가안보를 위해 앞장설 것입니다. 그러므로 나라사랑 교육은 의도적이고 계획적인 체계가 필요합니다.

그렇다면 나라 사랑 교육에 주된 내용은 무엇일까요? 대한민국을 자랑스럽게 여기는 자긍심고취, 오늘의 대한민국을 존속시키는데 결정적인 역할을 한 순국선열과 호국영령을 기리는 호국·보훈의식 함양에 기초한 올바른 내용들이 녹아 있어야 합니다.

효과적인 나라 사랑 교육은 가르치는 사람들로부터 나라사랑에 대한 확고한 신념을 갖춰야 가능합니다. 이를 위해 순국선열의 업적과 뜻을 기리는 자료가 정리되고 이것이 기본적인 기준으로 제시되어야합니다. 이 준 열사와 같은 순국선열 인사에 대한 교육을 교사 양성과정 대학과 교사 연수에서 실시해야함은 아무리 강조해도 지나치지 않을 것입니다.

아직 우리의 현실은 네덜란드 헤이그의 만국평화회의에서 일제의 침략야욕을 규탄하는 할복자결割腹自決로 민족의 의분심義奮心을 격앙激昂시키면서 세계만방에 대한독립의 정신을 강렬하게 심어준 일성 이 준 열사의 이야기도 그저 국사 시간에 잠깐 언급되는 것으로 그치고 있습니다. 더욱이 오늘날 국사 교육이 빈약해서 발해가 중국 역사로 아는 대학생들이 있다고 하니 이 준 열사 이야기를 알기나 할까 싶은 생각마저 듭니다. 사실 제가 재직하는 학교에서 학생들에게 이 준 열사를 물으니 아는 학생이 거의 없었습니다. 더러는 국사 시간에 배운 것도 같다는 정도였습니다.

더욱 안타까운 사실은 동료 선생들에게 이 준 열사 관련 책을 읽고 독후감 형식으로 글을 쓴다고 하면서 이 준 열사를 아는지 물으니 대부분이 모른다는 것이었습니다. 학생은 물론선생들이 이런 지경이니 통탄할 일입니다. 사실 저도 이번에 이 준 열사 기념사업회에서 발행한 『이 준 열사 그 멀고 외로운 여정』을 읽기 전에는 그저 고등학교 때 국사 시간 배운 정도로 한 두 줄 정도의 언급으로 밖에 몰랐으니 유구무언有口

無言입니다.

이번에 책을 보고는 호법신護法神이고, 애국계몽운동으로 사비私費를 털어 경학원을 운영해서 교육운동을 하고 독립협회 등으로 다양한 애국 언론활동을 한 것은 처음 알았습니다. 이런 점에서 저도 반성하고 새롭게 안 것으로 학생들과 동료 선생들에게 이 준 열사를 알리는 전도사의 역할을 하는 계기가 되었습니다. 이번에 책을 찬찬히 보고는 국사 선생 편에 얻어 이 준 열사의 이야기를 다시금 보았습니다.

1907년 네덜란드 수도 헤이그에서 제2회 만국 평화 회의가 개최되자, 고종 황제는 이상설을 정사로 하고 이 준과 이위종을 부사로 삼아 파견했습니다. 헤이그에 도착한 이들은 대한제국의 실정과 국권 회복 문제를 제기하고자 했으나 한 · 일 협약은 각국 정부가 승인했으므로 외교권이 없는 대한제국 대표의 참석과 발언은 허용할 수 없다고 거절당해 목적을 달성하지 못했습니다. 7월에 이위종이 국제협회에서 세계 언론인들에게 '한국의 호소'를 연설해서 국제 여론에 한국 문제를 부각시켰으나 회의 참석이 끝내 거부되자 7월 14일 저녁 이 준이 헤이그에서 순국해서 그곳 아이큰다우의 공원묘지에 묻혔습니다. 일제는 이 헤이그 밀사사건을 들어 특사를 위칭僞稱했다고 해서 재판에 회부, 궐석 판결로 이상설에게 사형을 선고하고 이 준과 이위종에게는 종신형을 선고하는 한편 선위禪位라는 미명으로 고종 황제를 강제 퇴위시켰습니다. 이로서 일제는 우리 민족의 구국열정을 묵살하려 했지만 그렇게 되지 않았습니다.

이 준 열사의 자결은 일제에 보이지 않는 강적의 역할로 작용했습니다. 눈에 보이는 의병운동이나 독립운동을 쉽게 파악해서 탄압하고 회유할 수 있었지만 이 준 열사의 정신을 이어받은 제 2, 제 3의 이 준을 막을 수는 없었습니다. 이렇게 볼 때 이 준 열사의 자결은 엄청난 파괴력으로 일제의 간담을 서늘하게 했습니다.

이 준 열사는 생사관生死觀이 뚜렷한 우국지사憂國之士였습니다. 이 준 열사가 평소 애송하던 시가 있습니다. 이 시 속에는 그의 생사관이 분명하게 잘 드러나 있습니다.

人死稱何死 人生稱何生 死而有不死 生而有不生
誤生不如死 善死還永生 生死皆在我 須勉知死生

사람이 죽는다는 것은 무엇을 죽는다 이르며
사람이 산다는 것은 무엇을 산다 이르는가
죽어도 죽지 아니함이 있고
살아도 살지 아니하는 것이 있다
그릇 살면 죽음만 같지 못하고
잘 죽으면 도리어 영생永生한다
살고 죽는 것이 다 내게 있나니
모름지기 죽고 삶을 힘써 알지어다.

사람은 누구나 죽음을 두려워합니다. 그러기에 수많은 애국인사들도 일제의 총칼 앞에서 지조志操를 꺾었습니다. 이들 중에는 저와 같은 목사와 교육자들과 문인들도 있었습니다. 가슴 아픈 현실입니다. 이른바 친일파로 분류되는 인사 중에서 수많은 이들이 그랬습니다. 더 살고 싶고, 더 가지고 싶고, 더 누리고 싶은 게 인지상정人之常情인가 봅니다. 그러나 이 준 열사는 그렇지 않았습니다. 어쩌면 이렇게 일평생 한결같을 수 있을까 싶을 정도로 구국일념으로 한 평생 살다가 초개와 같이 자결함으로서, 민족정신을 되새기고 일제에 저항하고 세계에 망국의 울분을 알렸습니다.

이 준 열사의 숭고한 자결로 인해 당시 수많은 국민들이 통탄해하면서 애국심을 가슴 깊이 되새기면서 그 뜻을 이어나갔습니다. 일제는 충격을 받았습니다. 이 준 열사의 자결은 사회지도층 인사들이나 지식인들이 돈이나 직위로 매수하면 넘어오는 시점에 그게 통하지 않는 민족혼이 있음을 보여준 것입니다. 당시 세계는 약육강식의 제국주의가 팽배한 상황이지만 정의와 양심을 지닌 세계인들은 이것이 옳지 않음을 알고 있었지만 용기가 없어 이를 알리거나 반대하지 못했습니다. 이들은 멀고 먼 거리를 찾아와 약소국의 아픈 현실과 일제의 만행을 외치는 소리에 귀를 막고 외면했는데 이 준 열사의 자결로 큰 충격을 받았을 것입니다. 이들은 얼마나 부끄러웠을까요? 말로는 평화의회이고 민족자결주의라고 하면서 정작 그것을 외치는 이 준 열사를 외면하고 무시했으니 말입니다.

만약, 이 준 열사가 외면당한 현실에 그저 울분만 토해내고 돌이켰다면 우리민족과 일제와 세계인들에게 핵폭탄과 같은 충격적인 울림은 없었을 것입니다. 동행한 이상설, 이위종과 같은 분들처럼 자결하지 않고 살아서 애국운동을 하는 것도 방법입니다만 그 때 그 상황에서는 이 준 열사의 자결이야말로 우리 민족의 민족혼을 회복하는 기폭제가 되었습니다. 동행한 이상설, 이위종은 평생 이 준 열사의 숭고한 자결을 빚진 마음으로 살았을 것입니다.

이 준 열사의 생애는 구구절절 감동이었습니다. 교육문화운동의 선구자이자 우리 역사 최초로 민권과 자유 그리고 법치와 준법을 설파하고 실행한 민주시민운동가였습니다. 당시 이 준 열사는 국민들에게 호법신護法神이라 불린 호법영웅이었고, 경제관이 뚜렷한 청백리였습니다. 또한 애국심을 몸소 실천한 기독교 신앙인이었습니다. 그리고 무엇보다 나라의 정세를 판단하는 놀라운 식견과 혜안을 갖춘 뛰어난 국책전문가이기도 했습니다. 이것이 한 사람의 업적이고 모습이라니 그저 놀랍습니다.

작은 농촌 중학교 학교목사요, 교사로 수필작가로 나름 여러 방면으로 활동은 하면서 늘 어느 것 하나 제대로 하는 게 없는 것만 같은데 이 준 열사는 마치 헤이그에서 순국할 것을 안 것처럼 하는 일마다 최선을 다했습니다.

교사라는 정규직으로 만 62세까지 정년이 보장되는 삶이라 그런지 저는 최선을 다해서 주어진 일을 하지 않는 것 같은데 이 준 열사의 생애는 오늘의 저 자신을 반성하게 하기에 충분했습니다. 또한 학교와 교회에서 설교를 하고 수업을 하는 그야말로 말하는 사람으로서 이 준 열사의 연설은 감동이었습니다. 이 준 열사의 연설과 글은 초지불변 우국충정이었습니다. 이 준 열사의 명연설에 담긴 우국충정 속에는 사람들을 각성시키려는 선각자의 면모와 구국운동가의 생사관이 확연히 드러납니다.

그동안 우리는 근대화와 민주화를 위해 앞만 보고 달려오느라 국가정체성과 나라사랑 정신의 근간을 이루는 나라사랑을 진지하게 생각할 여유가 없었습니다. 이제라도 우리나라가 지니고 있는 외적성장에 걸맞는 구체적이며 현실적인 나라사랑의 정신과 국가유공자 예우와 보훈정책을 마련하는 일을 펼쳐나가야 합니다.

6월 호국의 보훈의 달을 맞이해서 지금까지 우리가 이 준 열사와 같은 순국선열에 대해 어떠한 자세로 임했는가를 진지하게 고민할 시기입니다. 여기에는 너와 내가 따로 없습니다. 우리 모두가 함께할 때입니다. 교육계는 물론 종교계와 각종 시민단체가 함께해야합니다. 국가적 차원에서도 반짝하고 마는 사업이 아니라 지속적으로 교육하고 실제로 생활화되도록 하는 일들이 많아지도록 해야 합니다.

나라사랑 정신은 국가가 국민을 이끌어가는 형태가 아닌 국민이 하나되어 국가 사랑이라는 합의에 의해 자발적으로 도출되어야 합니다. 이러한 나라사랑 정신을 계승하기 위해 우리는 이제라도 나라사랑의식 확산의 중요성을 인식하고, 새 시대에 걸맞은 다양하고 다채로운 적극적인 나라사랑 사업을 통해 나라사랑문화의 발전과 확산에 힘써야합니다.

지금 우리의 현실은 참으로 암담합니다. 북한 김정은 정권의 전쟁 위협은 지속되고 있고 국론은 분열로 치닫고 있습니다. 늘 살얼음판을 걷는 듯한 위기일발에 처해있습니다. 나라사랑 정신으로 내 조국을 지켜나가야 합니다. 대한민국호의 배에 구멍이 뚫렸습니다. 그 구멍으로 물이 차오르고 있습니다. 사람들은 구멍 뚫린 것은 아랑곳하지 않고 서로 잘났다고 싸웁니다. 결국은 같이 침몰하고 날 것입니다. 구멍 난 배에서 물을 퍼내고 구멍을 메우는 일이 필요합니다. 그 벌어진 틈새의 구멍을 메우려면 역청이 필요합니다. 누군가는 역청이 되어야 합니다. 그 역청이 되려는 사람들이 나라사랑의 정신을 가진 사람들입니다. 내 조국이 아무리 어려운 상황 속에서 몸부림 치고 있다고 하더라도 그저 묵묵히 '나라사랑정신'을 되새기면 됩니다.

나라사랑 정신은 '나 죽어 너 살리기'입니다. 내가 죽어 국가를 살리도록 지키는 길이 나라를 지키고, 구하는 길입니다. 피 흘릴 각오로 내 조국을 지키며 살아갈 때 영광된 통일 조국을 우리 후손에게 물려줄 수 있습니다. 나라사랑문화는 결코 거창하거나 어려운 일이 아닙니다. 나 자신부터 가까운 곳에서부터 쉬운 것을 실천해 나가는 자세가 중요합니다. 중요한 점은 나라를 위해 자신을 희생한 분에게 존경하는 마음을 갖는 일입니다. 이런 마음을 생활 속에서 표현해합니다.

오늘날 대한민국은 자유와 번영 속에서 풍요로운 삶을 영위할 수 있는 것은 국민 모두가 흘린 땀의 결실이기도 하지만 조국을 위해 헌신한 이들의 숭고한 희생이 있었기 때문에 가능했음을 결코 잊어서는 안 됩니다.

이 준 열사는 명문가 출신도 아니고, 고관대작高官大爵의 아들도 아닌 처지에 홀로 서울에 와서 자수성가한 사람이었다. 열악한 가정환경에서 자랐기에 돈에 대한 집착이나 직위에 대한 인정욕구가 강했을 법도 한데 그런 게 없었습니다. 대쪽 같은 삶이었습니다. 지금 우리의 현실도 국내 · 외적으로 어렵습니다. 혼돈의 시대요, 갈등과 분쟁의 이 시대에 이 준 열사의 숭고한 나라사랑의 정신과 올곧은 삶은 분단 70년의 이 시대에 갈등과 분열을 넘어 통일로 나아가는 화합과 상생의 시대정신이 될 것입니다.

제가 잘 부르지는 못하지만 즐겨듣는 노래가 있습니다. 가수 양희은이 부른 '상록수常綠樹'입니다. 상록수하면 당연히 소나무가 떠오를 것입니다. 소나무는 우리 민족과 오랜 세월 함께한 친구 같고 이웃 같은 우리 나무입니다. 그런데 소나무의 영어표기를 알고는 깜짝 놀랐습니다. 영어로는 제페니즈 레드 파인Japanese Red Pine입니다. 서식지가 우리 땅 한반도인데도 일본 표기로 서양에 알려지면서 '붉은 일본 소나무'로 불리고 있었습니다. 사실 소나무 외에도 4천백여 종의 우리나라 나무와 꽃의 영문 이름에 외국 지명이 들어가 있습니다. 그래서 2015년 국립수목원은 우리나라 자생 식물의 영문 표기에 '일본'등 다른 국가명이 들어간 식물 이름을 새로 정리한다고 하니 반가운 일입니다. 분명히 우리나라에서만 자라는 독특한 식물들임에도 '제페니즈'를 붙인 영어식 표기로 불리고 있다는 것은 안타까운 현실입니다. 우리가 경제대국, IT 강국인 것도 중요하지만 우리의 정체성을 분명히 하고 잘못된 것을 바로잡아나가는 것 또한 중요합니다. 이런 운동이야말로 나라사랑 실천, 국가보훈운동의 시작일 것입니다. 잘못된 것들을 깨닫고 이것을 하나하나 점진적으로 고쳐나가는 것이 중요합니다. 그렇게 하나하나 개선해 나가다 보면 자연스럽게 나라사랑의 마음이 우리 삶에 깊이 뿌리 내릴 것입니다.

상호소통의 지도력

──────── "까라면 깐다." 윗사람이 시키면 군말 없이 시킨 대로 한다는 말입니다. 이 말의 느낌이 거칠고 집단주의적이고 군대용어 같은 느낌이기에 여성분들이나 저처럼 군대를 다녀오지 않은 사람들이나 젊은 세대에게는 불편하게 들릴 것도 같습니다. 그러나 생각해보면 이 말이 꼭 나쁜 것만은 아닙니다. 시대상황의 위기를 극복해나가거나 조직을 변혁해나가는 지도자로서 도덕적인 존경심을 갖추고 솔선수범하는 지도자에게 보내는 무한한 신뢰감으로 자신보다 높은 위치에 있는 사람의 말을 무조건 따르는 것이 더 좋다고 여기는 것이 나을 수도 있습니다.

'까라면 깐다'가 타당한 경우입니다. 적군의 총탄이 빗발치는 전투 현장에서 사병士兵보다는 그래도 전투 경험이 조금이라도 더 있는 직속상관의 명령을 재빨리 수행하는 것이 낫습니다. 적군의 급습에 대한 가장 좋은 대응책을 얻기 위해 열띤 토론베틀을 할 시간은 없습니다. 물론 위기일발의 전쟁 상황이 일상적이지는 않고 매우 특별한 경우이고, 전쟁을 염두에 둔 군대만이 가능할 수도 있지만 일반적인 우리 삶에서도 통용되기도 합니다. 저도 제가 속한 조직의 지도자의 지시나 운영방식에 불만이 있고, 다른 생각이 있곤 합니다만 그래도 조직의 질서를 위해서 따르는 편입니다. 지도자도 사람인 이상 완전할 수는 없고, 사람이 천사가 아니기에 감정적이기도 하고, 실수할 수도 있고, 틀릴 수도 있다는 생각도 합니다. 그러면서 지도자와 다른 제 생각과 의견이 옳은 것인가 하는 생각도 해봅니다. 그러니 아무래도 지도자를 세워주고 존중하는 게 낫다는 생각을 합니다. 우리 사회가 세계에서 유례를 찾아보기 힘들 정도로 급성장한 이유 중 하나는 분명 "빨리빨리"의 효율성에 기인한 것이기도 합니다.

그러나 '까라면 깐다'가 무조건 언제 어디서나 옳은 것은 아닙니다. 이것은 지도자에게도, 조직에도, 구성원들에게도 좋지 않습니다. 앞서 언급한 것처럼 지도자도 완전할 수 없는 사람입니다. 그러니 지도자에게 완전한 신뢰로 무조건 복종하거나 추종하는 것은 바람직하지 않습니다. 이것은 지도자에게 모든 결정과 책임을 전가하는 무책임한 일입니다. 조직이 잘되고 잘못되고의 책임은 지도자만이 아니라 구성원 모두에게도 있습니다. 그러기에 지도자에게 필요・적절한 건의나 조언이나 비판도 필요합니다. 이것은 지도자를 괴롭히는 것이 아니라 진심으로 지도자를 지도자 되게 하는 귀한 일입니다.

'까라면 깐다'가 급박한 위기 상황일 때는 부득이한 필수불가결할 수는 있으나 이런 경우는 극히 일부의 특별한 경우입니다. 조직은 이런 경우를 대비하는 충분한 논의가 있어야합니다. 조직이 올바르고 현명한 해결책을 찾는 방법으로 전근대적이고 비민주적인 방식은 바람직하지 않습니다. 한 사람 한 사람의 능력은 크게 보면 큰 차이가 없습니다. 어쩌면 사람들의 타고난 능력을 정량화해서 확률분포를 설정해보면 아마 정규분포가 될 것입니다. 아무리 훌륭한 지도자라 해도 구성원들이 함께 참여하는 합리적인 토론 과정을 거쳐 얻을 수 있는 것보다 더 좋은 해결책을 생각해내기는 어렵습니다.

살다 보면 크든 작든 자신이 속한 사회 안에서 우리는 많은 양자택일의 상황을 만나기도 합니다. 같은 회사 직원들끼리 점심을 먹으러 갈 때 짜장면을 먹으러 중국집에 갈지, 된장찌개를 먹으러 한식집에 갈지 결정하는 상황에서, 어쨌든 뭐라도 즐겁게 함께 먹으려면 모든 사람이 합의에 이르러야 합니다. 두 가지 선택이 가능한 이런 상황에서 사람들이 어떻게 합의에 도달하는지는 흥미로운 주제입니다. 모든 사람이, 열린 마음을 가지고 많은 사람과 만나 넓게 얘기하면 결국은 올바른 의견을 찾아가게 됩니다. 물론 이러한 민주적인 의견합일 과정이 사실 좋은 것만은 아닙니다. 의견일치에 이르기까지 오랜 시간이 걸립니다. 그러기에 지도자는 자신의 탁월한 우수함으로 일사분란하게 조직이 움직이도록 하는 것보다는 구성원들이 저마다의 재능과 역량을 충분히 발휘하도록 기회를 제공하고, 권한을 위임해주고 지원함이 좋습니다. 이를 위해 지도자는 가급적 공적인 토의 시간에 먼저 말하기보다는 구성원들이 충분히 발언하도록 분위기를 조성하고 기다려주는 게 좋습니다.

지도자가 자신의 지위를 앞세우지 않고 '지시'가 아닌 '지원', 지적이 아닌 '격려'로 다독여주는 것이 좋습니다. 지도자가 비워준 공간은 구성원들이 각자의 색깔로 다양하게 채워나가게 됩니다. 구성원들 또한 지도자의 운영방식이나 지시가 부당하거나 타당하지 않다는 생각이 들면 한

번 곱씹어 생각해보고, 동료들과 상의해보고서 정중한 자세로 건의하거나 공적인 토의시간에 의견을 개진하는 것도 좋습니다.

무지개가 아름다움은 여러 색깔이 빛을 발하되 그것이 하나로 모아져서 더욱 빛을 발하기 때문입니다. 이것은 아름다운 하모니를 자랑하는 합창이나 오케스트라도 마찬가지입니다. 혼자 걷는 열 걸음보다 함께 걷는 한 걸음이 더 의미 있고 깊이가 있기도 합니다.

줄임말의 문제와 언어순화

———————————— 몇 년 전의 일입니다. 화창한 봄날 제가 사는 지역 대학 중앙도서관 앞을 지나가는데 어느 학생이 다가와 말을 걸었습니다.

"저 말씀 좀 어쭙겠습니다. '약도'가 어딘지요?"

제가 자주 놀러오곤 하다 보니 이 대학 출신이거나 소속은 아니나 이 대학에 대해서 웬만한 것은 다 안다고 생각해왔고 제법 예의를 갖춰 정중하게 묻는 모습이 대견스럽기도 해서 자상하게 대답해주려고 했습니다. 그러나 순간 멈칫하지 않을 수 없었습니다.

'약도, 약도가 뭐지?'

명색이 저는 학교에서 아이들에게 국어를 가르치는 선생입니다. 분명

국어사전의 의미로 약도는 자신이 찾아가려는 목적지를 간단히 그린 그림을 뜻하는 것인데 어째서 제게 약도를 묻는 것일까 싶었습니다. 옷차림이나 말투를 보니 제게 장난을 하려는 것은 아닌 것 같았습니다.

'도대체 무슨 뜻으로 약도를 묻는 건지, 약도라는 이름의 건물이 있는 건가, 저 학생이 가려는 곳을 내가 어떻게 알지, 저 학생은 잃어버린 약도를 왜 나한테서 찾는 걸까?'

이런 생각에 머뭇거리다가 도저히 제 머리로는 이해가 안 되어 정중히 학생에게 약도가 무엇이냐고 반문했습니다. 제가 약도가 무엇인지 몰라서 그 학생에게 대답해주지 못한 것은 물론 그 말이 무슨 말이냐고 하니까 그 학생도 제가 답답했던지 그냥 다른 사람에게 묻기로 작정한 것인지 "죄송합니다. 다른 분에게 문의하겠습니다."하고는 고개를 숙여 인사하고는 그냥 발길을 돌렸습니다. 순간 저는 멍한 느낌에 어리둥절했습니다.

'도대체 약도가 무엇인지?'

다음날 이 대학 출신인 동료 선생님에게 묻고 답을 얻고서야 궁금증이 풀렸습니다. 어이없게도 약도는 제가 즐겨가던 중앙도서관 옆의 학생들 열람실과 편의시설이 갖춰진 건물을 말하는 것이었습니다. 그러니 저는 바로 옆에 두고서 약도가 어디인 줄 몰랐던 것입니다. 그것도 수시로 드나들던 곳인데도 말입니다. 아마도 제게 약도를 물어본 학생은 타학교 학생으로 중앙도서관 근처라는 이야기를 듣고 찾아와서는 제게 물었던 것 같습니다.

하도 어이없어 그 선생님께 그 건물의 이름이 '약도'인지를 물었습니다. 그랬더니 예전에 '약학대학 도서관'으로 쓰인 곳으로 줄여서 '약도'라고 하였는데 약학대학이 다른 건물로 옮기면서 그냥 그 건물이 약학대학 도서관 건물이었기에 그렇게 부른다는 것이었습니다. 시간이 흘러 지금 그 학생의 얼굴은 기억이 나지 않지만, 이 짧고 어색한 만남은 아직도 기억에 생생하게 남아 있습니다.

요즘처럼 핸드폰과 인터넷이 보편화된 시대에 말을 압축해서 자신의 의사를 표현하는 것은 매우 자연스러운 현상일지 모릅니다. 다음과 같은 단어들이 계속 확산되고 있습니다. '멜(메일), 방가(반가워), 설녀(서울에 사는 여자), 시러(싫어), -여(-요: 졸려여, 없어여), 열라(매우), 잼난(재미난: 잼난 영화), 추카추카(축하한다), 토욜(토요일)' 이 단어들은 이미 세력을 넓혀 가고 있기 때문에 이를 허용해야 할지 말아야 할지, 나아가서는 국어사전에 올려야 할지 말아야 할지를 놓고 고민하게 됩니다. 이 고민에 대한 답은 간단합니다. 당연히 올려야 합니다. 그 이유는 외국인이 우리말을 배우다가 모르는 단어가 나오면 찾아볼 수 있어야 하기 때문입니다. 인터넷 신조어를 수록하는 옥스퍼드 사전의 결단도 바로 이와 같은 논리에서 나왔을 것입니다. 사실 이 정도의 단어라면 그 양은 '새 발의 피'일 것입니다. 오늘날 국어에는 매년 1만 5천 개가 넘는 신조어가 등장하고 있는데, 여기에 비하면 컴퓨터 통신 언어 관련 신어의 양은 미미합니다. 애정을 가지고 보면 이런 언어도 국어의 어휘 자산을 풍부하게 해 주는 공급원으로 볼 수 있습니다.

압축해서 사용하는 말들 가운데 젊은 세대들의 좌절을 금지한다는 뜻의 OTL처럼 재치와 개성이 넘치는 말들도 있기에 이러한 언어의 압축현상을 언어발달의 한 가지 현상으로 이해하기도 합니다. 이처럼 핸드폰이나 인터넷의 환경에서 언어의 압축은 소통의 편리성과 개성표출이라는 긍정적 효과가 있습니다.

하지만 이것이 과연 타당한 것인지는 의문이 들기도 합니다. 현대 한국어에서 인터넷 등을 통한 언어 일탈 현상이 주체할 수 없을 만큼 빠른 속도로 언어 규범을 오염·훼손하고 있습니다. '남친(남자 친구)', '함 가봐(한번 가 보아)'처럼 어두를 축약한 경우, '조아(좋아)'처럼 언어 규범을 무시한 경우, '444444너444444(넌 사로잡혔어)' 등 숫자를 사용한 경우 등 유형별로 따져도 열 가지가 넘을 정도입니다. 이런 현상은 언어를 교체하는 위험한 상황으로까지 치달을지 모릅니다. 더 이상 돌이킬 수 없는 상황에 다다르기 전에 사회 전반적으로 검토하고 경종을 울려야 할 것입니다.

이런 점에서 볼 때 다른 나라에서 몇 가지 속어 표현을 사전에 수록했다고 우리도 머리카락에 노란 물 들이듯 해서는 안 될 것입니다. 옥스퍼드 사전에는 시간당 백만 통화 이상에서 통용되는 단어가 수록됩니다. 하지만 백만이라는 수는 중국이나 인도나 스페인어권 인구에 비하면 그리 크지도 않은 수입니다. 오히려 지금이라도 하루빨리 인터넷의 폐해에서 벗어나도록 주체성 있는 언어 정책을 한결같이 집행해야 합니다. 그러기 위해서는 술병과 담뱃갑의 질병 발생 경고처럼 국어 규범 파괴는 민족의식 상실과 직결된다는 사실을 일깨우는 경고문을 모니터에 게시하는 방법도 고려해 볼 수 있습니다. 또한, 바람직하지 못한 사회 현상을 아예 원천 차단하는 소프트웨어 개발에도 박차를 가해 제한된 공간에서나 잠시 허용될 수 있는 무모한 언어유희가 더는 파급되지 못하도록 국가 차원에서 그 대책을 체계적으로 수립해야 할 것입니다.

소설가, 시인, 번역가, 대중가요 작사자, 만화(영화) 작가, 영화 자막 번역가, 각종 창의적인 광고 문안 담당자 등의 역할도 중요합니다. 이런 분야의 창작자들은 단순히 독자와 시청자의 흥미 유발에 급급해하지 말고 적격하고 우아한 표현을 사용함으로써 주체적인 언어문화를 가지고 있는 문화 선진국다운 모범을 보여야 할 것입니다.

간혹 젊은 세대에서 사용하는 언어 압축은 재치와 개성과는 거리가 먼 저급한 경우가 많이 있습니다. 언어는 그 사람의 인격과도 관련이 있기 때문에 정제된 언어를 사용하여 품격이 있는 인격을 기르는데 노력해야합니다. 언어를 제대로 사용하지 않는 것은 자신의 인격을 기르지 못하는 것과 같습니다. 또한 언어는 생각을 구체화하는 도구이기 때문에 말을 압축해서 한다는 것은 자칫 사고력의 결핍을 불러일으킬 수도 있습니다. 일상의 대화에서 언어의 압축은 상대방으로 하여금 그 의미를 정확하게 파악하기 어렵게 만듭니다. 같은 언어를 사용하는 계층이나 연령층에서야 별다른 문제가 없겠으나, 계층이나 연령층이 다를 경우에는 상대방과의 의사소통에 장애가 발생합니다.

자신의 인격을 함양하고, 풍부한 사고력을 기르며, 세대 간 또는 계층 간에 원활한 소통을 하기 위해서라도 상대방이 알아들을 수 있는 올바른 언어를 사용해야 합니다. 언어는 말하는 사람만을 위해서 존재하는 것이 아니라, 그 말을 듣는 상대방을 위해서도 존재하는 것임을 생각해야할 것입니다. 우리가 무심코 쓰는 용어들이 상대방에게 불편감을 줄 수도 있습니다. 말을 삼가고 바른 말을 쓰도록 해야 할 것입니다.

이슬람을 알아야 세계가 보입니다.

보통 사람들은 이슬람에 대한 이해가 '한 손에는 칼을, 한 손에는 코란을'이라는 경직된 편견을 벗어나지 못합니다. '돼지고기를 먹어서는 안 되지만, 그것을 먹지 않고는 살 수 없을 경우 먹어도 된다'는 이슬람의 가변법리可變法理(필요는 금지에 우선한다는 원칙)에 내재한 관용성과 유연성은 잘 모릅니다. 더욱이 최근 IS가 벌인 참혹한 테러소식이 더해져서 이슬람에 대한 편견과 오해를 극에 달하고 있습니다. 여기에 정부가 추진하려는 할랄식품 논란은 이슬람에 대한 편견과 반감을 증폭시키고 있습니다.

아랍어로 '허락된 것'이라는 뜻의 '할랄Halal(حلال)'은 생활 전반에 걸쳐 이슬람 율법에서 사용이 허락된 것들을 의미합니다. 할랄은 음식뿐 아니라 의약품과 화장품 등 생활 전반에 사용되는 많은 것들을 규정하고 있습니다. 그중에서 이슬람 율법에서 허락되어 무슬림Muslim이 먹을 수 있는 음식을 '할랄 식품Halal Food'이라 합니다. 고기의 경우 이슬람식 도축 방식인 '다비하Dhabihah'에 따라 도축한 고기만을 할랄 식품으로 인정하며, 돼지고기를 비롯해 뱀이나 발굽이 갈라지지 않은 네발짐승 등 많은 것들이 금지됩니다.

다비하Dhabihah는 이슬람 전통의 도축 방법으로 정신적인 문제가 없는 성인 무슬림이 행합니다. 도축할 때는 해당 동물의 머리를 메카로 향하게 한 다음 기도문을 외치며 단번에 목을 끊어 즉사시킵니다. 이슬람에서는 죽은 동물의 피를 먹는 것을 금지하고 있어서, 피가 다 빠질 때까지 그대로 동물을 내버려둡니다. 도축 전에 동물을 기절시키지 않고 도축 방법이 잔인해 보이는 측면이 있어 동물 학대라는 지적도 있습니다. 이슬람 이민자가 많은 국가에서는 이슬람 명절에 바깥에서 다비하 방식으로 동물을 도축해 논란이 되는 경우도 있습니다.

할랄이 아닌 식품 중에서 이슬람 율법에서 금지된 것을 '하람 식품Haram Food'이라 부릅니다. '하람Haram'은 '허락되지 않은 것'이라는 뜻이며, 대표적인 하람 식품으로는 돼지고기나 민물고기 등이 있습니다. 하람 식품은 무조건 섭취가 금지되지만, 하람 식품이 아닌 비非할랄 식품의 섭취 가능 여부는 이슬람 학파마다 차이가 있습니다. 어패류의 경우 비늘이 있는 물고기만을 허용하는 학파도 있으며, 바다에서 나는 모든 것을 할랄 식품으로 보는 관용적인 학파도 있습니다.

공산품의 경우 할랄 식품에는 공식적으로 인증 마크를 붙이고 있습니다. 비이슬람권 국가에서 이슬람권 국가에 음식이나 의약품 등을 수출하기 위해서는 할랄 인증 마크를 받아야 합니다. 할랄 식품으로 인증하는 과정에서 위생 검사를 함께하므로, 할랄 인증 마크는 이슬람권에서 일종의 품질 보증 마크로 여겨집니다. 이슬람권 국가에서는 소비자들의 신뢰를 높이기 위해 공산품이라면 생수 등에도 할랄 식품 인증을 받기도 합니다. 할랄 식품을 판매하는 식당 역시 할랄 인증서를 받아야 합니다.

술은 할랄은 아니지만 취해서 정신을 잃지 않는다는 전제하에 섭취를 허용하는 이슬람 국가가 많습니다. 반면 학파에 따라서는 소독용 알코올을 몸에 바르는 것조차 금지하기도 합니다. 원칙적으로는 술도 하람으로 분류되므로, 술과 알코올 성분이 포함된 에너지 음료 등에는 할랄 식품 인증 마크가 붙지 않습니다.

할랄 식품으로 인정받기 위해서는 식품의 종류뿐만 아니라 조리 과정도 중요합니다. 식품 종류 자체는 할랄 식품이라도, 돼지고기 등의 하람 식품이 한 번이라도 거쳐 간 식기에서 조리되었다면 할랄 식품으로 인정받을 수 없습니다. 마찬가지로 주요 성분은 아닐지라도 돼지에서 추출된 젤라틴 등을 사용한 과자 등 가공식품 역시 하람 식품으로 분류되어 섭취가 금지됩니다. 고기의 경우 도축과 검수를 모두 무슬림이 맡아야 하며, 식품의 가공부터 보관 등 유통 과정 전반에 걸쳐 하람 식품과의 철저한 분리가 필요합니다.

비이슬람권 국가에서 이슬람권으로 식품을 수출할 때도 역시 할랄 인증 마크를 받아야 합니다. 전 세계적으로 이슬람교를 믿는 무슬림이 약 16억 명에 이르기 때문에, 이슬람권을 대상으로 할랄 식품을 판매하는 기업들이 점차 늘고 있습니다. 패스트푸드나 라면 같은 가공식품들도 돼지고기 등을 다른 성분으로 대체하며 할랄 인증을 받고 있습니다.

우리나라에서는 이태원 이슬람 사원 근처 등에서 할랄 식품을 취급하고 있습니다. 식품 수출의 경우, 김이나 김치 등 아랍권에 없는 식품들도 할랄 식품 인증을 받아 이슬람권 국가에 판매되고 있습니다. 최근 우리나라 기업들이 앞을 다투어 할랄 식품을 계발해서 수출하는 노력을 하고 있습니다. 전세계 13억의 무슬림을 대상으로 한 시장은 기업들에게는 매력적입니다. 이처럼 우리에게 이슬람의 이해는 수출로 먹고 사는 나라이기에 꼭 필요하기도 하고, 최근에는 우리나라에 외국인 노동자로 유입되는 무슬림들이 늘고 있고 그들로 인해 늘어가는 무슬림가정도 늘고 있기에 그 필요성이 늘어가고 있습니다. 할랄식품 단지 조성을 해야하는지, 안 해야하는 지에 대한 논란도 이슬람에 대한 바른 이해를 요구하고 있습니다. 제가 사는 전북 익산시는 2015년 할랄식품단지 조성 건으로 지역 여론이 어수선했습니다.

> "전라북도 익산에 50만 평 부지를 50년 동안 공짜로 임대해서 할랄단지를 조성합니다. 단지 안에는 할랄 도축장이 건립될 예정이고, 3년 안에 100만 명, 무슬림 도축인 7천여 명이 동시에 입국합니다. 아파트, 종교부지까지 제공돼서 무슬림 집단 거주지가 형성되면 테러 배후지가 될 가능성이 큽니다."

익산 국가 식품클러스터 내에 할랄식품단지가 조성된다는 소식에 SNS는 물론이고 여러 포털 사이트에 문제의 글이 유포됐습니다. 정부는 이에 대해 사실과 다르다며 해명했지만 논란은 가중됐고, 기독교단체와 시민단체의 거센 항의에 부딪혔습니다. 급기야 2016년 4.13 국회의원 총선에 영향을 미칠 수 있다는 판단에 정부는 익산 할랄단지 계획을 백지화하기로 결정했습니다.

할랄사업이 국내에 등장한 것은 국내 경제 위기와 무관하지 않습니다. 정부와 기업은 내수 침체와 경제 불황의 위기를 해결하기 위해 할랄

식품 시장에 주목했습니다. 할랄인증은 이슬람 종교를 가진 무슬림들이 먹거나 사용할 수 있는, 음식이 '엄격한' 제조과정을 거쳐 만들어졌다는 것을 인증하는 제도입니다. 2013년 1조2천920억 달러 규모인 할랄식품 시장은 2019년에는 2조5천370억 달러(한화 3천80조)로 성장할 것이라는 전망입니다.

시장 가치가 높다 보니 박근혜 대통령은 지난해부터 할랄식품 시장의 중요성을 지속적으로 강조해 왔으며, 이에 따라 정부는 할랄인증과 할랄단지 계획을 꾸준히 추진하고 있습니다. CJ제일제당, 농심, 풀무원, 대상 등 국내 식품 기업들도 할랄 기준에 맞춰 제품을 생산하고 수출하기 시작했고, 할랄인증을 통한 우리나라 식품의 UAE 수출이 2015년 10월 말 기준 2억7천900만 달러로 지난해 같은 기간보다 13.2% 증가하기도 했습니다. 익산 국가식품클러스터 내 할랄식품단지 조성도 이와 같은 맥락이었습니다.

2015년말경 익산 국가 식품클러스터 내 할랄식품단지 조성이 계획되자 대중의 시선은 자연스럽게 익산시로 쏠렸습니다. 무슬림 100만 명 입국, 무슬림 집단거주지 형성에 따른 테러 위협이 발생하지 않겠느냐는 우려에서였습니다. 2015년 11월 이슬람 수니파 무장단체 이슬람국가IS가 프랑스 파리에서 동시다발 연쇄테러를 벌였던 사건을 비추어 볼 때, 우리나라도 테러 위협을 언제든지 받을 수 있다는 생각에 할랄단지 조성은 국민의 안전을 위협할 것이라는 우려가 생겼습니다.

익산의 교회와 기독교단체는 할랄사업 추진에 피켓을 들고 본격적인 반대 활동에 나섰습니다. 익산시 기독교연합회 등은 2016년 1월 29일 세종시 국무조정실 정문 앞에서 반대 집회를 열었고, 이 밖에 익산시민단체들도 할랄단지 조성에 거세게 항의했습니다. 이들은 할랄사업이 추진된다면 우리나라의 무슬림화가 우려된다고 주장했습니다.

할랄단지가 테러의 배후지가 된다는 이야기는 우리 주변에서 심심치 않게 확인할 수 있습니다. 여러 포털 사이트에서 쉽게 찾아볼 수 있는 문제의 글을 정리해 봅니다. "익산에 50만 평 부지를 50년 동안 공짜로 임대해서 할랄단지를 조성한다." "단지 안에는 할랄도축장이 건립될 예정이고, 3년 안에 100만 명, 무슬림도축인 7천여 명이 동시에 입국한다." "아파트, 종교부지까지 제공돼 무슬림 집단 거주지가 형성되면 테러 배후지가 될 가능성이 크다."

이런 우려와는 달리 실제로는 할랄단지는 식품클러스터의 일부 지역에 지정되며 규모는 정해지지 않았습니다. 금전적 혜택 또한 모든 입주기업에게 주어지지 할랄단지만 혜택을 받는 게 아닙니다. 무슬림 도축인과 100만 명의 무슬림이 입국한다고 주장하나 사실이 아닙니다. 할랄인증에 적극적인 농심, CJ, 대상 등의 기업은 할랄식품을 수출하지만 무슬림을 채용한 바 없고, 할랄단지 내에서도 의무적인 무슬림 채용은 없습니다. 할랄식 도축법이 잔인하고 혐오스럽다는 인식이 문제로 제기되자 전기충격의 방법으로 도축방식을 변경해 나가고 있기도 합니다. 2014년 영국 식품기준청 조사 결과, 할랄 고기의 88%가 전기충격 등으로 기절시킨 뒤 도살됐습니다. 우리나라 또한 할랄식 도축법을 허용하지 않고 있습니다. 정부는 이러한 소문에 대해 진화에 나섰음에도 반대여론으로 익산 할랄단지는 백지화되고 말았습니다.

2016년 4.13 총선에서 익산 예비 후보 9명 중 7명은 '할랄단지 반대'를 외쳤고, 할랄단지를 추진하던 익산시도 여론을 의식해 할랄단지를 백지화시켰습니다. 현재 대구에서도 할랄단지가 유보됐고, 무슬림을 대상으로 관광 마케팅을 준비한 강원도도 지역주민의 격렬한 반대를 받고 있습니다. 테러 위협으로 인한 반反이슬람 정서와 안보 위협이 맞물려 이슬람과 관련된 사업들이 백지화되고 있는 실정입니다. 할랄시장이 각광받는 만큼 안보와 국익 모두 챙길 수 있는 정책적 노력이 필요해 보입니다. 이처럼 이제 우리는 이슬람에 대한 이해가 선택이 아닌, 필수로 여겨지는 시대입니다.

이슬람교는 7세기 초 아라비아 반도, 메카Mecca의 상인이었던 무함마드에 의해 유대교와 기독교의 영향을 받아 알라를 유일신으로 하는 종교로 창시되었으며 우상 숭배를 철저히 배격하고 신 앞의 모든 인간은 평등한 존재임을 강조합니다.

이슬람 사회는 경전인 쿠란Koran에 의해 일상생활의 규율이 정해지는 종교 중심의 사회입니다. 남녀 차별, 일부다처제, 돼지고기 금기, 가난한 이에 대한 구제 활동, 일정한 시간마다 행해지는 예배의식(1일 5회), 성지 순례, 단식(1년에 한 달씩 아침 5시부터 오후 5시까지 금식) 등은 모두 쿠란의 계율에 따른 사회 모습입니다.

'한 손에는 칼, 한 손에는 코란'이란 말은 이슬람의 강압적인 포교를 상징하는 하는데 사실 무슬림은 정복한 민족에게 이슬람교를 강요하기보다는 인두세(지하드)를 내면 정복민의 풍습과 종교를 인정해 주는 관용정책을 베풀었습니다. 서유럽에서 유대인들이 배척당했으나 이슬람 지배 하에서 종교와 풍습을 지킬 수 있었던 것이 이를 증명해 줍니다.

이슬람 문화에서 오해하는 것 중의 하나인 일부다처제는 사막에서 살아가는 무슬림의 생존방식으로 전쟁에서 진 부족의 여성, 아이들, 노약자들을 거두어 돌봐주는 관습과 관련된 것입니다. 현재는 소수의 나라에서 그것도 일부 부유층을 제외하고는 일부일처제를 따르고 있습니다.

여성의 노출 불가는 종교 생활을 열심히 하기 위함관 사막의 뜨거운 햇살을 막아 머리와 피부를 보호하는 의미에서 시작된 것으로 여성들의 머리카락은 성욕을 자극한다하여 외출시, 히잡(스카프)와 검은 차도르를 입어야 합니다.

음주를 금기하는 것은 술을 마시면 실수를 하기 때문이라는 이유로 철저히 금지합니다. 그러므로 무슬림은 금주생활을 하고, 이슬람 남성들은 가정을 중요하게 여기는 가족 중심의 생활이 몸에 배어있습니다.

사실, 1,400여년의 전통을 자랑하는 이슬람문명은 시대에 따라 다양한 모습으로 서구문명에 투영되어 왔습니다. 특히 오사마 빈 라덴의 9·11테러로 이슬람은 '폭력'과 거의 동일시되기에 이르렀습니다. 13억 인류공동체인 '이슬람문명'은 결코 폭력적이거나 광신적이지 않고, '아라비안나이트'에서처럼 무한한 상상력과 기발한 아이디어로 인류문화를 견인해왔습니다.

미국 주도의 대이라크 전쟁은 정치적, 경제적 현실 이해관계를 떠나 이슬람권의 서구에 대한 심각한 반발을 불러일으켰습니다. 인류는 이미 십자군 전쟁에서 그 가공할 피해를 체험했습니다. 이제 우리는 서구문명이 이슬람을 적대시하면서 바라보는 시각과 미국 중심의 저급한 문화적 우월주의에서 벗어나 '이슬람'을 보다 깊게 이해해나가야 합니다.

이슬람은 우리가 좋든 싫든 무려 전세계 13억의 인구가 추종하는 종교로서 세계 4대 종교중 하나입니다. 또한 이슬람은 단순한 신앙체계가 아니라 사회생활의 모든 영역을 아우르는 하나의 독특한 '생활양식'임을 이해해야합니다. 그리고 IS와 같은 반인륜적인 테러주의자들을 보고 모든 이슬람을 동일시하는 과도한 일반화의 오류에서 벗어나 이슬람의 근본정신이 '평화'임을 되새겨야합니다. 우리가 보다 성숙한 자세로 이슬람을 평화적 동반자로 받아들일 때, 오늘 우리가 겪고 있는 이 끔직한 트라우마*는 치유될 것이고, 건강한 사회를 만들어나갈 수 있을 것입니다.

---

* 트라우마Trauma는 신체적, 정신적 외상外傷을 말한다. 외상의 사전적 의미는 '사고나 폭력으로 몸의 외부에 생긴 부상이나 상처를 이르는 말'입니다. 트라우마는 주로 신체적 외상보다는 심리학과 정신의학에서 말하는 심적 · 정신적 외상Psychological Trauma을 의미하는 말로 쓰입니다. 정신의학이나 심리학에서는 트라우마를 '외부에서 일어난 충격적인 사건으로 인해 발생한 심리적 외상'으로 정의합니다. 전쟁이나 자연재해, 대형사고와 같은 대규모 참사에서부터 타인에게 당한 폭력이나 강간 등 신체적, 성적, 정서적 학대 모두 트라우마를 일으킬 수 있습니다. 우리나라는 이른바 사고 공화국이라 불릴 정도로 사고가 빈번합니다. 대형 참사가 빈번하다보니 이에 따른 트라우마가 사회문제로 거론되기도 합니다. 정신의학에서는 일시적인 사건으로 발생한 트라우마와 가정에서의 상습적인 학대나 장기간의 집단 괴롭힘 등 반복적 충격으로 인한 트라우마를 구분하기도 합니다. 트라우마는 외상후 스트레스 장애PTSD, Post-Traumatic Stress Disorder와 같은 정신장애를 유발하기도 합니다. 외상 후 스트레스 장애는 전쟁이나 사고, 자연 재해, 폭력, 강간 등 심각한 사건을 직접 경험하거나 목격한 후 나타나는 불안장애의 일종입니다. PTSD 환자는 꿈이나 생각으로 사건을 반복적으로 재경험하며 그로 인한 극심한 불안과 공포, 무력감, 수면장애 등에 시달리게 되어 정상적인 일상생활이 힘들어집니다. PTSD 증상은 사건 이후 몇십년이 지나 나타날 수도 있으며 특히 어린 시절 트라우마를 경험한 사람이 다시 새로운 충격을 받으면 PTSD와 같은 증상이 쉽게 발생할 수 있습니다.

2

우리 모두의 책임입니다

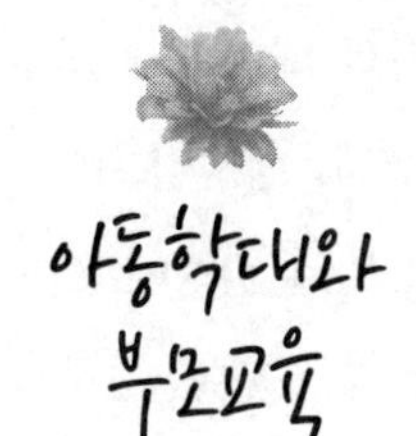

아동학대와 부모교육

이제는 '부모면허'가 필요한 시대인가 봅니다. 최근 연달아 발생하는 아동학대 사건은 우리 사회의 가장 큰 충격으로 다가옵니다. 무엇보다 아동에게 폭력을 행사한 주체가 아동을 보호해야 할 '부모'라는 점에서 아동학대는 아동의 육체와 마음에 더욱 깊은 상처를 남깁니다. 잔혹한 학대 행위로 아동을 사망으로 이끈 사건들이 연이어 보도되곤 합니다. 최근 발생한 일련의 사건을 되짚어 볼 때, 안타까운 점은 작은 아동이 성인이 감당하기에도 어려운 고통을 당하는 동안 세상은 이들의 울부짖음에 침묵했다는 것입니다. 실제로 아동학대는 장기간에 걸쳐 상습적으로 일어났습니다. 그럼에도 주변 친인척, 학교가 이들을 세심히 살펴 초기에 발견하지 못한 사회적 책임도 결코 간과할 수 없습니다.

그렇기에 학대로 인한 아동의 죽음은 '사회적 살인'이라고도 불립니다. 흔히 사랑과 훈육을 명목으로 아이들을 죽음으로 몰아넣는 아동학대는 가정의 문제가 아닌, 사회적 범죄라고 볼 수 있습니다. 학대로부터 아동을 보호하는 것은 국가의 책임이자 의무입니다. 아동학대 근절을 위해 할 수 있는 모든 사법적, 행정적 조치가 필요한 상황입니다.

심리적으로나 육체적으로 발달 과정에 있는 아동이 학대에 의해 신체적·정신적 건강이 침해될 경우 향후 성장과 발달에 치명적인 영향을 받을 수밖에 없습니다. 더욱이 장기간 일어난 학대 과정에 있어 아동이 당했을 육체적 고통은 말로 형언하기 어렵습니다. 특히 아동학대는 아동 살인으로 이어질 수 있다는 점에서 각별한 대응책 마련이 요구됩니다.

아동학대가 다른 유형의 폭력보다 무서운 이유는 장시간 폭력 및 방임에 방치된 아동들은 그 상황을 익숙하게 받아드려 사회에 대한 신뢰를 잃어버리고 스스로에 대한 자존감이 낮아질 수 있다는 것입니다. 이런 아동학대의 원인은 핵가족화, 경제의 급변으로 가정 구조 자체가 많이 달라진데 있습니다. 이러한 상황에서 아동 양육 스트레스는 온전히 부모에게 돌아갑니다.

자녀를 소유물로 여겨 체벌을 가볍게 생각하는 우리나라의 사회문화적 풍토도 다시 환기해 봐야할 시점입니다. 그동안 아동 훈육을 위해 '사랑의 매'를 드는 것을 교육의 한 방법으로 여겨왔지만, 잘못된 훈육은 아동학대로 이어질 수 있다는 점에서 신중에 신중을 가해야 합니다.

현재의 부모세대들은 아동을 교육하는 것을 제대로 배우지 못해서 그저 훈육하기 위해 아이를 다그치거나 때립니다. 그리고 우리나라의 경우 국민적 정서가 가정의 문제를 가정의 것이라고만 여겨 간섭하지 않습니다. '사회적 무관심'을 아동학대의 큰 문제입니다. 예방을 하는 것에서 가장 중요한 것은 조기 발견입니다. 아동학대의 특성상 초기에 학대아동을 발견하는 신고제도가 활성화 되는 것이 중요합니다.

아동복지법에 근거해 교사, 의료인, 사회복지사 등 22개 아동 관련 직군은 아동학대 신고의무자에 해당하며 학대 사실을 알면서도 신고하지 않으면 과태료를 물어야 합니다. 이 외에도 일반시민이 아동이 학대를 당하고 있다는 낌새를 느끼면 아동보호전문기관 또는 수사기관에 바로 신고하는 등 적극적인 자세가 중요합니다.

아동학대의 의미를 바로 아는 것도 중요합니다. 아동학대는 적극적 가해행위 뿐 아니라 소극적 의미의 방임행위까지 정의에 포함됩니다. 아동복지법 제3조 7호에서는 아동학대란 '보호자를 포함한 성인이 아동의 건강 또는 복지를 해치거나 정상적 발달을 저해할 수 있는 신체적·정신적·성적 폭력이나 가혹행위를 하는 것과 아동의 보호자가 아동을 유기하거나 방임하는 것을 말한다.'라고 규정하고 있습니다.

무엇보다 아동학대를 근절하기 위해 가장 중요한 것은 먼저 좋은 부모가 되는 것입니다. 아동학대의 이면裏面에는 부모가 절대적 권력을 행사하는 주체인 만큼 근본적으로는 '부모교육'을 통해 아동폭력을 막고 부모가 정서적 안정을 취하는 것이 중요합니다.

특히 부모의 정서적 미성숙은 아동학대의 가장 큰 원인으로 작용합니다. 나이가 어리고 정서적으로 안정되지 못한 부모들은 아동의 욕구나 행동을 이해하지 못해 아동학대를 쉽게 행하고 건전한 가족관계의 형성에도 어려움을 겪게 됩니다.

또한 아동양육에 대한 지식이 부족하고 경제적 어려움, 실직, 잦은 병치레, 가정불화 등 위기요인이 원인으로 작용하기도 합니다. 정서적 욕구 불만으로 부모 자신의 욕구가 충족되지 못하거나 스트레스를 받을 때 아동들에게 그 불만을 터뜨리는 경우도 발생합니다.

아동학대 문제는 부모가 감정 컨트롤을 잘 못해서 생긴 문제이기도 합니다. 아동은 부모의 언어적 표현보다는 행동을 모델링합니다. 폭력적인 부모 밑에서 자란 아동들은 이후 폭력의 가해자가 되기도 쉽습니다. 이것이 바로 '폭력의 되물림 현상'입니다. 실제로 부모가 어릴 적 학대를 받은 경험도 아동학대에 큰 영향을 끼칩니다. 통계에 따르면 아동을 학대하는 부모들 중 30~60%는 자신들이 어릴 때 부모로부터 학대받은 경험이 있다고 조사됐습니다. 보통의 부모들도 한순간에 화가 날 경우 아동들에게 신체적, 언어적 폭력을 행사할 수 있습니다. 부모가 억압된 감정을 분노로 표출하기 보다는 그 때 그때 감정을 해소하는 감정조절이 중요합니다. 아동학대에 있어 폭력을 행사하는 것은 아동 본인의 잘못에 기인한다기보다 부모의 부정적 감정에 기인합니다. 그렇기에 부모가 먼저 감정적인 상처를 치유 받아야 합니다.

청소년 범죄 급증, 우리 모두의 책임입니다

———————————— 우리 청소년 인구가 반세기만에 1,000만 명 밑으로 떨어졌습니다. '2014 청소년통계'에 따르면 우리나라의 청소년 인구(9~24세)는 983만8,000명으로 전년에 비해 20만1,000여명이 감소했습니다. 물론 우리나라 인구감소는 이미 심각한 사회문제로 지적되고 있지만 늘어나는 노인인구에 비해 특히 청소년 인구는 갈수록 줄어들고 있어 국가의 미래가 심히 우려스럽기만 합니다. 여기에 청소년 10명 중 1명이 자살을 생각해 본 적이 있는 것으로 나타나 충격을 주고 있습니다.

자살 충동을 느낀 이유는 성적 및 진학문제가 28.0%로 가장 높았습니다. 문제는 이처럼 많은 청소년들이 자살이라는 극단적인 충동을 느끼고 있지만 학교 교사와는 자신의 고민을 터놓고 얘기하지 못하는 등 학생과 교사 사이의 소통에 많은 문제를 안고 있다는 점입니다. 실제 청소년들이 고민을 털어놓고 상담하는 대상자는 친구가 44.5%로 가장 많았고, '선생님'이라고 답한 청소년은 1.5%에 불과했습니다. 또한 청소년들이 가장 근무하고 싶은 직장은 국가기관(28.0%), 대기업(22.1%), 공기업(15.1%) 등의 순이었습니다. 물론 공무원이라는 직업이 국가와 국민을 위해 헌신하는 보람찬 일이긴 하지만 이들이 공무원을 선호하는 배경에는 심각한 청년실업 문제로 인해 자신의 적성과 꿈보다는 안정적인 직장을 원하는 시대상을 반영한 것이어서 왠지 씁쓸합니다.

최근 TV나 라디오나 신문 등 언론 매체를 접하기가 무서울 정도로 청소년 문제는 심각성을 더해가고 있습니다. 해마다 범죄율은 증가하고 연령대는 낮아지고 있습니다. 또한 예전에는 절도 · 폭력에 머물렀던 청소년 범죄가 최근에는 지능화되고 대담해지면서 성범죄, 살인 등의 강력범죄로 그 범위가 넓어지기도 합니다. 이처럼 청소년 범죄가 심각한 사회 문제로 부각된 것은 어제 · 오늘의 일이 아닙니다. 몇 년 전에 발생한 일은 지금도 생각 만해도 믿기지 않는 충격이었습니다. 10대 여학생들이 또래 여학생 2명을 알몸으로 벗겨놓고 가학행위를 하는 동영상이 인터넷에 유포돼 충격을 주었습니다. 전 세계적인 무료 동영상 공유 사이트인 유튜브에 우리나라 10대 여중생 폭행 동영상이 퍼지면서 우리나라는 물론 전 세계를 발칵 뒤집어 놓았습니다. 여중생 한명을 땅에 눕혀놓고 심하게 짓밟고 때리는 장면이 생생하게 동영상으로 퍼진 것입니다.

지난 2013년 한 고등학생이 학교폭력을 비관해 투신자살한 사건이 있었습니다. 상습 폭행, 금품갈취, 집단 성희롱 등의 가혹행위를 중학교 2학년 때부터 당해왔다고 했습니다. 특히 자살 직전 작성한 유서에 따르면 교실이나 화장실 등 CCTV가 없는 시각지대에서 주로 괴롭힘을 받았다고 해 안타까움을 자아낸 바 있는데, 이 사건이 더욱 논란이 되었던 것은 가해학생들이 보인 '무감각한 태도' 때문이었습니다. "돈을 빼앗은

게 아니라 다른 학생에게 돈을 빼앗길까봐 대신 보관하면서 같이 썼다"고 진술하는가 하면, 가해학생 중 한 명이 "사죄합니다. 지은 죄만큼 벌 받고 오겠습니다."라고 SNS에 올리자 "뭘 잘못했는데 니가", "사나이는 한 번쯤 징역 갔다 와도 된다."는 등의 댓글을 달았습니다.* 폭력을 휘두른 것도 문제이지만 한 사람의 목숨을 앗아갈 만큼 가혹행위와 수치심을 안겨주고도 별다른 죄의식을 느끼지 못하고 있는 모습은 오늘날 청소년들의 도덕적 이탈 수준이 얼마나 심각한지를 알게 해줍니다.

문제는 이것이 결코 극단적인 사례가 아니라는 데 있습니다. "존× 못생긴 X. 널 낳은 니 에미가 불쌍." "인간쓰레기 ㅉㅉ 저런 건 폐기처분도 안 돼. 악 냄새나!!!" 2013년 7월 이모 양(16)이 페이스북에 자신을 찍어 올린 사진에 달린 76개 욕설 가운데 일부입니다. 하늘을 찍은 사진을 올리면 "왜? 자살하려고?"라는 댓글이 붙었고, 음식 사진을 올리면 "오크(괴물) 같은 게 밥은 목구멍으로 넘어가냐?"라는 욕설이 달렸습니다. 댓글을 올린 10여 명의 친구는 같은 학교 학생들이었습니다. 이 양이 지난해 잠깐 만난 남학생이 이들 중 한 명이 좋아하는 선배였습니다. 이들은 학교에서는 물론이고 인터넷과 스마트폰을 통해 거의 24시간 내내 이 양을 쫓아다녔습니다. 스마트폰과 소셜네트워크서비스SNS에는 하루에 100개가 넘는 욕이 올라오는 날도 비일비재했습니다. 이 양은 "차라리 한 번 맞고 치우는 게 나을 것 같았다."며 "집요하게 따라다니는 애들로부터 쉬지 않고 욕을 들으니 너무 치욕적이어서 거의 매일 밤 울었다"고 했습니다. 이 양은 SNS 계정을 모두 닫았고 휴대전화 번호도 바꿨습니다.**

---

* "'사나이라면 징역 갔다 와도 된다' 자살 가해자 격려 댓글 논란" 〈서울신문〉(2013.3.19), 9면.

한국인터넷진흥원이 2013년 4~6학년 초등학생과 중고교생 각각 500명을 대상으로 조사한 결과 평균 30.3%의 학생이 사이버폭력을 당한 적이 있다고 응답했습니다. 500명의 일반인을 대상으로 한 조사에서도 33.0%가 피해 경험이 있다고 응답해 사이버폭력이 세대를 가리지 않고 일어나는 것으로 조사됐습니다. 사이버폭력 피해를 당한 전체 학생 가운데 사이버 언어폭력(24.2%)을 당했다고 답한 이들이 가장 많았습니다. 일반인을 대상으로 한 조사에서도 신상정보 유출(18.4%)과 함께 사이버 언어폭력(18.0%)이 사이버폭력의 주된 내용이었습니다. 박모 군(13)은 "한 친구와 사이가 나빠지니까 7명의 친구가 어느 날부터 인터넷이나 스마트폰을 통해 계속 욕을 하는 식으로 괴롭히기 시작했다"며 "SNS나 카카오톡에 새로운 메시지가 떴다는 알람이 울리면 반가운 마음이 드는 게 아니라 긴장부터 된다"고 말했습니다. 박 군의 스마트폰을 확인해보니 친구들이 박 군을 카카오톡 대화방에 초대한 뒤 올린 욕설은 400개나 됐습니다. 김봉섭 한국정보화진흥원 정보화역기능대응부장은 "놀이터나 동네 골목에 나가서 친구들과 놀 기회를 상실한 요즘 청소년들은 타인과 갈등이 생겼을 때 이를 해소하는 방법을 배울 기회가 없었다"며 "폭력이 난무하는 게임 등을 통해 사이버폭력에 익숙해진 청소년들은 죄의식 없이 사이버폭력을 행사하며 더 잔인해지고 있다"고 진단했습니다. 피해자들은 "죽을 만큼 괴롭다"고 하지만 정작 가해자들은 많은 경우 스스로 '잘못하고 있다'는 생각을 거의 못한다는 게 전문가들의 진단입니다. 한국인터넷진흥원이 사이버폭력을 한 이유에 대해 묻자 초등학생의 45.7%가 '재미있어서(장난으로)', 중학생의 68.2%와 고등학생의

** "페북으로 카톡으로 미친X……24시간 욕이 따라다녀요" 〈동아일보〉(2014.3.28), 8면.

64.1%는 '상대방에게 화가 나서(상대방이 싫어서)'라고 응답했습니다. 친구의 페이스북이나 트위터에 수시로 욕설을 다는 차모 군(12)은 "숙제한 것을 빌려달라고 했는데 안 빌려줘 괘씸한 마음에 친구 SNS에 익명으로 욕을 몇 번 했다"며 "조사해 보면 남의 SNS에 욕을 한 적 없는 애가 없을 것"이라고 대수롭지 않게 말했습니다.***

사이버 왕따를 당한 학생들은 우울증에 시달리는 경우가 많습니다. 2013년 경기 광주시에서 사이버 왕따를 당하던 한 고교생은 우울증에 시달리다 자퇴했습니다. 전문가들은 사이버 왕따가 물리적 폭력보다 더 폭력적일 수 있다고 강조합니다. 자신의 방으로 돌아와도 숨을 곳이 없이 사이버 왕따가 이뤄지기 때문에 피해자들은 우울증이나 외상 후 스트레스 장애까지 겪다가 극단적 선택을 할 수도 있습니다.

얼마 전 보도된 사건입니다. 청소년 범죄에 관련된 뉴스였는데, 도저히 아이들이 저지른 사건이라 보기 어려울 만큼 대담하고 잔인해서 큰 충격을 받았습니다. 경남 김해, 아주 충격적인 살인 사건이 일어났습니다. 이른바 '가출팸(가출+패밀리)'을 이뤄 어울리고 있던 여중생과 20대 남자들이 여고생을 때려 숨지게 한 뒤 암매장한 사건이었습니다. 가출팸으로 어울리던 피해 여고생이 집으로 돌아가고 싶다고 말하자, 이탈자는 있을 수 없다며 집단으로 폭행했습니다. 피해 여고생은 평소 알고 지내던 여중생들과 어울리다 가출을 했고 부모의 가출신고로 집으로 돌아올 수 있었지만 얼마 지나지 않아 다시 가출, 한 달 만에 싸늘한 시신이 되어 돌아왔습니다.

스마트폰 SNS와 채팅 앱을 통해 '가출팸'을 이뤄 생활하던 여중생들은

** 한국인터넷진흥원, 『사이버폭력 실태조사』, 2013년 자료집, 5쪽 참조.

20대 남자들과 어울리며 모텔을 전전하며 생활해 왔다고 합니다. 이들은 모두 같은 지역출신의 선후배 사이라고 했습니다. 피해 여고생이 가출팸으로부터 집단구타를 당하게 된 이유는 단순히 이제 그만 집으로 돌아가고 싶다고 밝힌 후라고 합니다. 흥분한 가출팸 여중생들과 20대 남성은 피해여고생을 마구 때려 숨지게 한 뒤 차 트렁크에 싣고 다니다, 야산에 암매장했습니다. 경찰은 아이들에게 왜 그렇게 심하게 때렸느냐 질문했더니, 아이들의 대답은 아주 허무하고, 어이없고, 끔찍했습니다.

"그냥 때린 건데요—."

이들은 숨진 피해여고생 하나로 충분하지 않았는지, 돈이 떨어지자 성매매를 시작했고 스마트폰 메신저를 이용해 조건 만남 상대자로 나타난 사십대 남자를 마구 때려 숨지게 했습니다. 그들은 남자가 숨지가 차 안에 버려둔 채 사라졌고 숨진 남자의 신용카드로 빌린 대포차를 끌고 사건현장에 나타났다가 붙잡혔다고 합니다. 어른보다 더 강력해지고 빈번해지고 있는 10대 청소년들의 강력범죄에는 가출팸이 어김없이 등장하고 있어 대대적인 가출청소년 관리가 필요하지 않나 싶습니다. 가출한 아이들은 평소 알고 지낸 사이가 아니어도 가출관련 인터넷 카페나 스마트폰 SNS, 각종 조건만남 채팅 앱을 통해 손쉽게 가출팸을 이룹니다. 그렇게 이뤄진 가출팸은 함께 뭉쳐 다니며 원룸, 고시원, 모텔 등을 전전합니다. 이 가출팸 아이들은 대부분 생활비나 유흥비가 필요하면 서슴없이 물건을 훔치거나 성매매, 살인, 사체유기 등의 범죄를 저지르는 것입니다.

10대 청소년 범죄 사례를 살펴보면 미필적 고의가 많은 것 같습니다.

앞서 아이들이 죽이려던 것은 아니었으나 때리다 보니 죽인 것처럼 자신들의 행위가 얼마나 위험하고 위태로운 지 파악하지 못하는 것입니다. 가장 심각한 것은 스마트폰 채팅 앱을 통해 조건 만남이 너무나도 쉽게 이뤄진다는 것입니다. 실제로 이번 살인사건 및 사체유기를 저지른 가출팸도 스마트폰 조건만남 채팅앱으로 '낚은' 사십대 남성을 잔인하게 죽인 뒤 차와 함께 유기했습니다.

또 얼마 전에는 남자 고등학생들이 부모 없이 쉼터에서 생활하는 10대 여고생을 비디오방에 감금한 뒤 성폭행한 사건도 발생해 사람들을 경악하게 만들었고, 지나가는 여학생이 자기들을 쳐다봤다는 이유로 폭행해서 의식불명 상태에 빠지게 한 일도 있습니다. 결국 이 여학생은 국민의 간절한 바람에도 안타깝게도 사망하고 말았습니다.

도대체 왜 이렇게 청소년 범죄가 흉악해진 것일까요? 청소년 범죄가 증가하는 이유는 여러 가지가 있습니다만 가장 큰 이유는 범죄를 저지른 청소년들이 소년원이나 청소년교정원에서 반성을 하기는커녕 범행 수법을 배우거나 공범을 만나는 장소로 이용되면서 재범률이 증가하는 데 있습니다. 이는 청소년 교정 당국의 책임이나 문제라기보다는 근본적으로 청소년 범죄가 늘 수밖에 없는 우리 사회의 취약한 가정환경과 청소년들의 불안전한 환경에 기인한 결과입니다. 우리 사회가 저소득층 혹은 한부모 가정 등 취약 계층의 청소년들을 제대로 돌보고, 보호하지 못하고 있기 때문이기도 합니다.

과거에는 소년들의 범죄율이 높았던 것에 비해 최근에는 소녀들의 범죄율이 급격히 높아지기도 했습니다. 여자 아이들의 경우, 남자 아이들에 비해 가정폭력이나 성폭력에 노출되기 쉽고 피해 사실을 회피하기 위해 다른 범행을 저지르기도 합니다. 이를 완충시킬만한 장치가 없다는 것이 큰 문제입니다. 또 가정이 핵가족화 · 도시화되면서 여자 아이들을 보호하던 가족과 이웃이 제 기능을 하지 못하는 점도 그 원인으로 작용하고 있습니다.

10대 여학생들의 이 같은 범죄행각은 인터넷 확산과도 깊은 관련이 있습니다. 실제로 몇 년 전에는 인터넷 '얼짱' 청소년들의 성폭력 범죄가 세상을 놀라게 하기도 했습니다. 인터넷을 통해 우연히 '얼짱 소녀'라는 칭호를 얻게 된 17세 소녀가 유명세를 이용해 자신을 찾아온 여학생들을 폭행하고 원조교제를 강요한 것이 밝혀져 청소년 범죄의 '막장'은 어디까지 갈 것인지 갈수록 우려가 커지고 있습니다. 이와 같은 이른바 10대 여자청소년 문제는 그 심각성을 더해 가고 있습니다.

가출팸 범죄가 날이 갈수록 증가하고 대담해지고 있는 요즘, 가출팸 범죄는 생계형 범죄에서 시작해 점점 지능화, 조직화되고 있습니다. 이는 비단 가출 자녀를 둔 가정의 문제가 아니라 한 사회의 큰 문제가 아닐까 싶습니다. 대부분 빈곤 가정에서 가출 청소년들이 많이 발생하고 있으니 빈곤 가정에 대한 정부의 경제적 지원이 체계적으로 이뤄졌으면 좋겠습니다. 부모와 자녀의 원활한 소통과 화해를 유도할 수 있는 실질적인 프로그램이 많이 운영되었으면 좋겠습니다.

최근 청소년들과 관련된 문제는 보통의 심각성에서 한참을 발전해 왔다고 해도 지나친 말이 아닙니다. 청소년들의 비도덕적 행동양식은 물론이고 범죄 수준이 우리 어른들을 능가하는 집단 성범죄, 학교에서 학생이 선생님 폭행, 선생님의 학생에 대한 과도한 처벌문제 등이 언론을 통해 봇물 터지듯 터져 나오고 있습니다. 이는 물질주의와 상업주의가 팽배하고 자극적인 성인문화에 여과 없이 노출되는 생활여건과 사회 전반에 걸쳐 무엇이 옳은지에 대해 혼란스러워하는 사회분위기에서 청소년들의 가치관 혼란을 여과 없이 보여주는 것이라 할 수 있습니다. 또한 학력위주, 입시위주의 학교풍토는 너무 지나쳐서 과도한 경쟁의식과 공부만 잘 하면 된다는 식의 잘못된 가치관을 청소년들에게 심어주고 있습니다. 그래서 단지 학업에 흥미가 없는 건전한 학생들이 상대적 박탈감과 미래에 대한 불안감으로 자포자기 하게 되는 경우도 있으며, 유해有害한 지역사회에 영향을 받으며 학교교육이 주는 중압감에서 벗어나고 싶은 청소년들은 소비욕구와 놀이에 대한 욕구가 증가하고 있습니다.

현대사회의 다양한 사회문제 중, 청소년 비행문제는 이들이 앞으로 우리 사회를 이끌어 나아갈 주역들이라는 점에서 대단히 중요합니다. 청소년기를 한 마디로 요약하여 정의하기는 어려운 일이지만 청소년기는 유년기에서 성인기로 넘어가는 과도기적인 단계로서 이 시기는 이상이나 논리에 의하기 보다는 감정과 충동에 의해 자기를 규제하고 자기표현을 이루기 위한 노력과 감정의 갈등에 휩싸이는 기간입니다.

이와 같이 감정과 이성의 갈등에 의해 지배되는 청소년기는 자신들의 행동을 스스로 규정하고 통제할 능력이 부족하기 때문에 자신들에게는 정상적인 행위라도 기성세대에게는 비행이나 범죄 행위로 받아들여질 가능성이 큽니다. 청소년 범죄에 관심을 두어야 하는 이유는 전체 범죄 중에서 청소년 범죄가 차지하는 비율은 점차 높아지는 추세일 뿐만 아니라 주목해야할 것은 어른 범죄의 대부분이 비행 청소년 출신이라는 점에 있습니다. 따라서 청소년 범죄에 대한 효과적인 대책은 궁극적으로 우리 사회의 범죄 문제에 대한 근본적인 대책이 될 수 있다는 점에서 사회의 안정뿐 아니라 미래 사회의 건전한 발전을 담보할 열쇠가 됩니다. 청소년 문제의 해결은 청소년 개인의 과제인 동시에 국가와 사회적인 과제입니다.

청소년 범죄는 한 사람의 청소년에 의한 범죄라기보다는 우리 어른들도 공범으로 함께 이뤄진 범죄라는 생각해 봐야합니다. 범죄를 저지르는 청소년들을 보면서 '요즘 애들은 도대체 왜 저럴까?'라고 묻습니다. 여기엔 청소년 범죄가 우리 자신이나 우리 가정과는 아무런 관련이 없고 책임도 없다는 생각입니다. 그러나 조금 깊이 생각해보면 우리가 청소년 범죄에 일정부분 관련되어 있고 책임이 있습니다.

청소년 범죄는 사회의 문제만이 아닌 우리 스스로의 문제이기도 합니다. 청소년들이 범죄의 그늘 속에서 벗어나 이들을 보호하고 건강한 사회구성원으로 성장할 수 있도록 우리 모두가 관심을 가져야 합니다. 그러기 위해서는 한부모 가정이나 소외 계층의 청소년들에 대한 체계적인 관리가 필요합니다. 건전한 사회 환경 속에 건전한 청소년들이 성장할 수 있습니다. 사실 우리의 미래는 이들 청소년들에게 달려 있다고 해도 지나친 말이 아닙니다. 그런데도 이들 청소년들이 진취적인 사고보다 안정적인 마인드로 고착된다면 국가의 미래를 기약할 수 없는 일입니다. 무엇보다 신체적으로나 정신적으로나 아직 성장기에 있는 청소년들이 바른 사고를 갖고 성장할 수 있도록 조언을 하는 등 어른들의 역할이 그 어느 때보다 중요한 일일 것입니다.

청소년 범죄를 막기 위해 우리는 다음의 질문을 먼저 스스로에게 던져야 합니다. '우리 청소년들이 어떤 상처로 인해 이런 아이들이 생겼을까? 청소년 범죄를 막기 위한 처벌 강화와 법적 · 제도적 장치를 만드는 것도 중요하지만 이를 초기에 차단하고 예방하는 방안을 마련하는 것이 보다 효과적이고 적절한 조치입니다. 이를 위해 우리 모두는 우리의 미래를 짊어질 청소년들의 아픔을 보듬어줄 따뜻한 가정과 같은 분위기를 만들어주는 노력을 펼쳐가야 합니다. 이런 노력에는 정부의 관계 부처와 교육당국은 물론 시민사회단체가 한마음 한뜻으로 모두가 함께 해야합니다. 우리 사회가 어제보다는 오늘이, 오늘보다는 내일이 기대되기 위한 우리 모두의 다짐이 절실한 때입니다. 우리의 청소년들이 자신의 꿈과 끼를 마음껏 펼치는 사랑 가득한 사회가 되기를 간절히 소망해봅니다.

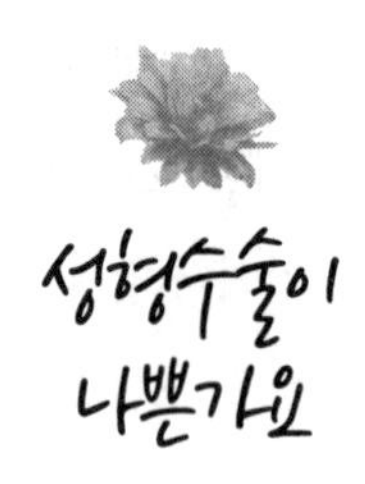

성형수술이 나쁜가요

—————————— 제가 어릴 때 사람들은 외모와 체형에 대해 별다른 생각이 없이 그게 운명이거니 팔자거니 하고 살았습니다. 이는 유교적인 사유에 따른 천명에 순응하는 삶, 근검절약하는 삶의 시대정신과 경제적으로 어려운 시절이 겹치다보니 그랬던 것 같습니다. 이런 사회적 분위기로 인해 남자들이 옷차림에 신경 쓰면 "제비족"으로, 여자들이 신경 쓰면 "양공주"라는 놀림을 받기도 했습니다. 그저 점잖은 복장으로 단정하게 옷을 입는 것이 미덕인 사회였습니다. 여자들의 화장도 수수하게 안한 듯 하는 최소한이다 보니, 남자들의 화장은 거의 없었습니다. 체형이랄까 몸매 관리도 특별히 신경 쓰지 않고 살았습니다. 그저 사는 게 바쁘다보니 세월에 장사 없다고 일그러지는 몸을 당연하게 여겼습니다.

그러나 오늘날은 이전 시대에 비해 경제적인 여유도 생겼고, 자유분방한 사회이다 보니 외모에 대한 표현도 달라졌습니다. 그에 따라 외모나 체형이나 옷맵시를 가꾸고 관리하는 것은 물론 인위적으로 바꾸는 것도 허용되는 자기표현시대요, 개성 시대입니다. 그러다보니 아무 때나 길거리를 거닐다가 보면 마치 연예인들이 오고가는 듯한 착각을 일으킬 정도로 다들 멋을 낸 외모와 몸매와 옷맵시를 자랑합니다. 이를 보고 이전 세대들은 풍요를 만끽하는 세대라고 부러워하기도 합니다만 지나치게 소비지향적이고 외모지상주의라고 비판을 가하면서 우려하기도 합니다. 실제로 젊은 세대의 경우, 자신의 소득에 비해서 과소비라고 말할 수 있을 정도로 이른바 명품名品으로 치장하는 경우도 있습니다. 또한 내면보다는 외모에 집착하는 것 같기도 합니다. 이전 세대들은 젊은 세대들이 풍요를 만끽하면서 근시안적인 외양에 치중하는 것으로 여깁니다. 삶의 깊이를 모르는 철부지들이 우리 사회를 짊어질 미래의 역군인가 하는 개탄하기도 합니다. 이처럼 이전 세대들이 우려하는 대로라면 우리의 미래가 장밋빛이 아니 잿빛일 것입니다.

그렇다면 젊은 세대들은 이런 비판과 우려와 개탄에 대해 수긍할까요? 어른들 말씀에 주의 깊게 경청하며 깊이 반성할까요? 아마도 이전 세대들은 젊은 세대들이 그렇게 해야 한다고 여길 것입니다. 어른들 말을 들으면 “자다가도 떡이 생긴다”고 하니 그래야한다고 강변强辯할지요? 그러나 가만히 생각해보면 세상사 그렇게 간단치 않은 게 현실입니다. 차라리 이전 세대들, 어른들의 말이 맞는다면 젊은 세대들도 나을지도 모릅니다. 이게 무슨 말인가 하실 것 같습니다만 사실입니다.

분명 젊은 세대들이 외양에 지나칠 정도로 신경을 씁니다. 그러다보니 과소비도 서슴지 않습니다. 더욱이 대출까지 받아가면서 외양을 꾸미기까지 합니다. 서울 강남에 가면 성형외과가 즐비할 정도로 성형수술이 붐을 이루고 있습니다. 이를 두고 외모지상주의라는 비판적인 목소리가 거센 것이 사실입니다. 그러나 지나침이 문제이지 자신을 긍정으로 표현하기 위해 자신에게 돈을 들이고 시간을 들이는 것이 꼭 나쁜 것일까요? "이왕이면 다홍치마"라는 말이 있듯이 예뻐 싶은 것은 이 세상 모든 여성의 바람이 아닐는지요? 심지어 요즘은 남자들도 멋을 낼 줄 아는 "얼짱", "몸짱", "조각미남", "꽃미남"이라는 말을 듣고 싶어 하고 이런 이들이 대중의 부러움을 한 몸에 받는 시대입니다.

저도 나이 사십대 중반이니 이전 세대랄까 기성세대가 분명합니다만 조금은 열린 마음으로 이해하는 마음을 갖습니다. 사실 저도 젊은 세대들이 내실內實을 기하고 실력을 연마하는 데 집중하기보다는 겉모양에 치중하는 것 같아 달갑게 여겨지지는 않습니다만 그럼에도 굳이 젊은 세대들을 옹호하는 이유가 있습니다.

저는 그래도 이른바 정규직이라고 부러워하는 교직에 몸담고 있으니 비교적 안정적이고 여유를 갖지만 다들 아시는 것처럼 요즘 청년실업문제가 심각한 사회문제가 된 지 오래입니다. 취업은 해도 되고 안 해도 되는 문제가 아니라 자기표현과 사회공헌과 생존의 문제입니다. 이전 세대에서 여성은 취업이 필수는 아니었습니다. 요조숙녀窈窕淑女로서 신부수업에 충실하다가 전업주부專業主婦로 살아가는 것도 미덕이었습니다만 오늘날은 그렇지 않습니다. 맞벌이가 일반화된 세상에 무직無職 여성은 결혼상대자를 구하기도 어렵습니다.

물론 외모가 긍정적인 것만은 아닙니다. 전문직 여성의 경우, 외모가 뛰어나면 능력이 평가 절하되는 경우도 많습니다. 사람들은 그녀가 성공한 상당부분이 외모의 도움을 받았을 것이라고 가정하기 때문입니다. 즉 같은 능력을 가진 외모가 뛰어난 여성과 그렇지 않은 여성이 있는 경우 보통의 외모를 가진 여성이 능력이 더 뛰어날 것이라고 생각합니다. 그러나 이것은 성차별적인 편향적 사회심리일 뿐입니다. 이런 논리가 여대생들의 성형수술을 비난하거나 막을 수는 없습니다.

드러내놓고는 아니더라도 은근히 "우리는 예쁜 여자를 뽑습니다" 라고 하는 회사도 있습니다. 여대생들이 쌍꺼풀 수술은 성형수술에 속하지도 않는 요즘, 극심한 취업난으로 면접관에게 호감 주는 인상을 주기 위해, 그래서 취업에 성공하기 위해 성형수술도 감내해야 하는 것이 가슴 아픈 현실입니다. 한창 취업 공부할 시간과 빠듯한 학비 조달의 어려움 속에서 몸에 칼을 대야하는 것이 여대생들의 현실입니다. 취업, 고민할 게 참 많은 절대절명絶對絶命의 문제입니다.

취업하려는 이들은 많고 취업될 이들은 적은 현실에서 외모가 타인을 판단할 때 중요한 요인으로 작용합니다. 요즘 인상학人相學이라는 강좌도 인기입니다. 토익이다, 자격증이다 준비할 게 참 많은 스펙쌓기 시대에 외모까지 신경을 써야 하는 게 오늘 우리 시대 젊은이들의 초상肖像입니다. 실제로 외모는 취업에서 어느 정도의 효과를 발휘합니다. 그러니 성형수술은 선택이 아니라 필수로, 살기 위한 약자의 발버둥입니다.

인상 형성에 관한 연구 결과를 살펴보면, 사람들은 눈이 크고 피부가 매끈하고 턱이 둥글수록 다정하고, 친절하고, 온순한 사람으로 판단합니다. 눈이 작고, 피부가 거칠고, 턱이 모난 얼굴형은 강인함이나 지배성이 있다고 판단합니다. 키가 큰 남성에 대해서 지도력이나 유능성을 높게 평가하기도 합니다. 옷차림과 연관해서는 단정할수록 좀 더 양심적인 사람으로 지각知覺합니다. 걸음걸이가 활기찬 사람은 적극적이고 진취적인 사람으로 인식합니다. 시선 접촉이 적을수록 자기를 속이려는 것으로 오해하기도 합니다. 이런 현상은 꼭 면접상황이 아니라 일상적인 주변사람들을 판단할 때도 작용합니다.

이른바 '정우성'과 '정종철' 사이에 현실적으로 존재하는 상당한 외모의 차이는 현실적으로 극복하기 쉽지 않습니다. 그 두 사람을 외모와 상관없이 인간적으로만 판단할 수 있는 사람만이 면접관을 제대로 비판할 자격이 있을지도 모릅니다. 외모가 면접장에서 엄연히 중요한 요인으로 작용하는 현실입니다. 치열한 취업 현장에서 현실은 외양이 실력의 스펙트럼의 한 위치에서 면접관들의 판단에 의해 당락이 결정됩니다. 요즘 같은 외모지상주의와 외모가 중시되는 취업에서 물려받은 외모를 이전 세대들처럼 감사하거나 순응하며 살 수 있을지요? 외모를 물려준 유전인자근원인 부모를 원망하지는 않을지요?

외모라는 것은 증명사진 속의 정지된 내 모습만을 의미하는 것이 아닙니다. 미소와 당당한 걸음걸이와 옷차림과 말투 그리고 적절한 시선접촉 등도 상대방에게 호감을 줄 수 있는 중요한 요인입니다. 어느 정도는 노력을 통해서 지금보다 더 많은 호감을 이끌어낼 수 있습니다. 그런데 그것으로는 좀 불안하다 싶으면 그때는 어떻게 해야 할까요? 그때는 내가 못나서가 아니라 "책은 표지가 아니라 그 내용이 중요한 것" 인데 그것을 잘 이해 못하는 무지몽매한 면접관의 이해를 돕기 위해서, 필요하다면 현대의학의 도움을 조금 받는 것도 나쁜 것은 아니지 않은 것 같습니다. 아무튼 우리 시대는 분명 이전 세대에 비해 풍요를 누리는 것은 사실입니다. 그로 인해 자기표현욕구도 실현할 수 있는 축복의 시대입니다. 이것이 지나쳐서 꼴불견인 사회 현상을 보면 눈살을 찌푸리게 되기도 합니다. 그러나 이것만이 아닙니다.

성형수술을 권하는 사회, 아니 강요하는 사회 속에서 우리 젊은 세대들은 피를 토하는 심정으로 울부짖고 있습니다. 열심히 공부하고 열심히 일하고 싶은데 정작 일자리가 주어지지 않는 현실입니다. 경쟁이 비인간적이고 불합리한 구조임을 잘 알면서도, 그 부조리에 제대로 저항조차 못하고 자기표현욕구에서가 아니라 타인에게 잘 보여서 먹고 살아야하는 조건 맞춤으로 두렵고 떨리는 데도 성형수술대에 올라야만하고, 몸매를 만들고 옷을 맞춰 입어야 합니다. 과연 누구를 위해서, 누구의 기준에 따라서일까요? 성형외과 의사의 손에 쥐어진 메스는 꿈과 희망으로 꿈을 나래를 펼쳐야할 젊은 세대를 길들이는 기성세대의 참혹한 폭력을 드러내는 상징일 것입니다.

스마트폰 음란물에 빠져드는 아이들

아이를 키우는 부모로서 또한 학교에서 아이들의 성교육업무를 담당하는 교육자로서 스마트폰에 대한 생각이 많이 하곤 합니다. 저도 스마트폰을 끼고 살 정도로 아주 편리한 이것이 독이 될 수도 있기에 그렇습니다. 요즘 스마트폰이 보편화되면서 아이들이 무방비 상태에서 음란물에 노출되고 있습니다. 지난 4월 여성가족부와 통계청이 발표한 자료에 따르면 청소년들이 음란물과 같은 유해매체를 경험을 할 때 휴대전화를 통해 봤다는 대답이 52.6%에 달했다고 합니다.

심각한 문제는 요즘 아이들이 음란물을 접하는 연령대가 과거에 비해서 급격히 낮아졌다는 사실입니다. 이런 현상은 스마트폰 보급이 빨라진 이유가 큽니다. 이전엔 PC로 접하다보니, 컴퓨터는 집에 있기 때문에 어느 정도는 관리가 수월했습니다. 그런데 스마트폰은 언제 어디서 누구나 무작위 전천후로 볼 수 있습니다. 부모가 안 사줘도 또 친구가 보여줄 수도 있습니다. 과거에 비해서 콘텐츠도 다양해졌습니다. 아이들은 사진부터 동영상은 말할 것도 없고, 웹툰도 있고, 여자아이들이 좋아하는 팬픽이라는 것도 있습니다. 팬픽에 대해서는 어른들이 잘 모릅니다. 이것은 팬으로서 연예인을 주인공으로 끌어들여서 소설을 쓰는 것입니다. 주로 성적인 묘사가 많이 나옵니다. 여자 아이들은 팬픽에 많이 열광합니다.

음란물을 접할 경우 아이들은 연령대별로 다양한 반응을 보입니다. 공통적인 건 아무래도 그 어떤 것보다도 성기性器 부분에 너무 집착이 강해집니다. 그래서 7살 전후의 아이들은 자신이 본 장면을 그대로 동생하고 흉내 내서 해보기도 합니다. 초등 1-3학년 정도의 아이들은 이런 장면이 머리에서 안 떠난다고 말하기도 합니다. 그래서 막 울면서 자꾸 생각나서 공부도 할 수 없다고 그 내용을 머릿속에서 빼 달라면서 우는 아이들도 많습니다.

사춘기 남자 청소년들은 음란물을 보고는 흉내 내기나 모방으로 성폭행을 하기도 합니다. 심한 경우는 엄마나 여동생을 건들기도 합니다. 여자 아이들도 본 것을 따라 하기도 하고, 소설로 상상력을 펼치기도 합니다.

위험한 것은 음란물 중독이 채팅 애플리케이션 사용으로까지 이어지면서 성매매 노출에도 이어질 수 있다는 사실입니다. 여기서는 대화가 별로 없습니다. 바로 자기 몸을 찍어서, 성기 부분이나 성적인 부위를 찍어서 보냅니다. 여기서 제일 무서운 것이 조건 만남을 매개하는 업체들이 상당히 많이 들어와 있다는 것입니다. 호기심 가득한 소녀들의 심정을 교묘하게 이용합니다. 호기심을 유발해서는 성매매 조건만남으로 유도합니다.

다행히 지난 4월에 청소년들이 이동통신을 개통을 할 때 음란물 차단 애플리케이션 설치가 의무화되었습니다. 집에 있는 컴퓨터도 차단 프로그램을 깔아야합니다. 한 번이라도 어렸을 때 덜 봐야 합니다. 시행된 지 얼마 안 돼서 이게 얼마나 효과가 있는지 모르고, 부모들이 의무화된 것을 잘 모를 수 있습니다. 부모들이 철저히 알아보고 가능한 아이들 명의로 스마트폰을 개통해 줄 때 확실하게 19세 이상에는 못 들어갈 수 있게 차단 어플리케이션을 깔아줘야 합니다.

혹시라도 아이들이 음란물을 접했다는 것을 부모가 알게 되면 어떻게 반응을 해야 할까요? 몇 살 때 봤는지, 아이들이 어떤지 이런 것을 다 무시해버리고는 순간적인 화를 못이기는 부모들이 많습니다. 무조건 혼내는 것은 좋은 방법이 아닙니다. 침착하게 대처해야합니다. 가장 좋은 방법은 예방입니다.

연령별로 예방법이 조금 다릅니다. 10살까지는 뇌의 두께가 굉장히 얇아서 전자파의 흡수율이 굉장히 빨리됩니다. 그래서 10살까지는 아예 엄마, 아빠의 스마트폰도 손에 쥐게 하면 안 됩니다. 심심할 때 또는 울 때 "이거 봐라" 하고 툭 던져주는데 절대로 안 될 일입니다. 초등학교 6학년까지는 스마트폰 자체를 안 사주면 좋겠습니다. 부득이 연락 때문에 사주더라도 좀 기능이 낮은 2G 폰 등으로 사줘야 합니다.

중학생에서 고등학생 정도는 자기가 겪어가면서 클 수밖에 없습니다. 중학생 정도는 많이 문제를 일으킬 나이입니다. 채팅 어플리케이션도 제일 많이 씁니다. 아이들을 관리 해 주는 게 부모의 의무입니다. 아이한테 스마트폰을 사주기 전에 서로 약속을 충분히 해야 합니다. "이건

너의 사생활만의 문제가 아니고 감시하려는 것도 아니다. 다만 어플리케이션 중에 많은 문제들이 너를 유인하려 하기 때문이다. 부모는 너를 지켜주는 사람이다."

특히 저와 같은 아빠들의 역할이 큽니다. 아무래도 엄마보다는 아빠들이 디지털 세계를 좀 더 알고 있으니 적극적으로 대처해야합니다.

> "우리 사회는 이러이러하게 네가 위험을 당할 수 있는 것들이 많이 있단다."

이런 말로 미리 알려주고, 비밀번호도 오픈해서 "필요할 땐 부모가 너를 관리 해줄 수 있게끔 하자"라고 합의를 하고나서 스마트폰을 사줘야합니다. 약속을 해야만 관리가 됩니다. 처음부터 아이들과 아예 부모들이 터놓고 이건 감시가 아니라고 얘기 줘야 합니다.

요즘 초등학생들 사이에서 이성교제가 흔한 일입니다. 그러다보니 스킨십을 하게 되는 경우가 있습니다. 요즘은 가벼운 스킨십이나 포옹하고 입맞춤하고 키스하는 건 여자아이들이 더 요구하기도 합니다. 그런데 문제는 깊은 입맞춤을 할 때 남녀의 몸이 많이 변하기 때문에 남자 아이들은 바로 깊은 관계로 몰아가는 경향이 있습니다. 여자 아이들은 이런 걸 잘 모릅니다.

아이들에게 남녀의 차이를 알려주는 교육을 해야 합니다. 여자 아이가 입맞춤 등을 적극적으로 한다 해서 성관계를 요구하는 건 아니라는 것, 이것에 대해서 아빠들이 미리미리 개입해서 그 위험성에 대해서 얘기를 해 줘야 아이들이 건전하고 건강하고 아름답게 클 수 있습니다.

IT가 급속하게 발달하는 상황에서, 부모의 역할이 중요하고, 그중에서도 아빠들이 해야 할 일들이 굉장히 많아졌습니다. 바쁘다는 핑계로 집안일을 등한시할 수 없습니다. 바로 지금 우리 아이들을 지켜나가는 역할을 아빠들이 해야 합니다. 우리 아빠들끼리 만나서 거창한 정치 얘기나 직장 상사의 뒷이야기 하는 데 혈안이 될 게 아니라 우리 아이들이 스마트폰의 노예가 되지 않도록 지킬 것은 지켜나가도록 경계를 분명히 하는 이야기들로 서로 정보를 공유하는 아빠들의 이야기꽃을 피워나가면 어떨까 싶습니다. 이런 아빠들의 모임과 교육에 국가나 시민단체들과 종교기관 등에서 관심과 노력이 있었으면 좋겠습니다.

음란물 메신저가 되어버린 스마트폰

각종 음란한 음향, 누군가의 폰팅 내용을 들려주는 엿듣기 서비스, 성우가 읽어주는 야설 듣기……. '이거 음란전화?' '낚였구나!'라는 생각이 드는 순간 급히 통화 종료 버튼을 누릅니다. 그러나 이미 내 번호는 상대방 매체에 저장된 경우가 부지기수입니다. 화상통화에서는 악성앱을 통한 정보 유출 위험이 더욱 큽니다.

음란전화는 우리사회에서 여전히 기승을 부리고 있습니다. 음란폰팅 업체들도 우후죽순雨後竹筍 난립亂立합니다. 대표적인 사례로는 '060 부가 서비스'를 통한 음란폰팅을 꼽을 수 있습니다. 이런 통화는 10분만 통화해도 1만 원 이상의 고액 통화료가 부과되지만 실제 중독증세를 보이는 이들이 적지 않습니다. 또 피해자가 다시 전화를 걸게 유도하는 '모바일 원콜 시스템'을 비롯해 알몸 대화를 유도하는 '몸캠피싱', 특정 신체부위를 찍은 사진을 공유하는 '섹스팅'에 이어 폰채팅을 통해 신체를 촬영한 영상이나 사진을 보내고 돈을 받는 '톡스폰'까지 갖가지 유혹이 스마트폰을 통해 이어지는 실정입니다. 스마트폰을 사용하는 이들은 언제든 피해 대상이 될 수 있다는 말입니다.

더욱 큰 문제는 청소년들이 음란전화와 음란물 등에 무방비로 노출된다는 점입니다. 지난 2015년 국회 미래창조과학방송통신위원회가 제시한 자료에 따르면, 이동통신가입 청소년 중 스마트폰 이용자는 398만명, 피처폰 이용자는 66만2000여 명에 달합니다. 그러나 유해 매체물 차단수단 설치자는 26.4%에 머물렀습니다. 75.4%는 차단수단이 없어 음란정보 등에 언제든지 노출될 수 있습니다. 차단수단을 설치했다가 삭제한 청소년 가입자도 13만5004명이나 됐습니다.

현행법에 따르면 청소년들이 휴대전화로 음란물을 볼 수 있는 방법은 원천 차단돼야 합니다. 전기통신사업법은 청소년유해매체물 등의 차단 규정에 따라 이동통신사들이 청소년 보호를 위해 음란정보 차단 수단을 의무적으로 제공하도록 했습니다. 이에 따라 이동통신업자는 청소년과 계약할 때 휴대전화에 음란물 등 유해정보 차단수단 종류와 내용 등을 청소년과 법정대리인에게 알려야 하고, 휴대전화에 음란물 차단수단이 설치된 것을 반드시 확인해야 합니다.

어린이 및 청소년의 스마트폰 보유율은 2012년 이후 급증하고 있습니다. 국무총리실 산하 정보통신정책연구원이 발간한 '어린이 · 청소년 휴대폰 보유 및 이용행태 분석' 보고서에 따르면, 2015년 기준 스마트폰 보유율은 고등학생 90.2%, 중학생 86.6%, 초등 고학년 59.3%, 저학년 초등학생 25.5%였습니다. 스마트폰을 많이 갖고 있다 보니, 자연스럽게 성인용 콘텐츠나 사진 등에 접촉하는 경험도 급증하고 있습니다.

중고등학생 중 유해매체를 한 번이라도 경험이 있다고 응답한 중고등학생들이 이용하는 대표적인 매체는 스마트폰이었습니다. 국회성평등정책연구포럼이 주최한 토론회 발표에 따르면 청소년 10명 중 2명은 스마트폰으로 음란물을 유통하는 것으로 나타났습니다. 보건사회연구원 '소셜 빅데이터를 활용한 한국의 섹스팅 위험 예측' 보고서를 보면, 조사대상 청소년들의 38.3%가 긍정적인 감정을 보였습니다. 보건사회연구원 연구팀은 "섹스팅 위험이 지속적으로 증가하는 것은 스마트 기기 보급 및 스마트 중독과 관련된 것으로 보인다"면서 "예방 교육과 치료, 상담이 범국가적인 차원에서 필요하다고 진단하면서 청소년 유해정보 차단을 위한 다양한 애플리케이션이 개발돼야 한다"는 조언을 내놓았습니다.

특히 청소년 교육 전문가들은 현대 청소년들은 일상에서 정보화 기기 등에 이미 길들여져 온라인 정보를 친숙하게 여기는 세대라고 지적하고 "광고 유해성 기준을 세분화해 정책을 만들고 청소년 접근을 제한해야 한다"고 전합니다.

청소년상담전문가들은 청소년들이 스트레스 등을 이유로 랜덤채팅앱이나 인터넷카페를 이용하는 경우가 늘어난 것에도 주목해야 한다고 말합니다. 특히 "어린 시절부터 바른 성의식을 갖춰야 성인이 되어서도 난립하는 음란물 등에 현혹되지 않을 수 있다"면서 "부모와의 대화는 올바른 성교육의 가장 효과적인 해결책"이라고 강조하고 있습니다.

교복이 코르셋인가요

2015년 10월 서울 시내 한 중학교 교문 옆 벽면에 붙은 광고입니다. 유명 댄스가수와 신인 걸그룹이 등장합니다. 날씬한 몸매를 지나치게 강조한 교복을 입은 여학생들을 40대 남성이 검정 선글라스를 끼고 몸매를 감상하는 듯 내려다보는 이미지입니다. 광고 문구는 '조각처럼 눈부시다, 스커트로 깎아라! 쉐딩 스커트', '숨 막히게 빛난다, 재킷으로 조여라! 코르셋 재킷', 이 광고는 내건 지 며칠 만에 전량 수거 및 폐기됐습니다. 선정성이 문제였습니다.

이 광고는 기존 교복 광고들의 문구, '다리가 길어 보인다', '날씬해 보인다' 등과만 비교해도 상당히 선정적입니다. 가슴을 있는 대로 내밀고 엉덩이를 뒤로 뺀 걸그룹 멤버들의 모습은, 여고생들의 교복 광고에 "과도하게 성적 뉘앙스를 담으려 했다"는 지적도 받았습니다.

이 광고의 문제점을 적극 지적하고 시정을 요구한 주인공은 '사랑과 책임 연구소'가 개설한 '미디어 시대의 성교육' 과정을 이수한 바 있는 경기도 교육청 소속 일선 학교 보건교사들이었습니다.

교사들은 광고가 나오자 곧바로 '스쿨○○ 광고에 대한 사회적 견제를 요청합니다'라는 제목의 글을 발표했고, 이는 온라인상에서 빠르게 퍼져나갔습니다. 이어 서울시보건교사회도 "이 광고는 청소년의 건강한 성장과 건전한 성의식 형성에 많은 악영향을 줄 수 있다"면서 개선을 요구하는 입장을 밝혔습니다.

교사들은 "한창 자라는 성장기 아이들이 왜 교복 치마를 쉐딩 스커트로 깎아 입고, 교복 재킷을 코르셋처럼 조여 입어야 하느냐"면서 "쉐딩 스커트나 코르셋은 모두 여성 신체의 성적 매력을 두드러지게 하는 옷으로, 포스터 속 교복 모델들이 마치 교복 페티시 주점이나 룸살롱 종업원들처럼 보인다"고 지적했습니다. 또 "미디어와 대중문화의 과도한 영향력의 결과, 여자 청소년들이 동경하는 걸그룹의 비정상적인 몸매가 이제는 여자 청소년들이 선망하는 몸매가 돼버렸다"고 개탄했습니다.

교사들은 이어 "걸그룹을 따라 하기 위해 표준 체형의 청소년들도 무리한 다이어트를 감행하는 것은 물론, 꽉 조이는 교복 때문에 생리통, 소화불량 등을 호소하는 여학생들이 증가하고 저체중증, 면역력 저하, 거식증, 결핵 등의 건강상 문제들도 발생하고 있다"고 밝혔습니다.

네티즌 등 대중들이 부정적인 목소리를 내자 해당 교복업체와 가수들의 소속사측도 광고를 수정하고 차후 수정된 광고를 내보내겠다고 발표했습니다. 그러나 '스쿨○○'측 사과문은 "자신의 개성을 표현하는 성향이 강하고 교복 스타일이나 뷰티 문화에도 관심이 많은 요즘 청소년들의 문화를 이해하고, 학생들의 체형을 연구해 제작된 제품 장점을 알리고자 표현한 내용이 의도와 다르게 왜곡되어 심심한 사과의 말씀을 드린다"

등의 변명 일색이었습니다.

이 업체가 내세운 광고들은 기존에도 청소년 시기의 건강함보다는 이른바 '외모 지상주의'를 강조한 마케팅이라는 지적을 받아왔습니다. '예쁜 것이 힘이다', '핑크 틴트는 필수 아이템, 슬림블라우스로 날씬하게 예뻐지기, 허리가 쏙 들어가게 에티켓 지퍼 UP' 등 '예쁜' 외모만을 강조했기 때문입니다.

청소년들을 대상으로 한 광고가 도를 넘어선 선정성과 그로 인한 허위 및 과장 정보를 담고 있는 경우, 징역 및 벌금을 부과할 수도 있지만, 국내에서는 그러한 경우를 찾아보기 어렵습니다. 지금도 '스쿨○○' 홈페이지에서는 'Thin씬 데렐라룩을 완성하려면 씬Thin의 한 수가 필요해' 등을 광고 문구로 내세운 '씬Thin데렐라 프로젝트'를 홍보하고 있습니다.

청소년들을 위한 보호장치가 여전히 부족한 현실에서 경기도 보건교사들의 지적은 긴 울림으로 남아있습니다. "문제 삼지 않으면, 문제가 되지 않기 때문에 문제로 삼고자 합니다." 교복에 코르셋 속옷을 접목한 것은 명백하게 청소년을 대상으로 한 성 상품화 광고였습니다. 이 논란을 계기로 올바른 목소리를 내는 어른들이 많아져 상업성 미디어에 강력한 사회적 견제장치가 됐으면 한다는 것이 교사들의 간절한 바람이었습니다. 청소년들과 함께하는 교사들은 누구보다 청소년을, 청소년의, 청소년을 위한 일에 민감하고 전문적인 견해를 갖고 있습니다. 교사들이 발 빠르게 대처한 결과 청소년에게 해로운 환경을 사전에 차단할 수 있었습니다. 그러나 이 일로 이런 일들이 차단되는 것은 아닙니다.

우리 청소년들을 현혹시킬 것들은 방법을 달리하면서 다시 접근할 것입니다. 교묘하게 위장하고 달콤하게 유혹하려들 것입니다. 여기에 민감하게 대응할 준비와 노력에 교사들과 교육당국은 갖춰야합니다. 여기에 우리 청소년을 위한 부모와 시민사회단체들 또한 함께해야합니다. 외모 지상주의를 강조한 청소년 마케팅 심각한 상황입니다. 절대로 우리 청소년들은 삼키려고 달려드는 못된 어른들의 농간에 우리 청소년들을 빼앗겨서는 안 됩니다. 청소년 유해환경지킴이로 우리 모두가 함께해야 할 것입니다.

낯 뜨거운 비키니 전사 게임의 위험성

요즘 청소년들은 지나칠 정도로 게임에 빠져 있습니다. 전자오락 게임은 혼자서도 언제 어디서나 가능합니다. 그런데 이런 게임이 청소년들을 현혹시키는 자극적인 내용들이 많은데 이에 대한 대책이나 논의를 찾아보기 어렵습니다. 너무도 쉽게 전자오락 게임에 노출되는 현실을 그냥 넘어갈 수는 없다는 생각이 듭니다. 우리나라 모바일과 온라인 게임의 여성 캐릭터들은 여름이 되면 '갑옷'을 벗습니다. 각종 인기 게임들이 매년 7월을 전후해 비키니 수영복 등 '여름 코스튬'을 내 놓습니다.

페이스북 등을 접속하면 게임을 하지 않는 사람들도 쉽게 알 수 있습니다. 화면에 가슴을 거의 다 드러낸 여성의 모습이 나타납니다. 일본 성인 애니메이션의 한 장면이 아니라 국내 게임 애플리케이션(앱) 광고입니다. 우리 아이들이 이런 캐릭터로 싸우고 때리는 게임을 하며 자라면 잘못된 성 관념이 생길 수 있습니다. 국내 모바일 · 온라인 게임의 선정성이 도를 넘었다는 지적은 어제 오늘이 아닙니다. 상당수 게임이 선정적인 차림의 여성 캐릭터를 전면에 내세워 홍보를 하고 있습니다. 캐릭터들은 하나같이 주요 부위만을 간신히 가린 옷을 입고 있습니다. 지난 5월엔 어느 게임 업체가 지난해 발매한 여름 코스튬을 캐릭터에 입혀 캡처한 사진을 응모하는 이벤트를 열기도 했습니다.

많은 게임이 캐릭터에 토끼 귀 장식이 달린 머리띠, 망사 스타킹 등 복장을 갈아입힐 수 있게 되어 있습니다. 이는 남성의 성적 욕망을 자극합니다. 어린 아이의 얼굴을 하고 있는데 성인의 몸을 가진 캐릭터는 아동과 여성 전부를 상품화한 것입니다. 이런 게임들이 모든 연령의 청소년에게 유통되고 있습니다. 현행법상 게임물관리위원회는 특정 게임이 지나치게 선정적일 경우 '청소년 이용불가'로 지정할 권한밖에는 갖고 있지 않습니다. 2011년 미국의 정보기술IT 공룡 구글이 우리나라 시장에 진출하면서 게임을 둘러싸고 중소기업 진흥과 표현의 자유 등의 논쟁이 일어난 뒤 법이 개정됐습니다. 이에 따라 만 18세 이하 등급은 앱스토어 등 오픈마켓 사업자들이 자체 심의를 하게 되어 있습니다. 성인 인증이 필요 없는 이 게임들은 애플 앱스토어, 구글 플레이스토어, 카카오톡 게임하기 등에서 아무 제약 없이 내려 받고 즐길 수 있습니다.

게임업계는 이미 등급을 받은 게임 속 장면을 활용해 광고를 만드는 것이 뭐가 문제냐는 입장입니다. 국내 게임 등급 심의에 '성기 노출 금지' 등 대략적인 가이드라인은 있지만, 선정적으로 표현하는 데 대해서는 지정이 애매하고 심의위원들의 주관적인 판단에 맡기다 보니 공신력도 확보하기 어렵습니다. 우리는 제품을 검증해서 품질 인증 마크를 부여합니다. 이를 통해서 소비자들이 국가인증의 마크를 보고 제품을 구입할 것을 권장합니다. 아이들에게는 불량식품이 우리 몸에 얼마나 안 좋은지를 강조하여 먹지 말라고 권장합니다. 그러나 우리 아이들을 둘러싼 전자오락 게임의 해로움에 대해서는 제대로 검증하지도 않고 그 위험성을 파악하지 않은 것만 같습니다. 이제라도 이에 대한 논의와 대책을 강구하여 하루속히 대처해 나가기를 소망해 봅니다. 여기에 내 아이는 전자오락 게임을 안 하니 아무런 상관이 없다는 자세여서는 안 됩니다. 내 아이와 어울리는 또래 아이들이 심각한 문제를 일으킬 수 있고 내 아이도 그럴 가능성이 많다는 사실을 인식해야합니다.

바라기는 자녀가 게임을 내려 받을 때, 게임의 선정성 등 정보가 부모에게 제공되면 어떨까 싶습니다만 지금으로서는 모바일 환경에서 국가가 모든 게임을 관리할 수는 없기 때문에 부모가 게임 정보를 입수해 아이들을 단속할 수밖에 없습니다. 이와 같은 세태에 우리 는 무관심할 수 없습니다. 전자오락 게임과 같은 것의 위험성을 직시하고 이를 감시 · 감독하는 노력과 교육에도 관심과 노력을 아끼지 말아야합니다. 그 이유는 전자오락 게임에 물든 청소년들이 바로 우리의 미래일 수 있기 때문입니다.

피임약 콘돔도 광고 속에서?

"스무 살, 사랑에 빠지다. 짜릿하고 부드럽게. 그녀는 안다. 내 몸에 부드러운 피임약" "실수는 누구나 한다고? 내 몸이니까, 실수 없이 ○○○○" "임신일까 조마조마했던 기억은 잊어라. 미리미리 ○○○○" "그날이 그날이라도 원한다면, 그날을 위한 피임약 ○○○○"….

10여 년 전부터 국내에서도 TV를 통해 피임약 광고가 등장하고 있습니다. 콘돔 판매 세계 1위의 다국적 기업도 2013년 국내에 진출하자마자 TV 광고를 내보냈습니다. 콘돔 광고가 국내 TV를 통해 나간 것은 에이즈AIDS를 막는다는 이유로 나간 공익광고가 유일했습니다. 이 콘돔 브랜드는 묵주반지와 대림초를 등장시킨 광고를 유튜브에 내보내면서 천주교회의 강력한 항의도 받은 바 있기도 합니다. 이렇게 될 줄 알면서도 일부러 그렇게 한 것인지 실수인지는 모르나 콘돔 브랜드에 등장한 종교적인 상징물은 충격적이었습니다.

유명 연예인이 모델로 나선 콘돔 광고는 영화 속 명대사를 패러디해 인기몰이를 했습니다. 연예인이 들고 있는 콘돔 박스에는 "매너가 사람을 안 만든다"는 문구가 적혀 있었습니다. 성관계시 콘돔을 착용하는 매너를 지켜야 임신을 피할 수 있다는 뜻이었습니다.

피임약과 콘돔 광고를 쉽게 볼 수 있는 대표적인 곳으로 하루 수천에서 수만 명이 오가는 지하철역과 곳곳에 자리한 편의점도 빼놓을 수 없습니다. 24시간 편의점. 계산대와 가장 가까워 눈에 잘 띄는 곳, 껌과 사탕 등 쉽게 살 수 있는 군것질거리들 옆에 콘돔이 버젓이 자리하고 있습니다. 밸런타인데이 전후로는 초콜릿을 진열한 특별판매코너에 콘돔이 진열되기도 했습니다.

실제 유통업계의 조사에 따르면, 편의점에서 콘돔을 구매하는 층은 30~40대 남성이 주류를 이뤄왔으나, 최근 들어서는 청소년과 여성의 구매 비율이 높아지고 있는 것으로 드러났습니다.

10년 전 피임약과 피임기구의 방송광고가 허용되자, 당시 한 포털사이트의 설문조사에서는 참여자 75%가 '방송 허용에 긍정적'이라는 반응을 보였습니다. 이미 성에 대해 개방된 현대사회에서 피임에 대해 감출 것도 없고, 차라리 피임에 관한 정보를 널리 알리자는데 찬성한다는 이유였습니다. 물론 모든 사람이 미디어를 통한 광고를 보고 그대로 실천하는 것은 아닙니다. 피임약과 콘돔 광고들에 거부감을 표시하거나 성관계를 지나치게 조장한다는 비난을 쏟아내는 이들도 있습니다. 그러나 늘어나는 10대 어린 미혼모들을 보면서 이에 대한 근원적인 대책은 콘돔과 피임약 사용의 보편화이며, 이에 청소년들도 콘돔을 구입하는 것이 부끄럽지 않은 사회 분위기 조성이 필요하다고 말하는 이들도 있습니다.

광고를 통해 무분별하게 확산되고 있는 비뚤어진 상업주의는 쉽게는 편의점을 찾는 어린이나 청소년들이 콘돔은 과자나 사탕과 같은 종류라고 인식하도록 호도합니다. '콘돔=바른생각, 책임지는 자세'라고 도식으로 콘돔의 이미지를 긍정적으로 만들고 일상생활용품으로 각인시키려 합니다. 게다가 기발하고 재미있는 콘셉트로 광고를 기획해서, 미디어를 자주 접하는 성인들은 물론 청소년과 어린이들까지 잘못된 인식에 젖어 들게 합니다.

현재 피임약과 콘돔을 파는 제약회사들은 TV뿐 아니라 각종 동영상 채널과 모바일메신저, 블로그, SNS를 통한 마케팅을 활발히 펼치고 있습니다. 온라인과 모바일메신저 선물하기 등을 통해 쉽게 구입할 수 있도록 판매 방식도 확대했습니다. 전형적인 청소년 타깃 광고를 펼치고 있습니다.

피임약 광고가 말하는 것처럼 이른바 "여중생부터 피임약을 먹이고" "매일 핸드폰 알람소리에 맞춰 피임약을 먹고" "콘돔을 사용하는 매너를 지킨다"고 해서 원치 않는 임신을 100% 막을 수 없습니다. 피임약과 콘돔이 이 시대에 필요한 성교육을 대신할 수 없고, 미혼모 양산을 막는 근본적이고 완전한 대책이 될 수 없습니다.

무엇보다 피임 행위는 건강 문제는 물론 낙태와도 연관돼 있다는 것을 적극 인식해야 합니다. 피임약과 콘돔이 임신과 관련한 문제들을 깔끔하게 해결해줄 것 같은 환상을 주지만, 실제 피임마인드와 그 실행은 사람 생명에 대한 공격성을 강화하면서 존재를 불안하게 할 뿐입니다. 또한 인공피임을 남용하면 무의식적으로 생명에 대한 공격성이 생겨 양심의 가책이라는 말조차 사라질 것입니다. 광고는 치밀하게 연구하고 거액을 아낌없이 투자한 결과입니다. 이러한 사회적 행동에 대응하기 위해서는 사회공익을 생각하는 기성세대의 성숙한 자세와 시민의식이 필요합니다. 천박한 자본주의가 돈을 중심으로 돌아간다고 걱정만 하고 있을 것이 아니라 책임적인 어른다움으로 인공피임 남용이 갖는 공격성 유발과 성의 왜곡의식과 무책임성을 지적해나가야 할 것입니다.

총기 난사 사건에 숨은 원인, 전자오락게임

지난 5월 13일, 서울 내곡동의 52사단 예비군 훈련장에서 사격훈련을 하던 최 모 씨(24)가 동료들에게 총기를 난사해 2명을 숨지게 하고, 3명에게는 부상을 입혔으며, 자신은 스스로 목숨을 끊는 사건이 발생했습니다. 최 씨는 현역병 시절 'B급 관심 병사'로 분류돼 부대를 여러 차례 옮겼었고, 우울증 치료 기록 등이 있었던 것으로 알려졌습니다.

총기사고는 언제나 있을 수 있습니다. 그러나 의도적인 사고는 그저 우발적인 실수가 아니라, 타인의 생명을 해치는 살인사건입니다. 2007년 4월 미국 버지니아공과대학 기숙사에서 재미교포인 조승희가 총기를 난사해서 수십 명이 죽는 어처구니없는 일이 발생했습니다. 한 번 이런 일이 일어나면 철부지들이나 혹은 정신적으로 불안정한 사람들이 모방범죄를 저지르는 경우가 많은데, 그 우려대로 그 당시 미국에서는 여기저기서 살해 협박, 폭파 협박, 테러 협박이 난무했습니다.

이 일을 두고 여러 측면에서 분석하고 원인을 밝히려는 시도가 있었습니다. 정신의학자나 심리학자들은 범죄자의 심리를 분석하고 행적을 추적하거나 혹은 가족관계와 성장과정을 살펴서 연관을 지으려 하고, 정신적인 질병의 문제로 결론을 지으려고 합니다. 물론 건강한 정신 상태에서 그러한 일을 저지를 수는 없으니 정신질환 차원의 결론에 어느 정도 동의는 합니다.

그런데 미국 버지니아 공과대학에서 일어난 사건에는 하나의 의문이 남습니다. 군사훈련을 정식으로 받지 않은 평범한 학생이 어떻게 그렇게 정확하게 총으로 사람을 쏠 수 있었을까 하는 점입니다. 한 명을 쏘는 것도 어려운데, 어떻게 수십 명에게, 그것도 거침없이 총을 쏘아댔으며, 정확하게 사람을 향해 방아쇠를 당길 수 있었을까요? 여기서 주목할 사실이 있습니다. 이 사건의 배경에는 전자오락게임이 숨어 있습니다. 이 학생은 하루에도 몇 시간을 컴퓨터 게임을 하면서 시간을 보냈습니다. 대부분의 컴퓨터 게임은 사람의 공격성을 이용하고 있습니다. 가상공간에서 한 사람을 죽이면, 또 다른 사람을 죽이게 되어 있습니다.

전자오락게임이 실제 소총사격 연습에 효과가 있는 것은 이미 미국 육군사관학교에서 검증이 되었습니다. 군사훈련을 받은 가장 총을 잘 쏘는 사관생도와 총을 한 번도 쏜 적은 없지만 하루에 여러 시간을 전자오락게임으로 총 쏘는 연습을 한 사람을 대결시켰더니 놀랍게도 사관생도가 졌습니다.

우리는 어떤 일이 발생할 때 이를 가십거리로 흘려 넘기거나 나와는 상관없는 곳에서 발생한 것으로 흘려 넘겨서는 안 됩니다. 근본적인 원인을 살펴서 그 원인을 없애야합니다. 그리고 사건에 대한 예방과 대처를 하지 못한 것에 대한 철저한 반성과 다짐의 운동이 일어나야 합니다. 우리 아이들의 정신이 망가지든 말든 상관이 없다거나 그것은 개인의 문제일 뿐이라는 식의 태도는 상황을 악화시킬 뿐입니다.

오늘날 대부분의 사람들은 물질적으로 풍요로운 상황에서 점점 본능적이며 자극적인 쾌락주의에 빠져가고 있습니다. 점점 자기중심적으로 되어가고 있으며, 생명의 소중함이나 타인에 대한 배려나 혹은 나눔에 대해서는 별로 관심을 가지려고 하지 않습니다. 지구촌의 어느 한 나라에서 벌어진 사건의 뒤에는 인간의 추악한 이기적인 죄성罪性이 숨어 있습니다. 이것을 제대로 파악하지 못하면 개인이나 가정이나 나라나 이 세상도 개선되지 못합니다. 아니 더욱 악한 일들이 발생하고 생명 파괴 현상은 심각성을 더해갈 것입니다.

병원에서 의사들이 환자를 살리기 위해서는 최고의 의료장비로 병의 원인을 찾아내고 컨퍼런스라는 것으로 환자의 치료를 심도 있게 논의하고 이를 바탕으로 치료해나갑니다. 필요에 따라서는 협진協診도 해나갑니다.

우리는 생명존중을 그 무엇보다 우선으로 해야 합니다. 죽음의 문화를 살림의 문화로 개선해 나가야 합니다. 이를 위해서는 전자오락게임의 무서운 영향력을 살펴보고 그에 대한 대책을 시급히 강구해 나가야합니다. 그렇지 않으면 우리는 감당치 못한 위험한 세상에서 우리의 미래를 맞이할 지도 모릅니다. 전자오락 게임의 위험성에 대해 심도 있는 논의를 통한 대책으로 청소년들을 그 위험성에서 지켜나가는 노력이야말로 오늘 우리의 과제요, 의무입니다.

숨겨진 보물

――――――――――――― 우리는 조직 내의 힘만으로도 얼마든지 핵심 역량을 키울 수 있습니다. 그럼에도 외부의 지원에 의존하려는 이유는 무엇일까요? 혹시 지도자가 조직 구성원을 불신하는 것에서 비롯되는 것은 아닐까요? 행운을 찾는다고 행복을 짓밟는 어리석음은 피해야 합니다.

김진명의 소설 『고구려 5』에는 리더십에 관한 재밌는 이야기가 하나 실려 있습니다. 어린 소수림왕이 '군주론'을 배우기 위해 떠난 나그네 길에서 죽은 농부와 그 곁을 지키는 소 한 마리를 발견합니다. 호기심이 생긴 왕은 마을을 돌아다니며 농부들에게 어째서 소가 농부의 곁을 떠나지 않는 이유를 물었습니다. 이에 한 농부가 흥미로운 답을 내놓았습니다. 그가 말하길 농부 입장에서는 소가 일꾼이었는지 모르겠지만, 소에게는 농부가 일꾼이었다는 논리였습니다. 농부가 있어야 호흡을 맞춰 밭을 갈 수 있습니다. 또한 밭을 갈아야 먹을 것을 구할 수 있습니다. 농부가 죽은 이 시점에서 소는 누구와 밭을 갈며, 어떻게 먹을 것을 구할 수 있겠는가? 그의 대답은 역발상이었습니다.

지도자의 그릇에 의해 조직이 발전하기도 하고 퇴보하기도 합니다. 그렇기 때문에 일반적으로 지도자에게 '신뢰도', '위엄', '판단력', '표현력', '위기관리 능력' 등이 요구되지만 이것들보다 더 지도자에게 필요한 덕목은 '공동체를 존중하는 마음'입니다. 그러나 현실에서는 지도자가 가지는 힘 때문에 종종 불합리한 경우가 발생합니다. 만일 농부에게 소가 열댓 마리 있다고 하면, 그 중에서 한두 마리쯤 죽어도 크게 슬퍼하지는 않을 것입니다. 기업은 반항적인 소 대신 일할 순종적인 소가 있기 때문에 개의치 않고 직원을 해고합니다. 어떤 정치인은 국민의 권리보다는 자신의 이득을 위해 일을 합니다. 또한 항공사 부사장은 자신의 기분에 따라 임의로 항공기를 돌렸습니다.

이처럼 우리 사회에서 지도자는 보이질 않고 '갑'만 보이는 이유는 무엇일까요? 아론 제임스는 "권력의 피라미드로 올라갈수록 진상asshole을 발견할 확률이 높다."고 말하면서 "'그들은 특전을 당연하게 여기고, 행동의 바탕에는 뿌리 깊은 특권의식이 자리 잡고 있다."고 꼬집었습니다. 진상 짓은 권력과 그로 인한 특권의식 때문입니다.

기업가는 그가 가진 권력과 부의 축적으로 인해 행복을 느끼거나 이것이 존재이유여서는 안 됩니다. 열심히 일해서 세금을 내서 국가에 공헌하고 구성원과 그 가족을 먹여 살리고 경제를 윤택하게 하니 보람이 있고 존경받는 것입니다. 이는 정치인을 비롯한 모든 사회구성체의 지도자도 마찬가지입니다. 그런데 우리 사회에서는 지도자들이 이타적, 대승적 가치보다는 이기적인 욕망과 편협한 자기애적 성격장애와 같은 영역에 머무는 것만 같아 안타깝습니다. 이런 모습이 우리 사회를 책임질 대학에서마저 벌어지기도 하였습니다.

얼마 전 인터넷을 뜨겁게 달군 적이 있었습니다. 어느 대학의 축제 사진 한 장이 논란을 불러 일으켰습니다. 축제 때, 일반 학생들은 인간 바리게이트로 막아놓고 학생회 임원들은 편하게 앉아 축제를 즐긴 사진이었습니다. 이후 '갑질'이라고 비판하는 여론 속에서 해명한 학생회의 글은 더 가관이었습니다. "모든 축제에는 안전 바리게이트가 존재하며 귀빈석이라는 것이 존재하는 것이 아니냐?" 이들의 행동에서는 일말의 리더십을 찾아볼 수 없습니다. 학생회의 권력을 이용하여 자신들의 편의를 누리려하는 이들을 누가 믿고 따르려 할까요? 학생이 없는 학생회는 존재할 이유가 없고, 직원 없는 회사에 사장이 존재할 이유가 없으며, 국민이 없는 나라에는 정치인이 존재할 이유가 없습니다. 지도자는 카리스마라는 가면 아래서 채찍질만 하는 존재가 아닙니다. 지도자와 구성원은 함께 가야하는 운명 공동체입니다. 지도자는 공동체를 존중해야하고 공동체 구성원들은 지도자를 존중해야 합니다. 위의 일화에서 농부와 소는 협력함으로써 서로의 목적을 이룰 수 있었습니다. 공동체의 구성원들은 서로가 서로에게 필요한 존재요, 관계입니다.

행운을 안겨준다는 네잎 클로버를 찾기 위해 풀밭 여기저기를 돌아다니는 사람에게 한 친구가 툭 한마디를 던졌습니다.

"행운을 찾기 위해 행복을 짓밟고 다니는군."

어떤 목적을 달성하려면 계획을 수립하고 사용가능한 자원을 활용하려는 노력을 해야 합니다. 한 사람이 자신의 인생에서 달성하고 싶은 목표를 세워 도달하려면 치열한 노력이 수반되어야 합니다. 조직 역시 목표를 이루려면 모든 구성원이 한 마음, 한 뜻으로 한 방향으로 나아가야 합니다.

우리 사회에 '정의Justice'의 열풍을 일으켰던 하버드대 마이클 샌델 교수……. 그는 그의 저서 『정의란 무엇인가』에서 '정의와 공동선共同善'을 시대의 화두로 던졌습니다. 정의는 단순히 개인과 일부 조직의 전유물이 아닌 전 인류적 가치이며, 구성원들이 선택한 최선의 지혜입니다. 또한 개개인의 책임이 담보돼야 가능합니다.

샌델 교수는 정의를 세 가지로 설명했습니다. 하나는 공리公利나 행복 극대화로 최대다수의 최대행복을 추구하는 것이요, 둘은 선택의 자유를 존중하는 것이며, 셋은 미덕을 키우고 공동선을 고민하는 것입니다. 그는 '공동선'에 무게를 두었습니다. 정의로운 사회는 단순히 공공의 이익만을 극대화하거나, 개인 선택의 자유를 확보하는 것만으로는 만들 수 없습니다. 공동체는 언제나 구성원들이 합심하여 바람직한 삶의 의미를 고민하고, 다양한 의견들을 기꺼이 받아들일 수 있는 공동선의 문화를 가꿔야 합니다.

보물은 가까이에 있습니다. 행운과 행복은 보물이 지닌 속성입니다. 지도자는 구성원이 보물이고 구성원들에게는 지도자를 만난 것이 행운입니다. 조화와 협력은 과업의 효율일 뿐만 아니라 윤리적인 영역입니다. 이 윤리적 행위를 행복한 과정이라고 생각해야합니다. 그러기 위해서는 지도자는 리더십을 펼쳐감에 팔로우십을 잊지 말아야 합니다. 혼자 가는 열 걸음보다는 더디 가더라도 함께 가는 한 걸음이 더 가치 있고 중요합니다. 모두가 행복하기 위해서 말입니다.

열린 사회를 위한 윤리

미국 〈타임스〉에서 20세기를 대표하는 인물로 아인슈타인이 뽑힌 바 있습니다. 아인슈타인은 새로운 물리학적 패러다임으로 우리에게 열린 사회의 비전을 제시한 대표적인 학자였습니다. 그는 뉴턴의 절대적인 사고방식이 지배했던 기존 물리학에 도전하여 시간의 상대성을 주장했습니다. 자연세계를 이론화한 물리학자로서, 불변의 진리는 없고 항상 진리는 발전한다고 보았습니다. 우리의 좁은 시야를 바꾸어 준 그의 이론은 열린 사회로 가는 법칙을 마련해 주었습니다. 우리가 사는 이 시대가 지향해야 할 가장 바람직하고 장래가 있는 사회상은 '열린 사회'입니다. 이 시대는 '개방 사회'를 지향합니다. 이러한 사회에는 다양한 세계관과 가치관이 공존합니다. 20세기의 역사적 경험에 비춰어 보았을 때, 폐쇄사회는 필연적으로 무너질 수밖에 없습니다.

6.25 전쟁까지 우리 사회는 절대적인 사고방식이 팽배했습니다. 단

하나만이 존재해야 한다는 생각이 팽배했습니다. 이는 공산주의를 대표하는 소련과 자본주의를 대표하는 미국 중에서 하나의 체제만 남아야 한다는 냉전시대의 사고방식이었습니다. 이러한 사고방식은 하나만을 인정하는 폐쇄적이고 절대주의적 시대의 산물입니다. 한반도의 38선은 이러한 사고방식을 재현한 상징적인 '금긋기'였습니다.

그러나 50년이 지난 오늘날, 이러한 절대주의적인 사고방식은 점차 상대적인 사고로 전환되고 있으며, 앞으로 더욱 그래야 합니다. 유일한 그 무엇이 있다는 생각을 버리고 두 가지의 서로 다른 체제, 그리고 그러한 체제를 뒷받침하고 있는 여러 개의 상대주의적 사고방식이 공존해야 합니다.

우리 사회를 볼 때 정치적 측면에서 좌파는 진보로, 우파는 보수로 변하고 있습니다. 극단적인 우파와 극단적인 좌파를 넘어서서, 보수와 진보가 공존하는 사회로 변모하고 있습니다. 앞으로 보수와 진보가 함께 어우러져서 살아야 한다는 이러한 사고방식은 더 장려되어야 합니다.

우리 나라보다 앞서 선진국이 된 미국, 영국, 독일, 프랑스 등의 국가에서도 지난 몇 세기를 거치면서 절대주의적인 사고방식이 상대주의적으로 바뀌는 것을 경험했습니다. 절대가 상대가 되었으며, 상대는 다시금 다원주의로 이어졌습니다. 특히 우리가 살아가는 이 시대는 다양성으로 우리 모두가 함께 살아가야 하는 다원사회를 만들어 가기 위한 노력이 필요합니다. 여기에 올곧은 지식인의 역할이 큽니다. 선진국에서 지식인들은 투표시 어떠한 고정된 정당에 표를 던지지 않습니다. 이들은 열린 사회를 지향하는 정당을 지지합니다. 특히 민족, 종교의 다양성을 비롯한 다양한 가치를 인정하고, 그 다양성을 일구어서 살아가는 사회

분위기가 중요합니다. 이러한 노력을 하는 대표적인 국가가 미국입니다. 오늘날 통용되는 세계의 중심적 가치를 창출한 미국은 종교와 민족을 구별하지 않는, 포용적이고 다원적인 사회를 이루려고 부단히 애써 왔습니다. 마찬가지로 유럽 연합EU도 다양한 가치를 추구하는 다원사회를 지향하고 있습니다.

이 시대는 또 하나의 다원사회가 생겨날 가능성도 있습니다. 아시아 중심의 가치체계가 주도하는 새로운 세계가 도래할 수 있습니다. 이러한 새로운 세계를 만들기 위해서는 동질적인 집단이 보이는 폐쇄성을 벗어나야 합니다. 서로간의 차이를 배려하고, 더 나아가서 인간에게 봉사하는 개방적인 공동체를 만들어 나가야 합니다.

우리 사회가 개방사회로 나아가는 것을 방해하는 요소가 있습니다. 폐쇄적인 가치관이 옳다는 절대주의적인 신념은 잘못된 사고방식입니다. 배타성만을 앞세우고 공존하지 못한다면 앞으로 자멸할 수밖에 없습니다. 열린 사회, 그리고 다원주의적 사회로 가기 위해서 우리는 공공적인 사유 방식을 훈련해야 합니다. 물질적인 풍요 속, 각자의 사적 욕망과 경쟁이 난무하는 우리 사회에서 공적 사유를 생각해 봐야 하는 이유가 여기에 있습니다. 각자가 속한 가정, 지역, 학벌과 같은 좁은 울타리를 벗어나서, 우리나라를 위해서 어떻게 할 것인가를 생각해 봐야 합니다.

우리나라에서 신화와 같이 여겨지는 미국 최고의 대학으로 손꼽히는 하버드대학교를 생각하면 그 영향으로 대부분의 사람들이 미국도 대학들 간의 서열화로 인한 문제가 심각할 것이라고 추측합니다. 물론 미국에도 어느 정도의 서열은 존재하지만 우리와는 다소 다른 모습입니다.

대학들이 1부 리그와 2부 리그로 나뉘는데, 두 리그간 느슨한 서열은 존재하지만 리그내의 대학은 어느 대학이든 동등한 위치에 있다고 합니다. 또 우리와 같이 특정 대학이 모든 전공에 있어서 서열을 독점하는 경우도 찾아 볼 수 없으며 신문이나 잡지를 통해 발표되는 전공별 대학의 순위는 치열한 경쟁을 통해 수시로 바뀝니다.

프랑스의 대학은 일반대학과 엘리트 양성 기관인 고등전문대학(이하 그랑제꼴)으로 이원화 되어 있습니다. 전체 학생 중 30% 정도만이 대학에 진학하는데, 이 중 극히 소수만이 그랑제꼴로 진학합니다. 그러나 그랑제꼴을 제외한 나머지 대학들은 대부분 평준화가 되어 있기 때문에 대학입학자격시험인 바칼로레아 시험만 통과하면 누구나 어느 대학이든 입학이 가능합니다. 프랑스에서는 우리와 달리 각 전공별로 우수한 대학이 뚜렷하므로, 자신이 공부하고자 하는 분야의 교수를 보고 대학을 선택하는 경우가 많습니다. 우리는 취업을 위해서는 대학이 필수 과정이고 출신대학이 사회적 지위에 큰 영향을 미치지만 프랑스에서는 임금차이에 있어 학벌보다는 개인의 능력이 우선이라고 합니다.

모든 대학이 평준화된 독일도 마찬가지입니다. 엘리트 기관조차 존재하지 않는 독일은 교육의 공공성과 평등의 가치를 가장 중시합니다. 그러므로 대학 간 서열이나 학벌로 인한 파벌 등은 거의 찾아볼 수 없습니다. 또한 학생들은 언제라도 본인의 의사에 따라 다니던 대학을 바꿀 수 있습니다. 전공은 유지하되 자신이 가고 싶은 학교의 학생과 합의하에 학교를 바꾸는 모습은 대학이 평준화되어 있기에 가능합니다. 10년 전부터 학과별로 우수한 대학의 순위를 알려주는 〈포커스〉라는 잡지가 발간되고 있지만 교수나 학생들은 그것을 허무맹랑하다고 받아들이고 있다고 합니다. 교수들도 스스로의 교육자적 양심에 따라 가르치고 학생들도 공부에 대한 열의가 강해 안일한 모습을 찾을 수 없다고 합니다.

'학벌'이라는 단어가 세계 그 어느 언어에도 고유어로 존재하지 않는다는 사실은 학벌이 특히 우리나라에서만 앓고 있는 심각한 고질병이라는 것을 보여줍니다. '학벌'로 개인을 평가하는 우리 사회의 고질병을 위한 치유책이 필요한 때입니다.

우리가 몸담고 있는 공동체를 위해서 무엇을 할 것인가를 생각할 때 우리에게 주인의식이 생깁니다. 우리 개인은 그 공동체와 더불어 같이 성숙해 나가기 때문에, 넓은 사회로 가기 위해서 우리는 일단 몸담고 있는 큰 공동체인 국가를 생각해야 합니다. 일신의 이익을 위해서나 각자의 사리사욕을 추구해서는 안 됩니다.

사회성숙도에 따라서 세 가지 단계로 나눌 수 있습니다. 가장 발전하지 못한 형태의 사회 체계부터 살펴보기로 하겠습니다. 가장 초기 단계 사회에서는 권력이 모든 것을 지배합니다. 여기서는 군대와 경찰이 막강한 지배력을 가집니다. '권력사회'라고 이름 붙일 수 있는 이러한 사회에서 권력은 돈과 정치력을 장악한 사람들만이 누릴 수 있으며, 힘이 없는 사람들은 자유가 없습니다. 서양에서는 프랑스 혁명, 우리나라에서는 4.19 혁명으로 이 사회가 무너졌습니다.

두 번째 단계의 사회는 법이 지배하는 '법치사회'입니다. 이 사회에서는 법치를 통한 정의와 평등을 지향합니다. 법치를 책임지는 정부의 역할이 강조됩니다. 우리나라는 민주화 투쟁을 통해서 이 단계에 접어들었습니다. 그러나 지난 2014년 이른바 대한항공 땅콩 회항 사건과 같이 다시금 힘이 지배하는 사회, 즉 힘이 없는 사람들은 제대로 된 자유를 누리지 못하는 사회로 전락할 위험이 있습니다.

힘이 지배하는 권력사회, 법이 지배하는 법치사회 이후에 오는 마지막 단계의 성숙한 사회는 도덕이 질서를 잡습니다. 이러한 사회는 윤리와 인간애Humanism의 원리로 작동됩니다. 인간이 온전히 인간다움을 구현하면서 살아갈 수 있습니다. 인류의 지향점인 '사랑'이 이러한 '도덕사회'의 가치관입니다. 이 단계에 오면 교육자, 종교인, 시민운동가의 역할이 커집니다. 우리 사회는 아직 이러한 단계에 올라가지 못하고 있습니다. 앞으로 성숙된 사회 운동으로 우리가 이끌어내야 할 사회입니다. 타인을 배려하는 가치가 존중되는 이러한 사회에 사는 국민들은 사회적 약자들을 도와주기 위해서 자발적으로 성금을 내고 자원봉사가 활성화되어 있습니다.

개인의 자유를 넘어서 인류애적 가치를 지향하는 사회를 만들기 위해서는 무엇이 필요할까요? 무엇보다도 이러한 사회를 이끌어나갈 윤리적인 가치관을 만들어내야 합니다. 어떻게 더 많은 사람들이 인간적으로 살아갈 수 있는가에 대한 가치를 제시해야합니다. 지금 우리가 살아가는 시대는 사랑으로 서로에게 봉사하는, 인간다운 삶이 절실한 시점입니다.

미래학자 앨빈 토플러는 새로운 시대에는 지금까지의 공장 같은 교육제도를 뿌리째 바꿔서 변화하는 시대에 대비해야 한다고 진단한 바 있습니다. 이것은 산업 자본주의에서 문화자본주의로 이행하는 질적 전환의 시대가 되었다는 것을 말하는 것입니다.

그렇다면 문화자본주의 시대의 생산 주체는 누구일까요? 그것은 바로 '개인'입니다. 〈타임지〉가 2014년 연말 선정한 올해의 인물이 '당신'이었던 것은 이러한 흐름을 반영하고 있습니다. 개인 미디어 영역을 장악한 것은 바로 개인이었고, 이것은 디지털 민주주의를 확산시키고 있다는 이유에서였습니다. 개인은 이러한 소통의 영역에서뿐만이 아니라 생산과 소비의 경제적인 영역에 있어서도 주체가 되고 있습니다. 사회구성 자체가 달라지고 있습니다. 토플러가 지적했듯이 이제 정부와 국민이라는 이분법적 구도로는 현대 사회를 말할 수 없는 시대입니다. 여러 영역에서 권력의 다원화 현상이 나타나고 있습니다. 많은 사람들이 성공을 위한 덕목으로 상상력과 창의성을 우선으로 내세우는 것은 이러한 이유에서입니다. 분업화된 공장의 폐쇄적 틀이 아니라 무한으로 널려 있는 독립된 개인들의 자기실현 욕구에 접근하기 위해서는 전통적인 틀을 깨는 상상의 힘이 필요합니다. 여기서 새로운 틀과 방식을 만들어 내는 창조의 힘이 생성되어집니다. 성공을 위한 덕목으로 중요한 또 한 가지는 독립적인 개인들에게 접근하는 '연결능력'입니다.

정부나 대기업의 조직화된 체제에 동화되는 것이 전통적 산업시대의 성공 덕목이라면 문화 자본주의 시대는 다원화된 개인들에 대하여 개별적으로 접근하는 능력이 필요합니다. 여기서 전통적인 학연, 지연, 혈연을 기초로 하는 공동체의 개념이 아닌 디지털 공간을 중심으로 하는 공동체에서 함께 사는 능력이 필요합니다. 이것이 열정을 가지고 접근하는 연결능력입니다. 이 연결능력을 갖기 위해서는 도덕적 권위를 인정받아야 합니다. 도덕성은 이미 중요한 사회적 자본입니다.

3 공부도 행복하답니다

사교육을 멀리하면 공부도 행복하답니다

요즘 우리 사회는 요리에 대한 관심이 많아졌습니다. 이는 그 만큼 우리 삶이 그저 생존을 위한 먹거리 문화에서 벗어나 먹거리에서 품위와 여유와 멋을 즐기고 싶은 욕구가 가능해졌기 때문인 것 같습니다. 그러다보니 식당을 찾는 기준도 달라졌습니다. 예전에는 가격이 얼마나 저렴한가, 얼마나 가까운 거리인가가 중요했다면 이제는 좀 비싸더라도 좀 멀리 있더라도 입맛을 사로잡는 요리를 찾습니다. 그러다보니 고등학교나 대학에서 요리 관련 학과들의 인기도 높아졌고, 각종 방송과 신문에서 요리에 대한 것들이 특집으로 다뤄지기도 합니다. 이런 흐름을 보면서 저는 오래 전에 봤던 〈식객〉이란 드라마가 생각납니다.

이 작품은 허영만의 만화를 드라마로 각색한 것으로 인기가 높았습니다. 매 회마다 요리 대결이 펼쳐지다시피 하면서 긴장감을 갖게 했습니다. 요리하는 소재로 이렇게 흥미로울 수가 있을까 싶었습니다. 그러고 보면 요리관련 드라마로는 지금도 전설처럼 기억되는 〈대장금〉도 있습니다. 이 드라마도 요리 대결이 격투기 경기나 무협영화 못지 않은 대결국면으로 시청자들의 눈과 귀를 빨아들이다시피 했습니다. 이들 드라마를 보면 요리비법이랄까 래시피가 얼마나 중요한 것인지를 알 수 있었고, 뭔가 다른 자기만의 요리법을 만들어낸다는 것이 얼마나 고단하고 힘든가를 보여줬습니다. 그러니 부와 명예를 거머쥐게 된 요리 대가들이나 식당에 줄을 서면서까지 손님들이 문전성시를 이루는 식당들의 영광은 당연한지 모릅니다.

우리나라 사람들은 유난히 공부에 관심이 많습니다. 학생, 학부모라면 너나할 것 없이 '공부 잘하는 비결'을 알고 싶어 합니다. 이는 마치 요리비법을 알려고 갖은 고난을 감수하고 참고 인내하는 수련생을 연상시킵니다. 같은 재료이지만 누가 요리하느냐, 어떻게 요리하느냐에 따라 엄청난 맛의 차이가 나듯이 같은 공부 조건임에도 공부를 잘하는 사람이 있고, 공부를 좀 못하는 사람이 있습니다. 그러니 공부를 잘하는 비법으로서 몰입과 집중력 향상이나 쏙쏙 이해되고 문제해결력을 길러주는 학습법만 안다면 적은 시간에 많은 효과를 볼 수 있을 것입니다. 제가 학교선생이다 보니 가장 많이 받는 질문도 이와 관련된 것입니다. "어떻게 하면 공부를 잘 할 수 있을까요?" 사실 저도 그다지 공부를 잘한 편이 못되기에 이렇다 할 성공담이나 비법을 알려줄 수가 없습니다. 제 나름대로 이렇게 저렇게 공부해보고 나서 터득한 공부비법이 있으면 야 좋겠지만 그렇지 못합니다. 어쩌면 제가 그런 것이 있다면 그것을 책으로 낼 때 큰 호응을 얻는 저자가 될지도 모르는데 그렇지 못합니다. 그럼에도 제가 선생이다 보니 그런지 공부비법을 묻는 학생과 학부모가 있습니다.

어느 해인가 갑자기 진지하게 고민해봤습니다. 그래도 제게 물어오는 학생과 학부모에게 "저도 모릅니다. 제가 딱히 공부를 잘하는 사람이 못돼서요. 죄송합니다."는 대답으로만 일관하는 것이 옳은 것인가 싶었습니다. 공부를 잘 못했고, 공부비법을 모른다고 하는 것이 정직은 결코 아니고 자랑은 더더욱 아니라는 생각이 들었습니다. 아니 부끄러운 것이고, 책임회피적인 안일한 자세인 것 같았습니다. 그래도 저를 믿고 존중해서 제가 뭔가 알 것만 같아서 묻는 것인데 말입니다. 명색이 선생이고 평생교육계에 몸담는 처지이다 보니 이 질문에 대해 피할 수만은 없을 것 같습니다. 가만히 생각해보니 저도 평생학습자로서 살아가는 사람이고, 제 아이들이나 학교 학생들에게 공부비법을 알려주면 좋겠다 싶었습니다.

이런 생각으로 공부를 잘하는 이들에게 묻고, 이와 관련된 자료도 찾고 관련 서적들도 섭렵했습니다. 이것도 공부라고 할수록 어렵기도 했지만 하다 보니 조금씩 방향이 보이고 알 것 같았습니다. 그러면서 나름 제가 생각하는 공부철학이랄까 공부비법도 생겼습니다. 이제는 제게 공부비법을 묻는 질문에 기다렸다는 듯이 답을 합니다. 이 답은 모든 경우에 똑 같지 않습니다. 대상의 학령기 연령에 따라, 학습자의 수준에 따라, 학습자의 역량과 진로와 여건을 고려해서 권면하는 식으로 말합니다. 그리고 덧붙이는 말은 자신의 학습법을 자신이 시간이 걸리더라도 찾아보라 권합니다. 이는 제 생각입니다.

요리는 같은 레시피로 누가 만들어도 같은 맛이 날지 모르나 공부는 공부하는 사람 자신이 중요한 재료가 되는데 그 재료인 공부자의 자세와 역량과 상황이 중요한 변수이기에 모든 사람이 시간과 장소와 상황과 상관없이 똑같은 결과가 나오는 공부비법은 없다는 생각입니다. 이를 자세히 말하기는 어렵습니다. 다만 강조하고 싶은 것은 정말 공부를 잘 하고 싶다면 조급하게 당장의 성적향상이 아니라 장기적인 자기역량강화를 위한 자세와 신념과 실천력이 있어야합니다. 이것은 바로 사교육을 멀리하고 자기주도적으로 학습해보라는 것입니다. 제 나름 오랜 세월 학교 현장에서 학생들을 관찰하고 경험한 결과 그렇습니다.

우연히 저출산 문제를 다룬 인터넷 뉴스를 본적이 있습니다. 이 뉴스에서 시민들에게 자녀를 낳는 것이 망설여지는 이유를 묻자 '사교육비에 대한 부담 때문'이라는 대답이 상당히 많았습니다. 저도 교사이기 이전에 학부모이기에 얼마나 많은 사교육비가 필요한지 잘 알고 있습니다. 사교육비 부담에도 학부모들이 사교육을 시키는 이유가 무엇일까요?

첫째, 학부모의 높은 교육열과 학벌위주의 사회구조 때문입니다. 자신의 아이가 실패한 삶을 살기를 바라는 부모는 없을 것입니다. 아이가 성공한 삶을 살게 하기 위해 학부모들은 사교육이 필요한지 판단여부를 떠나 무작정 좋다고 소문난 사교육을 시킵니다.

둘째, 학생과 학부모를 만족시키지 못하는 공교육 때문입니다. 수능 응시인원이 증가함에 따라 경쟁이 더욱 치열해지는 반면 공교육은 과밀학급과 학생수준을 고려치 않은 획일적인 수업으로 학부모와 학생을 만족시키지 못해 더욱 사교육이 성행하는 것 같습니다.

셋째, 학부모가 학교보다 학원을 더 의지하는 것입니다. 학교는 교육청에서 실시하는 모의고사를 제외하고 사설 모의고사의 성적을 바탕으로 대학입시에 대비하기 때문에 은연중에 학교보다 학원을 더욱 의지하게 됩니다.

넷째, 급변하는 입시제도와 교육정책 때문입니다. 빠르게 변화하는 입시제도는 학생들에게 혼란을 줄 뿐만 아니라 변한 입시제도에 대비할 시간이 입시학원과 같은 사교육으로 그 문제를 해결하려고 하게 만듭니다.

이러한 이유로 사교육이 발달하고 있습니다. 국민들의 사교육비에 대한 부담을 줄이기 위해서라도 공교육을 더욱 강화해야합니다. 공교육을 강화하기 위해서는 학교의 과밀학급문제를 해결하고 사람들의 대학입시에 대한 인식변화가 필요합니다. 명문대를 요구하는 사회인식 때문에 대학입시가 강조되는 것을 막아야합니다. 더불어 공교육의 단점을 보완하고 참된 학력을 위한 학교문화를 펼친다면 서교육은 저절로 줄어들지 않을까 기대해봅니다.

저는 분명하게 말해서 사교육은 공부 훼방꾼, 독이 든 성배聖杯*, 등골 브레이커라고 생각합니다. 우리가 불량식품을 경계하듯 사교육은 불량 학습법일 수 있습니다. 공부를 잘하고 싶다면 반드시 사교육과 이별해야 합니다. 그렇다고 제가 사교육을 무조건 나쁘다는 것은 아닙니다. 공교육을 보완하는 의미에서 사교육은 의미 있는 교육일 수 있습니다. 모든 사람이 같지 않기에 조금 뒤처지거나 혹은 조금 앞서는 경우 공교육이 개별 학습자에게 채워주지 못하는 것을 사교육이 보완해준다면야 금상첨화입니다. 또한 공교육이 중요하게 다루지 못하는 예능교과는 더더욱

---

* **독이 든 성배**Poisoned Chalice라는 표현은 윌리엄 세익스피어의 맥베스에서 사용해 유명해진 말로 대부분 독이 있다는 걸 어느 정도 알고 있어도 일단 받은 뒤 결국 대가를 치른다는 의미로 많이 쓰고 있습니다. 또는 하이 리스크 하이 리턴의 일을 받는 것을 말하기도 합니다.

그렇습니다.

그러나 오늘 우리의 일반적인 현실은 긍정적인 의미의 사교육이 아닙니다. 일반적으로 잘 알려진 것처럼 사교육은 공교육을 보완하는 것이 아니라 공교육을 훼방하고 흩트려 놓습니다. 불필요한 경쟁을 조장하고 서열화의 문제를 가중시킵니다. 물론 이 책임인 사교육계만이 짊어질 것은 아닙니다. 교육당국의 불합리한 교육정책과 입시교육의 병폐와 공교육을 책임지는 학교교육이 자기 기능을 제대로 발휘하지 못함과 지나친 교육열로 치닫는 학부모의 문제가 큽니다. 자녀를 원하는 대학, 이른바 명문대학에 진학시키는 것이 간절한 소망인 학부모에게 사교육은 달콤한 유혹일 것입니다. 그러나 과유불급過猶不及이라는 말처럼 지금 우리의 사교육은 정말 문제가 많습니다. 이를 애써 외면하고 일단 좋은 학교만 들어가면 되는 것으로, 사교육을 이를 위한 과정적 필요악으로 생각하는 것은 문제의 심각성을 인식하지 못한 결과일 것입니다.

저는 가끔 이런 생각을 해봅니다. 공부를 두고 이렇게까지 난리 피우지 않아도 되는데, 공부가 뭐라고 학생도 부모도 선생도 이렇게 야단인지 싶습니다. 굳이 하지 않아도 되는 사교육에 목숨 걸고, 잠도 못자면서 힘들어하는 우리 아이들의 현실이 안쓰럽습니다. 많이 배운다고 많이 아는 게 아닙니다. 공부만 잘한다고 좋은 것도 아닙니다. 굳이 비싼 비용 들여가면서 사교육을 하지 않아도 원하는 대학에 진학한 경우가 많습니다. 모든 경우를 다 조사한 것은 아니지만 의외로 사교육을 받아서 원하는 대학에 진학한 경우보다 사교육 없이도 가능한 사례가 많습니다. 아니 오히려 사교육과 이별하는 편히 훨씬 효과적이고 결과도 좋습니다. 물론 이 경우 사교육을 멀리하고 나서 그 시간을 그저 멀뚱멀뚱 보내라는 것은 아닙니다. 중요한 건 사교육이 주입식 형태이기에 이런 방식으로는 장기적으로 한계를 가져올 수밖에 없다는 사실입니다. 또한 비교적 명문대학의 경우 진학하기도 어렵고, 진학한다고 해도 효과적인 학습을 해내기가 어렵다는 사실입니다.

저는 주입식 사교육이 아닌 생각하기를 권하고 싶습니다. 생각하기의 중요성은 아무리 강조해도 지나치지 않습니다. 이런 제 말에 고개를 갸우뚱하는 이들이 많을지 모르겠습니다. 이해를 돕기 위해 실제 예를 들어 말씀드리겠습니다. 어느 기자가 과학자 뉴턴에게 만유인력을 어떻게 발견했느냐고 물었습니다. 그 때 그의 대답입니다. “내내 그 생각만 했습니다.” 아인슈타인도 어떻게 상대성원리를 발견했느냐고 물으니 “몇 달이고 몇 년이고 생각하고 또 생각했습니다.” 이 두 사람은 어리석어 보이나 바보처럼 생각하기를 포기하지 않고 도전한 결과, 엄청난 과학원리를 발견할 수 있었습니다.

아무리 실력이 뛰어난 학원 강사의 수업을 듣는다고 해도 멍하게 듣기만 한다면 절대로 자기 실력이 되지 않습니다. 학습자 스스로 받아들이고 생각할 시간을 가져야만이 온전히 자기 것이 됩니다. 그러니 사교육을 받을 시간에 학교에서 배울 내용을 예습하고 수업에 집중한 후 복습해야 합니다. 가령 한 시간짜리 수업을 들으려면 최소 1시간은 예습을, 배운 후에는 1시간 30분 이상 복습해야 합니다. 예습, 복습할 시간만 확보하기에도 빠듯한데 어떻게 사교육 받을 시간이나 사교육 현장으로 오고가는 시간이 있을까 싶습니다.

한 마디로, ‘배움’ 못지않게 ‘익힘’이 중요합니다. 앞에서도 말씀드린 것처럼 사교육이 나쁘다는 건 아닙니다. 다만, 사교육을 받으면 스스로 공부할 시간을 뺏긴다는 것을 말씀 드립니다. 과감하게 사교육과 이별하고 좀 시간이 걸리더라도 자기주도학습을 시작하는 것이 낫습니다. 시간을 두고 풍부한 인문학적 소양을 기르기 위한 독서로 배경지식을 갖추는 게 낫습니다.

몇 년 전 우리나라에서 G20 정상회담을 개최한 적이 있었습니다. 이때 버락 오바마 미국대통령이 우리나라 기자에게 먼저 질문할 기회를 주었습니다. 그러나 부끄럽게도 우리나라 기자 중에서 그 누구도 손을 들지를 않았습니다. "없나요? 누구 없나요?"를 반복하며 당황스러워 하는 오바마 대통령의 표정이 담긴 동영상이 뒤늦게 알려지면서 우리나라를 더욱 더 부끄럽게 한 적이 있었습니다.

우리 아이들의 머리가 커졌으면 좋겠습니다. 이 말에 모델 같은 작은 사이즈의 머리 크기가 선호되는 사회에서 웬 말이냐 싶겠습니다. 외모지상주의와 함께 성장한 제게 이 머리는 물리적 의미가 아닙니다. 여기서 머리는 질문의 머리를 말하며 두 가지 의미를 지닙니다. 첫째는 질문의 서론이고, 둘째는 질문에 담겨진 생각입니다.

질문의 서론은 "단순히 날씨가 좋네요", "식사하셨어요?" 같은 인터뷰 초반의 안부 물음이 아닙니다. 서론은 우리가 진짜 하고 싶었던 질문에 관한 답을 들으려 설명하는 배경을 뜻합니다. 지금은 표현의 자유보다 표현의 생각이 없는 사회인지도 모르겠습니다. 자기 생각을 표현할 수 있는 환경은 어느 정도 마련됐지만 그곳에서 표출할 자기 생각이 존재하지 않습니다. 질문을 하고 싶어도 질문이 생각나지 않습니다. 아는 게 없으면 뭘 어떻게 물어야하는지 모릅니다. 무작정 인터뷰하기보다 미리 준비하고 알아보는 시간이 중요합니다.

머리를 굳이 두 가지 의미로 나눴지만 결국 하나를 향합니다. 질문이 뚜렷해야 한다는 것. 원하는 답을 얻기 위해서는 그걸 끌어낼 수 있는 질문을 던져야 합니다. 질문을 누구에게 하는지, 무엇에 관해 묻는지, 왜 묻는지 세세하게 나누면 나눌수록 대답도 세세해집니다. 신경 써서 준비한 질문에는 딱 그만큼의 기쁜 대답이 돌아옵니다.

제가 많은 청소년들을 만나면서 당황하곤 하는 것은 아이들이 질문을 할 줄 모르고, 스스로 무엇을 말해야 되는지도 모릅니다. 대학생이 되면 조금 괜찮을까요? 그렇지 않습니다. 학년이 올라가면 더 익숙해져야겠지만 오히려 더 힘들어합니다. 흥미로운 것은 정답이 없는 자기 생각을 묻는 질문에 대답을 더 못한다는 것입니다.

"내가 누구인가?"
"목표와 비전은 무엇인가?"
"무엇을 하고 싶은가?"

어느 누구하나 자신 있게 말하는 학생들이 없습니다. 누군가 발표해 주기를 바라면서 서로 눈치만 봅니다. 그래서 시간을 주고 써보라고 했습니다. 하지만 많은 학생들이 볼펜만 움켜쥐고 있을 뿐, 무엇을 써야할지 몰라 쩔쩔맵니다. 더욱 더 놀라운 것은 "한 번도 이런 생각을 해본 적이 없다"는 것입니다. 그렇게 많은 공부를 했는데 생각을 해본 적이 없다니. 그렇다면 무슨 생각을 하면서 살아왔을까요? 한마디로 그저 입시만 생각하고 살아왔습니다. 일단 대학만 들어가고 보자는 생각입니다.

그동안 아이들에게 그 누구도 '무엇을 생각했는지'를 묻지 않았고 다만 '무엇을 학습했는지'만 다그치며 물어왔습니다. 생각할 기회를 주기

보다는 암기하라 했고, 자신의 의견과 생각을 쓰기보다 남의 지식을 시험지에 채우기에 급급했습니다. 수많은 교과서를 읽었지만 남의 생각만을 학습한 것이지 스스로 자신의 머리로 생각하면서 책을 선택하고 읽은 적이 별로 없습니다. 교과서가 자신의 인생 속에 들어오지 못했고 학교의 공부가 삶을 건드려주지 못했습니다. 그러면서 이리저리 사교육 수렁에서 허우적거리며 살았습니다.

'너 자신을 알라'는 고대 그리스의 격언을 받아 적기에 바빠 내 스스로 "내 자신이 누구지?"라는 질문을 하지 못했습니다. '나는 생각한다, 고로 존재한다'는 외우면서 스스로 생각하는 존재로 성장하고 있는지 묻지 않았습니다.

이렇게 정답 쫓기에 익숙한 우리나라의 아이들은 질문도 정답이어야 하기에 '왜'라고 묻기를 두려워합니다. '바로 네 생각이 정답'이라며 말해줘도 생각 자체도 정답이어야 하는지 반응이 없습니다.

생각을 할 수 없는 아이들이 하루 속히 사교육에서 벗어나야합니다. 더디더라도 자신의 생각으로 생각해야합니다. 안 된다고? 그동안 안 해온 것을 어떻게 하냐고? 그렇다면 책읽기를 시작해봐야 합니다. 어떤 책을 읽어야할지 모른다고요? 그렇다면 현재 자신의 고민이 무엇인지 물어봐야합니다. 아마 대부분 성적이나 진학 걱정을 하고 있을 것입니다. 앞으로 하고 싶은 일이 있다면 무엇인지 먼저 생각하고 그 '무엇'에 관련된 책 10권만 읽어보십시오. 분명 그 분야가 머릿속에서 훤히 펼쳐질 것입니다. 그렇게 10권의 책을 읽게 되면 그 분야에 대한 자신감과 동시에 더 많은 질문이 생깁니다. 그리고 그 질문 때문에 더 많은 책을 읽게 될 것이고, 더 천천히 깊게 생각하는 법을 배우게 될 것입니다.

책은 나 자신을 마주할 수 있도록 돕습니다. 그리고 저자의 경험을 통해 '인생은 무엇?'이며 '나는 누구?'이고 '나는 어떻게 살아야하는지?'를 묻게 해줍니다. 그러다가 어느 순간 '정답'이 아닌 '길'을 찾는 자신을 발견하게 될 것입니다. 명심하십시오. 정답이 아닌 길을 찾는 사람만이 '생각하는 존재'라는 것을요.

미래의 행복을 위해 현재의 행복을 망가뜨리지 않았으면 좋겠습니다. 교육은 기다림입니다. 더디게 간다고 못 가거나 안 가는 게 아닌데, 우리는 너나없이 조급합니다. 우리 아이들은 공부하기 위해 설정된 기계가 아닙니다. 하나의 인격체로 감정의 변화무쌍이 있습니다. 공부도 기분이 좋아야 잘 할 수 있습니다. 사실 공부를 잘하면 좋겠지만, 못해도 괜찮은데 공부로만 사람의 가치를 평가하는 것 같아 안타깝습니다. 공부라는 잣대 하나로 모든 것을 평가하는 것은 죄악입니다. 공부를 잘 못하거나 공부와 친하지 않지만 무한한 가능성을 지닌 아이들을 죄인으로 몰아붙이지 말았으면 좋겠습니다. 학창시절 공부를 잘하지 못했어도 멋진 삶을 사는, 훌륭한 사람들이 많다는 걸 인정해줬으면 좋겠습니다.

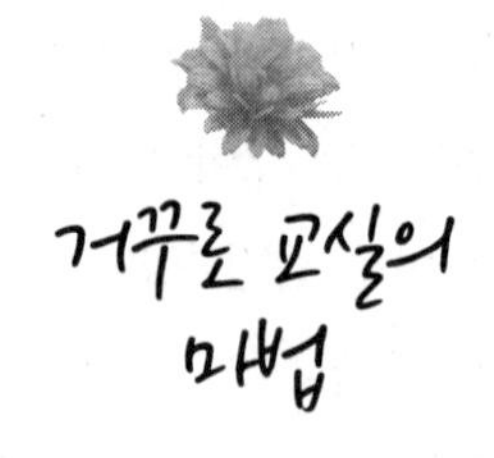

거꾸로 교실의 마법

최근 교육에 좀 관심 있는 사람들의 입에서 오르내리는 말이 '거꾸로 교실Flipped Classroom'입니다. 작년 3월 20일 KBS 1TV 〈KBS 파노라마-21세기 교육혁명, 미래교실을 찾아서〉에서 '거꾸로 교실'이 소개됐습니다. 말 자체가 생소하고 놀람을 자아내게 한 이 용어는 기존의 교육이 교사 주도로 전개되는 교육에 반대하는 개념으로 제기되었습니다. 이는 스스로 경험해 보도록 수업을 디자인하는 것이 바로 수업의 핵심을 이룸을 분명히 합니다.

'거꾸로 교실'은 대안 학습 방법 중 하나입니다. 거꾸로 교실은 미국의 고등학교 화학교사로 24년간 근무한 존 버그만Jon Bergmann이 만들었습니다. 교과진도를 따라가지 못하는 시골의 고등학교 학생들을 수업에 적극적으로 참여시킬 방법을 고민하다가 2007년부터 스크린 캡처 소프트웨어를 이용해 수업을 녹화한 후 그 파일을 온라인상에 올려 학생들이 시청할 수 있도록 했다고 합니다. 일반적인 내용은 학생들 스스로 공부할 수 있기 때문에 굳이 면대면 수업을 하지 않아도 되고, 실제 수업시간은 온전히 그 아이들이 어려워하는 개념을 이해하도록 도와주는데 쓰면 어떨까하는 고민 속에서 거꾸로 교실은 탄생했습니다. 2010년 무렵 미국에서부터 시작해 최근 수 년 사이 미국 뿐 아니라, 호주, 유럽 등 전 세계적으로 급속도로 퍼져나가며 주목을 받고 있습니다. 우리나라에는 2012년 카이스트KAIST와 울산과기대UNIST를 중심으로 도입돼 2013년 서울대에 적용되고, 최근 전국의 초 · 중 · 고교에 빠르게 전파되고 있습니다.

수업 개념은 아주 단순한 발상의 전환에서 시작됩니다. 말 그대로 수업과 과제를 하는 장소를 거꾸로 바꾼 수업 방법입니다. 교사의 지식 '전달' 중심 수업에서 학생의 지식 '구성' 수업으로 진행합니다. 학생들은 수업 전에 기본적이고 핵심적인 교과 내용을 교사가 제시한 동영상을 통해 미리 공부하고, 수업시간에는 질의응답, 토론, 문제해결 등 학생 상호간의 협력학습을 통해 학생이 중심이 되는 활동을 하는 것입니다. 원래 교실에서 하던 지루한 강의식, 주입식 수업을 동영상으로 만들어 학생들이 수업 전에 미리 보도록 하고, 교실에서는 강의 대신 발표와 토론 등 다양한 활동으로 재미와 공부의 깊이를 더해주는 방법을 적용합니다. 이처럼 방법을 좀 달리하고 교사가 노력한 결과는 놀라웠습니다. 학업 성과 뿐 아니라 교실 붕괴, 학생 폭력, 인터넷 중독 문제 등은 우리나라만의 문제가 아닌 전 세계적인 문제입니다. 이와 같은 교육 현실의 문제를 개선하는 동시에 미래를 대비하는 획기적인 교육혁신의 가능성을 보여준 것이었습니다. 실제로 2013년 우리나라의 한 사례에서 '거꾸로 교실' 수업법을 적용한 결과 국어 성적이 반 평균 12점 올랐고, 56점이나 오른 학생도 있었습니다. 이런 변화에 아이들 스스로도 놀랐을 정도였습니다. '거꾸로 교실'은 이뿐만이 아닙니다. 이른바 왕따 현상이 사라지고, 인터넷 게임을 하는 학생도 절반 이상 줄어들었습니다.

'거꾸로 수업'의 또 다른 의미는 미국 교육심리학자 벤저민 블룸 Benjamin S. Bloom이 제시했던 교육목표 분류 6가지의 순서를 뒤집는다는 것입니다. 일반적으로 학교 수업에서는 지식을 '기억', '이해'하는 단계를 실시했는데 이를 뒤집어 '적용', '분석', '종합', '평가' 등의 고등 사고능력을 향상시키는 데에 초점을 둡니다.

교사가 준비하지 않으면 거꾸로 교실 수업은 이뤄지지 않습니다. 교사는 수업 전에 미리 교과내용에 대한 수업 동영상을 촬영하고 학생들에게 제공해야 합니다. 기존의 잘 만들어진 인터넷 강의보다는 각자 교육과정을 재구성하거나 수업의 속도를 조정해 교사 스스로 촬영하기를 권장합니다. 수업시간에는 동영상을 시청한 학생을 조사해 시청하지 않은 학생이 소수인 경우에는 교사의 노트북으로 보게 하거나 이미 시청을 하고 온 학생이 모둠에서 설명을 해주도록 합니다. 다수가 보지 않은 경우에는 수업 도입단계에서 함께 볼 수도 있지만 이런 경우가 잦아지면 미리 보지 않는 학생들이 많아질 수 있으니 주의해야 합니다.

조별 활동이 중요하므로 조원들도 서로 토론하며 배움이 이뤄질 수 있도록 학생들 간의 실력 차를 고려해 구성해야 합니다. 이때 교사는 조별 지도와 함께 학생 개별 지도도 이뤄질 수 있도록 주의 깊은 관찰이 필요합니다. 실제 수업에서는 토론, 문답식 수업 등 창의성과 문제해결력을 높여줄 수 있는 다양한 학습 활동을 준비해야 합니다. 문제해결에 즐거움을 주기 위해 '빙고게임', '삼행시 짓기' 등의 게임을 병행할 수 있습니다.

거꾸로 교실을 통해 수업시간에 졸거나 자는 학생은 현저히 줄게 됐고 자기주도 학습이 늘어 성적 향상의 효과도 보이고 있습니다. 학생들도 이해가 되지 않는 부분은 교사가 제작한 강의를 여러 번 반복해 볼 수 있어 좋았다는 반응입니다.

물론 친구들과 어울리는 것에 소극적인 학생들에게는 이와 같은 방식이 불편할 수도 있습니다. 그런 학생들에 대해 세심한 배려도 교사가 챙겨야 할 부분입니다. 학생들에게 미리 동영상을 시청해오도록 하고 수업에 적극적으로 참여시키는 방법에 대해서는 학급의 특성을 고려해 고민해야 할 필요가 있습니다.

거꾸로 교실 수업이 거듭될수록 학생들은 서로 묻고 가르쳐주는 것에 익숙해집니다. 학생들과의 협력을 통한 배움이 실현됩니다. 물론 모든 수업시간 내내 학생들의 활동만으로 이뤄져야 바람직한 수업은 아닙니다. 필요에 따라 교사의 강의식, 설명식 수업이 좋을 때도 있습니다. 교사의 전문적인 학습설계와 적절한 학습방법으로 감동과 감화가 있고 학생이 참여하고 활동하는 수업이면 됩니다.

거꾸로 교실은 경쟁체제에서 벗어나 다른 학생과의 소통을 통해 의견을 모으고 스스로 학습 목표를 달성해 가는 과정을 통해 의사소통능력, 대인관계 능력, 자기주도적인 문제해결력 등을 배울 수 있어 인성 중심의 교과수업으로도 활용할 수 있습니다. 물론 거꾸로 교실이 모든 교육문제를 해결할 만병통치약일수는 없습니다. 또한 학제간 교육이 다르고 학교별로 여건과 상황이 다르기에 모든 학교에 이 방법이 효과적이라고 말할 수는 없습니다. 그러나 기존의 교육방법에 대한 검토와 함께 새로운 방안을 모색해보는 의미로 거꾸로 교실은 커다란 시사점을 줍니다.

거꾸로 교실은 우리 교육의 고질적인 문제인 입시 위주의 교육이 안고 있는 놀이와 학습의 연결 고리가 끊어진 것과는 달리 놀이와 학습이 결합된 형태로 학습자의 흥미와 참여를 촉진한다는 장점이 있습니다. 이는 정말 중요합니다. 아무리 잘 준비하고 가르친다고 해도 학습자가 제대로 수용치 않으면 소용이 없습니다. 분명 교육정책이나 학교당국이나 교사는 최선을 다한다고 해도 학습자의 호응을 얻지 못한다면 어쩌면 무의미한 것일지도 모릅니다. 그저 교사만의 공허한 메아리에 그칠지 모릅니다. 거꾸로 교실은 교사가 많은 것을 가르치는 것보다는 하나를 가르치더라도 스스로 배움의 여행을 떠나게 하는 동기부여를 촉진하고 자극하는 것을 중요하게 여깁니다. 그러므로 거꾸로 교실은 교사가 겸손하게 자신을 내려놓는 데서 시작합니다. 교사가 변하면 아이들이 변합니다.

거꾸로 교실은 학교교육에서만 필요한 것이 아닙니다. 거꾸로 교실은 교육하기 어려운 환경에서도 결코 포기하지 않고 주어진 여건에서 방법을 찾아낸 교사의 열정이 만들어낸 것입니다. 할 수 없다고, 안된다고, 어쩔 수 없다고 여기기 이전에 그래도 가능한 것, 할 수 있는 것을 찾아서 해보고 그래도 안 되면 외부의 도움을 요청해서라도 해보는 노력과 열정과 집념이면 할 수 없을 것만 같은 일도 가능하고, 안 될 일도 되게 하고, 어떨 수 없다고 여긴 일들이 풀려나갈 수 있습니다.

우리가 존경하는 위인들의 삶에서도 이런 모습을 찾아볼 수 있습니다. 환경과 여건과 상황이 문제가 아니라 이에 겁먹고 포기하는 것이 문제입니다. 미래를 꿈꾸는 사람은 결코 오늘의 힘든 현실이나 아픔에 좌절하지 않습니다. 하고 싶은 일이 있고, 해야 할 일이 있습니다. 목적 의식이 분명한 사람은 오뚝이처럼 넘어져도 일어납니다. 제가 아이들에게 가끔 들려주는 징기스칸의 말입니다.

> 집안이 나쁘다고 탓하지 말라. 나는 아홉 살 때 아버지를 잃고 마을에서 쫓겨났다.
>
> 가난하다고 말하지 말라. 나는 쥐를 잡아먹으며 연명했고, 목숨을 건 전쟁이 내 직업이고 일이었다.
>
> 작은 나라에서 태어났다고 말하지 말라. 그림자 말고는 친구도 없고, 병사로는 10만, 백성은 어린애와 노인까지 합쳐 2백만도 되지 않았다.
>
> 배움이 없다고 힘이 없다고 탓하지 말라. 나는 이름도 쓸 줄 몰랐으나, 남의 말에 귀 기울이며 현명해지는 법을 배웠다.
>
> 너무 막막해 포기해야겠다고 말하지 말라. 나는 목에 칼을 쓰고도 탈출했고, 뺨에 화살을 맞고도 살아나기도 했다.
>
> 적은 밖이 아니라 내(마음) 안에 있었다. 나는 내게 거추장스러운 것은 모두 없애 버렸다. 나를 극복하는 순간 나는 징기스칸이 되었다.

지금도 서울 광화문 한 복판에는 이순신 장군의 동상이 우뚝 서 있습니다. 제가 다닌 초등학교는 물론 많은 학교들에 동상이 있고, 제 주머니 속 100원짜리 동전에도 이순신 장군이 있습니다. 이처럼 우리 삶 곳곳에서 함께하는 이순신 장군의 말입니다.

> 집안이 나쁘다고 탓하지 말라. 나는 몰락한 역적의 가문에서 태어나 가난 때문에 외갓집에서 자라났다.
>
> 머리가 나쁘다 말하지 말라. 나는 첫 시험에서 낙방하고 서른둘의 늦

은 나이에 겨우 과거에 급제했다.

좋은 직위가 아니라고 불평하지 말라. 나는 14년 동안 변방 오지의 말단 수비 장교로 돌았다.

윗사람의 지시라 어쩔 수 없다고 말하지 말라. 나는 불의한 직속상관들과 불화로 몇 차례나 파면과 불이익을 받았다.

몸이 약하다고 고민하지 말라. 나는 평생 동안 고질적인 위장병과 전염병으로 고통 받았다.

기회가 주어지지 않는다고 불평하지 말라. 나는 적군의 침입으로 나라가 위태로워진 후 마흔 일곱에 제독이 되었다.

조직의 지원이 없다고 실망하지 말라. 나는 스스로 논밭을 갈아 군자금을 만들었고 스물세 번 싸워 스물세 번 이겼다.

윗사람이 알아주지 않는다고 불만 갖지 말라. 나는 끊임없는 오해와 의심으로 모든 공을 뺏긴 채 옥살이를 해야 했다.

자본이 없다고 절망하지 말라. 나는 빈손으로 돌아온 전쟁터에서 열두 척의 낡은 배로 133척의 적을 막았다.

옳지 못한 방법으로 가족을 사랑한다 말하지 말라. 나는 스무 살의 아들을 적의 칼날에 잃었고, 또 다른 아들들과 함께 전쟁터로 나섰다.

죽음이 두렵다고 말하지 말라. 나는 적들이 물러가는 마지막 전투에서 스스로 죽음을 택했다.

또한 거꾸로 교실에서 배울 점은 교사의 자세와 헌신입니다. 요즘 세대가 이전 세대에 비해 버릇이 없다고 무개념 안하무인이라도 말하는 사람들이 많습니다. 그런데 이렇게 말하는 사람들의 기본 전제는 기성세대 중심, 어른 중심, 전근대적인 수직적 사고방식이기도 합니다. 분명 세대가 변했습니다. 변한 세대를 이전 세대의 가치관과 교육방법으로 옭아매고 강요하는 자세로는 제대로 된 교육도, 세대통합도 불가능합니다. 자라나는 세대가 기성세대에게 무조건 복종하면 좋겠지만 그건 말도 안 되는 바람일 뿐입니다. 이에 교육이 불가능하다고, 세상이 말세라고 한탄할 것이 아니라 기성세대가 먼저 성숙한 자세로 어른답게 양보하는 것입니다. 기득권을 내려놓고 불필요한 권위주의를 내려놓고 겸손하게 자라나는 세대를 만나고 섬기는 것입니다. 이미 정해놓은 지식을 강요하는 주입식 방식이 아니라 지식을 함께 구성해나가는 협력자의 자세로, 교육의 주체가 교사가 아니라 학생들임을 상기해야합니다.

교사는 학생들이 가지고 있는 무한한 꿈과 끼와 깡을 마음껏 표출할 수 있도록 믿어주고 칭찬과 격려로 분위기를 만들어주고 긍정적이고 적극적인 자세로 표현하도록 촉진하고 자극하고 힌트를 주는 배움의 조력자가 되어야합니다. 이런 교사의 자세와 헌신을 가정에서 부모가 사회에서 어른들이 보여주어야 합니다. 우리 어른들이 거꾸로 교실의 교사와 같은 자세로 자라나는 세대를 만난다면 우리 사회는 지금보다 내일이 더 기대될 것입니다. 이런 자세와 헌신은 교육만이 아니라 정치, 경제, 사회 문화 모든 곳에서도 적용가능한 시대정신일 수 있습니다. 수직적인 문화가 아닌 수평적 의사결정구조로 조직을 운영하고, 윗사람이 아랫사람을 지배하는 것이 아니라 섬기는 겸손의 리더십이야말로 우리 사회를 보다 건강하게 만들어갈 정신일 것입니다.

실력 이전에 인문교양과 인성이 중요

사물인터넷, 지능 로봇, 스마트 기기 등 과학기술이 혁신적으로 진화 발전해서 세상이 천지개벽하고 있지만, 시대를 이끌어 가는 것은 시대 정신에 부합하는 인재입니다. 우리가 살고 있는 초연결 스마트 시대와 앞으로 도래할 만물지능시대에는 스티브 잡스에서 보는 바와 같이, '지식을 이해하고 융합하며, 생각하며 창조'하는 인재가 이끌어 갈 것입니다. 많은 미래학자들은 '열정, 창의성, 인성'을 갖춘 인재들의 육성을 강조하고 있습니다. 미래학자 마티아스 호르크스는 "미래사회에서는 지식을 아는 것보다 지식과 정보를 새로운 방식으로 연결하여 부가가치를 창조하는 것이 더 중요하다"고 교육의 새로운 방향을 강조했습니다. 교육은 시대가 요청하는 인재를 육성해 왔지만, 새로운 세상을 이끌어 갈 역량 있는 인재의 육성을 위해서 교육은 혁신적 변화를 해야만 합니다.

그동안 사회는 산업화로 인해 극단적으로 분화되어 왔으며, 교육은 이에 맞춰 더욱 세분화되어 왔습니다. 대학의 수많은 학과가 이런 현상을 방증하고 있습니다. 대학이 산업사회가 요구하는 특화된 전문직업 교육에 몰두하면서 교양교육은 잡학이나 상식을 배우는 부차적인 요소로 간주되었습니다. 그러나 "최악의 과학자는 예술가가 아닌 과학자이며, 최악의 예술가는 과학자가 아닌 예술가다."는 말처럼 지식을 융합할 줄 모르는 사람은 최악의 전문가가 되는 시대가 되었습니다. 지금까지 더 많은 지식, 더 깊은 지식을 추구하여 왔지만, 이제는 경계를 넘어 융합하고 새로운 것을 창조하는 역량이 필요합니다. 세계가 국가, 인종, 언어를 넘어 글로벌화 되는 것처럼, 학문 간의 경계도 허물어져 지식과 상상으로 융합과 통합이 가속화 되고 있음을 실감하는 시대입니다. 전문가보다 멀티플레이어를 필요로 하고 있으며, 지식인이 아니라 창의적 문제 해결력을 가진 창조인을 요구하고 있습니다. 스펙을 위해 죽기 살기로 경쟁하는 지식의 전사가 아니라, 창의적으로 융합할 줄 하는 생각하는 인재를 육성해야합니다. 이러한 시대적 요청에 부응하기 위해서는 인문교양교육부터 활성화해야 합니다.

인문교양교육은 논리적 분석과 판단력, 비판적 사고 능력, 창의적 문제해결 능력 그리고 학문 간의 융합을 위한 통찰력 등을 키워 주는 종합적 사고 능력의 산실이라고 할 수 있습니다. 인문교양교육이 제공하는 사고 능력 없이는 제대로 된 전공 교육의 실현도 불가능합니다. 특히, 주입식 암기 교육에 익숙한 대학 신입생들이 교양교육을 통한 사고력 전환없이 전공교육에 노출될 경우 제대로 된 전공교육도 난감하게 됩니다. 교양교육은 전공교육뿐만 아니라 모든 교육의 기반입니다. 하버드 대학교는 2007년 교육과정을 개편하면서 "하버드 교육의 목적은 '인문교양교육'을 실시하는 데 있다"고 선언했습니다. 인문교양교육은 전공교육의 효과성을 극대화하고 창의적 인재 양성으로 사회 발전을 견인해나갈 수 있습니다. 인문교양교육은 대학은 물론 이전 단계인 고등학교나 중학교나 초등학교나 유아교육 현장에서도 중요하게 인식해야합니다. 실용적인 지식 이전에 기초를 탄탄하게 하는 인간이해를 위한 인문교양교육이야말로 중요하게 다뤄져야합니다. 이를 바탕으로 인성교육 또한 중요하게 다뤄져야합니다.

최근 우리 사회는 변화의 방향을 예측할 수 없을 만큼 다양성을 띠고 있고 변화의 속도도 빠른 것이 사실입니다. 또한 전자매체의 발달과 맞벌이 부부의 경제활동으로 인한 자녀에 대한 가정교육 시간이 부족해지면서 대두된 인성교육을 학교에 의존하게 됨으로써 학교에 대하여 학생들의 보호와 생활지도 기능까지 맡아줄 것을 기대하기에 이르렀습니다.

인터넷 매체의 오남용으로 학생들의 인성이 메말라져 가고 있는 상황으로 언어구사 및 심성이 거칠어져 가고 있기에 우려를 하고 있는 것이 지금의 현실입니다. 특히 자기정체성 확립이 덜된 상황으로 '욱'하는 성격마저 도드라지고 있습니다. 또한 왜곡된 윤리 의식과 향락적 생활 태도가 파급되어 학생들에게서도 자기중심적 편의주의에 의한 협동심과 질서 의식의 결여, 자기 절제와 인내심 부족 등의 문제 현상들이 발생하다보니 올바른 마음가짐을 위한 인성교육의 필요성이 제기되고 있습니다.

인성이 무엇인지를 명쾌하게 정의내리기는 어렵습니다. 인성이라는 용어는 그 동안 성격personality, 기질temperament, 그리고 인격character 등의 용어와 서로 혼용되어 사용해 왔습니다. 인성의 사전적 의미는 '사람의 성품'입니다. 인성이라는 말은 인간성, 인간다움을 의미하는 말로 성격・기질・인격의 통합체로 볼 수 있습니다. 성격이나 기질은 유전적인 것・타고난 부분들을 더 많이 내포하고 있어서 가치 평가를 할 수 없는 반면에, 인격은 후천적인 개인의 노력에 의해 발달하는 특성으로 바람직한 변화를 추구하는 인성교육에서는 인격적인 의미가 더 많이 포함되어 있습니다. '인격'은 사람을 특징짓는 표시로써, 후천적으로 교육에 의해 개인의 노력과 수양으로 형성되는 지知・정情・의義를 포괄하는 정신적 특성으로 도덕적 발달과 밀접한 관계가 있습니다.

인성교육이란 말은 오래전부터 사용해 왔으나 그 개념이 학자마다 다양한 의미로 쓰이고 있습니다. 그러나 현대사회의 비도덕적인 범죄나 환경에서 인성교육의 필요성이 강조되고 있는 것을 볼 때, 학교에서 학생생활지도에 따른 인성교육이라 함은 인간다운 인간을 만드는데 의미가 있습니다. 인성교육이란 말 그대로 인성을 함양시키기 위한 교육을 말하는 것으로써 마음의 바탕을 교육하고 사람 됨됨이를 교육하는 것으로 인본주의 핵심적인 요소들을 기초로 해서 인격을 깨우치고 현대 사회의 비인간화 현상을 극복하고자 하는 교육의 목표, 내용, 방법을 총칭합니다. 즉, 덕성을 바탕으로 능력과 교양을 겸비한 인간의 교육으로 그 범위는 학교 교육을 중심으로 한 인간다운 참된 인간 교육을 의미합니다.

개인의 다양성을 존중하는 동시에 인성을 아우를 수 있는 교육이 중심이 되어야 올바른 인성을 함양할 수 있습니다. "인성도 실력이며 국력이다."라는 말이 있듯이 시대 변화에 따라 학생들에게 다가설 수 있는 좋은 인성교육 프로그램이 진행될 때 미래사회는 바람직한 교육을 넘어서 지식은 물론 "창의성과 인성을 겸비한 더불어 살 줄 아는 학생"을 만들어낼 수 있게 됩니다.

우리나라 학생들의 행복지수가 수년째 OECD 국가 중 꼴찌를 기록하고 있다고 합니다. 학교 폭력, 청소년 자살 등 각종 학교 문제가 심각한 사회 문제로 대두된 지도 오래입니다. 이러한 문제를 해결하기 위해 성적지상주의와 지나친 경쟁 대신 기본가치를 바로 세우는 인성교육이 필요하다는 목소리가 높습니다.

결국 학교에서 인성을 가르쳐야 한다며 세계 최초로 인성교육진흥법을 시행하기에 이르렀습니다. 인성교육이 필요하다는 말에는 충분히 공감하지만 법규에 의한 학교 수업만으로 과연 얼마나 실효성을 거둘 수 있을지는 의문입니다.

이런 상황에서 산자연중학교의 '마을학교' 프로그램은 시사하는 바가 큽니다. 창의 · 인성 · 영성 교육 중 하나인 '마을학교'는 학생들이 지역 어르신들과 소통하며 마을 역사와 전통, 문화를 계승 발전시키는 프로그램입니다.

산자연중학교는 매주 1회 어르신을 명예교사로 초빙해 마을 역사와 전통 등에 대해 듣고, 어르신들과 함께 전통문화를 체험하는 시간을 갖고 있습니다. 또 학생들은 일손 돕기와 어르신 자서전 쓰기 등을 통해 수시로 마을 어르신과 소통합니다.

'한 아이를 키우려면 온 마을의 노력이 필요하다'는 말처럼, 학교와 마을이 함께하며 학생들에게 진정한 가치를 알려주는 산자연중학교의 교육과정이 인성교육의 모범적인 모델이 되리라 여겨집니다. 학생들은 '도덕' 교과서가 아니라 어른들과 함께하는 정월대보름 달집태우기에서,

어르신들을 위한 땔감 모으기에서 진정한 가치와 행복을 배울 수 있지 않을까요?

1년을 잘 살려면 곡식을 심고, 십년을 잘 살려면 과일나무를 심고, 백년대계를 이루려면 사람을 심으라는 말이 있습니다. 교육의 근본 목적은 미래를 살아갈 수 있는 힘을 키우는 것입니다. 미래사회는 지식기반 사회, 정보화 사회, 세계화 사회, 다원화 사회로 앞으로의 교육은 '집어넣는 교육'에서 개개인의 다양한 소질과 적성을 '끄집어내는 교육'이어야 합니다. 아무리 좋은 교육적 이념과 당위라고 해도 수직하달식의 주입식 교육으로 학생들을 만나서는 안 됩니다. 고객만족의 정신으로 수요자 중심 · 학습자 중심의 자세로 학생들의 흥미와 재미를 유발하고 능동적인 열정 · 체험 · 놀이 등을 끌어내면서 '마음 열고', '마음 함께', '마음 놓고', '마음껏' 참여하게 하는 인성교육을 펼칠 때 그 효과는 극대화될 것입니다.

바람직한 인성은 성장 환경과의 유기적 관계에 따라서 삶의 방향과 질적 수준이 결정됩니다. 앞으로 우리의 학교가 인성교육의 중요성을 새롭게 인식해서 무엇보다도 학교폭력이나 집단따돌림이 없고 물리적 · 재정적인 원활한 토대 위에서 '가고 싶은 학교, 행복한 학교'가 되도록 스승과 제자가 동행하는, 가정과 학교가 협력하는, 학교와 지역사회가 함께하는 인성교육이 활성화되기를 기대해봅니다.

책과 친해지게 하는 인테리어

아이가 책과 친해지기를 바라는 부모들이 많습니다. 그래서 거실을 서재로 만들기도 하고, 책장 가득 아이 책을 꽂아두기도 합니다. 그럼에도 책에 눈길도 주지 않는 아이가 있습니다. 좀 더 세심하게 좀 더 소소한 아이디어를 적용해보면 책과 더욱 친해질 수도 있습니다. 이에 대한 인테리어 팁입니다.

'아이를 위한 독서 공간'이라고 그럴싸한 책장 세트가 필요하거나 도서관처럼 조용할 필요는 없습니다. 손길이 닿기 쉬운 곳에 책이 있고 편안하게 앉을 수 있는 공간이면 충분합니다. 여기에 아이 눈높이에 맞는 작은 책장이 하나쯤 있어도 좋고, 혹은 책 몇 권 올려둘 수 있는 스툴이나 바구니를 놓아두는 것도 괜찮은 방법입니다. '독서 욕구 부르는 인테리어'의 가장 중요한 포인트는 언제든 원할 때 쉽게 꺼내어 보고 또 싫증나면 다시 꽂아두기 좋은 시스템을 만드는 것입니다.

물론 이보다 더 중요한 것이 있습니다. 거실을 서재로 꾸미고 집 안 곳곳에 지적인 장치를 해두는 것보다 가장 효과적인 것은 부모가 먼저 책 읽는 모습을 보여주는 것입니다. 늘 책 읽는 부모를 보고 자란 아이는 자연스레 따라 읽게 마련입니다.

아이의 애장 도서 코너 만들기입니다. 일단 아이가 최대한 많은 양의 책을 읽기 바라는 욕심부터 버려야합니다. 대부분의 아이들은 좋아하는 책을 보고 또 보는 성향이 있습니다. '내용도 다 아는 책'이 뭐가 재밌을까 싶지만 오히려 아이들은 익숙한 이야기를 들을 때 심리적 안정감을 느낍니다. 이미 이야기 전개를 알고 있기에 오히려 긴장감 없이 상상력을 풍부하게 발휘하며 내용에 집중할 수 있기 때문입니다. 이런 아이들을 위해 '우리 아이 애장 도서 코너'를 만들어주는 것도 좋습니다. 평소 아이가 좋아하는 책을 한데 모아놓는 것입니다. 아이 눈높이 위치의 벽면에 작은 선반을 달아 책을 두어도 좋고 작은 바구니에 담아줘도 좋습니다. 이때 책은 정기적으로 바꿔주도록 합니다.

전면 책장을 활용해봅니다. 대부분 그림책 표지는 매력적입니다. 이야기의 가장 상징적인 일러스트가 표지를 차지하고 있기 때문에 책 커버를 보는 것만으로도 '어떤 내용일까?' 하는 호기심이 생깁니다. 그런 점에서 책 앞면이 보이게 꽂을 수 있는 전면 책장은 아이의 관심을 자극하는 '지적 장치'가 되어줍니다. '전면 책장'으로 검색하면 오픈마켓에서 5만원대 전후의 다양한 제품을 찾아볼 수 있습니다. 스틸, 원목 등 소재도 다양하니 자신의 집에 가장 잘 어울리는 아이템을 골라보는 게 좋습니다.

굳이 책장이 아니어도 괜찮습니다. 책장에 있는 책보다 방바닥에 놓아둔 책, 책상 위에 펼쳐진 책에 자연스레 손이 가는 법입니다. 특히

3세 무렵 어린아이라면 책장에서 스스로 책을 빼내는 것 자체가 쉽지 않습니다. 이럴 때는 책장이라는 정해진 공간에만 책을 두기보다 집 안 곳곳에 아이가 좋아할 만한 책을 적절히 놓아둡니다. 가령 소파 옆에 책 몇 권 담을 수 있는 바구니를 놓아둔다거나 머리맡 스탠드 곁에 책을 몇 권 두어 매일 잠자리에서 읽을 수 있도록 고정 코너를 정하는 것입니다. 서점에서 새로 나온 책을 따로 진열해두거나 표지가 잘 보이게 세팅하는 것과 같은 원리입니다.

아이 입장에서 좀 더 친절한 책장을 골라봅니다. 아이용 책장은 아이가 스스로 책을 꺼낼 수 있는 3~4단 정도가 적당합니다. 혹시 집에 높은 책장밖에 없다면 위 칸은 다른 수납 용도로 쓰고 아래 칸은 아이를 위한 공간으로 정해둡니다. 요즘엔 회전 책장이 아이용으로 인기입니다. 좁은 공간을 알뜰하게 활용할 수 있고 제법 많은 양이 수납되는데다 360도로 돌아가 아이들이 손쉽게 책을 넣고 꺼낼 수 있을 것입니다.

어느 부모가 아이를 사랑하는 않을 것이며, 아이가 독서를 많이 하기를 바라지 않는 부모가 있을까요? 이런 바람은 모두가 같은 마음일 것입니다. 사랑의 마음이 있느냐, 없느냐가 아닙니다. 사랑의 마음이 풍성한지, 아닌지도 아닙니다. 중요한 것은 사랑의 마음을 지혜롭게 펼치는 것입니다. 사랑하는 아이가 보다 더 독서를 스스로 하도록 유도하는 분위기를 연출하는 센스를 발휘하는 것이 중요합니다.

부모는 그에 따른 준비교육이나 자격증을 취득해서 된 것이 아닙니다. 또한 아이들은 저마다의 특성으로 다양하기에 모든 아이들에게 적용할 보편타당한 자녀교육법도 없습니다. 그저 아이들을 주의 깊게 바라보고 적절하게 준비해서 아이들을 교육하려는 그 마음이면 됩니다. 때로는 서툴기도 하고 생각대로 되지 않기도 합니다. 그럴 때마다 실망하고 포기하지 말고 다시 방법을 바꿔보는 노력을 해나가면 됩니다.

자살예방교육의 시급성과 우리의 과제

———————————— 혹시 세계 자살예방의 날이 언제인지 아시는지요? 학생들에게 물으면, 그런 날도 있냐고 반문反問하는 경우가 많습니다. 제가 아는 교사들에게도 물으면 많은 이들이 머리를 긁적거리시면서 이런 날이 있는지 몰랐다고 합니다. 사실 그것도 이해가 됨이 제가 가진 책상 달력이나 인근 기관에서 만든 달력에 '세계자살예방의 날'이 명시된 경우가 없습니다. 이는 종교기관들도 마찬가지로 이 날이 명시되어 있지 않습니다. 이만큼 우리 사회와 우리 교회가 자살예방에 관심이 적은 것 같습니다. 궁금하시죠? 세계자살예방의 날은 9월 10일입니다. 9월 10일이면 선선한 가을바람에 자신의 존재에 대한 생각과 삶의 의미에 대해 상념에 잠기곤 하는 시기입니다. 전 세계가 이 날을 기려서 많은 행사를 합니다. 자살예방을 위한 각종 행사와 생명보듬 활동도 하고, 문화행사도 갖고, 함께 걸으며 생명의 가치를 나누는 뜻깊은 행사였습니다.

지난 2014년 기독교연합신문이 주관한 청소년 의식조사를 보면 지난 1년 동안 자살을 생각했던 학생이 30%정도가 나왔습니다. 더욱 놀라운 것은 이 학생들에게 그 1년 동안 몇 번 자살 생각을 했냐고 물었더니 4번이나 그런 생각을 했다고 답했습니다. 이 결과를 본 저는 교육자로서 또한 한 사람의 목사로서 너무나 큰 충격을 받았습니다. 우리 시대의 희망이요, 미래를 책임질 우리 학생들 중 30%가 그런 생각을 했다면, 1년이 지나고, 2년이 지나고, 3년이 지나고 중고등학교 6년이 지나면 도대체 자살 생각을 안 하는 학생들이 얼마나 있을까하는 생각마저 들었습니다. 한창 꿈 많고 알콩달콩 이성교제로 멋 부릴 청소년기에 이런 생각을 해 봤다면 청소년기를 보내고 치열한 삶의 현장에서 이런 저런 상처를 입으면서 살아가면서 '죽겠다'는 생각이, 그래서 실행에 옮기는 일이 있을지도 모를 일입니다.

저는 겨울철만 되면 독감예방주사를 맞곤 합니다. 이처럼 건강을 위해서 미리 예방주사를 맞듯이 자살예방을 위한 교육을 받으면 좋겠습니다. 자살을 어떻게 이해해야할 것인지, 그리고 자살에 대해서 어떻게 대처해야할지를 교육 받고, 나누었으면 좋겠습니다. 자살을 생각하고, 심각한 상황에 이르러서야 정신병원을 찾고 상담소를 찾을 것이 아니라 일찍부터 생명에 대해 교육하고 바른 가치관을 심어주기 위해서 노력해야합니다. 이것을 모든 학생이 의무적으로 이수해야합니다. 이 교육만큼은 강력하게 강제로라도 해야 합니다. 이 교육은 어려움에 직면한 학생들만 선별해서 이수하게 하는 것이 아니라 모든 학생이 예방주사 맞듯이 해야 합니다. 그래서 자신의 생명을 지키는 일만 아니라 주변의 친구들에게도 '내가 너를 도울 준비가 되어 있다'는 것을 알려주어야 합니다.

그리고 어려움에 빠진 친구를 어떻게 도울 수 있는지도 상식적으로 배워 놓으면 큰 도움이 될 것입니다. 이는 마치 심폐소생술 교육처럼 급박한 상황에서 골든타임Golden Time을 놓치지 않는 것과 같습니다. 자살예방교육이 중요한 것은 이를 통해 생명존중 문화를 만들어 가는 것입니다.

다행히 교육당국이 학교에 자살예방을 강화하도록 권장하고 있습니다. 이에 따라 저도 외부초청특강을 주선하고 자살예방교육을 실시하고 있습니다. 그러면서 아쉬운 점은 외부 기관들의 자살예방 강사들이 체계적으로 양성된 것이 아니다보니 깊이를 기대하가 어렵습니다. 그저 단편적인 통계 수치를 제시하면서 학생들에게 경각심을 불러일으키는 정도에 그치는 경우가 많습니다. 그러다보니 이런 교육이 한 두 번이면 되는데 여기서 더 나아가 생명존중과 자존감 고취와 더 나아가서 타인의 자살시도를 예방하는 데까지 나가지 못하는 것 같습니다.

교육당국은 학교에 자살예방교육을 몇 회 실시했는가에 보고만 요구할 뿐 자살예방교육지원금이나 강사 지원이나 교재 제공도 없습니다. 그저 학교에서 알아서 하라는 공문을 보냄이 다인 것만 같습니다. 자살예방이 제대로 이뤄지려면 이에 대한 전문 강사 양성과 교육 자료가 제시되어야합니다.

자살예방은 생명존중 문화를 만들어 가는 것입니다. 이 교육의 중요성을 인식하는 사회적공감대가 형성되기를 기대해봅니다. 자살예방은 단위학교의 교사만이 고민하고 해결할 문제가 아닙니다. 우리 청소년들의 건강한 미래를 위해 보다 적극적인 자세로 이에 대한 교육시책의 개발과 지원시스템 구축으로 체계적인 교육이 이뤄져 생명을 알고, 나누고, 후회 없는 생명보듬이 되도록 우리 모두가 지혜를 모으고 함께할 때입니다.

죽음도 중요한 교육주제

어느 통계를 보니 우리나라는 OECD 국가 중에서 자살률이 11년 연속 세계 1위라고 합니다. 10만 명 당 30명, 하루 40명, 1년에 1만 5000명이 자살하는 안타까운 현실로, 최근 청소년과 노인 자살률의 급증이 심각한 사회문제로 부각된 지 오래입니다. 이를 대비할 국가시책도 불분명한 상황입니다. 살아가면서 어떤 어려운 상황에 부딪치게 되면, 극복하려는 노력보다 자살로 마감하려는 충동이 우리 사회에 만연하고 있는 것 같다는 생각입니다. 우리나라에서 벌어지는 특이한 현상은 사회지도층이 자살하면 그에 대한 잘잘못을 제대로 살펴보지 않고 덮어버리곤 합니다. 이는 마치 자살이라는 가슴 아픈 결정에 대해, 그 어떤 잘못도 용납되는 일종의 면죄부免罪符인 것만 같습니다. 이는 자칫 자살을 방조 내지 권장하는 것은 아닌가 하는 생각마저 들기도 합니다.

삶과 죽음의 가치관이 혼란한 사회는 불안할 수밖에 없고 절망을 죽음으로 해결하고자 하는 사람들이 늘 수밖에 없는데도 우리 사회는 정작 죽음에 대한 경각심이 없는 것만 같습니다. 더욱이 관능적인 쾌락을 추구하는 사회에서는 노화老化나 죽음이란 주제는 되도록이면 은폐되거나 기피될 수밖에 없습니다. 죽음은 철저히 개인적인 문제로 우리 사회가 함께 고민할 주제가 될 수 없는 것일까요?

죽음이 가져다주는 극도의 공포 앞에서 사람들은 가능하면 죽음을 잊고 싶어 하고, 죽음이란 주제는 되도록이면 일상의 대화에서는 떠올리지 않으려 하기 때문에 서로 솔직하게 논의해 볼 수 있는 기회조차도 실종되어 버렸습니다. 자살이 폭증暴增하는 것은 그만큼 우리 사회가 심각하게 병들어 있다는 역설逆說적인 증표證票이지만, 왜 자살이 폭증하는가에 대한 심도 있는 분석과 논의는 미미한 실정이기도 합니다. 무엇보다 죽음에 관한 전문가들이라 할 수 있는 종교인들이 이 문제를 방기放棄하는 것은 직무태만職務怠慢일 수도 있습니다. 또한 예비사회인으로서 미래를 준비하고 대비하도록 하는 것이 교육의 사명일진대 중요한 주제인 죽음을 제대로 다루지 않는 것은 교육자들의 직무유기職務遺棄인지도 모릅니다.

죽음에 대한 인식과 태도는 시대마다 달랐습니다. 헬레니즘에는 죽음이 친구이자 적이면서 사소한 것인 동시에 굉장한 것이었습니다. 17세기에는 죽음에 대해 망각하는 특징들이 있었습니다. 죽음에 관해 많은 이야기가 나오지만 어떻게 받아들이고 준비해야 하는가는 여전히 숙제로 남아 있습니다. 철학자들은 죽음에 대한 두려움과 공포를 완화시키고자 노력했습니다.

고통을 피하고자 하는 인간의 본능적인 습성 때문에 죽음이란 주제를 외면外面하지만 피한다고 피할 수 있는 것이 아닌 이상, 이를 능동적으로 적극적으로 지혜롭게 제대로 대응한다면 오히려 적절하게 성숙으로 나아갈 성장의 기회가 될 수도 있습니다. 죽음 앞에서 인간은 진정한 의미의 겸손에 이를 수 있습니다. 죽음의 이해는 인간을 성숙으로 이끄는 축복의 기회일 수 있습니다. 참된 생명에 대한 자성自省적 질문은 회개悔改와 도덕적 완성을 희구希求하게 만듭니다.

죽음학의 대가인 퀴블러 로스는 "죽음은 마지막 성장"이라고 표현하기도 했습니다. 삶에만 품격이 있는 것이 아니라 죽음에도 품격이 있습니다. 인간이란 어떻게 사느냐만 중요한 것이 아니라 어떻게 죽느냐 하는 문제도 중요합니다. 삶이 존엄하다면 죽음의 존엄 또한 존중되어야 합니다. 임종臨終에 직면한 환자의 태도는 그가 어떤 태도로 살아왔느냐에 따라 달라집니다. 좋은 죽음은 좋은 삶에서 나옵니다. 임종자들을 보살피는 호스피스 간호사들의 체험담에 따르면, "임종자들은 자기가 살아왔던 모습대로 죽어간다"고 술회述懷하고 있습니다. 인격적으로 성숙한 사람들의 죽음은 용기 있고, 고요하고, 평화롭다. 밝고 아름다운 죽음을 위해서는 준비가 필요합니다.

죽음을 직면한 사람은 자신이 집착하고 귀중하게 여기던 모든 소유물이나 세속적 가치들이 무의미해짐을 깨닫게 됨을 알려줍니다. 죽음에 대한 성찰은 삶에 대한 성찰로 이어집니다. 죽음을 보는 관점에 따라 삶의 태도는 바뀝니다. 인생 계획을 세우고 지금 살아가는 순간을 어떻게 살 것인가를 고민하는 것이 바로 삶에 대한 성찰입니다.

이런 죽음학 연구 활성화는 이 땅에 생명 문화를 정착시키고자 하는 생명 운동과 학교 교육에 연계되어야 합니다. 죽음교육이야말로 현실의 삶을 더 존중하고 강화한다는 측면에서 역설적으로 생명교육입니다. 마치 백색이 흑색과 대비될 때에 더 뚜렷하게 드러나듯 죽음연구는 삶에 대한 깊은 통찰력을 우리에게 일깨워 주어, 보다 더 성숙한 삶으로 이끌어 줄 것입니다. 이젠 '잘 먹고 잘 살자(well-being)' 뿐만 아니라 '잘 죽자(well-dying)'도 덧붙일 때가 왔습니다. 모든 사람은 한번 살다 죽게 마련입니다. 여기엔 예외가 없습니다. 한 번 뿐인 인생. 어떻게 사는 것이 잘 사는 것이며, 또 어떻게 죽는 것이 잘 죽는 것일까요? 레오나르도 다빈치는 "보람 있게 보낸 하루가 편안한 잠을 가져 다 주듯이 값지게 쓰인 인생은 편안한 죽음을 가져다줍니다."고 말했습니다. 그렇습니다! 하루를 잘 보낸 사람이 행복한 잠자리에 들 수 있는 것처럼 행복한 죽음을 맞이하기 위해서는 잘 살아야 합니다. 잘 죽으려면(Well-dying) 잘 살아야(Well-being) 합니다.

1960년대부터 서구에서는 우리 삶의 주변에서 죽음을 소거시키는 태도에 문제가 있음을 간파하고 죽음 각성death awareness 운동이 일어나기 시작했고, 여기서 발생된 것이 '죽음학Thanatology'이었습니다. 이에 따라 청소년들에게 중·고교 교과과정에서 죽음교육을 실시하고 있습니다. 이웃나라인 일본도 2002년부터 학교의 공식 교육과정에 죽음교육을 채택하고 있습니다.

서양의 묘지는 집 근처나 교회당 같은 곳에 있습니다. 그렇게 집 근처에 가지런히 서 있는 묘비에는 추모 글이나 먼저 간 사람을 그리워하는 아쉬움의 인사가 새겨져 있다고 합니다. 어느 날 한 사람이 묘지를 돌며 묘비의 글을 읽고 있었습니다. 그런데 한 묘지 앞에 한참을 서서 자세히 살펴보는 것이었습니다. 그 묘비의 글이 흥미로웠기 때문이었습니다.

묘비에는 다음과 같이 석 줄의 글이 쓰여 있었습니다. "나도 전에는 당신처럼 그 자리에 서 있었소." 순간 웃음이 터져 나왔다고 합니다. "나도 전에는 당신처럼 그곳에 서서 웃고 있었소." 순간 웃음을 멈췄다고 합니다. '웃음을 주기 위한 글이 아니구나!' 묘비에는 없으나 꼭 이런 글이 덧붙여 잇는 것만 같았다고 합니다. "이제 당신도 나처럼 죽음에 대해 준비를 하시오."

아무리 훌륭한 사람도, 또 평범한 사람이라도 죽음을 피해 가는 이는 아무도 없습니다. 이 세상을 살아온 흔적으로 자신의 묘비명에 어떤 글귀를 새기고 싶은지, 한 번쯤 생각해 보는 시간을 가져보는 것도 의미 있는 일일 것입니다. 톨스토이가 한 말입니다. "세상에 죽음만큼 확실한 것은 없습니다. 그런데 사람들은 겨우살이 준비하면서도 죽음은 준비하지 않는다."

삶과 죽음은 분리될 수 없습니다. 생명이 있기 때문에 죽음도 있습니다. 죽음을 두려워하기보다는 정면으로 대면하면서 죽음을 생각해야 삶의 의미를 느낄 수 있습니다. 죽음이 없다면 삶이 지루할 수 있고, 지금 우리가 하는 일도 의미가 없습니다. 지금 스스로가 처한 현실을 충실하게 살면 죽음을 대하는 자세는 달라질 수 있습니다. 삶에서 가장 값진 일을 위해 충실하게 산다면 삶과 죽음에 대한 불안과 두려움이 비집고 들어올 틈이 없을 것입니다.

얼마 전 공동체 주제의 일환으로 청소년들에게 죽음을 직면하는 체험교육으로 관에 들어가 보고 유서遺書를 써 보게 해 보았습니다. 죽음과는 거리가 먼 세대들이기에 어떨까하는 마음도 있었지만 해본 결과 성과가 좋았습니다. 진지하게 자신의 삶을 돌이켜보는 모습이 진지했습니다.

유서를 쓰면서는 부모님의 은혜를 되새기면서 울먹이기도 했고, 그동안 고마운 사람들과 미안한 사람들을 되새기기도 했고, 자신의 삶을 진지하게 성찰하는 글로 가득했습니다. 죽음교육은 최근 중요시되는 인성교육 진흥으로도 적합한 주제일 것 같습니다.

지속가능한 인성교육의 과제

최근 인성교육진흥법이 제정되어 이를 실행하려는 움직임이 있습니다. 인성교육이야말로 중요한 교육과제입니다. 그러나 아무리 좋은 것이라고 해도 제대로 준비하고 구성원들의 이해와 호응을 갖춰야 그 실효를 기대할 수 있습니다. 조심스러운 사실은 인성교육진흥법이 정부 여당과 이른바 보수적인 교육단체 중심으로 서둘러 제정되다보니 준비도 부족하고 이해를 구하는 과정도 부족한 것 같습니다. 더욱이 진보교육계는 인성교육진흥법에 대해 조심스럽다는 반응을 보이면서 덜 협조적인 양상도 보이고 있어 인성교육진흥법이 제대로 실행될까 하는 생각도 듭니다.

사실 학교 현장에 필요한 것은 잠시 잠깐 요란하게 외치다가 언제 그랬냐는 듯 사라지고 잊혀져버리는 말뿐인 교육정책이 아닙니다. 뭘 해도 지속적이고 점진적으로 교육을 개선시킬 수 있는 시스템 구축입니다. 이를 위해서는 교육이 무엇이고, 학교는 어떠한 장소여야 하는지에 대한 근본적인 물음에 대해 심도 있는 논의가 필요합니다. 이런 기초 작업 위에 교육정책이나 교육개혁이 진행되기를 기대해봅니다.

교육은 학생들에게 의미 있는 교육 경험을 제공하는 활동입니다. 학생들이 자신의 능력과 소질을 개발해 행복한 삶을 가꿔 나가는 방법, 다른 사람을 배려하며 자신이 속해 있는 공동체에 헌신하는 방법, 나를 사랑해주는 사람들에게 감사하고 주위 사람들을 사랑하는 방법 등을 알아나가는 것이 교육입니다. 이런 점에서 과연 우리 교육 현장은 이러한 활동들을 충실하게 수행하고 있는지 반성해봐야 합니다.

학교는 배움의 장소인 동시에 이러한 배움의 결과를 활용해 자신과 주위 사람들을 사랑하고 유익하게 하는 방법을 배우는 인성을 실천하는 장소입니다. 미래사회의 핵심 역량인 창의성과 종합적 사고력을 기르는 것도 중요하지만, 더욱 중요한 것은 이런 능력을 활용해 자신과 공동체에 도움이 되고 이 사회를 보다 행복하게 바꾸어 나가는데 헌신하고자 하는 마음과 실행력을 기르는 것입니다. 그런데 과연 학교 현장에서는 이런 활동들을 충실하게 수행하고 있는 걸까요?

교육과 학교의 개념을 이렇게 놓고 본다면, 앞으로 지속적 교육 개선을 위한 시스템 구축 방안이 필요합니다. 학교가 전문적 학습공동체 professional learning community가 되어야합니다. 학교는 학생들뿐만 아니라 교사를 포함한 모든 교직원들이 항상 공부하고 연구하는 장소가 돼야 합니다. 전문적 학습공동체는 교육활동과 관련된 지식과 기술을 학교의 모든 구성원들이 서로 공유하도록 목표를 설정해야 가능합니다. 이를 통해 한 사람 혹은 한 팀의 교육성과를 모든 구성원이 함께 도달할 수 있게 하고, 구성원들 사이의 협력을 가능하게 한다는 점에서 지속가능한 교육발전에 반드시 필요합니다. 학교의 전문적 학습 공동체화를 실현하기 위한 학문적, 행정적, 재정적 지원이 절실하게 요구됩니다.

최근 우리 교육의 화두는 꿈과 끼를 키우는 행복한 교육 실현입니다. 자신이 갖고 있는 꿈과 끼를 탐색해 그것의 실현을 추구하는 교육의 틀로 변화하고 있습니다. 이러한 교육의 변화에 교사도 함께 가야 설득력 있는 교육을 할 수 있습니다. 어떻게 가르칠 것인가, 어떤 성장에 기여할 것인가, 끊임없이 교육의 가치와 본질을 탐색하고 참된 교육 실현에 헌신해야 합니다.

끼를 발휘하기 위해 노력해야 합니다. 교과 지식을 가르치고, 입시 준비를 위해 비교과 활동을 챙겨주는 교사는 누구나 할 수 있습니다. 그보다는 학생들의 미래에 기여하는 감동 있는 선생님이 돼야 합니다. 학생들은 지금 당장은 빛을 발하지 않지만 내면에는 분명 세상을 이롭게 하는 미래의 모습이 잠재돼 있습니다. 이들의 가슴 속에 크게 자리하고 있는 꿈을 실현할 수 있도록 이끌어주는 교사가 돼야 합니다.

삶은 새로운 것을 받아들일 때에만 발전한다고 합니다. 그러므로 가르치는 교사의 자세가 아니라 배우는 교사의 자세가 중요합니다. 교사가 스스로 배우는 것을 실천하면서 가르칠 때, 학생들이 감동에 젖어 저절로 따라올 수 있습니다. 과거와 다르게 급변하는 사회 환경 속에서 학교도 빠르게 변하고 있습니다. 학생들과의 관계 형성부터 새로운 수업 기술 등 배울 것이 많습니다. 교사의 역량이란 스스로 배울 때 갖춰지는 것입니다.

교단에서 몇 년 근무하면 일상이 반복돼 나태하기 쉽습니다. 자신이 늘 부족하다고 인식하는 것이 중요합니다. 이것이 성장의 시작입니다.

날마다 배우면서 성장하는 모습을 보여야 합니다.

인성교육은 오늘날 우리 교사가 반드시 감당해야 할 몫입니다. 학교에서는 인성교육 계획을 수립하고 그 실천 매뉴얼을 체계적으로 수립할 것입니다. 그러나 인성교육은 받는 것이 중요한 것이 아니라 교육이후 나타나는 결과가 중요합니다. 교육시스템대로 수동적으로 실행하는 것 보다 먼저 교사가 모범적인 인성을 보이는 것이 교육 효과가 높습니다. 입으로 가르치려 하지 말고 직접 교사 스스로 품격 있는 인성을 보임으로써 교육 목적을 이루려고 해야 합니다.

그리고 학교를 인성교육 실천의 장소로 만들기 위해서는 학생들뿐만 아니라 교사를 포함한 모든 교육구성원이 인성 향상을 위해 노력해야 합니다. 학생들이 다른 사람을 사랑하고 배려하고 공동체에 헌신하도록 지도하기 위해서는, 매일 학생들이 보고 따라하는 학부모와 교직원들이 먼저 사랑하는 모습, 배려하는 모습, 헌신하는 모습을 보여줄 수 있어야만 합니다. 보여주는 교육, 모델이 되어주는 교육이야말로 가장 효과적이고 가장 적절한 인성교육입니다.

학생의 행복감을 높이는 일이 학업성취도 뿐만 아니라 창의성 향상에도 도움이 된다는 것은 수많은 연구에서 입증된 바 있습니다. 학생들의 행복감을 높여주고 행복한 삶을 살아가는 힘을 길러주기 위해서는, 먼저 교직원들이 화합하고 협력하는 시스템을 구축해야합니다. 이를 위해 교육당국은 행복한 교육관련 활동을 할 수 있도록 여건을 마련하고 지원해야합니다. 행복하지 않은 교사가 학생들을 행복하게 할 수는 없습니다.

요란하지 않고 속도가 느린 듯 보이지만, 지속적으로 그리고 실제적으로 교육을 바꾸어 나갈 수 있는 시스템 마련을 기대해봅니다. 학교의 전문적 학습 공동체화와 모든 구성원이 행복한 학교를 만드는 일이 바로 우리가 지향해야 할 중요한 교육 개선 방향일 것입니다.

새봄이 오면 학교 화단은 아름다운 꽃이 핍니다. 언 땅을 뚫고 필만큼 강한 꽃도 돌보지 않으면 시들거리다가 죽습니다. 교육도 관계 속에서 이루어집니다. 교사가 학생들에게 칭찬과 사랑으로 다가서는 순간 행복 교육이 열립니다. 교무실에 앉아서 컴퓨터 자판만 두드리는 교사는 감동이 없습니다. 학생들의 영혼을 두드리는 교사가 돼야 합니다. 사제동행師弟同行과 교학상장敎學相長이라는 말을 가슴에 새겨야 합니다. 학생들의 가슴속에 오래 남는 교사가 되기 위해서는 솔선수범率先垂範의 자세여야 합니다. 교사의 다른 표현이 '선생先生'이라는 말입니다. 선생은 먼저 산 사람을 말하는 한자어입니다. 그 뜻은 바로 교사가 먼저 보여주는 것이기 때문일 것입니다.

교사의 모든 말과 행동은 학교에서 보이는 모든 활동은 교육이요, 교육자의 간절한 기도입니다. 이를 되새기는 기도입니다. 이문재 시인의 오래된 기도라는 시입니다.

> 가만히 눈을 감기만 해도
> 기도하는 것이다.
>
> 왼손으로 오른손을 감싸기만 해도
> 그렇게 맞잡은 두 손을 가슴 앞에 모으기만 해도
> 말없이 누군가의 이름을 불러주기만 해도
>
> 노을이 질 때 걸음이 멈추기만 해도
> 꽃 진 자리에서 지난 봄날을 떠올리기만 해도

기도하는 것이다.

음식을 오래 씹기만 해도
촛불 한 자루 밝혀놓기만 해도
솔숲을 지나는 바람소리에 귀 기울이기만 해도

갓난 아이와 눈을 맞추기만 해도
자동차를 타지 않고 걷기만 해도

섬과 섬 사이를 두 눈으로 이어주기만 해도
그믐달의 어두운 부분을 바라보기만 해도
우리는 기도하는 것이다.

바다에 다 와 가는 저문 강의 발원지를 상상하기만 해도
별똥별의 앞쪽을 조금만 더 주시하기만 해도
나는 결코 혼자가 아니라는 사실을 받아들이기만 해도

나의 죽음은 언제나 나의 삶과 동행하고 있다는
평범한 진리를 인정하기만 해도
기도하는 것이다.

고개 들어 하늘을 우러르며
숨을 천천히 들이마시기만 해도

인성교육 시대에 따른 교육방법 모색

학교 폭력이 심각해지고, 사회를 떠들썩하게 하는 청소년 범죄가 늘면서 '인성교육'의 중요성이 날로 높아지고 있습니다. 이에 따라 사회 곳곳에서 학생들에 대한 인성교육 강화가 시급함을 제기하고 있습니다. 경쟁 일변도에서 벗어나 인성과 창의력을 키우는 교육방식으로 바꿔야한다는 주장들이 나오고 있습니다. 우리 부모들은 자녀들이 당장의 화려한 성공보다 '행복한 성공자'로 몸과 마음이 건강하게 자라기를 바란다면, 인성교육에 주목해야만 합니다.

인성교육이란 한 사람이 갖고 있는 생각, 감정, 행동을 더 좋은 가치로 향상시키는 것을 말합니다. 인성교육의 중요성은 어제 오늘의 일이 아니지만, 최근 몇 가지 이슈로 인해 인성교육에 대한 관심이 더욱 높아지고 있습니다. 학교 폭력과 집단따돌림, 자살, 군대 총기 난사, 층간소음 등으로 인한 충동적 살인, 묻지 마 살인 등이 그것입니다. 이런 사건의 공통점은 사건의 대상자가 인성 검사 결과에서 '관심 대상'으로 분류되거나 혹은 정서적으로 문제가 있다는 것입니다. 이러한 사건은 더 이상 '인성' 문제를 가볍게 여기고 지나칠 수 없음을 일깨워주고 있습니다.

한국교육개발원과 한국교원단체총연합회가 조사한 설문 결과 일반인, 학부모, 교사 모두 학생에 대한 인성교육 강화가 시급하다고 생각하는 것으로 나타났습니다. 한국교육개발원이 전국 성인 1천8백 명을 대상으로 실시한 '2012년 교육 여론조사'에 따르면 우리 국민 10명 중 4명 가까이(35.8%)가 '정부가 가장 시급히 해결해야 할 교육 문제'로 '학생의 인성 · 도덕성 약화'를 꼽았습니다. 다음으로 학교 폭력(34.5%), 높은 교육비 부담(11.6%), 교권 약화(7.2%), 학생 인권 약화(6.8%) 순이었습니다.

이런 문제의식의 바탕에는 요즘 초 · 중 · 고 학생의 인성 · 도덕성에 대한 부정적인 인식이 깔려 있었습니다. 인성교육은 초등학교(1순위 응답률, 45.6%)뿐 아니라 중학교(39.5%) · 고교(27.3%)에서도 '지금보다 중시해야 할 교육' 1순위로 꼽혔습니다.

국어 · 수학 · 외국어 등 교과 교육은 물론 창의성 교육, 특기적성 교육, 성교육 등을 제쳤습니다. 특히 전년도 조사에서 고교에서의 1위는 진로 교육(28.3%)이었으나 올해(25.1%)는 인성교육으로 바뀌었습니다. 고교에서조차 인성교육이 가장 중요하게 요구되고 있다는 얘기입니다.

서울 동대문중학교는 동아리 중심의 인성교육을 실천합니다. 이 학교의 모든 교사는 자신의 전공과 관련된 동아리를 하나씩 맡고 있습니다. 이 학교 학생들에겐 교과 담임에 동아리 선생님까지, 담임 선생님이 두

명인 셈입니다. 한문 붓글씨 쓰기, 활쏘기 등을 통해 집중력을 향상시키고 매주 금요일이면 동아리 선생님들이 '행복 동영상'을 본 뒤 소감문을 작성하고 발표하는 자신의 동아리 '인성 종례'를 담당합니다.

이 학교에선 동아리가 보조 활동의 개념이 아닌 제대로 된 하나의 엄연한 과목이자 체제입니다. 그런가 하면 충남 서산 대산고등학교는 1인 2기 교육, 3행行 3무無를 통한 인성교육으로 주목받고 있습니다. '1인 2기 교육'은 학습 중심의 교육에서 벗어나 다양한 비교와 체험을 할 수 있는 기회를 마련하자는 취지에서 시작한 것으로, 학생들은 음악과 체육을 중심으로 다양한 활동을 합니다. 2014년에는 1학년 전체 학생이 유도를 배웠고, 2015년은 주말을 이용해 야구 · 축구 · 농구 · 배드민턴 등 7개 분야 스포츠 팀을 결성해 운영할 계획입니다.

'3행 3무'는 교사와 제자가 함께 실천하는 것으로, 교사는 3행(연구, 칭찬, 상담) 3무(불친절, 편애, 불신), 학생은 3행(수업 집중, 인사 잘하기, 깨끗이 하기) 3무(폭력, 왕따, 도난)를 실천합니다. 이러한 교육 이후 학교 분위기가 눈에 띄게 좋아졌다는 것이 교사와 학생들의 공통된 의견입니다.

충남 청양에 위치한 장평중학교는 전교생을 대상으로 한 현악 합주 프로그램으로 인성 및 감성교육이 이뤄집니다. 전문 음악 강사를 초빙해 수업하는데, 배운 내용을 바탕으로 관내 독거노인과 결연해 매달 위문 공연을 하며, 비단 음악 연주뿐 아니라 음식도 대접하며 함께 마음을 나눕니다. 이런 결과 보건복지부로부터 봉사활동 최우수학교로 선정됐고, 충남교육청 바른인성교육 우수실천사례로 선정되기도 했습니다. 인성교육을 실천하는 곳은 학교뿐만이 아닙니다. 포항시는 2014년부터 감사노트, 감사엽서, 감사편지 쓰기, 감사나눔 결혼식 등 다양한 형태의 '감사 나눔 운동'을 벌이고 있습니다. 감사 운동은 학교 폭력, 따돌림 등을 사전 예방하는 긍정적인 효과를 창출하고 자라나는 학생들의 인성교육을 위해 대안으로 제시된 것입니다.

서울대 의학전문대학원은 신입생 면접에 인성을 체크하는 '다중미니면접'을 도입했습니다. 단순히 성적만 우수한 학생보다는 의사소통 능력과 라포르(의사와 환자의 심리적 신뢰) 형성 능력이 있는 학생을 선별하기 위한 시도입니다. 학생들은 한 방에서 8분씩, 10개의 방을 돌며 면접하는 동안 의사소통, 정직, 약자 배려, 리더십에 대한 헌신 능력을 보여줘야 합니다.

연세대는 국내 처음으로 내신과 수능 성적을 완전히 배제하고 면접을 통해 신입생을 뽑는 전형을 도입했습니다. 1시간 동안 교수와 입학사정관 면접으로 30명을 선발하는 '창의인재전형'을 신설한 것입니다. 세부 전형 과정은 1단계로 연구 업적이나 교내 활동 실적을 입증하는 자료와 자기소개서, 에세이 등을 통해 창의성과 인성을 평가합니다. 수능과 내신 성적은 평가 항목에서 제외하는 대신 재능을 입증하는 객관적 자료가 없을 때만 특정 학기의 교과 성적을 참고합니다. 2단계에서는 학생이 자신의 생각을 발표하고 1시간여 동안 주제에 대해 교수·입학사정관과 토론을 벌이는 '자유형면접'을 통해 최종 합격 여부가 결정됩니다.

고려대는 서류 및 면접 평가 시 학생의 성실성, 리더십 등 인성 영역에 중점을 두고, 이를 위해 수시 추천 전형 등에서 면접 비중(40%)을 높게 유지했습니다. 이화여대는 사실 확인 중심으로 진행되던 면접 방식에서 벗어나 가설 상황을 설정하고, 그 상황에서 수험생의 즉각적인 판단 및 반응을 알아보는 상황 면접 방식을 도입했습니다. 이를 통해 학생의 인성, 상황 판단 및 대응력을 종합적으로 평가하겠다는 것입니다.

건국대는 인성 평가를 강화하기 위해 '1박2일 합숙 면접'을 실시하고 있습니다. 특히 수시모집 입학사정관 전형에서 1단계 서류 평가 때 인성을 평가하는 자기소개서 문항을 신설하고 배점을 높였습니다. 또 1박2일 합숙 면접에서는 개별 면접 때 제출 서류의 인성 영역 평가를 강화하고 합숙 면접 기간 중 학생들의 생활지도 내용을 작성해 입학사정관 전형 심의위원회에서 평가에 반영했습니다. 동점자 처리 규정에서도 인성 평가 점수가 당락을 좌우한 것으로 알려졌습니다. 이러한 면접 방식은 별도의 준비가 어려운 만큼 평소에 올바른 가치관을 확립하는 것이 무엇보다 중요한 셈입니다.

청소년 우울증 1위, 자살률 1위인 나라에서 인성교육을 중시하지 않고 있다는 것은 매우 안타까운 일입니다. 인성은 전 연령에 거쳐 꾸준히 완성되어야 하는 개념이지만, 인성교육에도 분명 최적기는 있습니다. 인성교육을 시작하기 가장 좋은 시기는 '유아기'입니다. 이 시기에 자신의 감정을 어떻게 표현하고 사람들과 어떠한 관계를 맺느냐는 평생에 걸친 인성 형성에 매우 중요한 영향을 미칩니다. 자녀의 연령별로 꼭 챙겨야 할 인성교육법과 출생순위별로 달라지는 인성교육법입니다.

유아기는 인생에서 가장 중요한 뼈대를 이루는 시기입니다. 이 시기에 들려주는 부모의 말 한마디는 자녀의 평생 삶에 영향을 끼칩니다. 특히 출생 후 5세까지의 경험이 한 인간을 결정하는 결정적인 요소가 되기 때문에, 이 시기의 대화법이 무엇보다 중요합니다. 껴안아주고, 볼을 비벼주고, 어루만져주고, 흔들어주면서 다정한 표정으로 대화하는 것을 통해 자녀는 안정감과 행복감을 느낍니다. 이런 충만한 사랑을 느껴 본 아이가 성품 좋고 우수한 사람으로 자라납니다.

유아기 교육의 핵심은 자존감을 세워주는 것입니다. "엄마는 너 때문에 행복해" 등 자존감을 세워주는 부모의 말 한마디가 자녀의 미래를 행복하게 만듭니다. 잘못된 칭찬은 오히려 걸림돌이 됩니다. 예를 들어 "네가 엄마 말에 따라주어서 고맙구나" "네가 짜증 내지 않고 긍정적인 태도로 말하니까 정말 기분이 좋아" 식입니다. 아이들의 상상력은 무한대입니다. 아이가 엉뚱한 질문을 할 땐 "어떻게 그런 창의적인 생각을 했니? 넌 참 독창적인 아이야. 앞으로 큰일을 할 사람임에 틀림없어" "글쎄 네 질문이 너무 어렵네, 우리 함께 그 답을 찾아보자" 라는 식으로 대답해보는 것입니다. 아이가 아무리 엉뚱한 질문을 해도 "그런 건 몰라도 돼" "그걸 말이라고 하니" 식으로 아이의 상상력을 뭉개는 말은 금물입니다.

아동기는 아이의 자존감을 부모가 발전시켜야 하는 시기입니다. 특히 부모가 들려주는 말이나 보여주는 행동 하나하나가 자녀의 자존감을 키워줍니다. 아이는 부모의 말과 행동을 통해 자신이 얼마나 귀중한 사람인지 인식하게 됩니다. 이런 자존감은 자연스럽게 자신에 대한 자아인식, 자신감, 소속감 등으로 발전해 세상을 이끄는 지도자로 성장하게 만들어줍니다. 이 시기에는 자녀에게 강요하는 말보다는 부모가 먼저 친절하고 따뜻하게, 또 진실하고 자상하고 관대하게 말하고 행동해야합니다. 이 시기 자녀들은 "잘한다." "잘한다" 할 때 더 잘합니다. 칭찬과 격려가 필수입니다.

강요보다 동기 유발을 할 수 있도록 대화합니다. "해라" "하지 마" "했니?" 이런 말보다 "이렇게 한 것이 너의 최선을 다한 것이니?" "네가 정말 디자이너가 되고 싶으면 지금 무엇을 배워야겠다는 생각이 들지?" "네가 다음 시험을 잘 보고 싶으면 이제부터 어떻게 하면 된다고 생각하니?"라고 말을 바꾸어보는 게 좋습니다. 부모의 말 한마디에 상처받아 욱하는 마음 대신 자신을 반성하며 인성 깊은 아이로 자랄 것입니다.

부부의 화목이 우선입니다. 성품 좋은 자녀로 키우고 싶다면 가장 먼저 부부가 서로 존경하는 모습을 보여야 합니다. '모 심은 데 모 난다'는 말이 있듯이 부부가 서로 존경하면 자녀 역시 부모를 존경하게 되는 것은 당연한 이치입니다. 부부가 서로 무시하면 자녀도 부모를 무시하게 됩니다. 화목한 부부, 편하게 대화하는 부부의 모습이 아이들로 하여금 부모와 대화를 나누고 화목하도록 이끌어줍니다.

일관성 있게 말해야합니다. 한 번 안 된다고 한 것은 끝까지 안 된다고 해야 합니다. 아이가 떼를 쓰거나 반항하고, 혹은 집을 나간다고 소리지르더라도 안 되는 것을 되게 해서는 안 됩니다. "네가 아무 이유 없이 학교에 안 가고 무단결석하는 것은 옳은 행동이 아니야. 엄마와 아빠는 네가 책임감 있게 학교생활을 하길 원해"라고 명쾌하게 알려주는 것이 좋습니다.

성취보다 성품을 칭찬해야합니다. 성적이 우수할 때 칭찬해주기보다는 점수가 안 나왔을 때 격려해줍니다. "엄마는 네가 공부하느라고 얼마나 고생했는지 안단다. 네가 최선을 다했으면 그것으로 만족하렴." 아동기에 부모님으로부터 이런 말을 듣고 자란 자녀는 좋은 성품을 지닌 아이로 자라날 것입니다.

청소년기는 질풍노도의 시기인 청소년기 자녀들은 특별히 자신에 대해 예민하게 성찰하는 시기이기 때문에 열등감을 강하게 드러내기도 하고, 열등감을 감추려는 행동으로 건방진 태도로 부모의 신경을 긁기도 합니다. 이 시기에는 자녀와 화목한 시간을 갖고 좋은 관계를 유지하는 게 다소 힘겹습니다. 하지만 이 시기를 잘 넘기면 부모 스스로 다시 한 번 성찰할 수 있는 귀한 기회를 얻을 수 있을 뿐 아니라, 자녀와 평생 잘 지낼 수 있는 기회가 될 수 있으므로, 예민한 자녀를 포기하거나 방치하지 않도록 해야 합니다.

자녀가 지나치게 버릇없이 말하더라도 절대 화내지 말아야합니다. 청소년기 자녀에게 욱하거나 화내는 것은 금물입니다. 이때 핵심은 자녀와 잘잘못을 따지면서 싸워서는 안 된다는 것입니다. 부모의 마음과 느낌, 욕구를 비판 없이 정확하게 전달하려고 노력하는 것이 중요합니다.

만약 눈에 거슬리는 건방진 태도를 도저히 눈 뜨고 볼 수 없더라도 잠깐 멈춥니다. 섣불리 자녀를 책망하면 관계를 망칠 수 있습니다. 도저히 참지 못하겠더라도 크게 한 번 숨을 내쉬고 마음을 다스린 후 자녀의 내면세계를 이해하려는 마음가짐으로 대화를 시작합니다. 청소년기 자녀는 건방진 태도로 자신의 열등감에 방어막을 친다는 점을 잊지 말고, 책망보다는 칭찬과 격려로 건방진 태도를 다스려줍니다.

무기력한 자녀에게 적극적으로 자존감을 세워주는 말을 해줍니다. 짜증과 무기력, 무관심으로 낙심에 빠져 있는 자녀에게 적극적으로 자존감을 세워주는 말을 들려줍니다. 세상을 향한 열등감과 두려움을 그들은 그렇게 표현하기 때문입니다. “너는 우리 모두에게 참 귀한 사람이란다. 우리가 너를 얼마나 사랑하는지 아니?” “너는 뭐든지 할 수 있어. 네가 마음만 먹으면 된단다" "차근차근 해봐. 너는 잘할 수 있어" 등의 말로 자존감을 세워주는 것이 세상을 향해 자신감을 갖게 하는 힘이 됩니다.

분노의 감정을 다스리는 방법을 알려줍니다. 자녀가 분노를 드러낼 때 부모가 예민해지면 안 됩니다. 부모가 유머를 갖고 여유 있게 행동하면 자녀가 감정을 더 잘 다스리게 할 수 있습니다. 분노가 폭발할 것 같은 예감이 들면 밖으로 나가 산책이나 운동을 하거나 각자 방으로 들어가 안정을 취한 후 다시 이야기를 하자고 제안합니다. 분노를 다스리는 각자의 비법을 전수해주는 것입니다.

출생순위별 인성교육법입니다. 먼저 외동아이를 위한 인성교육법으로 외로울 것이라는 걱정을 버려야합니다. 아이의 외로움을 덜어주려면 부모가 밝은 태도를 갖는 것이 중요합니다. 혼자 놀면서 시간을 잘 보낼 수 있게 가르치는 것도 중요합니다. 독립성을 기르는 데도 도움이 됩니다. 과도한 기대로 부담을 주지 않습니다. 아이가 하나뿐이기 때문에 부모들은 아이에게 많은 것을 해주면서 동시에 요구 사항이나 원하는 것이 많아질 수 있습니다. 부모는 '도와주는 사람'이어야지 '해주는 사람'이 되어선 안 됩니다.

좌절을 훈련시킵니다. 무조건적인 사랑을 베푸는 것은 옳지 않습니다. 자신밖에 모르거나 참을성이 부족한 아이로 자라기 쉽기 때문입니다. 부모의 위상을 명확히 가르칩니다. 부모 편에서 요구할 것은 분명하게 요구해야 합니다. 이때 아이 중심으로 생활하지 않는 것도 중요합니다. 세상이 자기중심으로 돌아가지 않는다는 것을 분명히 가르쳐야 합니다.

아이 친구와의 갈등에 대범하게 행동합니다. 친구와 싸우고 오면 큰 일 난 것처럼 부모가 흥분해서는 안 됩니다. 또래 아이들과 갈등을 일으킨 뒤에는 타협해야 한다는 점을 가르쳐야 원만한 대인관계를 배울 수 있습니다. 앞서야 한다는 집착을 버립니다. '귀한 내 아이가 친구에게 밀려서는 안 된다'는 생각을 버려야 합니다. 자기중심적인 아이는 경쟁 과정에서 성숙하게 됩니다.

다른 아이와 비교하지 않습니다. 형, 누나 등 가족 내에 비교 대상이 없기 때문에 우수한 또래 친구와 비교될 가능성이 높습니다. 그러면 아이는 무의식적으로 열등감에 사로잡히게 됩니다.

다음으로 첫째 아이를 위한 인성교육법입니다. 명확하고 구체적으로 말합니다. 첫째와 대화할 때는 직접적이고 구체적으로 이야기해주어야 합니다. 생략되고 함축된 메시지를 읽는 걸 어려워하기 때문입니다. '비교' 대신 '성장'을 인정해줍니다. "동생은 잘하는데, 넌 왜 그래?"라고 비교하지 말고 "어제보다 빨라졌네" "지난주보다 방 정리를 잘했네. 엄마도 기분 좋다"라며 아이 나름의 성장을 인정해줍니다. 맏이는 인정받고 싶은 욕구 때문에 동생들과의 관계에서 기쁨의 성품을 잃기 쉽습니다.

형의 서열을 지켜주고 중립적인 태도를 보입니다. 형과 동생의 관계에서 역할이 분명히 다르므로 어느 정도 서열을 정해주는 것이 필요합니다. 대신 형은 동생을 보살피는 의무가 따른다는 것도 함께 가르쳐야 합니다.

동생이 생긴 후에도 평소와 같이 대합니다. 큰 아이는 동생이 태어나는 것에 대해 자신이 받던 사랑을 송두리째 가져가는 새로운 대상이 생긴 것으로 느낍니다. 그래서 부모 앞에선 안 하던 행동을 자주 하게 됩니다. 큰아이에게 사랑한다는 말과 스킨십을 자주 해주며, 가끔은 동생과 떨어져 부모 사랑을 집중적으로 받는 특별한 시간도 만들어주는 배려를 잊지 말아야합니다.

긍정적인 피드백을 많이 합니다. 첫째에게는 뭔가를 성취하지 않아도 자신이 여전히 소중하다는 피드백을 많이 해줍니다. 인정받기 위해 부단히 노력하는 첫째에게는 가만히 있어도 소중하다는 인식을 심어줘야 합니다.

먼저 칭찬한 뒤 잘못된 점을 교정합니다. 첫째에게는 잘못된 점을 지적하기보다는 노력한 것을 먼저 인정해 준 뒤 교정해야 합니다. 칭찬을 먼저 하고 긍정적인 말로 시작해야 효과적인 교정을 할 수 있습니다.

둘째 아이를 위한 인성교육법입니다. 이름을 자주 부릅니다. 어디서나 이름 대신 항상 '누구 동생'으로 불리는 것이 둘째들에게는 큰 스트레스입니다. 그러므로 가정에선 부모가 자주 둘째의 이름을 불러주고 사랑한다고 표현하는 것을 잊지 말아야 합니다.

칭찬을 많이 해줍니다. 첫째에게 쏟아지는 기대와 관심을 자신에게 돌리려다 보니 맏이의 약점을 찾거나 첫째가 실패한 것을 달성해 칭찬받으려 노력하는 것이 둘째 아이의 특성입니다. 그러므로 첫째와 비교하지 말고 성과가 있을 때는 첫째와 별개로 아낌없이 칭찬을 해줍니다.

큰아이가 발달이 빠르다는 것을 설명해줍니다. 둘째는 맏이가 자신보다 앞서나갈 때 큰 좌절을 느끼기 쉽습니다. 이럴 땐 먼저 태어난 큰아이가 앞설 수밖에 없다는 점을 잘 이해시키고 둘째가 자신의 재능을 느긋하게 발전시킬 수 있도록 도와주어야합니다.

아이의 개성을 살려줍니다. 개성을 살려줄 수 있는 부모의 여유가 아이의 잠재력을 키우는 데 큰 도움이 됩니다. 형제끼리의 선의의 경쟁시 중립을 지킵니다. 선의의 경쟁은 중립적인 자세로 지켜보고 경쟁이 변질되는 경우 자녀의 이야기를 확실히 들어보고 부모가 객관적으로 판단해서 아이를 훈계해야 합니다.

애정을 많이 표현하고 정서적 안정감을 줍니다. 둘째도 가정에선 중요한 존재라는 인식을 심어주는 데 노력을 기울입니다.

마지막으로 막내 아이를 위한 인성교육법입니다. 순종하는 성품을 중점적으로 가르칩니다. 막내라고 모든 것을 다 받아주면 문제아로 자라기 십상입니다. 절제와 인내의 성품을 가르치는 것이 중요하며 부모는 형제들 간에 차등 없는 양육 태도를 유지할 수 있어야 합니다. 책임감 있는 성품을 길러줍니다. 책임감을 가르쳐서 막내에게 독립심과 자립심을 키워주는 훈련을 해야 합니다.

부모와 독립된 생활환경을 만들어줍니다. 다른 형제와 함께 방을 쓰게 해서 부모에게 의지하고자 하는 마음을 줄여야 합니다. 특별대우하지 않습니다. 막내들은 은연중에 특권의식을 갖고 자란다. 막내 아이에게 평정심을 유지하며 엄격할 때는 엄격하게 훈계할 수 있도록 부모가 마음을 다잡아야 합니다.

선택의 기회를 제공하고 격려합니다. 막내 아이는 손위 형제들보다 선택을 아주 중요하게 생각합니다. 막내는 틀 안에 넣으려 하기보다는 자유를 주어 선택하게 하는 것이 좋습니다.

막내의 침묵을 기다려줍니다. 막내는 말은 하지 않지만 자신의 가정을 주시하고 있으며 그에 민감하게 영향 받고 있음을 명심해야합니다.

그들의 침묵은 불참이 아닙니다. 다만 조용히 흡수하고 있는 것입니다. 막내를 부드럽게 가족 안으로 이끌어주고 참여시키는 부모의 배려가 필요합니다.

인성교육 시대에 따른 부모의 자세

대부분의 부모는 아이가 태어나자마자 '성공'을 위한 자녀 교육 프로젝트를 계획합니다. 그리고 그 목표는 '명문대 진학'인 경우가 많습니다. 하지만 그러다 보면 무궁무진한 아이의 잠재력은 묻히게 마련입니다. 현명한 부모는 교육 트렌드에 흔들리지 않는 원칙을 세우고 뚝심 있게 아이를 교육시킬 필요가 있습니다.

이것이 바로 인성입니다. 정신적 · 신체적 발달 과정에 따라 인성교육도 '맞춤형'으로 가야합니다. 인성교육의 핵심은 부모의 일관성 있는 태도와 모범적인 행동에서 비롯됩니다. 감정적으로 화를 내거나 이유 없이 윽박지르지 말고 늘 한결같은 태도로 양육해야합니다. 어렸을 때부터 일관성 있는 스킨십으로 아이의 정서를 편안하게 해주는 자세가 중요합니다. 또 아이에게 한 번 안 되는 건 끝까지 안 되는 것임을 분명하게 해야 합니다. 조른다고 못 이기는 척 해주다보면 아이는 칭얼거리고 잔

머리를 굴리게 됩니다.

적절하지 못한 표현은 그때그때 바로잡아줘야지, 나중에 때가 되면 안 그러겠지 하고 넘기면 이미 습관이 된 후라 늦습니다. 또 아이의 인성은 부모가 사는 모습을 보고 형성됩니다. 가정이 화목할 때 아이의 미소는 저절로 나옵니다.

부모가 매일 돈 걱정을 하고, 오가는 대화가 험하면 아이도 그대로 보고 배웁니다. 교양 있는 언어와 예절, 다른 사람에 대한 배려 등을 몸소 실천하며 아이에게 '본보기'를 보여야합니다. 예절은 어렸을 때부터 가르쳐야 효과적입니다. 늘 바른 말투와 존칭하는 습관을 들이고, 식사하기 전에 어른이 앉기를 기다리며, 반찬을 가로질러 집지 않는 것, 식탁에 팔꿈치를 대지 않는 것, 어른이 들어오면 벌떡 일어서는 것 등을 일상에서 알려줘야 합니다.

밥상에서 예절을 가르쳐야합니다. 식사시간을 이용해 사회에서 어떤 모습으로 살아야 하는지를 가르친다면 좋은 성품으로 성장할 것입니다. 예절과 함께 검소한 생활 습관도 어려서부터 몸에 배게 하는 것이 중요합니다.

요즘 저출산으로 아이들이 귀합니다만 귀한 아이라고 비싼 걸 사주는 것은 금물입니다. 돈이 귀한 것을 알도록 하고 검소한 옷을 입히고, 재래시장에서 함께 장을 보며 경제관념을 일깨워 주는 것도 좋습니다. 힘들게 돈 버는 상인들의 노고와 치열한 현장을 눈으로 직접 보게 하며, 현재 자신의 상황에 감사할 줄 아는 마음을 깨우치게 합니다.

아이 스스로 미래를 결정하도록 리드합니다. 아이에게 무언가를 가르치고 일러줘야만 자녀 교육이 되는 것은 아닙니다. 부모는 아이의 멘토로서 자신이 경험해서 얻은 지혜들을 아이에게 제공해주고 스스로 답을 찾도록 도와주면 됩니다. 자녀가 어떤 선택의 기로에 놓였을 때, 그 선택이 가져올 결과를 고민해보라고 하면 아이들 스스로 좀 더 신중하게 판단을 내리게 됩니다. 스스로 고민해 내린 결정이니 더 책임감 있게 일을 처리하게 해야 합니다. 그 선택과 결정 과정에서 얻은 지혜는 아이들 삶에서 두고두고 떠나지 않는 가르침이 됩니다. 부모가 옆에서 일일이 이래라저래라 나서기보다는, 교훈이 될 지침으로 아이의 앞길을 이끌어 주는 것이 부모의 진정한 역할입니다.

"실패는 '노란불'입니다. 어떻게 취급하느냐에 따라 빨간불도 되고 파란불도 됩니다. 실패를 경험하지 않은 아이는, 아무리 착한 아이라도 매뉴얼적인 사람이 될 뿐입니다. 지시한 대로밖에 행동하지 못하고 막상 곤란한 상황에 직면하면 어찌할 바를 모르게 됩니다.

인성교육이 잘된 아이라고 하면 으레 예의 바르고 부모님 말씀에 순종하는 아이라고 생각하기 쉽지만 그렇지 않습니다. 스스로 어떤 일이든 헤쳐 나갈 수 있는 자립심과 책임감, 긍정적인 사고를 지닌 아이가 인성이 훌륭한 아이입니다. 물론 그 바탕에는 '가족'이 있습니다.

제가 아는 이의 가정은 주말마다 가족 여행을 떠납니다. 사실 말이 쉬워 '여행'이지, 이것저것 신경 써야 할 일이 한두 가지가 아닙니다. 이 가족은 전국 각지에 안 가본 곳이 없을 정도입니다. 가족 여행의 가장 큰 장점으로 가족 간에 훨씬 친밀해질 수 있습니다. 평소에는 학교 다니느라, 직장 다니느라 나누지 못했던 대화를 여행하면서 충분히 나눌 수 있습니다. 가족끼리 여행을 떠난다는 건 여행 기간 내내 가족 구성원이 붙어 있다는 것을 의미합니다. 함께하다 보면, 가족의 이야기책을 쓰게 됩니다. 서로 틀어졌거나, 싸웠거나 혹은 실수했던 일까지도 서로 이야기하게 됩니다. 함께 여행하면서 행복한 추억거리도 많이 만들 수 있습니다. 아이들이 돈을 많이 쓰는 여행을 행복해할 거라고 생각한다면 그건 어른들의 잘못된 생각입니다. 아이들은 오히려 소소한 것에서 행복을 느낍니다.

어린 시절 학원 대신 아이의 감수성을 키워 주는 게 중요합니다. 학교에서 한 학급에 학원을 안 다니는 아이가 몇이나 될까요? 공부를 위해 별도로 학원을 보내지는 않고 있습니다. 자녀들을 학원에 보내지 않는 이유를 물으니, 학원에 간다고 해서 그 시기에 필요한 값진 경험을 얻을 수는 없다는 생각 때문이었습니다. 학원보다는 가정에서, 부모와의 여행을 통해 얻을 수 있는 것이 훨씬 많다고 믿기 때문이었습니다.

『태백산맥』의 작가 조정래는 이 책을 쓸 수 있었던 건 유년기 때 느꼈던 감성 덕분이었다고 했습니다. 그때 느낀 것이 나중에 소설을 창작하는 데 큰 밑바탕이 되었습니다. 부모를 따라 여기저기 여행을 많이 다녀서인지 아이들은 감수성이 풍부한 편입니다. 가장 기억에 남는 여행지를 묻는 질문에도 '어디'만 콕 집어서 대답하기보다는 그곳에서 느꼈던 소리, 색감을 구체적으로 표현하였습니다.

이처럼 좋은 가족 여행을 떠날 수 있는 기간이 그리 길지 않습니다. 가족 여행 최적기는 아이 나이 7세부터 17세 사이로 고작해야 10년입니다. 너무 어린 아이를 데리고 무리하게 여행을 하면 아이도 지치고 부모도 지칩니다. 하지만 아이가 7세 정도 됐다면 많은 걸 느끼고 배울 수 있는 나이입니다. 이때부터 본격적으로 가족 여행을 떠나는 게 좋습니다.

아이가 고등학생이 되면 입시에 치여 여행이 힘들어집니다. 아이들과 여행할 수 있는 적당한 시기가 얼마나 소중한지 모릅니다. 가족 여행을 통해 추억거리가 많이 생기면 가족 관계가 깊어집니다. 여행지의 대화와 가족 간 스킨십이 쌓이면 아이의 사춘기도 잘 넘길 수 있습니다. 여행을 통해 풍부한 경험을 하면 감수성을 기를 수 있습니다.

조기교육보다는 다양한 경험이 우선입니다. 너도나도 학교 가기 전에 한글 정도는 떼고 가야 한다고 생각하는 것은 위험합니다. 문자를 배운다는 것은 상상력을 제한하는 일입니다. 자녀들을 자연 풍경과 함께 뛰어놀며 자라게 하는 것이 좋습니다. 제가 어릴 때는 냇가에서 수영하고, 산과 들을 뛰어다녔던 기억이 늘 고운 추억으로 남아 있습니다. 공부는 경쟁적으로 조급하게 강요하기보다는 스스로 공부하도록 분위기를 만들기 주는 것이 좋습니다. 그러면 이른바 '자기주도 학습'이 가능해집니다.

가정에서 더 많은 것을 보고 배울 수 있도록 해야 합니다. '밥상머리교육'이 중요합니다. 현대인들은 대부분이 맞벌이 부부로 바쁘고 아이들도 학교생활로 바쁩니다. 그러나 바쁨이 가정교육을 못함의 핑계일 수는 없습니다. 주말이라도 온 가족이 함께하는 밥상공동체가 중요합니다. 주말에 온가족이 한 주 동안 못했던 이야기를 나누고 함께하는 자리를 마련해보면 어떨까요? 짧은 시간이라도 아이들에게 인상적인 기억을 심어줄 수 있습니다.

최근 들어 유대인의 교육법으로 알려진 '밥상머리 교육'이 최근 들어 자녀의 신체 성장뿐 아니라 학업과 인성에도 효과적이라는 과학적 연구 결과가 속속 밝혀지면서 각광을 받고 있습니다. 절제와 배려를 가르치는 전통적 밥상머리 교육이 오늘날에도 이어져야 하는 이유는 무엇일까요? 어렸을 때, 저녁 늦게 퇴근하는 아버지와 함께 밥을 먹기 위해 밥상 앞에서 기다리느라 군침만 흘렸던 기억이 납니다. 얼마 전만 하더라도 온 가족이 밥상에 둘러앉아 식사하는 모습은 너무나도 당연해서 특별히 의식할 필요조차 없었는데, 한 세대가 지난 지금은 밥 한 끼 같이 먹는 일이 아주 특별한 일이 돼버렸습니다.

원래 '식구'란 의미는 먹을 '食', 입 '口', 밥을 함께 먹는다는 의미를 지니는 말입니다. 하지만 지금은 어떠한가요? 밥을 함께 먹기는커녕 단 1분도 얼굴을 맞대고 대화조차 하지 않는 가족이 적지 않습니다. 처음 만난 사람도 밥 한 끼를 함께 먹으면 사람 됨됨이는 물론 그 집안의 가정교육이 어떠한지를 알 수 있습니다. 식사는 단순히 음식과 영양을 섭취하는 것이 아니라 상대와 마음을 나누는 중요한 의사소통 수단이기 때문입니다.

고故 정주영 회장 현대그룹가문의 아침 밥상의 자녀 교육 원칙 중 하나는 밥상머리 교육이었습니다. 정 회장은 새벽 5시에 자식들을 집합시켜 아침을 함께 먹었습니다. 아침 식사 시간에 지각하는 손자는 정 회장의 손맛을 보는 일이 다반사였다고 합니다. 정 회장은 "시간은 누구에게나 주어지는 평등한 자본금"이라는 근면과 성실의 철학을 전수했습니다. 서애 류성룡 가문의 교육관은 매우 단순합니다. 그저 밥상머리에서 가족이 함께하고, 최소한 지켜야 할 것만으로도 교육이 된다는 것입니다. 그 옛날, 어른이 먼저 수저를 들 때까지 기다려야 하는 태도는 성공을 향한 생활 습관이자 교육이었습니다.

이런 밥상머리교육은 가정만이 아니라 학교에서도 할 수 있습니다.

학교 급식의 경우, 교육의 장으로 활용할 수 있습니다. 아버지 급식 체험 프로그램도 좋습니다. 아버지들이 오전부터 위생복을 착용하고 배식 점검, 잔반처리 과정 등 학교 급식 전반에 참여할 수 있습니다. 아버지의 자리 찾기가 가정의 자연스러운 밥상머리교육으로 연계되는 기회로 발전될 수 있습니다. 가족 식사와 학교 급식활동은 시민 정신과 공동체 의식을 높이는 자리가 될 것입니다. 음식을 함께 나누는 행위는 이기주의를 극복하고 더불어 살아가는 지혜를 깨우칠 수 있는 시간이 되므로 밥상머리교육을 갖는 가정과 학교가 더욱 더 늘어나기를 바랍니다.

가정은 매우 중요한 교육 공간이요, 토대입니다. 학교 이전에 가정이 먼저 있었습니다. 이 가정에서 교육이 제대로 이루어질 때 학교나 교회가 온전해 질 수 있습니다. 이런 범에서 가정교육을 담당한 부모를 교육하는 일도 중요합니다. 그 누구도 부모가 되기 전에 체계적으로 부모교육을 받거나 부모자격증을 갖고 부모가 된 사람은 없습니다. 서툴지만 실수하지만 부모로서 살면서 하나하나 배우고 느끼며 삽니다. 소중한 자녀를 온전히 양육하기 위해서 부모가 먼저 사랑과 정의를 고르게 갖춰나가야 합니다. 지극정성으로 자녀를 사랑하되 정의를 각인시켜줘야 합니다. 이기적인 욕망을 조절하는 질서와 예절과 공동체의식을 심어주는 교육은 부모가 반드시 수행할 사명입니다. 이는 그저 말로만이 아니라 자녀에게 보여주기 교육으로 또한 함께하는 교육만이 가능합니다.

미국과 영국의 인성교육 사례

──────────────── 미국의 교육심리학박사로 수많은 장애아와 영재아들을 가르쳐온 미셸 보바의 『건강한 사회인, 존경받는 리더로 키우는 도덕지능』의 앞표지에는 아래와 같은 내용의 이야기가 있습니다. "인격이 세상 사는 힘이다"

스탠포드대학 심리학 교수 원터 박사는 4 세 아이들을 대상으로 일명 '마시멜로(초코파이 속에 들어가는 젤리)검사'를 한 적이 있습니다. 4세 아이들 앞에 마시멜로를 갖다놓은 연구원은 아이들이 보이지 않는 곳으로 잠시 자리를 비운 뒤 그 아이들의 행동을 관찰 했습니다. 물론 아이들에게는 마시멜로를 먹어도 좋다거나 먹지 말라는 말을 하지 않았습니다.

아이들은 마시멜로가 먹고 싶어도 참는 쪽과 그렇지 못한 쪽이 분명하게 나뉘어졌습니다. 월터 박사는 그 실험의 결과를 가지고 먹고 싶은 것을 참지 못하고 마시멜로를 먹은 아이들과 먹고 싶어도 먹지 않고 끝까지 참아낸 아이들의 자라나는 과정을 그 후 30년에 걸쳐 계속 관찰했습니다. 그런데 놀랍게도 마시멜로를 먹고 싶어도 먹지 않고 참았던 아이들은 커서 사회적으로 더 유능한 사람이 되었고, 그 가운데서도 제일 오랜동안 기다렸던 아이는 대학입학 시험에서도 가장 높은 점수를 받았습니다. 물론 사회에 나가서도 훌륭하게 되었습니다. 이 실험은 우리들이 충동대신 자제력을 배워야 하는가를 분명히 밝혀주고 있습니다.

미국 가정에서는 『건강한 사회인, 존경받는 리더로 키우는 도덕지능』은 도덕교육으로 삼아 항상 남의 입장에서 생각해보는 공감능력, 옳거나 그름을 올바르게 판단하는 분별력, 생각과 행동에서 충동을 조절하는 자제력, 다른 사람과 동물을 귀하게 대하는 존중심, 남의 행복에도 깊은 관심을 가지는 친절함, 나와 의견이 다른 사람도 존중하는 관대함, 모든 일에서 정정당당히 행동하는 공정함의 이 7 가지 비타민을 아이들에게 먹이자고 주장합니다. 우리 아이들을 이런 잣대로 측정해보고 부족한 점이 무엇인가를 생각해 보는 것도 좋겠다고 생각합니다.

미국의 기본적 교육 시스템은 'Charactercounts(인성이 중요하다)'라는 슬로건 아래 1990년대부터 도덕 교육을 중요시하며 인성교육을 강조해 왔습니다. 인성교육의 주축이 되는 '여섯 가지 덕목'을 정해 청소년들이 평생 살아가는 동안 더 현명한 판단을 하고 올바른 삶을 살아갈 수 있도록 도와주는 것이 인성교육의 목적입니다. 이 여섯 가지 덕목은 신뢰, 존중, 책임, 공평, 보살핌, 시민정신입니다. 다문화, 다인종이 모여 만든 미국이라는 나라가 어떤 윤리의식을 중요하게 여기는지 알 수 있는 부분입니다.

이 인성교육 프로그램은 지난 20여 년간 미국 초 · 중 · 고 교육계뿐만 아니라 청소년들과 관계되는 기관인 경찰, 소셜 워커, 커뮤니티 및 정부

기관 에이전시 등 사회 전반에서 중요하게 여겨왔으며, 적십자사와 YMCA 등의 단체와 함께 각기 인성교육 세미나를 개최하며 관계되는 훈련을 실시하고 있습니다.

이러한 인성교육의 토대 아래 실질적으로 운영되는 미국 인성교육의 큰 축으로는 '자원봉사'가 있습니다. 소그룹에서 지역 단위, 국가 단위, 그리고 국제기구를 통해 많은 사람들이 봉사하고 있는데 주목을 끄는 것은 부모들의 자원봉사가 장려되고 있다는 점입니다.

이는 부모들이 일상생활이나 직장에서 자원해서 봉사하는 모습을 보인다면 자녀들은 아름다운 봉사 정신을 배움은 물론 부모를 더욱 신뢰하고 존경하게 된다는 생각 때문입니다. 봉사 정신을 통해 인격 교육, 인성 교육, 가치 교육이 올바르게 형성되고 훌륭한 지도자가 되기 위해서는 남의 아픔에 공감하는 동정심이 있어야 한다는 미국 사회의 믿음이 있기에 자원봉사는 생활 속에 뿌리박혀 있습니다.

이처럼 자녀들의 인성교육에 '부모'들의 역할이 중요하다는 생각으로 최근 미국 사회에서는 '밥상머리 교육'이 붐을 일으키고 있습니다. 가족이 모두 모여 식탁에서 식사하며 자녀들과 대화하는 방법입니다. 그 예로 오바마 대통령은 아무리 스케줄이 바빠도 저녁 6시 반이 되면 어김없이 가족과의 저녁식사를 위해 스케줄을 멈춘다고 합니다.

식탁에 앉아 두 딸과 대화를 나누고, 그들의 고민을 듣는 시간을 갖는데 이 또한 오바마 대통령이 그의 부모님에게 받은 교육에서 이어져온 것이라 합니다. 또한 미국의 인성교육은 '스포츠 활동'을 통해서도 많이 이뤄집니다.

스포츠를 통한 페어플레이 정신, 상대편에 대한 배려 정신 등이 그들이 추구하는 인성교육의 덕목과 많이 일치하는 부분입니다. 미국의 인성교육은 부모, 학교, 커뮤니티가 함께 협력하여 자원봉사와 스포츠 등 가장 미국적인 방식으로 실천되며 미국 사회를 지탱할 토대로 중요하게 여겨지고 있습니다.

영국 교육의 핵심은 '올바른 사람을 만드는 교육'입니다. 그래서 아이들은 봉사활동이 일상화되어 있습니다. 점수를 받기 위해서가 아니라 몸에 밴 습관입니다. 심지어 대입 시험을 코앞에 둔 학생들도 봉사활동을 거르지 않습니다. 영국의 교사들은 아이들에게 인성을 가르칠 때 말로 강조하기보다 행동으로 보여줍니다.

어릴 적부터 선생님의 바른 모습을 보고 자란 덕에 학교를 졸업할 때가 되면 남을 배려하는 것이 생활화됩니다. 영국 아이들의 또 다른 특징은 자립심이 강하다는 것입니다. 우리나라 아이들은 숙제할 때 참고서나 부모의 도움을 종종 받지만, 영국 아이들은 참고서나 인터넷을 베끼며 숙제하는 경우가 거의 없습니다. 자기 힘으로 못 하느니 차라리 안 하고 만다는 게 영국 아이들의 생각입니다.

그러다 보니 굳이 거짓말할 이유도 없고 남에게 피해를 줄 일도 만들지 않습니다. 우리가 늘 강조하는 '인성'이 영국 아이들에겐 생활 습관처럼 굳어져 있습니다. 그뿐만 아니라 영국 학교에서는 친구들을 제치고 본인만이 명문 대학에 진학해야 한다고 생각하는 속칭 '속물 인재'를 지양하고, 진정한 의미의 인재를 키우기 위해 노력하고 있습니다. 인성교육의 필요성을 절감하는 건 학교만이 아닙니다. 영국 정부 역시 학생들의 인성과 창의력을 함양하기 위해 크리에이티브 파트너십 제도를 도입했습니다.

일부 지역 학생들의 저조한 학업 성취도와 출석률로 교육 전반에 대한 개선이 요구되던 2002년, 정부에 의해 도입된 크리에이티브 파트너십 제도는 현 교육 과정이 주요 과목의 지식 전달에 지나치게 치우쳐 있어 학생들의 적절한 발달을 저해하고 교실 안에서 경쟁만 과열돼 인격 형성에 좋지 않은 영향을 끼친다는 자각에서 시작됐습니다.

정부에서 학생들에게 필요한 전문가나 단체를 연결해줌으로써 학생들의 학업 의지를 높이고 더 넓은 안목과 넉넉한 인성 함양을 도모하기 위해 마련된 이 제도는 2년간 16개 지역에서 시범 운영되다가 그 효과가 입증돼 2004년 이후 전국으로 확대됐습니다. 근래에는 유명 국립기관과의 네트워크뿐 아니라 과학자, 디자이너, 엔지니어, 마케팅 전문가, 요리사, 정원사 등과의 연계 수업을 더욱 강화해 학생들에게 다양한 기회를 제공하고 있습니다.

미국과 영국은 우리와는 다른 역사와 전통과 여건임은 분명합니다. 그러나 사람 사는 곳은 어디나 비슷한 측면이 있습니다. 미국과 영국이 인성교육을 강조하여 사회 전반에 걸쳐 체계적으로 강조하고 생활화하는 것으로 실시한 것은 우리에게도 시사 하는 바가 큽니다. 우리는 미국과 영국의 인성교육을 잘 살펴보고 이것이 우리에게도 적용될 수 있는지를 살펴보고 우리에 맞게 변용해서 활용함이 좋을 것 같습니다.

인성교육진흥을 위한 적합한 토대 구축

지난 2015년 7월 21일부터 세계 최초로 만들어진 '인성교육진흥법'이 시행되었습니다. 그동안 많은 정책들이 출발은 그럴 듯 했지만 알맹이가 없어 흐지부지 된 경우가 많았던 전례를 비춰볼 때 '인성교육' 또한 하나의 이벤트성 교육정책으로, 교사들에게 귀찮게 여겨지는 잡무雜務로 전락할 우려의 목소리가 나오고 있습니다. 이에 대해 교육당국은 인성교육의 중요성을 강조하면서 이 법이 제대로 시행되도록 하기 위한 지원방안들을 내놓고 있음은 반가운 일입니다. 그러나 그 내용을 들춰보면 책에 밑줄 치고 몇 편의 영상물을 시청하는 정도에 그칠 가능성이 높아 보여 우려와 아쉬움을 가져보기도 합니다.

아이들은 학교의 가르침보다 사회의 가르침을 더 잘 배웁니다. 교과서는 머리로, 세상사는 지혜는 몸으로 배우는 것입니다. 불행하게도 학교밖 현실사회는 바른 인성과는 거리가 멉니다. 세상은 결과가 좋으면

다 좋다는 성과주의, 일등만이 살아남는다는 일등주의, 이기기 위해서 수단은 중요하지 않다는 승리지상주의가 판을 치고 있습니다. 최근 벌어진 천재 소년이라 불리는 송유근의 최연소 박사학위 취득을 둘러싼 논문 표절 사태도 이런 예일 것입니다. 도대체 최연소라는 타이틀을 위해 윤리를 무시하는 천재박사는 어떤 교육이 만들어낸 것일까요? 머리로만 배우고, 가슴과 손발로 배우지 못해서 그렇습니다. 우리 주변에서도 도덕 점수는 높은 데 도덕성은 그와 정반대인 경우를 많이 봅니다.

'인성'과 '교육'이란 말에는 준엄한 의미의 질량이 있습니다. 인성이 망가진 시점에서 인성을 바로잡는다는 건 사후약방문식의 처방입니다. 제대로 일을 추진하려면 치밀한 설계와 공정한 준비가 필요합니다. 안타깝게도 우리 사회는 이전 시대의 다정다감한 정서가 메마른 지 오래고, 아이나 어른할 것 없이 물질적 좀비가 되어 타락의 단맛에 길들여진지 이미 오래입니다. 인성교육적 성과를 제대로 얻으려면 교육 이전에, 교육과 함께 우리 사회 전체의 성숙한 공동체 의식과 문화적 풍토를 조성해 나가야 합니다. 학교교육만이 아니라 정치권을 비롯해 가정과 지역사회기관들 등 범사회적 운동으로 줄기차게 이어져야 합니다.

교육당국의 인성교육 정책도 지시나 감독이 아니라, 지원과 협력으로 진행해 나가야 합니다. 교사가 인성교육의 주체가 되도록 예산과 자율적 권한을 충분히 제공해야 하며 평가에 의한 통계자료 데이터를 독촉하지 말고, 현장에서 자발적으로 꽃 피우도록 지원해야합니다. 흔히들 교육은 백년지대계百年之大計라고 합니다. 이 말은 교육이 단기간의 성과나 결과로 평가하기 어렵고, 그래서는 안 된다는 것을 의미합니다. 장기적인 안목에서 지원하고, 그 성과를 재촉하지 말아야합니다.

아울러 비인성적인 문화적 환경 정비도 필요합니다. 청소년을 숙주로 해 성장하는 쾌락산업들을 관련기관의 협조 하에 규제하고 선정적 광고나 미디어매체나 약물 등 불순한 아이템이나 잘못된 가치관을 바로잡아, 타락한 콘텐츠로부터 아이들을 보호해야합니다.

이를 위해 먼저 가정의 윤리 회복 운동부터 펼쳐가야 합니다. 부모부터 속물적인 욕망에서 벗어나 참된 가치를 발견하고, 지향해나가는 바른 인성의 삶을 살아야 합니다. 학교에서는 작품을 만들어내는 장인들처럼 이렇게 자라는 아이들을 세밀한 공정으로 다듬어, 결 고운 인격체로 가꿔나가야 합니다.

어릴수록 판단력보다는 습관과 사회화의 힘이 더 크게 작용합니다. 십대 초반의 청소년일수록 마음으로 먼저 느끼고, 행동으로 움직이도록 하는 교육이 중요합니다. 지나칠 정도로 자기중심적이고 자기 합리화를 잘하는 사고로는 자기중심적 판단과 이기적인 결정에서 벗어나기 어렵습니다. 아리스토텔레스는 "도덕은 이성보다 정서, 사고보다는 습관의 영역"이라고 말했습니다. 상황이 어떠하든지 간에 노약자에게 자리를 양보하고 타인의 의견을 존중하도록 노력하는 것이 몸에 밴 사람이 있습니다. 이런 사람은 모든 요인과 사정을 샅샅이 고려한 후에 합리적으로 판단을 내리는 사람이 아니라, 습관적으로 타인을 배려하고 공동체를 존중합니다. 이것이 생각 이전에 습관적인 행동으로 드러납니다. 그렇습니다. 도덕에 있어서 사람은 이성보다 감정이 앞섭니다. 어릴 때부터 보고 듣고 배운 것이 습관이 되고, 그것이 인격이 됩니다. 그러므로 아이들에게 보이는 우리 사회의 모습, 어른들의 말과 행동이야말로 중요한 인성교육지침이요, 모델입니다. 이를 일컬어 잠재적 교육과정이라고 합니다. 이 말은 교육내용과 방법이 그저 교과서나 교육 자료나 교육공간만이 아니라 교사의 말과 행동과 교육현장을 둘러싼 모든 것들이 알게 모르게 교육으로 이어진다는 것입니다.

실제로 의도하지 않았지만 교사의 말투나 버릇을 따라하는 아이들이 많습니다. 그건 교과서에 없고 교사가 강조한 내용도 아니지만 아이들은 자연스럽게 보고 들은 것을 자기화합니다. 잠재적 교육은 교사가 의도적·계획적으로 준비해 와서 가르치는 교육이 아니라, 교사의 일거수일투족에서 묻어 나오는 무의도적 교육의 한 형태입니다. 이처럼 교육에 있어서 교사의 인격적 모범은 가장 최선의 교육내용이자 교육방법입니다. 그러기에 옛말에 "참된 교사는 지식이나 기술보다도 먼저 길을 가르쳐 주어야 합니다(師, 敎人以道者之稱也)"라고 했으며, "스승은 사람의 모범이 되는 사람입니다(師者, 人之模範也)"라고 했습니다.

교육에 있어서 가장 중요한 요소는 교사의 인격적 모범과 그것에 토대한 교사와 학생간의 인격적 '만남'의 관계라는 것은 아무리 강조해도 지나치지 않습니다. 교사 자체가 교육 내용이자 교육 방법이므로 교사는 언행에 신중해야 합니다. 이런 점에서 이 시대 교육의 가장 큰 어려움 중의 하나는 학생들이 따라야 할 참된 스승을 찾아보기 어려운데 있습니다. 이런 점에서 교직에 몸담는 저 자신도 부끄럽습니다. 부끄러움을 알기에 조금이라도 두렵고 떨리는 마음으로 아이들에게 보일 인성교육의 교재敎材로서 말과 행동은 물론 옷가짐도 삼가는 자세를 가지려합니다.

통일한국을 위한 교육

——— 통일부는 지난 2014년 처음으로 '학교통일교육 실태조사'를 실시했습니다. 초중고생 11만6천명을 대상으로 한 설문에서 '통일이 필요하다'고 생각하는 청소년들은 전체 절반을 조금 넘는 53.5%로 나타났습니다. 통일교육협의회 등이 실시해 온 이전 청소년 통일의식 조사에 비해 상당히 낮은 수치였습니다. 〈대학내일 20대연구소〉가 실시한 조사에서는 6.25 한국전쟁이 일어난 해를 모르는 대학생이 4명 중 1명이나 됐습니다. '우리의 소원은 통일' 노래를 애국가처럼 익숙하게 여겨온 분단 1세대들이 볼 때는 말도 안 되는 결과일 것입니다.

놀라운 것은 통일 필요성에 대해서는 성인 세대의 수치 역시 그다지 높지 않다는 사실입니다. 서울대학교 통일평화연구소가 전국 성인남녀를 대상으로 매년 실시하는 통일의식조사에서 2014년 '통일이 필요하다'는 응답자는 55.8%였습니다. '필요 없다'는 응답이 23.7%로 조사됐습니다. 이처럼 통일에 대한 인식이 성인 세대라고 해서 크게 다르지는 않습니다. 2015년은 광복 70년이지만 분단 70년이기도 합니다. 우리는 광복의 기쁨을 한겨레 전체가 누리지 못하는 분단국가입니다.

통일에 대해 부정적 인식을 갖는 가장 큰 이유는 남북 간 경제적 차이 때문일 것입니다. 어떤 방식의 통일이든 막대한 통일비용이 들 수밖에 없고, 통일에 대한 이익을 피부로 체감하기 어렵기 때문입니다. 당장 통일비용을 위해 세수를 높이겠다고 하면, 반발이 매우 클 것입니다.

일반적으로 남북을 한 형제로 인식했지만, 분단 70년 동안 너무 낯선 이웃이 되고 만 것도 이유입니다. 지금 큰 불편 없이 안정된 사회를 유지하고 있는데, 불편함을 감수해가면서도 굳이 통일을 할 필요가 있느냐는 것입니다. 도널드 그레그 전 주한미국 대사는 최근 언론과의 인터뷰에서 이런 말을 했습니다.

> "일본과 중국은 한국의 통일을 원하지 않는다고 생각합니다. 이처럼 지정학적 위치 탓에 다른 국가들이 밀고 당기고 있지만, 한국인들은 그들 스스로 더 자유로워지기 위해 통일을 이룩할 필요가 있습니다."

당장 불편하다고 통일을 미룬다면 우리 민족을 향한 열강의 위협은 더 증가할 것이고, 우리의 경쟁력을 높이는 데 한계가 있을 수밖에 없습니다. 우리나라 사람이 아닌 미국 사람이 우리가 당연히 통일해야함을 말하는데 정작 우리는 통일에 대한 열망을 가지지 않는다면 이는 부끄러운 일입니다. 무엇보다 같은 민족이 하나가 돼야 한다는 것은 어떤 이유로도 설명할 수 없는 당위성을 가지고 있습니다.

준비 없는 통일은 대박이 아니라 쪽박일 수 있다는 점에서 통일에 대비한 교육은 두 말할 나위 없이 중요합니다. 그러나 우리의 통일교육은 매우 부족한 실정입니다. 분단의 고통을 경험하지 못한 지금의 청소년, 대학생 세대에게 제대로 된 역사관과 통일관을 가르치지 않는다면 통일의 때는 더 멀어질 수밖에 없습니다. 어쩌면 이 세대에게 분단으로 인한 더 큰 고난이 닥쳐올지도 모를 일입니다.

우리나라는 통일교육을 실시하도록 법으로 규정하고 있습니다. 통일교육지원법 제8조 1항에는 "정부는 초중등교육법 제2조에 따른 초중등학교의 통일교육을 진흥하기 위해 노력하여야 한다"고 나타나 있습니다. 2항에는 "…초중등학교 교육과정에 반영될 수 있도록 교육부장관 또는 시도 교육감에게 요청할 수 있으며, 요청을 받으면 교육과정에 통일교육을 반영해야 한다"고 명시하고 있습니다.

하지만 법이 충실하게 교육현장에 반영되고 있지는 않고 있습니다. 한국교육개발원KEDI이 2015년 3월 발표한 연구보고서에 따르면, 중학교 교과서에서 차지하는 통일 관련 내용은 6.6%에 불과했습니다. 중학교 도덕 사회(역사 포함) 총 수업시간 510시간 중 33시간 정도, 488~594쪽 중 28~38쪽 분량입니다. 중학교 도덕 교과서 6종 중 '대한민국의 발전과 통일역량', '국제정세의 변화', '통일 환경 변화에 대한 대응' 등을 다룬 곳은 한곳도 없습니다. 역사교과서 9종도 단원별로는 소단원 150~180개 중 10~13개 소단원만 통일관련 내용이 있으며 그나마도 분단의 배경, 폐해만 다룰 뿐입니다. 이 같은 문제점을 개선하기 위해서는 통일 관련 윤리적 가치와 인성, 통일 노력, 통일한국의 미래상 등 관련 내용이 반영되도록 통일 지향적 교과서 구성 및 전개가 필요합니다.

학교 교육 현장에서 통일교육이 부족한데다 일반인들에 대한 통일교육은 더욱 미미한 수준입니다. 통일교육지원법은 '지역통일교육센터'를 통해 지역주민을 대상으로 통일교육을 실시하도록 하고 있지만, 대다수 국민들은 이것이 무엇인지도 잘 알지 못합니다. 무엇보다 관리자의 통일교육에 대한 의지가 중요합니다. 학교단위 교육계획 수립 때 통일교육 시간을 확보하려고 노력하고, 담당자를 정해 체계적인 교육이 실시되도록 해야 합니다. 또한 최근 지역에서 일고 있는 통일교육센터와 민간통일운동단체와 언론 그리고 대학과 교육청이 융복합형 통일교육 시스템을 구축해야 할 것입니다.

우리 학교 현장에는 이미 많은 탈북 학생들이 함께 공부하고 있습니다. 하지만 이들의 이해교육이나 이들을 위한 교육 자료가 없는 것도 통일교육의 가장 큰 걸림돌입니다. 이런 학교현실에서 올바른 통일의식과 관심을 갖게 한다는 것은 허상에 불과할지 모릅니다. 분명한 것은 학교통일교육을 국민 불안이나 이산의 아픔을 해소하는 차원을 넘어 미래를 위한 가장 소중한 투자로 봐야한다는 것입니다. 우리의 통일편익은 통일비용보다 단기뿐 아니라 장기적으로 더 크기 때문입니다.

이제 학교통일교육, 새롭게 해야합니다. 분단 70년 동안 '우리의 소원은 통일'이고 '꿈에도 소원은 통일'이었습니다. 그러나 그 꿈은 아직까지도 소원으로만 남아 있습니다. 통일교육 전문가 양성으로 학생들의 관심을 높일 수 있는 교육을 전개해야 합니다. 독일 통일을 일궈낸 빌리 브란트Willy Brandt 총리의 말입니다. "통일국가를 포기한다는 것은 민족의 자살이고 민주주의에 대한 배반입니다." 그렇습니다. 그의 말대로 통일은 소중하고 중요합니다. 우리는 이미 독일 통일에서 통일이 '대박'

이라는 사실을 보았습니다. 그 밑거름이 통일교육이고 지금이 바로 적기입니다.

그간 통일교육 방법이 상당히 다양화되고 체험학습 형태의 교육이 활성화되기는 했으나 행사, 캠프, 기행 형태의 프로그램도 일정하게 형식화되거나 교육적 효과가 낮아지는 문제점이 나타나기도 합니다. 일련의 교육과정 속에 여러 가지 교육방법을 결합시키거나 다양한 교육기법들을 결합시켜 학습자의 흥미를 유발하되, 이를 통일에 관한 청소년들의 성찰과 연결시키는 것이 중요합니다. 교육 과정과 교육 과정 이수 후에 교육 참가자들의 실생활 속에서 통일과 관련된 크고 작은 실천을 등 계기를 제시하는 것도 필요합니다.

학습자 개개인에게 의미 있게 다가갈 수 있는 통일 '이야기' 개발도 필요합니다. 통일교육은 청소년들이 일상 속에서 겪는 고민과 고통, 좌절과 희망, 성장의 경험과 맞닿아 있는 것이어야 합니다. 또 그들의 슬픔과 외로움, 분노, 기쁨과 즐거움 등의 정서적 경험을 환기시키는 것이어야 합니다.

북한이해, 통일, 안보가 통일교육에서 가볍게 지나칠 수 없는 내용이라는 점에서는 이견을 제기할 수는 없으나, 이 세 가지 문제의 합집합 또는 교집합으로 간주하는 관점은 통일교육을 지나치게 협소화시키고 통일문제를 둘러싼 우리 안의 갈등을 재현시키는 요인이 됩니다. 이에 영역을 보다 확대하고 다문화교육, 평화교육, 민주시민교육 등 관련 주제와 통합해 교육하는 방안을 모색해나가야 합니다.

합리적인 경제생활교육의 필요

21세기는 대중소비사회입니다. 사회가 고도로 발전하고 복잡해지면서 소비의 형태도 다양하게 변화되고 있습니다. 다른 사람과의 일시적인 만남이 빈번한 현대 사회에서는 서로의 배경에 대해 잘 모르는 경우가 많기 때문에 옷차림이나 장신구 등의 물질적인 것으로 자신을 드러내고 외적인 모습으로 다른 사람을 판단하는 경향이 강합니다. 그러므로 사람들은 자신을 과시하기 위해 소비를 하게 되면서 '과시', '자기만족'을 추구하는 소비문화가 만연하게 되었습니다. 또한 무분별한 소비지출로 인해 미리 계획한 물건만 사는 합리적인 소비를 하는 것이 아니라 충동적인 소비트렌드를 형성하기도 합니다.

기혼이나 미혼인 직장인 90% 정도가 부모로부터 재정적인 독립을 하는 반면, 우리나라 대학생들은 대략 10%정도만이 재정적으로 자립한 상태입니다. 그러니 대부분의 대학생들은 부모에 대한 경제적 의존도가 매우 높습니다. 이런 대학생들의 지출항목으로는 전체소비지출 중 식비, 유흥비, 의류가 높은 비율을 차지합니다. 식비는 필수불가결한 것입니다만 유흥비와 의류가 높은 비중을 차지하는 것은 바람직하지는 않아 보입니다. 여대생은 경제적 능력만 있다면 유행에 뒤처지지 않기 위해서 최신 의류와 제품들을 구입하고 싶다고 말합니다. 이처럼 우리나라 대학생들은 자신의 경제능력을 감안해 소비를 절제하려는 의식은 갖고 있을지 모르나, 합리적인 소비지출 계획으로 자신의 소비를 절제하지 못하는 것 같습니다.

입시와 중 · 고등학교의 울타리에서 벗어난 대학생들은 자유를 만끽하고 성인으로서 자신을 표출하고자 하는 욕망과 감성에 민감해지면서 거대한 소비 집단이 됩니다. 극심한 경제위기와 유래 없는 불황에도 대학생들은 여전히 자신을 위한 씀씀이를 줄이지 않습니다. 이처럼 오늘날의 대학생들은 남들이 인정해줄만한 물건을 소유하려는 경향이 강합니다. 이는 과거 한 가구당 자녀의 수가 4명에서 지금은 1~2명으로 줄어들면서 부모들은 자녀들이 원하는 것을 다 해주는 것에서 비롯됐습니다. 오늘날 대학생들은 경제가 호황을 누리던 90년대, 비교적 물질적으로 풍족한 환경 속에서 자랐습니다. 그러므로 이전 세대보다 높은 소비성향을 보이고, 아르바이트와 부모로부터 받는 용돈으로 높은 소비수준을 향유합니다. 이러다보니 기성세대와는 달리 마음에 드는 상품은 꼭 사야 하는 충동구매 심리가 강합니다. 현실적인 필요에 따른 구매보다는 이미지의 선호에 따라 구매하고, 유행이라는 기준을 중시하는 과소비로 이어지기도 합니다.

대학생들이 과소비를 하는 이유는 '보여주기 위한 소비'와 '자기만족을 위한 소비' 둘 다 일 것입니다. 자기만족은 내면에서 찾아야하는데 명품을 통해 '과시'함으로써 '만족'감을 얻는 것은 문제가 있습니다. 또한 명품을 선호하는 학생들 중 일부는 어떠한 수단을 써서라도 명품을 가지려고 합니다. 자신의 소득수준을 넘어선 소비는 사회적으로 긍정적인 현상이라고 볼 수 없습니다. 여기에는 대중매체와 또래집단이 이에 영향을 미치기도 합니다. 요즘 대중매체를 통해 명품광고가 빈번하게 이루어지고 온라인과 오프라인 구분 없이 이래저래 명품이 많이 노출돼있어 명품을 접하기가 비교적 쉬워졌습니다. 언제 어디에서나 명품을 휘감은 사람들을 쉽게 볼 수 있습니다. 이러한 분위기에 맞춰야 될 것 같은 기분이 들 때가 많아 명품을 구매하게 됩니다.

여학생들은 명품가방을 들고 다니면 다른 사람들로부터 인정받는 듯한 느낌을 받으면서 자신도 모르게 자신감이 생긴다고 말합니다. 남학생들은 최근 스마트폰이나 스포츠용품을 구매함으로서 남성다움을 인정받으려고 하기도 합니다. 이는 자신이 어떤 부분에서 콤플렉스를 느낄 때 사회적으로 인정되는 상징물을 사용하거나 소유함으로써 콤플렉스에서 벗어나려고 하는 것으로, 낮은 자아개념을 보상받으려는 것에 불과합니다.

현대소비사회는 과거와 달리 소비자의 욕망을 이끌고 창조하며 더 나아가서 소비자의 욕구를 찾아내 이를 상품화하는 사회입니다. 이처럼 현대 소비자들은 소비의 주체가 되기보다는 오히려 상품에 끌려가는 경향이 빈번해지고 있습니다. 이러한 환경에서 소비의 주체가 되기 위해서는 소비의 만족을 스스로 조절하고 더 나아가 자신의 삶을 계획하고 조정할 수 있어야 합니다. 무엇보다도 계획적인 소비의 중요성을 알고 통제와 점검을 통한 자기조절의 능력이 필요합니다.

제가 어릴 때는 나라경제가 어려운 상황이다 보니 근검절약과 저축을 강조하는 교육을 귀에 못이 박히도록 받았습니다. 이 교육은 부모님과 학교 선생님들의 '삶으로 보여주기'가 수반되고 사회 전반의 분위기도 그러하였기에 교육적 성과는 컸습니다. 청렴결백한 자세가 공직자의 자세로 추앙받았습니다. 우리 사회의 중추적 역할을 할 대학생들이 합리적 경제생활을 할 수 있도록 어렸을 때부터 가정과 학교에서 '저축의 필요성'과 '올바른 소비생활 · 돈을 잘 쓰는 요령'에 관한 교육이 이루어져야 합니다. 이를 말로만이 아니라 어른들의 삶에서 보여주어야 합니다.

더 나은 사람과 더 가진 사람교육

——————————— 저는 오늘날 우리나라 교육의 목표는 두 가지로 요약할 수 있다고 생각합니다. 하나는 더 나은 사람이 되게 하는 것이고 또 하나는 더 가진 사람이 되게 하는 것입니다. 더 나은 사람이란 어떤 사람일까요? 더 능력이 있는 사람일까요? 더 높은 지위에 있는 사람일까요? 더 가진 사람은 무엇을 더 가진 것일까요? 돈? 권력? 명예?

더 나은 사람과 더 가진 사람의 관계는 어떨까요? 일단 간단하게 생각할 수 있는 관계는 다음과 같은 다섯 가지입니다.

첫째, 더 나은 사람과 더 가진 사람은 아무 상관이 없습니다.
둘째, 더 나은 사람이 더 가진 사람이 됩니다.
셋째, 더 나은 사람일수록 덜 가진 사람이 됩니다.
넷째, 더 가진 사람일수록 더 나은 사람입니다.
다섯째, 더 가진 사람일수록 더 나쁜 사람입니다.

이 중에서 어떤 주장 하나만 옳고 나머지 주장은 틀린 것일까요? 제 생각에는 꼭 그렇지는 않을 것 같습니다. 이제 이 다섯 가지 관계 중에서 어떤 주장이 타당한지 검증해 보기로 하겠습니다.

삼성그룹의 이건희 회장은 우리나라에게 가장 많은 돈을 가진 사람이라고 할 수 있습니다. 그는 우리나라 대학생들이 존경하는 사람 순위에서도 높은 자리를 차지하고 있습니다. 이를 보고 더 가진 사람이 더 나은 사람이라고 말할 수 있을까요?

어떤 사람이 뭔가를 더 가진 것은 뭔가 더 나은 점이 있기 때문이라고 생각하는 것을 흔하게 볼 수 있습니다. 많은 사람들이 더 가진 사람 앞에서 굽실거립니다. 그러나 이때 굽실거리는 대상은 그 사람이 아니라 그가 가진 것일 수 있습니다. 그가 가진 것을 잃었을 때도 사람들이 그에게 굽실거릴까요?

우리나라의 존경받는 부자로 추앙받는 경주 최 부자 가문의 경우입니다. 그 집안은 원칙이 있었다고 합니다. 사방 100리 안에 굶어죽는 사람이 없게 했다고 합니다. 그러니 최 부자 가문을 존경해서 그 가문을 시기하는 이들도 없었고, 약탈이 대상이 되지 않았다고 합니다. 최 부자 가문의 좋은 행실은 부자가 3대를 이어가지 못한다고 하는데 그렇지 않고 계속 이어가기도 했습니다. 그러니 더 가진 사람이 더 나은 사람이 될 수도 있습니다. 이런 이들은자기 것을 자기 것으로만이 아니라 우리의 것으로 여기면서 기쁨으로 기부하고 공유합니다.

반대로 오늘날 부자는 좋은 사람일 수 없다는 적극적인 주장도 있습니다. 어떤 사람은 하루에 10억을 벌고, 어떤 사람은 하루에 1만원을 번다면요. 10억을 버는 사람은 1만원을 버는 사람에 비해 10만 배가 가치 있게 사는 사람일까요? 오늘날 부익부빈익빈으로 양극화가 심해지는 것은 누군가 부자가 되기 위해서는 남의 것을 빼앗아야 하기 때문이라고 주장합니다. 유럽의 자본주의 역사에서 누가 어떻게 자본가가 될 수 있었는지를 살펴보면 이 주장의 근거가 어느 정도 만들어질 수 있습니다.

어떤 사람들은 더 나은 사람일수록 덜 가진다는 생각도 있었고, 반대로 더 가진 사람일수록 더 나쁜 사람이라는 생각도 합니다. 한경직 목사나 장기려 박사 같은 분들은 검소함이 지나칠 정도셨습니다. 공자도 "군자는 궁하다"고 했습니다. 이 말은 군자는 반드시 궁하다는 뜻은 아닙니다. 군자가 아니라면 궁하지 않을 수도 있는 상황에서 군자니까 궁하기를 피하지 않는다는 뜻입니다.

맹자는 당시 아주 나은 사람인 군자가 일하지 않으면서 먹는다는 비판에 대해 이렇게 대답했습니다. "군자는 생산하지 않지만 더 가치 있는 일을 하기 때문에 먹을 자격이 있고 그에 합당한 재물을 가질 자격도 있습니다. 그러니까 군자라면 당연히 가난해야 한다는 주장은 적합하지 않습니다. 그렇다고 군자는 당연히 많은 것을 가져야 한다는 말은 아닙니다." 예수도 "부자가 천국에 가는 것은 낙타가 바늘구멍 들어가는 것보다 어렵다"는 말을 하였습니다. 이 말도 부자를 멀리하고 부자가 되지 말라는 것이 아닙니다. 재물에 지나치게 마음을 빼앗기지 말라는 경고입니다.

더 가진 것 중에 권력이나 돈과는 달리 명예는 의미가 좀 다르지 않느냐고 말하는 이들도 있습니다. 사람들이 누군가를 존경하고 그 사람의 삶이 명예롭다고 말한다면 그는 더 나은 사람이라고 말할 수 있을 것입니다. 그러나 이 역시 명예란 다른 사람이 붙여주는 것이지 그에게 속한 속성은 아니라는 점에서는 마찬가지입니다. 숨겨진 사실 하나만 밝혀져도 그에게 주어진 명예가 치욕으로 변하는 것은 한순간입니다. 더 나은 사람, 더 가진 사람이라고 할 때 '더'라는 비교급은 무엇과 비교한 것일까요?

'더 나은' 사람이란 다른 사람과 비교했을 때 '더 나은' 사람이라는 뜻일까요? 그렇지 않습니다. 여기서 '더 나은'이라는 말은 '어제보다 오늘 더 나은, 그리고 오늘보다 내일 더 나은' 이라는 의미이고, 비교의 대상은 서로 다른 그 '자신들'입니다. 내 경쟁 상대는 오직 나 자신뿐이라는 말은 이 경우에 적합한 비유일 것입니다.

그런데 더 가진 사람이라는 말에도 이런 설명이 해당할 수 있을까요? 어제보다 더 가진 사람일까요? 우리가 보통 더 가진 사람이라고 말할 때는 남들보다 더 가진 사람이라는 의미가 더 강하고 어떤 의미에서 실질적입니다. 예를 들어, 권력의 문제를 생각해 보면요. 내가 어제보다 더 큰 권력을 가진다는 것은 별로 의미가 없습니다. 권력은 남보다 더 큰 권력을 가질 때만 의미가 있습니다. 왜냐하면 권력이란 상대방과 비교해서 크면 그를 제압할 수 있고, 그렇지 않으면 굴복해야 하는 상대적인 속성을 가진 것이기 때문입니다.

돈도 마찬가지입니다. 내가 어제보다 더 많은 돈을 가졌다고 하더라도 다른 사람들도 그만큼 더 많은 돈을 가지면 의미가 없습니다. 왜냐하면 돈은 교환가치만을 갖고 있으며, 모두가 더 많은 돈을 가지게 되면, 물건을 살 때 지불해야 하는 가격도 그만큼 높아지기 때문에 의미가 없게 됩니다. 남들은 돈이 없을 때 내가 돈이 있어야 힘을 발휘하게 됩니다. 남이 돈이 없을 때 돈을 갖고 있으면 돈을 빌려주면서 권력까지 얻게 됩니다. IMF가 전 세계 국가들을 상대로 하고 있는 것이 바로 이것입니다. 그래서 더 가진 사람들은 다른 사람들이 더 못가지게 만드는 일에 관심이 많습니다. 내가 같은 양의 권력이나 화폐나 명예를 가지고 있더라도, 다른 사람이 가진 권력이나 화폐나 명예가 줄어들면 나는 그만큼 더 많은 뭔가를 할 수 있게 되는 사회에 살고 있기 때문입니다.

더 가진 사람들은 이런 사회를 유지하려고 애를 씁니다. 더 가진 사람들은 자신이 노력이나 능력과 상관없이 이미 태어날 때부터 더 많은 것을 가질 수 있다는 점에서도 더 나은 사람들과 다릅니다. 더 가진 사람이 된다는 것은 거의 전적으로 누구의 자식으로 태어나는가에 따라 결정됩니다. 더 가진 사람들은 자기를 계속해서 재생산하려고 하고, 그럴 수 있는 시스템을 공공연하게 하려고 하는데 이게 바로 불평등의 구조입니다.

그런데 더 나은 사람들은 오히려 태어날 때 갖고 있었던 것을 버리는 것으로부터 더 나은 사람이 되는 과정을 거칩니다. 예수는 하늘 보좌를 버리고 낮고 천한 인간의 모습으로 그것도 로마제국의 식민지 사람으로 말구유통에서 출생하였습니다. 바울도 자신의 혈통과 로마시민권자의 권위나 학식을 다 버리고 떠돌이의 삶을 살았습니다. 성 프란시스코도 부유한 집안에서 출생하였으나 그의 모든 재산을 가난한 사람들에게 나나누어 주고 떠돌이 수도자로 살았습니다.

교육은 드러내놓고 더 가진 사람이 되게 하는 것을 목표라고 말하지 않습니다. 더 나은 사람이 되게 하는 것을 목표라고 말합니다. 그런데 사실은 더 나은 사람이 된다는 것이 더 가진 사람이 되는 1차적인 조건이라는 생각을 전제로 하고 있습니다. 예를 들어, 교육의 목표로서 더 나은 사람이 곧 더 능력 있는 사람이 되는 것이라고 말하는데 암묵적인 동의를 합니다. 더 능력 있는 사람은 더 많은 일을 하고, 더 잘하니 더 많은 월급을 받는 것을 당연하다고 생각합니다. 그래서 결국 더 나은 사람이 되게 한다는 1차적인 목표는 결국 더 가진 사람으로 가는 과정에 불과한 것일 수 있습니다. 교육의 목표로서 더 나은 사람은 더 가진 사람이 되는 것의 부산물로 여겨질 수 있을까요?

교육의 목표로서 더 가진 사람이 더 나은 사람이 될 수 있을까요? 앞에서 말한 최 부자의 경우처럼 말입니다. 그러면 참 좋겠습니다. 그러나 굳이 이 둘 중 하나에 우선순위를 둔다면 우리 가정이나 학교 교육에서 더 가진 사람이 더 나은 사람이 아니라면 더 가진 사람교육을 버리고 더 나은 사람됨의 교육을 할 수 있을까요?

쉽게 답을 내리기 어려운 교육의 난제難題 앞에서 더 가진 사람이 되게 하는 교육 방법은 무엇이고, 더 나은 사람이 되게 하는 교육 방법은 무엇일까 생각해봅니다. 그리고 정말 그런 교육 방법이 있기는 한 것일까도 생각해봅니다. 그래도 주어진 여건에서 더 가진 사람보다는 더 나은 사람됨의 교육을 꿈꾸며, 고민하는 사람들이 있기에 우리의 교육은 조금씩이라도 발전하는 것 같습니다. 오늘도 그저 묵묵히 이름도 없이 빛도 없이 '못생긴 나무가 산을 지킨다*'는 말처럼 작은 농촌 중학교 목사요, 선생으로 주어진 제 자리에서 무엇이 참된 교육인가를 고민해 봅니다.

---

* 산중에 있는 나무들 가운데 가장 곧고 잘생긴 나무가 가장 먼저 잘려서 서까래 감으로 쓰입니다. 그 다음 못생긴 나무가 큰 나무로 자라서 기둥이 되고, 가장 못생긴 나무는 끝까지 남아서 산을 지키는 큰 고목나무가 됩니다. 못생긴 나무는 목수 눈에 띄어 잘리더라도 대들보가 되는 것입니다.

시대적 도전과 가정교육의 과제

사회의 기본 단위로서 가족들에게 안식처를 제공하는 가정은 교육 주체의 역할도 합니다. 가부장적 질서가 지배하는 전통적인 대가족 제도에서는 조부모와 부모 등의 어른들이 1차 교육자로서 사회규범과 예의범절을 가르쳤습니다. 그러나 급속한 산업화와 서구화의 물결을 타고 가정은 붕괴되다시피 했습니다. 대가족은 해체되었고 이혼의 증가로 한부모 가구의 비율은 급증하였습니다. 기혼여성을 포함한 여성들의 사회 진출이 가속화되면서 맞벌이 가구도 늘었습니다. 거의 두 집 중 한집은 부모 양쪽이 직업을 갖고 있습니다. 또한 외국인들의 유입으로 이제 우리나라는 전체 가구의 2-3%대가 다문화가정입니다. 가족의 해체와 맞벌이 가구의 증가와 다문화가정 등의 다양한 가족구조는 가정교육에도 변화를 몰고 왔습니다. 가정의 구성원들이 각자 생활에 바쁘다 보니 서로 대면할 기회와 시간이 크게 줄었고 다양한 가족구성은 새로운 가족의 개념을 요구하고 있습니다.

그럼에도 우리 사회에서 가정교육의 비중과 역할은 여전히 큽니다. 기존의 핵가족 시대, 맞벌이 시대의 가정교육은 더 이상 여성의 몫일 수 없게 되었습니다. 여성들이 직장과 가정을 동시에 이끌어 가는 '슈퍼맘'일 수는 없기에 이제는 남성들의 가사노동 분담과 가정교육의 역할도 요구되고 있습니다.

전통적인 가정교육 내용은 예절과 도덕, 효도와 우애, 공경과 사랑 같은 유교적 규범이었습니다. 건전한 사회구성원으로 살아가기 위한 덕목은 현대사회에서도 교육의 중요한 목표입니다. 현대의 가정교육은 기회 및 시간의 감소와 더 불어 내용 또한 변질되었습니다. 오늘날 부모들이 바라는 가정교육은 유교적 규범이 아니라 학습 능력의 향상입니다. 자녀를 영어, 수학 학원으로 보내고 자신들은 교육비를 버는 것으로 임무의 대부분을 했다고 생각합니다.

가정교육의 목적은 학력의 향상이 아닙니다. 그런 의미에서 현대의 가정교육은 그릇된 방향으로 가고 있습니다. 부모는 자녀가 올바른 인성을 함양하고 능력을 발휘할 수 있도록 이끌어 주어야 합니다. 또 사회의 구성원으로서도 역할을 제대로 할 수 있도록 도와주어야 합니다. 즉 가정교육은 '인격 교육'이 되어야 합니다. 인격은 두 가지 의미를 내포하고 있습니다. 하나는 사회구성원으로서 독립심과 존재감을 키워 주는 것, 곧 '인격체 교육'이고 다른 하나는 구성원으로서 살아가는 데 필요한 도덕성과 윤리의식을 길러주는 '인성교육'입니다. 전통적인 관점에서 부모와 자녀의 관계는 상하 또는 복종 관계입니다. 그러나 이제는 자녀를 통제와 명령의 대상으로 봐서는 안 되고 가족을 구성하는 주체로 존중해 주어야 합니다.

가정과 함께하는 학교교육

부모들은 자녀를 사랑한다고 하면서 정작 자녀를 괴롭히는 어처구니없는 일들이 벌어집니다. 자녀를 사랑한다는 이유로 자녀에게 지나치게 공부를 강요하고 진로와 진학을 강요합니다. 심지어 인륜지대사인 결혼까지도 부모가 정해주는 대로 하라고 강요합니다. 물론 이전 시대에 비해 이런 강요적 분위기의 부모가 적어진 것은 사실이나 제 주변에서도 쉽게 찾아 볼 수 있습니다. 요즘 말로하면 부모가 자녀에게 '갑질'을 하는 것만 같습니다. 우리나라는 유난히 학력을 중시합니다. 이른바 학벌사회로서 학연이 얼마나 사회생활에 중요한지 모릅니다. 또한 지나칠 정도로 경쟁이 당연시되는 사회입니다. 그러다보니 보다 상위클래스의 학교에 진학해야 수월한 삶을 영위한다고 확신합니다. 이런 생각으로 지나칠 정도로 학업에 몰입할 것을 강요합니다. 이 분위기가 한 가정만이 아니다보니 사회 전반적인 분위기가 되어 학생들은 학업에 지칠 대로 지치고 그저 공부만 하다 보니 자신이 왜 공부해야하는지, 자신의 특기와 작성이 무엇인지도 잘 모르고 공부하는 기계마냥 다람쥐 쳇바퀴 돌듯 공부, 공부하면서 살아갑니다.

최근 여기저기에서 인성교육의 중요성을 거론하는 목소리가 높습니다. 그 이유는 사회곳곳에서 청소년비행과 범죄가 발생하고 사회지도층 인사들이 비도덕적인 모습을 보이면서 우리 사회의 인성이 문제임을 개탄하면서 나오는 목소리들입니다. 지나치게 학력만을 주시하다보니 인성은 뒷전입니다.

『여씨춘추呂氏春秋』에 '각주구검刻舟求劍'이라는 말이 나온다. 이 말은 시대의 변화를 외면한 채 낡은 것만을 고집하는 사람의 어리석은 행태行態를 비유할 때 주로 쓰이는 말이다. 오늘날과 같이 변화의 속도가 빠른 시대에 일부러 그런 사람이야 없겠지만 변화의 흐름을 제대로 파악하지 못하고 능동적으로 대처하지 못한다면 결과적으로 정체와 퇴행을 자초하고 말 것이다.

무엇보다 학업이나 성적 등 인지적 영역의 성취만을 강조하고, 인성이나 사회성, 감성 등 정의적 영역의 발달을 무시한 우리 사회 교육구조가 문제의 발단이다. 그렇다면 왜 우리 사회는 학업 성취를 이토록 중요하게 생각하는 것일까요? 왜 우리나라 부모들의 교육열은 미국의 오바마 대통령이 언급할 정도로 뜨거울까요? 가만히 들여다보면 부모들이 자녀가 공부 잘하기를 바라는 마음속에는 '불안감'이 깔려있는 듯합니다. 무한 경쟁시대에 살아남기 위해 공부를 열심히 하고 우수한 성적으로 좋은 대학에 진학하여 좋은 직장에 취직하고 훌륭한 배우자와 결혼해 잘 사는 것, 이것이 부모들이 자식들에게 바라는 유일한 소망이며, 이로 인해 자식을 바라보는 부모의 시선은 늘 불안합니다.

부모들이 이렇게 불안해하며 제각각의 생존전략을 궁리하는 동안 우리 학교는 무엇을 하고 있었나 싶습니다. 학교는 학교라는 울타리 안에서 학생 교육에 최선을 다하고 있습니다. 그러나 부모들의 사교육열풍은 공교육보다 요즘은 학교폭력, 왕따, 일탈과 비행, 자살 등 심각한 모델로 학생관리 업무가 쉽지 않습니다. 교사의 권위도 예전 같지 않아 최근에는 교사들의 스트레스와 우울증 문제까지 종종 보고되고 있습니다. 학교 내에서 심각한 사고가 발생하지 않을까하고 교사들도 늘 긴장하며 불안해하고 있습니다.

가정은 가정대로 학교는 학교대로 제각각 불안하고 힘듭니다. 우리사회를 이끌고 미래를 보장할 인재를 키운다는 목표는 같은데 왜 학교와 가정은 서로 제각각 불안하고 힘들어만 할까요? 가정에서 자녀가 학교에서는 학생인데 왜 같은 대상을 두고 서로 협력하지 않았을까요? 참으로 안타까운 일입니다. 더 이상 문제가 커지기 전에 당사자인 학교와 가정이 긴밀하게 소통하고 협력해야 할 것 같습니다.

학교와 가정의 소통이 지금 우리 교육의 문제를 해결할 수 있는 출발점이 될 수 있을 것입니다. '우리 아이들'이라는 공통 대상을 가운데 두고 학교와 가정이 서로 소통하면 지금 우리가 느끼는 불안감과 긴장감이 조금은 누그러지지 않을까 싶습니다. 공부가 아닌 우리 아이들의 진정한 생존전략을 함께 찾아낼 수 있지 않을까 싶습니다. 선로線路를 이탈한 우리 교육을 제자리로 돌릴 수 있지 않을까 싶습니다.

아무리 강조해도 지나치지 않은 가정

——————————— 학교 교문에서 학생들을 맞이하다보면 학교에 나와 주는 것만으로도 참 반갑고, 대견스러운 아이들이 한 둘이 아닙니다. 제가 재직하는 학교는 면단위 소규모 농촌학교로 이른바 기초생활수급가정이나 차상위계층가정, 다문화가정, 조손가정, 한부모가정, 장애인 및 특수교육대상학생은 물론 입양학생이 비교적 다른 학교에 비해 많습니다.

남들보다 어려운 환경에서, 때로는 고민에 빠지기도 하고 돌출행동을 하기도 하지만 그래도 흔들리면서도 피어나는 꽃들처럼 오늘도 어김없이 미래를 꿈꾸는 청소년답게 열정과 열심히 학교에 오는 걸 보면 저보다 훨씬 낫다는 생각이 들기도 합니다.

'내가 저 학생들과 같은 처지였다면 저렇게 학교에 다닐 수 있을까, 그냥 자포자기 하면서 살지는 않았을까'

이런 제 속마음을 아는지 모르는 지 밝은 얼굴로 인사를 건네는 학생들이 눈에 아른거려 마음 아프기도 하고, 안타깝기도 하고, 그저 잘 자라 줌이 고맙게 느껴지기도 합니다. 어느 때는 이런 학생들 때문에, 때로는 이런 저런 일들로 스트레스를 받고 의기소침하곤 하는데 힘을 얻곤 합니다. 이런 학생들에게 조금이나마 도움이 되고 힘이 되어 줄 수 있다면 이보다 더 큰 보람과 기쁨과 감격은 없을 것만 같습니다.

나름 교직생활에서 느끼는 것은 분명 경제적인 여건으로는 불우한 환경이지만 그래도 가정에서 사랑받고 자란 학생들은 보이지는 않지만 그 뿌리가 단단한 나무처럼 기초가 튼튼해서 그런지 잘 자라는 것 같습니다. 그러나 경제적인 여건은 그런 대로 무난한 편인데 힘들어하면서 방황하는 학생들을 가만히 살펴보면 알게 모르게 가정의 불화가 그 원인이곤 합니다.

이처럼 자라나는 학생들에게 가정은 매우 중요합니다. 가정의 경제적인 여건은 기본적인 삶을 영위하는 필수불가결한 요소로 중요합니다. 그러나 이것 이상으로 더 중요한 것은 화목한 가정의 분위기입니다. 이런 점에서 '가화만사성家和萬事成'이라는 말이 맞는 것 같습니다. 가정의 화목이야말로 모든 일의 기본입니다. 이런 가정의 화목에서 학교교육도, 사회의 건강성도 나올 것입니다. 그러니 가정의 중요성은 아무리 강조해도 지나치지 않습니다.

최근 우리 사회는 이혼율이 이전 시대에 비해 급증했습니다. 그에 따라 한부모 가정의 자녀들이 급증했고, 그에 따라 위기청소년들이나 비행청소년들도 늘었습니다.

제가 목사가 되려고 보니 정규 4년제 대학 졸업자가 신학대학원을 졸업해야하고, 신학대학원 졸업 후에도 2년간 전임全任 전도사로서 수련을 쌓고, 목사고시를 합격해야만했습니다. 이처럼 목사가 되려면 그만한 학력과 경험과 수련을 거쳐야만합니다. 이는 그만큼 목사직이 중요하기 때문입니다.

제가 교사가 되는 과정에서도 그랬습니다. 사범대를 졸업하거나 대학에서 교직과목을 이수하거나 대학 졸업 후 같은 전공과목 교육대학원을 졸업해야만 교사자격증을 취득할 수 있었고, 자격증 취득 후에도 임용고사나 사립학교 채용에 적합한 실력과 인성을 갖춰야만 교사가 될 수 있기에 그에 따른 준비와 과정이 만만치 않았습니다. 이렇게 목사와 교사가 되고나서도 공부가 끝이 아닙니다. 지속적으로 재교육을 위한 노력을 해나가야만 합니다.

우리는 가정의 중요성에 비해 이를 준비하거나 지원하는 것에는 둔감한 것 같습니다. 목사나 교사보다 오히려 더 중요한 것이 한 가정의 남편이 되고, 아버지가 되는 것입니다. 그런데 저는 이렇다 할 준비교육 없이 남편이 되고 아버지가 되었습니다. 이건 저만이 아닙니다. 그저 가정을 이루고 사는 것은 자기 과제입니다. 기독교 교단에서 적합한 목사를 양성하기 위해서 그 준비 단계부터 체계적으로 자질을 검증하고 교육하고 수련케하듯이, 국가가 적합한 교사를 양성하기 위해 실력과 신성을 갖춰나가도록 자격을 엄격히 해서 진행하듯이, 가정을 꾸릴 사람들에게 그에 따른 준비와 자세에 대한 교육도 필요합니다. 이를 위한 가정예비학교나 부모교육이 만들어지면 좋겠습니다. 그나마 다행인 것은 수년 전부터 기독교계를 중심으로 여러 교회나 기관에서 결혼예비학교나 부모교육이나 아버지학교나 가족캠프를 갖고 있습니다. 이를 통해 가정을 이룰 자신을 이해하고, 배우자를 이해하고, 미리 하나하나 준비케 합니다. 또한 이미 이룬 가정에서 상호이해와 사랑으로 살아가도록 하는 교육을 제공하니 참 좋습니다. 앞으로 이런 교육들이 더 많아지기를 기대해 봅니다.

행복한 가정, 건강한 가정은 그냥 이루어지는 것이 아닙니다. 농부가 논과 밭을 기후에 따라 토양에 따라 적절하게 거름을 주고 토양을 조절하고 저수지의 물을 주고 잡초를 뽑고 벌레를 잡듯이 가정도 마음을 다해 정성껏 준비하고 가꿔나가야 합니다.

우리 가족은 사랑으로 교감하지 못하고 함께 살아가지만 혼자 외로워하기도 합니다. 오늘 하루, 사랑하는 가족에게 평소 은혜를 입었으나 감사하지 못하고 원망하며, 사랑하나 표현하지 못하고 살았던 것을 표현해보면 어떨까 싶습니다.

아이 교육보다 중요한 부부 관계 조심스럽습니다

———————————— 어린 아이에게 가장 무서운 일은 엄마 아빠가 자신을 버리는 일, 그리고 엄마 아빠가 헤어지는 일입니다. 부부 사이가 좋지 않은 가정의 아이는 부정적인 영향을 받을 때 문제를 일으키는 반면, 화목한 가정에서 사랑을 많이 받은 아이는 남을 배려할 줄 알며 건강하게 성장합니다.

부부 관계가 돈독하지 않으면 아이와 부모 사이에도 문제가 생깁니다. 부모가 싸우게 되면 아이는 심리적으로 공황 상태에 빠지고, 모든 책임을 자기 탓으로 돌리면서 스스로를 나쁜 아이라고 생각합니다. 부부 싸움은 아이의 자존감과 안정감을 떨어뜨립니다. 아이는 열등감과 자격지심, 포기하는 마음 등의 부정적인 감정이 생기면 오히려 자신 있는 척합니다. 따라서 아이가 나이에 맞지 않게 잘난 척을 하거나 힘든 티를 내지 않는다면 심리적으로 문제가 있다는 신호로 볼 수 있습니다.

많은 부모는 부부싸움이 심해지더라도 아이 앞에서는 '완벽한 부모'가 되고 싶은 생각에 참고 넘깁니다. 둘이 있을 때마다 싸우거나 말도 하지 않는 사이가 되더라도 아이 앞에서는 약속이라도 한 것처럼 어색하게 웃으며 아무 일도 없는 척합니다. 이렇게 하면 아이에게는 나쁜 영향을 주지 않을 거라고 믿기 때문입니다.

그런데 사실은 그렇지 않습니다. 아이는 부모가 상상하는 것보다 훨씬 더 예민해서 아빠, 엄마 사이에 생긴 문제를 정확하게 알아차립니다. 아이는 부모를 탐색하면서 자신의 생각이 맞는지 확인한 뒤에 자신만의 방식으로 부모의 관계를 개선하려고 노력합니다.

부부 관계를 더 이상 유지할 수 없을 때는 아이에게 숨기지 말고 솔직하게 드러내야 합니다. 엄마 아빠 사이에 문제가 있지만 그것은 너 때문에 생긴 문제가 아니고, 아빠와 엄마는 변함없이 너를 사랑할 것이며 아빠 엄마의 문제는 아빠 엄마가 잘 해결할 것이라고 말해 줘야 합니다. 이미 헤어지기로 결정했다면 더 이상 아이 앞에서 이혼에 대해 이야기하지 않는 것이 좋습니다.

문제 해결에 있어서 최악의 방식은 아이에게 상대 배우자의 흉을 봐서 아이가 상대를 미워하게 만드는 일입니다. 이런 방식은 아이에게 엄마와 아빠 중 누군가를 선택해야 한다는 큰 부담감을 주며, 책임지지 않아도 되는 문제를 책임져야 한다고 생각하게 만듭니다.

남자와 여자는 소통 방식이 다릅니다. 남자는 여자의 말에 귀 기울이기보다 서둘러 문제를 해결하려고 하며, 여자는 말하지 않아도 남편이 자신의 생각을 알아주길 바라며 그렇지 않을 때 크게 실망합니다.

부부싸움을 줄이려면 상대방의 입장에서 문제를 생각하고 상대의 감정을 이해하는 것이 가장 중요합니다. 또한 자신의 감정을 객관적으로 표현하면 상대에게 적의를 주지 않으면서 문제를 해결할 수 있습니다. 상대를 비난하기보다 지금 나의 감정이 어떻고 상대가 어떻게 반응하길 바란다고 직접 말하는 것이 좋습니다. 남편이 아내를 서운하게 했을 경우, "당신이 그렇게 말해서 서운해. 난 당신이 ~했으면 좋겠어" 식으로 감정과 기대를 직접적으로 표현해야 남편도 아내를 이해할 수 있습니다.

또한 관계에 있어 완벽을 추구하려는 마음을 버립니다. 사람은 태어날 때부터 불완전한 존재이며 완벽한 사람은 없습니다. 완벽하지 않은 남편과 아내의 위치를 받아들이고 아이의 부족함을 인정하고 보듬어 줄 때 가정은 더욱 화목해집니다.

4

쳇바퀴에서 벗어나기

하루를 멋진 작품으로 만들어가는 삶의 작가

우리는 오늘도 어김없이 하루를 살아냅니다. 어제도 하루를 살아왔으며, 내일의 하루를 맞이할 것입니다. 그렇게 하루가 모여 1주일이 되고, 한 달이 되며, 1년이 되어 인생이 되고 평생이 됩니다. 어릴 때는 1년 365일 그 날이 그 날 같고 지루해서 시간이 빨리 흘러가 어른이 되고 싶었는데 어느 나이 때부터는 세월의 흐름이 쏜살과 같다는 말을 실감할 정도로 빠르다 싶습니다. 가만히 생각해보면 하루하루가 다 소중합니다. 이처럼 흘러가는 세월을 붙잡지 못하고 하루하루 살아가면서 문득 시간이 얼마나 소중한 것인지 한번 돌아보게 되었습니다.

시간의 최소단위를 나타내는 말로 '찰나刹那'를 사용합니다. 이 말은 불교에서 쓴 개념으로 매우 짧은 시간을 말하는 것으로 억지로 계산해본다면 0.013초에 해당합니다. 그러니 실제로는 측정이 불가능한 말로 우리 머릿속 관념으로 설정한 개념입니다. 이 찰나의 순간은 우리가 어떤 생각을 떠올리거나 마음먹는 그 시간과 같습니다. 우리가 마음을 통해 현실에서 기쁨, 행복, 감사 혹은 슬픔, 불행, 원망을 표출하는 그 순간이 1초도 걸리지 않다는 것을 의미하기도 합니다. 우리는 얼마나 많은 시간동안 수없이 많은 마음의 작용으로 살며 순간을 살아가고 있을까요? 이 마음작용의 순간들이 쌓이고, 새겨져서 현재의 사람됨을 만들었습니다.

우리가 이루고자 하는 목표의 시작은 우리가 내는 하나의 마음부터 시작합니다. 꼭 이루고 말겠다는 다짐의 마음에서부터, 힘들더라도 그 목표를 위해 준비하는 정성과 열정과 다짐도 우리의 마음입니다. 이 마음이 하루에도 여러 차례 이리저리 천국과 지옥을 오고가고, 천사가 되었다가 악마가 되었다가 그럽니다. 한 마음에서 극과 극이 상존하니 참으로 신기하고 놀랍습니다.

사람은 행복한 사람과 불행한 사람, 좋은 사람과 나쁜 사람이 명확히 구분되는 게 아니라 한 인격 안에, 한 마음 안에 두 가지가 물고 물리듯 공존하는 것입니다. 다만 두 마음에서 어느 쪽이 지금은 지금까지는 우세한 가하는 것뿐입니다. 이는 심리학의 아버지 프로이트가 말한 내면세계와도 같습니다. 프로이트는 욕망으로 치닫는 본능(이드)와 도덕적 이상을 추구하는 초자아superego가 요동치는 사이에서 자아ego가 존재함을 말했습니다. 그의 말은 한 사람의 자아는 지극히 동물적이고 욕망에 충실한 본능과 천사 같은 성품의 도덕적 이상을 추구하는 성자가 공존한다는 것입니다. 이처럼 변화무쌍한 마음을 둘러싼 우리 삶의 환경을 어렵고 힘듭니다.

바로 지금 마음작용을 깨닫고 마음이 어느 쪽으로 치닫고 있는지, 그것이 바람직한지를 객관화해보면 어떨까요? 정말 그것이 진정한 자신의 마음인지, 아니면 순간적인 감정에 치우침인지, 아니면 합리화의 탈을 쓴 욕망덩어리인지를 말입니다. 이와 같은 마음 작용들이 쌓여 인격을 이루고, 생활을 가꾸며, 목표를 성취하게 합니다. 잠깐이라도 자신의 마음을 바라보는 진지한 자세와 여유 한번, 그 순간이 우리의 삶과 사람됨을 바꿔놓을 수 있습니다. 하루에 한번쯤은 그것이 어렵다면 일주일에 한번이라도 가만히 자신의 마음을 바라보는 시간을 가져보는 것이 좋습니다. 우리가 아무리 바빠도 몸이 아프면 모든 일을 미루고 건강부터 챙기게 되듯이 마음의 건강, 사람됨을 가꿔나가는 일은 아무리 바빠도 미룰 수 없는 일입니다. 요즘 사는 게 많이들 힘들다고 합니다. 그러다보니 마음도 힘듭니다. 자꾸만 긍정이 아닌 부정으로, 행복이 아닌 불행으로 희망이 아닌 절망으로 치닫는 마음을 봅니다. 그러다보면 자연스럽게 마음은 우울로 얼룩지고 급기야 돌이킬 수 없는 결정을 내리려는 유혹에 빠져들기도 합니다. 이런 마음을 바라보고 이런 마음의 끝을 알아채고는 단호히 돌이켜야합니다. 더 이상 마음이 어둠으로 가득 차도록 내버려두면 안 됩니다. 지난날 힘든 고난을 이겨낸 경험과 아름다웠던 추억을 떠올리면서 힘을 내고 함께하는 마음들을 떠올려보면서 함박미소 지어보면서 새롭게 힘을 내야합니다.

영웅을 그려낸 드라마들을 보면 대부분 구조가 이렇습니다. 어쩌면 그리도 주인공의 삶이 고난의 연속인지 모릅니다. 한 고비 넘기면 또 한 고비가 찾아옵니다. 왜 그렇게 주인공을 괴롭히는 악한 사람이 있는지 해도 해도 너무할 정도로 괴롭힙니다. 그런데도 주인공은 그 어떤 어려움 속에도 정직과 정의와 다정함을 잃지 않습니다. 그러다가 결국 마지막에 승리합니다. 이처럼 식상하고 뻔한 스토리 전개에도 많은 사람들이 열광적으로 시청하는 이유는 그런 주인공의 삶에 박수를 보내고, 감정이입 되기 때문입니다. 결국 우리도 주인공처럼 아무리 힘들어도 어려워도 괴로워도 더디더라도 바른 길가면서 승리하고 싶기 때문입니다.

그렇습니다. 우리는 삶의 과정에 놓여 있는 필연적인 고민들 속에서도 결국 웃을 수 있는 존재들입니다. 이를 위해 우리는 한 가지 과제를 수행해야만 합니다. 그것은 바로 삶에 대한 태도의 변화입니다. 우리는 어떻게 태도를 변화시킬 수 있을까요? 필연必然은 있는 그대로 긍정해야만 한다는 뜻을 가진 말입니다. '피할 수 없으면 즐겨라!' 이 말은 우리에게 그 자체로 힘을 주기도 하지만, 이 문장에 약간의 살을 붙여서 좀 더 깊이 이해해봅니다. 피할 수 없는 것들은 모두 기존과는 다른 새로운 의미를 필요로 합니다. 그렇다면 우리는 어떻게 피할 수 없는 것들에 새로운 의미를 부여할 수 있을까요? 그것은 바로 바라봄의 변화, 즉 마음가짐의 변화를 통해서입니다. 마음의 변화는 어려운 말이 아닙니다. 생각할 수 있는 능력의 변화를 뜻합니다. 마음의 변화는 삶에 대한 우리의 태도를 변화시킵니다. 우리의 꿈은 이러한 삶의 태도를 통해 하염없이 우리 주변을 맴돌기도 하고, 또한 손에 잡힐 듯 다가오기도 합니다. 하지만 속박된 마음은 삶의 새로운 의미를 만들어내지 못합니다. 그렇게 되면 우리는 새로운 꿈을 꿀 수 없게 됩니다.

지금 우리의 마음은 무엇을 원하고 어디를 향해 작용하고 있을까요? 독일의 철학자 프리드리히 니체는 오직 이익만을 쫓는 삶 속에서 자신의 내면을 돌보지 못하고 오히려 잃어가는 현대인의 증상을 기이한 정신 결여증이라고 말한 바 있습니다. 삶의 목표에 이르고자 할 때에 가장 가지고 가기 힘든 것, 자신을 가장 무겁게 하는 것은 외부적인 상황이나 사람이 아닙니다. 내부에 있는 또 다른 나입니다. 나를 이해하지 못하는 나, 다시 말해 이상과 현실 속에서 내가 왜 이 일을 하고자 하고, 왜 이 꿈을 꾸고 있는지에 대해서 아직 내면의 자신과 화해하지 못하고, 합의하지 못한 사람은 아직 자기 자신에 대해서 확실히 알지 못하고 있는 것입니다. 우리가 현실만을 위한 현실을 살아가게 된다면 삶의 의미와 꿈은 우리에게 낯설고, 어색해서 불편한 단어일 뿐입니다. 그러니 우리는 우리 자신에게 불만족스러운 표정을 짓게 될 뿐입니다. 삶의 극한 속에서 새로운 의미를 찾고 새로운 꿈을 꾸며 결국 이를 실현했던 빅토르 프랑클이 독일의 극작가이자 시인인 프리드리히 헤벨의 말을 활용해서 한 말입니다. "나란 인간이 내가 된 인간에게 슬프게 인사합니다."

매 순간 다시 시작되는 우리의 하루들. 그리고 하루를 가득 채우는 생각들은 단 한순간도 버릴 수 없는 삶의 이야기들입니다. 그리고 이 이야기들은 끊임없이 생동하기에 우리 삶의 호흡입니다. 그렇다면 우리의 삶의 이야기에 거친 숨소리와 가냘픈 숨소리가 나는 것은 당연한 것이겠지요. 때로는 거칠고 때로는 잔잔한 소리가 날 수도 있다는 사실에 대한 긍정은 필연적인 상황들을 자연스러운 삶의 이야기로 받아들일 수 있도록 우리의 생각을 변화시켜줍니다.

우리가 원하는 진정한 바람과 꿈들은 우리 삶의 이야기가 전개되는 과정 중에 있기 때문에 주제를 달리하며 자주 바뀌기도 하고, 실현되기 바로 직전에 좌절되기도 할 것입니다. 하지만 이러한 필연에 새로운 의미를 부여하고 긍정할 수 있다면, 우리는 우리가 꾸는 꿈이 현실로 변하는 경험에 한걸음씩 다가갈 수 있습니다. 이를 위해서 삶의 호흡은 가벼워야만 합니다. 아니 춤을 추는 사람처럼 가쁜 호흡이어도 즐거워야만 합니다. 우리는 모두가 삶을 숨 쉬게 하는 작가이자 주인공입니다. 그저 그런 이야기들로 무미건조한 하루하루의 이야기에서 다른 새로운 이야기로 재탄생되는 감동이 밀려오는 작품으로 만들 수 있습니다. 누가요? 바로 우리 자신이 말입니다.

분노조절장애도 장애랍니다.

우리는 흔히 장애라고 하면 신체적인장애를 떠올립니다. 그러다보니 신체가 아닌 정신장애가 있음을 눈여겨 보지 않습니다. 사실 가만히 보면 신체장애보다 더 고통스러운 게 바로 정신장애입니다. 저처럼 안경을 쓴 사람을 보고 장애인이라고 하지 않습니다. 이는 안경이란 물건으로 인해, 눈이 나쁜 불편함은 있으나 불편을 감소시키는 도구로서 안경이 있기에 그렇습니다. 만일 갑작스런 사고로 팔이나 다리에 기브스를 하고 다니다보니 다른 사람보다 느리고 불편함으로 살아가는 이들은 환자이지 장애인은 아닙니다. 환자는 분명 몸의 불편과 장애는 있지만 그것은 일시적인 것으로 일정기간 지속적이지는 않습니다. 환자는 시간이 지나면 다시 건강한 신체를 기대할 수 있습니다. 장애는 장애조건을 개선하기 어렵거나 불가능한 경우를 말합니다.

운전하다가, 말다툼하다가, 부부싸움을 하다가…. 홧김에 저지르는 범죄들이 연일 뉴스를 장식하고 있습니다. 이처럼 현대인들은 온갖 스트레스를 많이 받다 보니 분노조절장애, 혹은 충동조절장애라는 어려움을 겪고 있습니다. 종로에서 뺨 맞고 한강에서 화풀이한다는 속담처럼, 바깥일들이 잘 풀리지 않으면 일단은 참았다가, 나중에 시간차를 두고 다른 대상과 장소에서 분노와 감정을 폭발시키게 되는 것. 혹시 나와 우리 가족에게는 해당 사항이 없을까요?

20대 후반의 남성 이 씨. 원하는 명문대에 진학하지 못한 것과 관련해 어머니의 원망에 지속적으로 노출됐습니다. 마음의 상처가 깊어져 8년간 은둔형 외톨이로 살던 그는, 모욕당하고 무시당한 순간이 떠오르면 거실에 갑자기 뛰쳐나와 가구를 부수고 욕설을 퍼부은 다음 방으로 다시 들어가는 생활을 반복하고 있습니다. 집 안 곳곳은 파인 자국으로 가득하고 가구는 모두 폐품 수준이며, 식기는 모두 알루미늄이나 스테인리스 스틸 등 깨지지 않는 것으로 대체됐습니다.

외도후 반성의 기미가 없는 남편 김 씨의 태도에 매일 싸움을 하는 부부. 단순한 폭언에서 시작됐으나 점차 상호 폭력으로 이어졌습니다. 아내 박 씨의 분노조절장애가 먼저 표출됐고, 싸움이 격화되는 과정 중에 남편도 분노조절장애가 됐습니다. 두 사람의 분노가 함께 폭발할 때는 베란다 난간에 매달리는 행위를 비롯해 자해, 살인 위협까지 벌어집니다.

분노조절장애는 화의 빈도와 강도가 통상적인 정도를 넘어 대인관계, 직업적 사회적 기능에 심각하게 부정적인 영향을 미치는 경우를 말합니다. 정신과적 진단은 '정신장애의 진단'의 기준을 따르는데 분노조절장애라는 진단명은 없지만, 분노와 관련된 진단명으로 '간헐적 폭발성 장애'가 있습니다.

이는 공격적 행동과 연관된 다른 질환 즉 성격장애, 조증, 물질사용, 머리 외상 등의 원인이 아니면서 심각한 폭력 행위나 재산 파괴를 초래하는 공격적 충동을 통제하지 못하는 사건이 간헐적으로 나타나는 경우입니다.

또한, 공식적인 진단명은 아니지만, '외상후 스트레스 장애'와 연관해 심리적 외상trauma이 분노에 직접적인 영향이라는 관점에서 볼 때 독일의 정신과 의사 마이클 린든이 제안한 '외상 후 격분장애'가 있습니다. 이는 정신적 고통 이후 부당함, 모멸감, 좌절감, 무력감 등의 부정적 감정이 나타나며 부당한 대우를 받았다는 믿음으로 인해 증오와 분노의 감정이 지속하는 것을 말합니다. 따라서 분노조절장애에서 분노는 타인에게 악의적이고 계획적으로 자신의 이득을 위해 분노를 표현하는 반사회성 성격장애와 구분할 필요가 있습니다.

인간은 다양한 욕망을 가지고 있는데, 이 욕망이 현실의 원칙에 위배될 때 쉽게 좌절하고 마음의 상처를 받게 됩니다. 상처를 받으면 가장 먼저 나타나는 감정이 바로 '분노'입니다. 무분별한 분노는 스스로 억제하거나 다른 방법으로 승화시키려 노력합니다. 하지만 폭발적인 분노는 과도한 긴장 속에서 욕망, 좌절에 의한 분노가 커지거나, 그것을 억압하고 있는 자기 검열의 고삐가 풀릴 때 발생합니다. 또한, 신경생리학적으로 두부(머리)외상, 물질남용, 신경전달물질의 불균형이 원인이 될 수 있습니다. 특히 음주 시 분노조절이 어려운 경우가 있는데 이는 알코올이 평소 감정을 억압하고 제어하는 전전두엽의 기능을 일시적으로 마비시키기 때문입니다.

실제로 분노조절에 어려움을 겪는 대부분 환자가 성장기에 심각한 심리적 외상을 경험한 경우가 있습니다. 대표적으로 알코올 중독자 가정에서 성장한 경우인데 심각한 신체적 학대와 방임에 지속해서 노출돼 불안, 우울, 공포, 무기력감과 함께 엄청난 분노가 내면에 자리하고 있습니다. 평소에는 억압된 분노를 느끼지 못하다가 트라우마 사건 자체나 이와 동반된 심리적 현실과 연관된 일상의 사건을 경험했을 때 분노가 폭발합니다.

극단적인 예로 '넌 도대체 제대로 하는 게 뭐가 있니? 네가 태어나서 내 인생이 망했어'와 같이 존재 자체를 부정하는 부모의 말을 지속해서 들은 아이들의 경우입니다. 당시에는 부모가 나를 버리거나 어떻게 하지 않을까 하는 불안으로 분노 표현은 못하지만 어른이 되어 어떠한 사건들이 이전 경험을 상기시킬 때 트라우마를 겪은 당시의 심리상태로 돌아가 분노가 폭발합니다.

건강보험심사평가원에 따르면 최근 분노조절장애로 치료를 받는 이들이 급격하게 늘어난 것으로 나타났습니다.

분노 폭발은 곧 마음의 상처를 의미하며, 마음의 상처를 어떻게 치유하느냐에 치료가 집중돼야 합니다. 스스로 노력해 자연 치유된다면 가장 좋지만 어려우면 전문가의 도움을 받는 것이 좋습니다.

우선 분노를 참는 훈련이 중요합니다. 일단 분노가 발생하면 주변 상황이 적대적으로 변해 그 자체가 상처가 되기 때문입니다. 또한, 분노는 외부 요인이 아니라 자신의 문제점 때문에 발생했다는 것을 명심할 필요가 있습니다.

분노를 참는 대표적인 방법은 화나는 상황을 미리 파악해 피하고, 화나기 전에 심호흡하거나, 숫자를 헤아리고, 악력기 같은 손 운동기구로

운동하는 등 주위 전환법이 도움이 되기도 합니다.

또 인지행동치료 기법으로 화가 났던 상황을 기억해 그 상황과 감정 사이를 잇는 부정적 사고를 도출, 의식적으로 변화시키는 것도 좋은 방법입니다. 하지만 혼자 하기는 쉽지 않아 전문가의 도움이 필요합니다.

느림의 매력을 안겨주는 라운징

"빠른 게 좋은 거지. 빨리빨리, 서둘러!" 누구나 한번쯤 해봤을 법한 말입니다. 언제부터인가 우리는 빠름, 간편함, 편리함을 추구하며 일명 '빨리빨리' 문화 속에서 살고 있습니다. 급격한 경제성장과 산업화로 삶의 여유를 느끼지 못하고 모두들 바쁘게 살고 있고, 그것을 당연시합니다. 덕분에 우리나라는 세계에서 교통사고 1위, 위암 사망률 1위, 부실 공사 1위, 자살률 1위, 사고공화국 등 부끄러운 분야의 선두두자로 손꼽히고 있습니다.

이 뿐만이 아닙니다. 빠름을 추구하는 현대인의 생활양식은 음식문화도 바꿔 놓았습니다. 탄수화물과 단백질, 비타민 등 건강영양소를 슬로푸드slow food를 통해 섭취했던 이전과는 달리 지금은 간편한 패스트푸드fast food에 더 익숙해져 있습니다. 햄버거, 피자, 치킨, 도넛 등 패스트푸드는 간단한 조리과정으로 간편하게 먹을 수 있어 바쁜 현대인에게 꾸준히 사랑받고 있습니다. 하지만 고열량, 과다 염분과 불포화지방 등 인체에 해를 끼치는 요소들이 많이 포함돼 있어 우리 건강에 해로움을 끼칩니다. 영양 불균형으로 인해 여러 가지 질병이 발생할 가능성이 높고, 고열량으로 인해 비만·당뇨병 등의 성인병 발생 원인이 되기도 합니다. 이에 따라 정부는 패스트푸드 음식 섭취를 낮추려고 슬로푸드 권장운동에 적극적입니다. 그러다보니 웰빙에 속하는 음식들이 붐을 일으키고 있습니다. 그러나 이렇다고 해서 시대에 맞춰 적응하고 있는 현대인들이 슬로우slow의 여유로움과 행복함을 얼마나 깨닫게 될 지는 의문입니다.

물론 빨리빨리 문화가 부정적인 영향만을 끼치는 것은 아닙니다. 빠르고 편리함은 국가발전의 토대가 되고, 편안한 생활을 영위할 수 있는 기본 요건이 되기도 했습니다. 한국 교회도 세계교회사에서 그 유례를 찾아보기 힘들 정도로 급성장을 이루기도 했습니다. 하지만 그 성장과 편안한 생활 속에 가려진 '과정의 중요성'과 도덕성 그리고 신중하게 일을 진행해나가는 완성도나 천천히 여유를 가져보는 낭만이 결여된 우리의 현실은 안타깝습니다.

요즘 현대인들을 보면 "남보다 빨라야 살아남는다."는 속도 강박관념에 빠져 있습니다. "느리게 살아야 행복하게 산다."는 말이 있습니다. 제가 사는 전라북도는 느리게 사는 도시를 지향해 2010년 전주를 슬로시티로 지정해 삶의 질을 높이고 있기도 합니다. 슬로시티는 주민들이 주도해 지역공동체를 구성하고 지역자원과 문화를 바탕으로 한 새로운 사업모델을 발굴하는 새로운 형태의 지역 사회를 뜻합니다. 지역에서 나는 식재료 음식을 먹고 그 지역의 역사와 문화를 느끼며 여유롭고 풍요로운 지역을 만들고자 하는 것이 목적입니다.

언제나 빨리빨리를 강조하는 현대 사회에서 느린 것은 어쩌면 답답하게 여겨질 수도 있습니다. 하지만 느린 것은 그만큼 삶에 여유로움이 있다는 뜻이기도 합니다. 빨리빨리 문화에서 조급하게 살기보다 한번쯤은 뒤돌아 볼 수 있는 여유로운 삶을 추구해 보는 것은 어떨까요? 잘 먹고 잘 사는 삶보다 사람답게 사는 삶이 더 가치 있는 삶입니다. 바쁘게 살아온 삶을 천천히 되돌아보며 삶의 의미를 추구해보는 것은 어떨까요? 하루에 한번쯤은 항상 바쁘게 앞만 보고 숨 가쁘게 달려오지는 않았는지, 잠시 여유를 가져보면 어떨까요? 그동안 바쁜 일상 속에서 잃은 것은 없는지, 빠뜨린 것은 없는지 점검해보면 어떨까요?

이런 방법의 하나로 우리 삶의 라운징을 찾아보는 것도 유익할 것 같습니다. 라운징Lounging은 Lounge에 ing를 붙인 말로, "사람을 만나고 쉬는 라운지와 같은 공적 공간에서 타인과 함께 있되, 불편함을 느끼지 않을 정도의 심리적 거리를 확보하며 몸과 마음을 가볍게 쉬는 것"을 의미합니다. 사람은 시간이든 일이든 공간이든 일정한 통제감을 가질 수 있을 때 편안함과 안정감을 느끼게 된다고 합니다. 공공장소에서 다른 사람들의 시선을 의식하지 않고, 홀로 여유를 즐기며 취미 활동 등을 즐길 수 있는 곳이 바로 라운징입니다.

저는 휴식이 절실한, 피로에 찌든 몸과 마음. 쉬고 싶지만 쉬는 시간을 내는 것도, 쉴만한 곳을 찾는 것도 만만치 않은 삶에서 라운징이 가능한 곳을 찾았습니다. 제가 사는 곳 가까이에는 혼자만의 시간이 가능한 종합대학이 있습니다. 넓은 교정 곳곳에는 웅장함을 뽐내는 건물들이 즐비합니다. 이들 건물들의 로비나 계단과 호숫가 벤치들도 좋고, 휴일이나 방학엔 저만의 공간으로 여유를 즐길 곳들이 많습니다. 사람들이 잘 찾지 않는 고서古書 가득한 도서관 열람실이나 강의실, 저만 알고 있는 수목원의 나무 그늘 등은 호화로운 카페라운지 못지않은 분위기만점입니다.

캠퍼스 주변에는 저만의 라운징 공간이 수없이 많습니다. 정작 이 대학에 재학 중이거나 재직 중인 사람들도 모르는 곳을 알기도 합니다. 저만의 라운징 공간에서 공간의 부속물이 아닌, 당당히 공간의 주인으로서 자존감과 만족감을 느끼며 힐링의 시간을 갖다보면 혼자만의 감흥에 시간 가는 줄도 모릅니다.

잘 찾아보면 이런 공간은 의외로 우리 주변에 많이 있습니다. 눈여겨보면 정말로 아주 가까이에 이런 공간이 있습니다. 제가 재직하는 학교에서도 알게 모르게 쉼이 가능한 아늑한 자투리 공간이 여럿 있습니다. 복도 끝 난간이나 건물 현관 변두리 공간이나 옥상 등이 제겐 요긴합니다.

라운징은 단순히 휴식과 여유를 즐기는 공간이 아닌, 일상의 분주함을 벗어나 잠시 동안이나마 '다른 나'를 경험해 볼 수 있는 공간이자 몰입의 공간입니다. 몰입과 휴식 사이 균형의 공간, 지성과 감성의 조화를 이루어내는 이상적 공간입니다. 가장 조용하지만 가장 격렬한 사유의 폭발이 일어나는 현장, 멈추어진 듯 가장 빠르게 달리고 있는 공간, 혼자만의 라운징은 가장 느리지만 가장 멀리 가는 방법을 보여주고 있습니다.

현대인은 일하는 과정에서 여러 가지 벽에 부딪히고, 컨베이어 벨트 부품 같이 소모되고, 피고용인으로서 감시당하면서 역할에 대한 불만, 싫증과 불안을 느낍니다. 공동체 의식이 메말라가 믿을 것은 오직 자신뿐이라는 고독을 느낍니다. 필요한 만큼의 사생활 확보와 인간적 교류를 하는 것도 뜻대로 잘되지 않아 불만을 느낍니다. 현대인의 피로는 이러한 불안, 고독, 공포, 통증, 싫증 등에서 비롯됩니다.

신형차를 새로 구입한 어느 부부가 신바람 나게 주말여행을 떠납니다. 주유소에 잠시 들러 기름을 채워 넣고 다시 가던 길로 차를 몰았습니다.

남편은 서너 시간쯤 차를 달리다 가벼운 사고를 당합니다. 그런데, 이게 웬일인가요? 뒷좌석에서 잠자고 있는 줄로 알았던 아내가 없는 것입니다. 그 주유소에서 잠깐 화장실에 간 아내를 태우지 않고 혼자 달려온 것이었습니다.

하비콕스의 말처럼 현대는 과속질주의 시대입니다. 그런데 왜 달리는지 목적의식도 없이 소유와 출세를 위해 오로지 앞만 보고 달립니다. 보다 소중한 것에는 관심을 두지 않은 채말입니다.

"학교는 왜 옵니까?"
"공부는 왜 합니까?"

가끔 이런 질문이 필요합니다.

삶의 여유와 느림은 결코 성장을 방해하는 사치가 아닙니다. 오히려 더 성장할 수 있고 성장에 내실內實을 더하는 것이기도 합니다. 이는 '레크레이션recreation'이라는 말이 단순한 쉼이 아니라 재창조再創造의 의미인 것과 같습니다. 주어진 여건에서 투박하고 딱딱하고 차가운 건물에서 몸과 마음을 살리는 행복공간이 있습니다. 이곳에서 여유를 만끽해보는 것도 삶의 재미일 것입니다. 자신만의 라운징을 찾아내고 이를 누리는 것이야말로 삶의 지혜일 것입니다. 앞으로는 건축에서도 라운징을 중요하게 여겨야할 것입니다.

남미에서 있었던 일입니다. 항해하던 배가 풍랑을 만나 산산조각이 났습니다. 사람들은 나무 조각에 몸을 싣고 표류하고 있었습니다. 몇 밤이 지나갔습니다. 물결치고 바람 부는 대로 떠다녔습니다. 방향 감각도 잃었습니다. 모두들 허기에 시달렸습니다. 물이라도 한 모금 마셨으면 살 것 같았습니다. 바닷물로 목을 축여 봤습니다. 짠 맛 때문에 갈증만 더 느껴졌습니다. 또 다시 밤이 되었고 다시 아침이 왔습니다. 새벽 미명, 멀리서 큰 배 한 척 나타났습니다. 환호성을 질렀습니다. 목이 터져라 구원을 요청했습니다. 그 배는 빠른 속도로 다가왔습니다.

'아, 이제 살았구나.'

사람들은 안도의 한숨은 내쉬었습니다.

긴장이 풀리면서 다시 극심한 갈증이 밀려왔습니다.

"우선 물부터 좀……. 물 물 물……."

갈잎처럼 말라 바스락거리는 입술로 그렇게 애원했습니다. 그러나 저쪽 배에서는 뜻밖의 말을 해왔습니다.

"마침 우리도 식수가 다 떨어졌소."

정말 절망스런 대답이었습니다. 그러나 그들은 덧붙여 이렇게 말했습니다.

"여기 물은 매우 깨끗하오. 그냥 마셔도 됩니다."

정말이었습니다. 그 물은 조금도 짜지 않았습니다. 바닷물이 아니었습니다. 짠 바닷물이 먹는 물로 변하다니, 이게 어찌된 일인가요? 이상해서 잘 살펴봤습니다. 놀랍게도, 그들은 바람에 밀려서 아마존 강의 하류에 와 있었던 것입니다. 진작 퍼마시면 되었을 것을, 그것이 바닷물인 줄 잘못 알고서 목말라 고생했던 것이었습니다.

그러고 보면 우리 주변에는 삶의 여유와 행복을 누릴 수 있는 공간과 여건들이 많이 있습니다. 내게 이런 것이 없다고 한탄찬하거나 남을 부러워하기보다 잘 찾아보면 주어진 여건에서 행복을 찾을 수 있습니다. 내 곁에 언제나 있는 데 문제는 우리가 그것을 깨닫지 못할 뿐입니다. 가만히 여유를 갖고 찾아보면 어떨까요?

감사지수를 높이면 행복지수도 높아진답니다

———————————— 제가 재직하는 학교는 농촌 면단위학교로 전교생이 79명인 비교적 작은 농촌학교이다 보니 도시권 학교에 비해 학생들이 경제적으로 열악한 경우가 많고, 문화적 향유도 여의치 않은 경우가 많아 감사보다는 불평이, 긍정보다는 부정적인 경향이 있음을 감안해서 감사를 되새기는 의미로 '불평제로, 감사 충만 Day'라는 행사를 기획하고 준비를 하다가 눈에 들어 온 책이 있었습니다. 이 책은 윌 보웬 목사의 『불평 없이 살아보기 – 삶의 기적을 이루는 21일간의 도전』입니다. 보웬 목사가 불평 없이 살아보기 운동을 한 계기는 사람이 겪는 모든 불행의 뿌리에는 불평이 있다는 사실을 깨달았기 때문이었습니다. 어떤 신부가 불평을 자주 했는데 공개적으로 할 수는 없고 새벽에 성당복도를 오가면서 혼자 중얼거렸더니 새벽기도 온 신자들이 "우리 신부님은 방언도 참 잘하신다."고 하는 얘기를 듣고 놀라서 다시는 드러내놓고 불평을 하지 않았다고 합니다.

보통 사람들은 대개 하루 평균 15~30회의 불평을 한다고 합니다. 밴드를 한 손목에서 다른 손목으로 옮기지 않고 21일간 불평을 참아보기로 하는데 한 번도 불평하지 않고 21일을 보내려면 평균 4~8개월이 걸린다고 합니다. 왜 21일일까요? 새로운 행동을 습득해서 습관을 만드는 데 21일이 걸린다고 합니다. 병아리가 알을 깨고 부화하는 기간이기도 합니다. 또한 우리나라 건국신화에서 호랑이와 곰이 사람이 되기 위해서는 100일간 동굴 속에서 쑥과 마늘을 먹으며 견뎌야하는데 그 고비로 몸과 마음을 정갈하게 해야 하는 삼칠일(21일)이 나옵니다. 이 기간을 잘 견딘 곰은 드디어 사람이 되었고, 호랑이는 견디지 못하고 뛰쳐나가 사람이 되려는 목표를 이루지 못했습니다. 이런 의미가 21일에 담겨 있습니다. 보웬 목사는 불평 없이 살아보기 운동을 하다보면 생각이 긍정적으로 변하고 전보다 행복한 사람이 된다고 주장합니다.

이 책을 읽다보니 제가 학교에서 펼치는 감사생활운동과도 자연스레 연결이 되었고, 얼마 전에는 제가 출석하며 봉사하는 교회 중등부에서 불평을 없애자고 일명 보라색 팔찌 운동을 펼치기도 했습니다. 우리는 행복해질 수 있는 능력을 이미 갖고 태어났습니다. 행복은 감사생활에서 시작되기에 감사할 줄 아는 사람에겐 감사할 일이 자꾸 생긴다고 합니다. 불평의 눈을 내려놓고 그 자리를 감사로 채워 행복한 삶을 이어나가면 좋겠습니다. 쌀 한 톨 속에도 수없이 많은 사람들의 땀과 눈물과 수고와 헌신이 들어있음을 깨닫고, 원망을 비우고 감사를 나누면서 감사를 표현해보면 어떨까 싶습니다. 일본의 대표적 기업인 마쓰시다 고노스케가 한 명언입니다.

"감옥과 수도원의 공통점은 세상과 고립되어 있는 것입니다. 차이가 있다면 불평을 하느냐, 감사를 하느냐 그 차이입니다. 감옥이라도 감사를 하면 수도원이 될 수 있고, 수도원이라도 감사를 할 줄 모르면 감옥입니다."

불평과 불만의 감옥과 같은 마음에서 과감히 탈출해서 모든 것에 감사하는 마음恩心으로, 감사생활로 튼튼하고 안락한 마음의 집을 지어보면 어떨까 싶습니다.

미국 조지아주에 '마르다 벨'이라는 여자 선생님이 계셨습니다. 선생님은 작은 시골 학교에 부임하게 되었습니다. 도시권에 비해 비교적 열악한 환경이지만 열정과 정성과 사랑으로 아이들을 가르치는데 학교가 너무나 열악해서 피아노 한 대조차 없었습니다. 아이들의 교육을 위해서는 피아노가 필요한데 이를 마련한 방법이 없었습니다. 생각다 못해 선생님은 당시 미국 최고의 부자였던 자동차 왕 헨리 포드에게 1,000불만 보내달라고 간곡한 편지를 보냈습니다. 편지를 받아든 헨리 포드는 이를 어떻게 처리할까 궁리를 했습니다. 그 이유는 그에게 피아노 한 대를 기증할 돈은 얼마든지 있지만 수많은 사람들이 그에게 돈을 요구해서 받아갈 때는 사정사정해서 받아갔지만 대부분 감사하다는 말 한마디 없이 그것으로 끝났기 때문이었습니다. 이 선생님도 그런 사람 중에 하나일 것이라 생각하면서 그래도 편지까지 보냈으니 그냥 거절할 수는 없겠다하는 생각에 10센트를 보내주었습니다.

선생님은 혹시나 하는 마음으로 기대하면서 기다렸는데 최고의 부자가 요청한 1,000불이 아닌, 1달러도 아닌, 10센트를 보냈으니 얼마나 실망하셨을까요? 그러나 선생님은 이렇게 감사의 편지를 써 보냈습니다.

"돈을 보내주셔서 감사합니다. 1,000불을 요청했는데 10센트를 보내주셨습니다. 저는 회장님의 뜻을 이렇게 해석했습니다. '주어진 여건에서 최선을 다하시기 바랍니다.' 잘 사용하겠습니다. 감사합니다."

선생님은 10센트 가지고 땅콩을 사서 학교 운동장 한 구석에다 심었습니다. 얼마 후 수확을 했습니다. 그것을 팔아 선생님은 더 많은 땅콩 씨앗을 사서 심었습니다. 그렇게 해마다 땅콩을 심고 거두었습니다. 5년 만에 1,000불을 수확할 수 있었습니다. 그래서 피아노를 살 수 있었습니다.

선생님은 5년 후에 이런 내용으로 다시 감사의 편지를 보냈습니다. 고작 10센트 보내줬는데 편지를 두 번 씩이나 보냈던 것입니다. 헨리 포드가 선생님의 편지를 받고 미안하기도 하고 너무 기뻐서 선생님이 요구한 천불의 10배나 되는 만 불이라는 거액을 보내면서, 이렇게 편지를 보냈습니다.

"선생님이야말로 제가 미국에서 만난 가장 훌륭한 사람입니다. 제게 감사를 표한 유일한 분이십니다. 저는 선생님에게 돈을 보내는 것이 아니라 제 진심을 보냅니다. 저는 선생님의 편지와 열정에 감동을 받았습니다. 지금 이 순간 얼마나 행복한지 모릅니다."

선생님은 만 불을 교육청에 보내 피아노 없는 10군데 학교에 보내줄 것을 요청했고 진심을 담아 감사의 편지를 보내면서 이 기금이 10군데의 어려운 학교에 귀하게 쓰일 것을 밝혔습니다. 이 일에 더욱 감동한 헨리 포드는 열악한 학교들과 선생님들의 복지에 아낌없는 기부를 이어나갔습니다.

이것이 감사의 기적입니다. 저도 작은 농촌학교 교사로 봉직하면서 학교를 위해 지역 금융인들과 기업인들과 개인들에게 후원을 요청 드리곤 합니다. 누가 시켜서는 아니나 제가 정한 후원의 원칙은 저부터 후원해서 후원의 씨앗을 갖추고 시작합니다. 저도 후원하지 않으면서 남들에게 후원을 요청한다는 것은 스스로가 부끄러운 일인 것 같습니다. 또한 후원자들에게 사용처를 반드시 알려드리고, 행사후 꼭 감사의 인사를 드리는 것을 잊지 않습니다. 이렇게 나름대로 좋은 뜻으로 학교를 위해서 후원을 받곤 하면서 감동을 받기도 하고 생각한 것에 미치지 못해서 서운할 때도 있습니다.

만약 제가 학교를 위해 의미 있는 귀한 행사를 기획하고 엄청난 부자에게 간곡하게 100만원을 보내주실 것을 요청했는데, 천원을 보내왔다면 제 마음이 어땠을까요? '아니 이 사람이 누굴 놀리나?'하면서 기분나빠하면서 화를 냈을지 모르겠습니다. 그러면서 감사의 편지나 말을 건네지 않았을 것 같습니다. 만약 그랬다면 저와 저희 학교는 이런 기적은 맛볼 수 없을 것입니다.

선생님은 10센트를 받고는 마음에 불평과 불만을 심은 것이 아니었습니다. 적게 줬다고 원망하지 않고 감사하는 마음으로 인내하며 노력하다 보니 목표한 바를 이룰 수가 있었고, 이를 통해 생각지도 않은 큰 일을 이룰 수가 있었습니다. 선생님이 얻은 것은 땅콩의 수확만이 아닙니다. 사람의 마음도 수확한 것입니다.

콩 심은 데 콩이 나고 팥 심은데 팥이 나듯이, 불평은 불평을 낳고 원망은 원망을 낳고 감사는 감사를 낳습니다. 불평은 불행의 시작입니다. 그러나 감사하는 사람은 감사할 것들이 계속 생겨납니다.

불평과 불만, 원망과 저주는 모든 질병의 원인이 될 수 있지만 감사는 인간의 질병을 치료하는 특효약입니다. 감사는 문제를 해결하는 힘이 있습니다. 현실을 변화시키는 신비한 능력이 있습니다. 일이 잘 안되고 꼬이십니까? 이때가 바로 감사할 때입니다. 이때가 바로 마음의 성숙을 이룰 때입니다. 이때가 바로 인내와 지혜로 문제를 풀어갈 힘을 길어갈 때입니다. 문제를 푸는 길은 긍정적인 마음의 감사하는 자세입니다. 어려움 속에서도 감사하며 사는 사람에게는 이미 그 마음에서 문제해결의 실마리가 있고, 알지 못하는 사이에 생각지도 못한 일들로 문제해결과 행운의 길이 열립니다.

장사가 잘되고 수입이 좋을 때만 감사하는 것이 아니라 장사가 안 될 때도 감사의 제목을 찾아내고, 성공할 때만 감사하는 것이 아니라, 실패와 어려움 속에서도 감사할 줄 아는 사람이 진정한 감사의 사람입니다. 건강할 때, 일이 생각대로 될 때는 누구나 감사하기 쉽습니다. 그러나 그렇지 않은 불편과 어려울 때 감사의 조건을 찾아내는 사람이야말로 감사지수가 높은 사람입니다.

어떤 형편과 처지에서도 감사의 끈을 놓지 않아야 합니다. 그 감사의 끈을 통해 풍성한 기쁨을 수확하며, 그렇게 거둔 것으로 서로 나눔으로 감사가 감격과 감동으로 이어지는 사랑 나눔의 실천자가 될 것입니다.

쳇바퀴에서 벗어나기

——————————— 혹시 어떤 행동을 멈추지 못하고 반복하지는 않으신지요? 예를 들어, '한 조각만 먹어야지' 했던 과자에 두 번, 세 번 손이 가 결국 과자 한 봉지를 다 비웠다든지 또는 '한 시간만 컴퓨터를 하고 과제를 시작해야지' 생각했지만 세 시간이 넘도록 컴퓨터 앞을 떠나지 못한 경험을 한 적이 있는지요? 이렇게 자신의 이성적 의지를 거스르고 특정 행동을 반복하게 되는 이유는 그 행동이 자신에게 쾌락을 주기 때문입니다. 과자를 맛보는 순간 느꼈던 쾌락을 다시 느끼기 위해 한 조각 더 먹게 되고 그러다가 매일 두 봉지, 세 봉지를 먹게 됩니다. 우리는 이것을 중독이라 부릅니다. 이전 시대에 비해 비교적 물질적으로 풍요로운 시대를 살아가는 우리는 수많은 쾌락의 유혹 속에 노출되어 있습니다. 우리는 과거에 비해 더 많은 쾌락을 누리면서 더 많은 쾌락에 목말라합니다. 우리는 쾌락의 노예가 돼버릴지도 모르는 쾌락의 사회 속에서 살아가고 있습니다.

중독이란 좋지 않은 결과를 예상하면서도 충동적인 물질 갈구를 멈추지 못하는 뇌의 만성질병입니다. 중독은 대부분 '기분 좋았던 경험'에서 시작해, '보상-반복-재발'의 악순환을 반복하며 몸과 마음을 파괴합니다. 현대 사회에서 중독은 큰 문제로 자리 잡고 있습니다. 알코올중독, 약물중독, 게임중독, 니코틴중독, 도박중독, 쇼핑중독 등 수많은 중독들이 생겨나고 있습니다. 그만큼 현대인들이 수많은 쾌락에 노출돼 있고 또 그 쾌락의 유혹을 절제하지 못하고 있습니다. 프랑스의 소설가 베르나노스의 책 『사탄의 태양 아래서』에 나오는 "우리의 가엾은 육신은 한없는 탐욕으로 쾌락과 고통을 모두 취한다."는 말처럼 가엾은 우리는 중독이라는 쾌락을 놓지 못해 고통 속에서 살아가는 지도 모릅니다.

흡연은 건강에 좋지 않음은 누구나 다 아는 사실입니다. 흡연이 얼마나 우리 몸에 해로운 지는 국가적 차원에서 돈을 들여 각종 캠페인을 하고, 공익광고도 합니다. 보건 당국과 학교교육에서도 흡연예방교육을 합니다. 담배 표지에도 흡연의 위험성을 경고하는 문구가 들어있고, 주요 공공시설에서는 금연이 의무화되었고, 흡연시 벌금형 등의 규제를 가하고, 담뱃값을 인상했습니다.

이렇듯 나라 전체가 금연을 강조함에도 흡연율이 뚜렷하게 줄지 않고 있습니다. 제가 재직하는 중학교에서도 흡연하는 학생들에게 주의를 주고, 금연교육을 강력하게 하는 데도 흡연율이 기대이상으로 줄어들지는 않고 있습니다. 도대체 뭐가 부족해서 흡연율이 줄지 않는 것일까요? 이에는 여러 가지 이유가 있겠지만 담배의 중독성 때문이 아닐까하는 생각이 듭니다. 이미 중독에 빠진 경우엔 그것에서 벗어나기가 불가능에 가까운지 모릅니다.

노름에 미친 사람이 놀음판에서 헤어 나오는 길은 아무리 교육하고 야단치고 감시감독해도 안되니 아예 손목을 잘라 내야한다는 말이 있습니다. 그런데 어떤 이는 이것도 아니라고 합니다. 이미 노름에 중독된 사람은 손목을 잘라내면 다른 한 손으로도 노름을 하고 다른 한 손을 잘라내면 발로라도 한다고 합니다. 이 말은 그만큼 중독을 끊기가 힘듦을 말한 것입니다. 흡연이 마약이나 놀음 정도까지는 아니기에 이 정도는 아니지만 중독성이 있음이 분명합니다. 그러니 담배를 끊는 것은 빠를수록 좋습니다.

술을 즐기는 이들은 자신이 이기지도 못하는 술을 많이 마십니다. 사람이 술을 마시는 것인지 술이 사람을 마시는 것인지 분간조차 어려울 정도로 술에 취해 사는 이들도 많습니다. 다음날 숙취에 고생하면서 다시는 술을 마시지 않겠다고 결심하지만 그 때 뿐입니다. 사회생활을 하다 보니 부득이한 인간관계 때문에, 상황이 어쩔 수 없다 하면서 다시 술을 즐깁니다. 이는 이미 자기조절이 불가능한 중독입니다.

이처럼 일반 사람들이 마약이나 노름이 아니더라도 담배나 술에 한번 빠져들면 여기서 헤어 나오기가 쉽지 않습니다. 시작은 쉬워도 중단은 어렵습니다. 누가 강제로 시킨 것도 아니고, 안 해도 되는 것이고, 아니 안 해야 하는 백해무익百害無益한 것을 뻔히 알면서도 끊지 못합니다. 여기엔 배운 만큼 배운 지식인도 그렇고, 사회적 지위를 갖춘 사람도, 인생 경륜을 두루 갖춘 어르신도 그렇습니다. 그러니 한창 감성이 풍부하고 좌충우돌 흔들리는 청소년들이야 말해 무엇 할까요? 이리저리 핑계대면서 그럴 수 있다고, 그럴 수밖에 없다하면서 자기 합리화를 해가면서 계속해나갑니다.

그런데 가만히 생각해보면 이게 결국 사람인가 싶습니다. 사람이란 존재 자체가 그렇게 생겨먹었나 봅니다. "소 잃고 외양간 고친다"고, 중독에 빠진 다음에야 '이게 아니구나'합니다. 문제가 걷잡을 수 없이 된 다음에야 통탄하면서 후회합니다. '내가 잘못 했구나.' 하지만 곧이어 다시 잊어버리고 같은 선택을 반복합니다. 이것이 우리 개인의 물질만이 아닙니다. 사회문제에서도 마찬가지입니다. 경쟁을 부추기는 사회에서, 경쟁에서 살아남은 지도층은 경쟁이 얼마나 비인간적이고 불합리한 것인지 누구보다 잘 알면서도 이를 강요하는 교육제도를 만들고 재생산합니다. 그 안에서 교육받은 학생들은 상황이 그렇다는 이유로 그 가치를 받아들이고 경쟁하는 사람으로 성장합니다. 그리고 또 다시 경쟁을 강화하고, 사람을 큰 기계의 톱니바퀴처럼 보다 효율적인 도구로 만드는 사회를 만들어 갑니다.

이런 사회는 찰리 채플린이 나온 〈모던 타임즈〉라는 영화가 일반화된 사회와 같습니다. 마치 며느리가 시어머니에게 갖은 수모를 다 받으면서 '내가 시어머니가 되면 절대로 며느리에게는 이렇게 하지 말아야지'하는 다짐을 하지만 시어머니가 되고는 자신도 시어머니와 똑같이 아니 더 며느리를 괴롭히고 마는 것과 같습니다.

저 또한 학생 시절 우리 교육의 문제를 느끼면서 '내가 교육자가 되면 이렇게 하지 않고, 사랑을 실천하리라'다짐했지만 어느 순간 저도 그 나물에 그 나물인 경우가 많습니다. 어느 땐 '일개 교사인 내가 뭘 어쩌겠나 학교구조가, 교육계가, 사회구조가 그런 것을 나도 어쩔 수 없지' 하고 합리화하기도 합니다. 문득 이를 깨닫고는 '내가 왜 이러나'하는 자책감을 갖곤 합니다. 때로는 관행이라는 이유로 은근슬쩍 넘어가는 불의도 많습니다. 분명 잘못된 것인데, 그러면 안 되는데 넘어가는 게 참 많습니다.

우리가 개인적인 중독성이든 사회적인 문제든 계속되는 상황에서, 이런 쳇바퀴 같은 악순환의 고리에서 벗어나는 길은 무엇일까요? 이런 저런 노력으로 이를 개선해보려고 애를 써보지만 정말 정말 쉽지 않습니다. 어떻게 하면 잘못된 것들을 끊어낼 수 있을까요? 가장 좋은 방법은, 가장 쉬운 방법은 하지 않는 것뿐입니다만 이미 시작한 이상 끊기는 어렵습니다. 아무런 행동 없이 그저 후회만 하고, 비판만 하고, 속상해만 한다면 변화는 없습니다.

어떤 게으르고 무책임한 사람의 집에 어느 날 밤 도둑이 들었습니다. 현관문 밖에서 들리는 발자국 소리에 누워서 혼잣말하기를, '우리 집에 들어오기만 해봐라.' 도둑이 문을 따고 들어옵니다. '어쭈? 물건에 손댔다간 봐라.' 이것저것 물건을 집어담는 소리가 들립니다. '엥? 꼭꼭 숨겨놓은 패물에 손대기만 해봐라.' 용케 도둑이 패물을 찾아내어 주르륵 담는 소리가 들립니다. '내 방에 들어오기만 해봐라.' 다행히 방엔 안 들어오고 나가는 소리가 들립니다. '휴, 십년감수했네.' 나가보니 도둑이 활개치고 다녀서 거실이 엉망진창이었습니다.

시작은 사소한 것에서 비롯됩니다. 가볍게 넘길 만한 것들로부터 시작됩니다. 그러나 한번 타협하고 적당히 넘어가면 점차 대범해집니다. 바늘 도둑이 소 도둑 되는 과정에 무수한 시행착오와 우여곡절이 있을 것입니다. 결국엔 악순환의 고리에 휩싸이고 맙니다. 욕심이 잉태할 때 우리 안의 양심이 경고의 사이렌을 울립니다. '너 지금 조금 빗나가고 있다. 살짝 삐끗하면 떨어질 수 있다. 이때가 중요하다. 빨리 알아듣고 경각심을 갖고 돌이키면 금세 회복할 수 있다.' 이런 양심의 소리에 귀 기울이고 돌이키면 되지만 그렇지 않고 조금만 더, 조금만 더 하면서 타협하면 욕심이 용기를 얻어 왕성해지고 맙니다. 죄로 발전하면 정말 끊기 어려워지고 맙니다. 죄는 타성과 변명과 정당화를 데리고 다닙니다. 적절한 타협과 핑계를 만들어 찔려서 상처 난 양심을 임시 천으로 덮어 아무렇지 않은 척 합니다. 속히 치료하지 않으면 속에서는 곪아 상처를 악화시켜 결국 큰 수술을 해야 하는 상황에 이르게 합니다.

우리 마음의 방이 그렇습니다. 불의가 마음껏 활개치고 다니도록 허용하는 순간 우리는 이미 졌습니다. 잘못을 안다면 곧바로 끊어내야 합니다. 적당히는 없습니다. 손댈 수 있을 때 손대야 합니다. 관행이란 미명아래 불의가 당연시되는 사회, 개성이나 인권이 무시되고 획일화된 사회, 경쟁을 강요하고 효율만을 찾느라 사람이 중심이 아닌 집단이 우상화된 사회가 틀렸다면 우리 스스로가 큰 기계의 톱니바퀴가 되기를 거부해야 합니다. 그런 선택에는 집단이나 다수로부터 외면당하고 손가락질 당하는 박해가 따를 수도 있습니다. 망망대해에 쪽배에 의존한 것처럼 외로움에 휩싸일 수도 있습니다. 심지어 지위 보존이 불가능하거나 경제적인 어려움을 감당해야 할 수도 있습니다.

내 이기심보다 공동선을, 내 욕심보다 사회정의를 선택한다는 것은 결코 쉬운 일이 아닙니다. 그러니 그런 선택이 없다면 변하는 것은 아무것도 없습니다. 좋든 싫든 우리 모두는 이미 불의한 구조로 얽히고설킨 쳇바퀴 위에 서 있고, 그 쳇바퀴는 아무런 방해도 없이 굴러가고 있습니다. 우리 스스로가 멈추지 않을 때, 우리는 '왜 내가 이 쳇바퀴를 굴려야 하는가'라고 생각만 할뿐 아무 것도 바꿀 수가 없습니다. 잘못을 깨달은 즉시 이 쳇바퀴를 멈출 수 있다는 사실을 행동으로 보여줘야 합니다.

즉시 그렇게 하지 않으면 우리 마음에 자리 잡은 자기합리화의 방어기제가 신속하게 작동하고 맙니다.

많은 사람들이 알게 모르게 그 내면은 진정한 것을 갈망합니다. 자신이, 세상이 불의로 가득 찼지만 그 안에서 정의를, 사랑을, 희망을 찾고 싶어 합니다. 그래도 아직은 덜 오염된 젊은 세대들은 가짜나 거짓이 아닌 진실과 정직에 목말라 합니다.

학생들 앞에 가르치는 이로서 제가 가르치고 있는 것이 참이라고 자신 있게 말할 수 있을까 생각해봅니다. 또한 제가 가르친 대로 그것이 옳다고 확신하며 그대로 살고 있는지도 생각해봅니다. 선생이란 먼저 사는 사람을 말합니다. 제가 말하고 가르치고 믿는 바를 제 삶으로 증언하는 삶이야말로 진정한 교육일진대 얼마나 그런가 하는 자문自問도 해봅니다.

이제 글샘을 길어 올림을 끝내고, 다시 일상으로 돌아가야 합니다. 학생들을 만나러 발걸음을 재촉해야하는 시간입니다. 주섬주섬 교과서와 교육자재들을 챙겨들고 일어섭니다. 문득 일상으로 돌아가 다시 쳇바퀴를 돌릴 것인지, 내 삶의 자리에서 우리가 사는 세상을 보다 아름다운 세상으로 바꾸기 위해 행동할 것인지 생각해봅니다.

부정이 아닌 긍정의 바이러스 확산 운동

지난 2015년 상반기 온 나라를 두려움에 떨게 한 대재앙 메르스가 있었습니다. 메르스는 중동지역에서 집중적으로 발생한 신종 베타코로나 바이러스에 의한 감염증으로 2003년 발생한 중증급성호흡기 증후군SARS과 유사하나 치사율은 30% 정도였습니다. 중동에서 건너온 이 바이러스의 확산과 피해 속도가 너무 빨라 우리 사회와 전 국민을 불안과 공포의 도가니로 몰아넣었습니다. 메르스 공포로 학교들이 휴교를 하기도 했고, 각종 행사들이 전면 취소되거나 연기되었습니다.

저는 이를 보면서 지난 2009년에 있었던 신종플루를 떠올렸습니다. 신종플루는 인플루엔자 바이러스에 감염된 돼지에서 발생하여 생긴 신종 인플루엔자 바이러스pandemic influenza에 의해 감염되는 호흡기 질환입니다. 초기에 '돼지독감'으로 불린 이 바이러스성 질환은 멕시코에서 등장하여 미국으로 퍼진 후 전 세계로 확산이 되었습니다. 신종플루는 계절 인플루엔자와 증상이 유사하여 발열, 기침, 인후통, 콧물, 두통, 오한,

피로, 구토가 나타날 수 있었습니다. 그 때 제가 재직하는 학교는 이에 대한 긴급 교직원회의를 수시로 했고 학생들을 위한 대책으로 초비상이었습니다. 매일 아침 학생들의 열을 재서 신속히 대처하려고 애를 썼고 우리가 할 수 있는 최대한의 노력을 기울였습니다. 그럼에도 어린 학생들은 두려움에 떨었습니다. 한번은 어느 학생이 열이 나기에 긴급히 인근대학병원 응급실로 데려간 적이 있었습니다. 두려움에 떨면서 기도해 달라고, 무섭다고 했던 기억이 납니다. 다행히 빠른 대처로 학생은 건강을 회복했습니다. 이번 메르스도 이와 비슷했습니다. 2009년 신종 플루에 이어 2015년 메르스를 접하고 보니 또 언제 신종 바이러스가 발생해서 우리를 괴롭힐 지 알 수 없다는 생각이 들었습니다.

사실 인류역사는 수많은 바이러스에 속수무책으로 노출되어 왔습니다. 바이러스는 그 종류도 다양하고, 인류 물질문명의 발달에 따라 새롭게 생겨나 인류의 생존을 끊임없이 위협했습니다. 인류역사에서 이런 바이러스에 의한 전염병으로 수많은 사람들이 속수무책 죽어나간 경우는 많습니다. 이번 메르스 사태로 2013년 개봉한 김성수 감독의 〈감기〉라는 영화를 떠올린 사람들도 많았습니다. 신종 바이러스는 이번 메르스 사대에 대해 국가기관이나 대형병원들이 신속하고도 지혜롭게 대처하지 못한 것에 대한 비판이 많았습니다. 그로 인해 가족이 사망하는 가슴 아픈 경우들이 많았습니다. 이번 일을 거울삼아 사전에 예방하고 대처할 수 있도록 관계기관의 적극적인 노력을 기대해봅니다. 가장 좋은 의학은 초기 대응이 중요하고 예방이 최고입니다. 이를 위해 사전에 치밀하게 대비하는 준비된 자세와 사안 발생 시 신속히 대처하는 시스템과 헌신을 기대해봅니다.

현대사회는 각종 환경오염 등의 이유로 신종 바이러스는 불가피할지 모릅니다. 그렇다면 이런 신종 바이러스에 우리가 대처할 일은 무엇일까요? 신종 바이러스로부터 생명을 지키고 극복해 나갈 방법은 무엇일까요? 그것은 바이러스 백신주사를 맞는 것이 중요하지만, 우리 각자가 보건위생 관리를 철저히 하면서 몸의 면역력을 강화해 나가는 것이 더 중요합니다. 내 몸은 내가 지켜야합니다.

이와 연관해서 정신세계를 병들게 하는 바이러스는 무엇이고, 그것을 극복하려면 어떻게 해야 하는가를 생각해봅니다. 작은 면단위 농촌 중학교이다 보니 그런지 아이들이 의기소침하거나 자존감이 낮고 학습된 무기력의 모습을 보이곤 합니다. 매사에 도전하려는 생각보다는 안 된다고, 할 수 없다고, 불가능하다고 시작도 하기 전에 단정내리기도 합니다. 이런 모습을 모면 너무도 안타깝고 화가 나기도 합니다. 그러고 보면 아이들을 가장 위협하는 바이러스는 신종 플루나 메르스가 아니라 '부정적인 생각'바이러스인 것 같습니다. '안 된다', '할 수 없다' 하는 부정적인 생각 바이러스는 확산 속도가 빠르고 부정적인 결과를 가져오는 치명적인 바이러스입니다. 스스로 면역체계를 기르지 못하도록 막는 힘이 엄청난 바이러스입니다.

'부정적인 생각'이 일단 우리 마음 안에서 생기면 그것이 급속하게 자라납니다. 그래서 하나 둘 생각을 지배해서 의욕을 상실케 하고 의지를 꺾어버립니다. 이는 개인을 넘어 공동체와 사회도 마찬가지입니다. 구성원을 방관자로 만들고 게으름과 무책임의 상태로 몰아갑니다.

우리는 도대체 왜 부정적인 생각과 행동이 바람직하지 않다는 것을 알면서도 자꾸만 그것을 선택하고 거기서 헤어 나오지 못하는 것일까요? 문화인류학자들은 책임지지 않고 편안함을 추구하는 인간의 이기주의적인 욕망과 오랫동안 약육강식의 위협으로부터 자신을 방어하기 위한 안정 욕구 때문이라고 말하기도 합니다.

그렇다면 정신의 나태와 피폐를 불러일으키는 '부정적인 생각' 바이러스의 발생과 확산을 막고 치유를 통해 스스로 면역체계를 세워나가게 하려면 어떻게 해야 할까요? 무협지와 무협영화를 보면 훈련과 경험을 통해 안으로 쌓인 실력과 그 기운으로 내공內空을 쌓는 장면들이 나옵니다. 정신의 내공을 길러 자기 긍정과 자신감과 적극적인 도전정신으로 면역체계를 세우고 그것을 강화해 나가야 합니다. 시대와 삶의 여건이 아무리 바뀌더라도 긍정의 힘, 진취적인 기상을 오롯하게 만들어 가야합니다.

우리에게 두 가지의 선택이 놓여 있습니다. '안 된다, 할 수 없다. 이제 끝났어'라는 절망 바이러스를 택할 것인가? 아니면 '할 수 있다, 하면 된다. 한 번 해보자'의 면역력을 키우는 긍정과 희망의 바이러스를 택할 것인가?

희망 바이러스를 선택하는 힘은 정신의 면역력을 키우는 자기 긍정의 자존감에서 나옵니다. '안 된다', '할 수 없다', '해도 소용없다' 등 절망 바이러스에 대한 강력한 면역체는 자신감 회복에서 시작됩니다. 그 자신감은 환경을 넘어서는 힘입니다. 조직을 이끌어가는 리더는 주어진 여건에서도 가능성을 찾아내고, 미래를 예측하며 준비하는 방향제시 그리고 서로 존중하고 배려하는 조직문화를 구축해 나가야합니다.

"말이 씨가 된다."는 말처럼, "말에는 힘이 있다."는 말처럼 먼저 말하기의 습관부터 개선해봅시다. "안 된다"고 하지 말고, "아니다"고 하지

맙시다. "할 수 있다", "하면 된다"고 말해봅시다. 이런 말은 스스로에게 다짐이 되고, 공동체에 힘이 됩니다. 자신감을 회복해서, 우리 스스로 정신의 면역체계를 굳건하게 세워, 세상의 주변이 아닌 중심이 됩시다. 바로 지금부터 나태하고, 게으르고, 축 처져 있는 우리 모습을 성찰하고, 정신의 면역 체계를 굳건히 해나가는 의식개혁을 시작해봅시다.

희망과 절망의 차이가 무엇이라고 생각하십니까? 신경쇠약증에 걸려 절망적인 생각으로 살아가던 30대의 미국 변호사가 있었습니다. 친구들은 그가 자살할까봐 칼이나 면도날을 치우고 곁에서 동태를 살필 정도였습니다. 그가 걸을 때면 걸음마다 우울히 한 방울씩 떨어지는 것 같았습니다. 하는 사업마다 실패하고, 선거에서도 여러 번 떨어졌으니 그럴 법도 했을 것입니다. 그 자신도 이렇게 말할 정도였으니 말입니다.

> "나는 살아있는 사람 중에서 가장 비참한 사람이다. 나의 기분이 세상에 전해진다면 지구상에 웃음이 사라질지도 모른다. 지금 이대로는 살 수가 없다. 죽든가 더 좋게 되든가 어느 한 쪽을 선택해야 한다."

그래서 그는 어느 날, 생각을 바꿨습니다. 사람이 무엇인가 되겠다고 결심하면, 그 결심한 만큼 이룰 수 있다.고 말입니다. 이렇게 하여 노력을 거듭한 그는 훗날 드디어 미국 대통령이 되었습니다. 이 사람이 바로 그 유명한 미국 16대 대통령 '에이브러험 링컨'입니다.

심리학자들은 비관론자가 되느냐 낙관론자가 되느냐는 그 사람의 선택에 달렸다고 말합니다. 어떤 것을 선택할지 굳이 망설일 필요가 있을까요? 절망이 아닌 희망을! 비관이 아닌 낙관을!

〈체리 향기〉라는 영화 속에서 주인공 남자는 삶의 고통을 견디다 못해 자살을 하기로 결심하고, 자신의 시체 위에 흙을 덮어줄 사람을 찾아 다닙니다.

물론 모두들 그 제의를 거절합니다. 그런데 마지막에 만난 한 노인이 그의 소망을 선선히 승낙합니다. 그리고는 자신의 이야기를 이렇게 들려 줍니다.

> "나도 자살을 생각한 시절이 있었다네. 어느 날 새벽에 목을 맬 밧줄을 가지고 오디 나무가 많은 농장으로 갔다네. 그리고 나무에 올라가 밧줄을 매려고 하다가, 우연히 오디 열매를 하나 따먹게 되었는데 아주 맛이 있었지. 그래서 하나 둘 따먹다 보니 날이 밝았고, 그 때 세상은 너무나 아름다워 보였네. 아침 하늘, 떠오르는 태양, 재잘대는 아이들의 목소리까지도 참으로 아름답게 느껴졌다네. 결국 나는 오디 열매를 잔뜩 따 가지고 돌아와 아내와 나눠 먹으며 인생의 행복을 느끼게 되었지."

영화 〈체리 향기〉를 제작한 이란의 압바스 키아로스타미 감독은 죽음을 추구하는 과정을 통해서 오히려 진한 삶의 향기가 있음을 말하려고 했던 것입니다.

오늘날 우리 교육의 과제는 자라나는 세대인 아이들을 부정이 아닌 긍정으로, 절망이 아닌 희망으로, 과거가 아닌 미래를 바라보도록 돕는 것입니다. 아이들이 저마다의 꿈과 끼와 깡을 마음껏 펼칠 수 있도록 위로하고, 격려하고, 믿어주고, 도와주는 것입니다. 모든 사람에게는 저마다의 끼와 꿈과 깡이 있고 잠재적인 힘이 있습니다. 이것이야말로 우리의 믿음입니다.

저희 집 담에 작고 앙증맞게 핀 풀꽃들이 예뻐서 보기만 해도 흥겹습니다. 보잘 것 없어 세상 시선 끌지 못하지만 풀꽃의, 소박한 아름다움이 저절로 미소 짓게 합니다. 풀꽃을 보면서 풀꽃처럼 낮은 자세로 작은 것의 소중함을 느끼며 소박한 마음으로 살고 싶습니다. 어찌 보면 우리 아이들이 그런 것 같습니다. 제가 참 좋아하는 시로 제 컴퓨터 바탕화면에 두고 보고 또 보게 되는 시들입니다. 학교 아이들에게 자주 들려주면서 자존감을 높이는 말을 합니다. 나태주 시인의 시샘이 글을 쓰는 제게 시샘이 들게 할 정도로 참으로 주옥같은 시입니다.

아름다운 사람

아름다운 사람
눈을 둘 곳이 없다
바라볼 수도 없고
그렇다고 아니 바라볼 수도 없고
그저 눈이
부시기만 한 사람

풀꽃 1

자세히 보아야
예쁘다
오래 보아야
사랑스럽다.

너도 그렇다.

풀꽃 2

이름을 알고 나면
이웃이 되고
색깔을 알고 나면
친구가 되고

모양까지 알고 나면
연인이 된다.

아, 이것은 비밀.

풀꽃 3

기죽지말고 살아봐
꽃 피어봐
참 좋아.

긍정적인 자세로 도전하는 사람들

살면서 하루에도 몇 번씩 무엇을 해야 할지, 어떻게 살아야 할지, 희망은 있는 것인지 묻곤 합니다. 그러나 답은 쉽지 않습니다. 문득 접하게 된 책을 통해 해답의 실마리를 찾아봅니다. 최근 읽은 세 권은 긍정의 힘으로 '도전'함을 잘 드러내주었습니다. 『나는 한국의 아름다운 왕따이고 싶다』의 김성주의 도전은 '왕따'가 되면서 시작되었습니다. 재벌가에서 탈출하면서 퍼스트 클래스의 왕따가 되었고, 소매 유통 사업에서는 '투명성'과 '효율'을 강조해 업계의 왕따가 되었습니다. 그녀는 우리나라의 아름다운 왕따가 되고 싶어 했습니다. 가부장적 권위주의와 부정, 부패가 만연한 사회를 당당하게 거부하는 왕따. 똑똑한 개인을 바보로 만드는 사회를 바로 잡지 않고서는 우리에게 희망이 없다고 그녀는 단언합니다. 진정으로 세계를 염두에 둔 글로벌 마인드를 갖추고, 깨끗하고 투명한 방식으로 일하며, 가진 만큼 노력하고 가진 만큼 나눌 줄 아는 사회로의 변화. 그것이야말로 새로운 세기에 희망이 있는 도전이 될 수 있다고 했습니다.

『12억짜리 냅킨 한 장』의 김영세에게 삶의 도전은 '냅킨'이었습니다. '냅킨'은 어려서 시작한 디자인이라는 탐험의 길을 걷는데 꼭 필요했던 일종의 보물 지도였습니다. 디자인이라는 탐험을 하기 위해서는 시간과 공간을 굳이 필요로 하지 않았습니다. 미리 준비되지 않은 장소, 하늘을 나는 비행기속에서도 그는 뛰어난 상상력을 발휘한 디자인을 잊어버리지 않기 위해 종이를 찾았습니다. 냅킨 한 장이라도 그곳에 담아내는 창의적인 아이디어는 세계 디자이너들의 찬사를 받을 만 했습니다. 마치 암호처럼, 때로는 투상화나 낙서처럼, 탐험하는 곳곳에서, 허겁지겁 주위 사람들이 이해하지 못하는 사이에 냅킨 한 조각에 그려진 그의 아이디어들은 그를 세계적인 디자이너로 만들어주었습니다. 그는 디자인을 알면 삶을 영위할 수 있는 방법을 쉽게 찾을 수 있다고 했으며, 디자인의 가장 중요한 조건으로 '정직'을 들었습니다. 정직해야만 남의 디자인을 베끼지 않고 독창적인 디자인을 창조할 수 있으며, 디자인이 독창적일 때라야 소비자들의 사랑을 받을 수 있다는 것입니다.

『프로를 꿈꾸는 그대에게』의 일 잘하는 여자 주혜경에게 삶의 도전은 '마라톤 경기'였습니다. 웬만한 역경 속에서도 포기하지 않는 끈기와 인내심, 작은 일에 기뻐하고 슬퍼하고 좌절하기 보다는 천천히 멀리까지 가겠다는 여유, 희망과 꿈을 지니고 끊임없이 미래를 준비하는 태도가 기본적으로 갖추어진 마라토너였습니다. 그녀가 말하는 마라톤 경기에는 자신에 대한 긍지와 드높은 민족적 자존심, 조금 잘 된다고 주저앉아 만족치 않고 더욱 발전하기 위해 편해지려는 자신을 채찍질할 수 있는 사명감, 이런 것들이 필요했습니다. 또한 이 사회를 지배하고 있는, 단번에 끝장을 보고 계산을 마쳐버리려는 식의 근시안적인 태도와 얇디얇은 양은냄비 같은 사고방식에서 벗어나 장기적인 포부로써 인생을 설계하고 여유롭고 긴 안목으로 장래를 준비하라고 그녀는 강조했습니다.

이들 세 사람의 도전은 진정한 용기였습니다. 용기 있는 사람만이 도전의식을 가지고 고정관념의 지배에서 벗어날 수 있었습니다. 이들 세 사람은 자신이 속한 사회의 고정관념을 깨뜨리는 일부터 시작했습니다. 흔히들 고정관념의 지배를 받는 사람들은 이제까지 안 해 본 일은 할 수 없다고 생각하는 반면, 긍정적이고 도전적인 이들은 남들도 했으니 나도 하면 될 것이라고 생각합니다. 반대로 이들은 이거든 저거든 쉽든 반복적이든 어렵든 한 번도 안 해 봤던 간에 뛰어들어 해보고 싶어 하고, 또한 하면 좋을 이유를 스스로 노력하여 찾아냈습니다. 즉, 끊임없는 호기심과 의욕으로 스스로 충만한 '자가 발전 시스템'이 이들에게 공통적으로 들어 있었던 것입니다. 그것이 그들에게 성공이라는 단어가 가능하게 된 희망의 메시지였습니다.

분노할 때,
분노할 줄 아는 지성

"우는 아이 떡 하나 더 준다!"는 속담이 있습니다. 희망사항이나 욕구불만이 있을 때 적극적으로 의견을 피력하는 사람에게 이익이 돌아간다는 말입니다. 누군가 자신의 고통이나 불편이나 아픔을 이해해줄 것이라 기대하면서 침묵하는 사람에게 돌아갈 몫이나 이득은 상대적으로 적거나 없습니다. 이것은 당연합니다. 침묵의 언어는 순례자나 종교공동체에 속하는 제한된 수행자들의 몫일 뿐입니다. "가만히 있으면 중간이라도 간다." "괜히 번거롭게 나서다가 오해를 받거나 낭패를 보니 그냥 나서지 마라!"는 말들은 자신의 삶을, 공동체를 적극적으로 개선해나가려는 추진력을 가로막는 안일함이나 무임승차에 가까운 말들입니다. 깨어있는 지성, 숙고하는 삶으로 진지하게 이의를 제기하고 목소리를 높이는 적극성이야말로 투지를 발휘하는 젊음의 모습일 것입니다. 때로는 무모한 것 같고 안 될 것 같더라도 시도해보는 도전정신이야말로 오늘 우리 삶에, 우리 시대에 꼭 필요한 삶의 자세입니다.

요즘 보니 이전 시대에 비해 대학은 엄청나게 늘었는데 대학사회가 이전과 다른 것 같아 안타깝게 느껴집니다. "정치? 생각해본 적 없는데요" 어느 대학생에게 정치에 대해 어떤 생각을 갖고 있는지 묻자 돌아온 대답입니다. 요즘 대학생들은 정치에 대해 질문하면 '무겁다' 혹은 '어렵다'고 답하는 경우가 대다수입니다.

실제로 얼마 전 한 기관에서 실시한 조사에 따르면 대학생 10명 중 4명은 현실 정치에 관심을 두지 않는 것으로 드러났습니다. 정치에 관심이 없다고 대답한 학생들은 '흥미를 가져도 달라질 것이 없다', '정치인들의 권력 다툼이 싫다'는 이유가 대부분이었습니다. 대학생들이 정치에 무관심한 것은 어제 오늘 일이 아닙니다. 1970년대와 1980년대 민주화 운동을 주도하고, 4.19혁명을 이끌어 냈던 학생들을 지금은 찾아보기가 힘듭니다.

올바른 정치가 되기를 염원했던 학생들이, 한 마음 한 뜻으로 의견을 같이해 대규모 시위를 했다는 것 자체가 추억이 돼버린 것입니다. 단결력과 협동심, 그리고 애국심이 투철했던 학생들이 정치를 외면한다는 것은 심각한 문제가 아닐 수 없습니다. 학생들이 정치에 무관심하게 된 이유는 부정부패와 비리가 난무하는 우리나라 정치권에 많은 실망을 했기 때문일 것입니다. 일각에서는 20대가 정치에 무관심한 탓도 있지만 정치가 20대에 무관심했다는 사실을 배제해서는 안 된다고 말하고 있습니다. 덕분에 학생들은 정치사회를 변화시켜야 한다는 책임감에서 벗어나 개인의 활동과 역할에만 집중하게 됐습니다.

정치, 사회적 현상과 이슈는 이제 대학생들에게 관심 밖의 문제가 돼버린 것입니다. 대학교육을 통해 사회를 보는 눈을 넓혀 사회참여의 폭을 넓히기보다 취업을 위해 스펙을 쌓고 남들과 치열한 경쟁을 하고 있는 것이 현실입니다. 나라의 변화를 이끌어야 할 대학생들이 각자 '스펙 쌓기'에만 몰두하고 사회에 관심을 잃어간다면 우리 사회의 전망은 어두울 수밖에 없습니다.

대학생들의 활발한 사회 · 정치적 의사표명과 노동자와의 연계활동운동 내지 농촌봉사활동이 현저히 줄어들었습니다. 대학생들은 사회문제에는 관심이 없고, 오로지 자기 앞가림만 신경 쓴다는 말이 맞는 것 같습니다. 자기 앞가림하기에 버거운 현실입니다. 요즘 대학생들의 최대 관심사는 한마디로 취업입니다. 대학 졸업 후, 실업失業으로 이어지는 현실이 어제 오늘의 일이 아니다보니, 대학생들은 사활死活을 걸고 취업전선에 나서고 있습니다.

상황이 이렇다보니 대학생들은 친구와 가족의 범주를 넘는 사회나 정치적인 문제에 냉담하고 무관심합니다. 그럴 여유조차 없습니다. 더욱이 취업의 좁은 관문 때문에 학생들은 가까운 친구마저 경쟁자로 인식해야만 하는 냉정한 현실에 직면해 있습니다. 4년 넘게 동고동락同苦同樂했던 벗이 경쟁상대로 둔갑하게 되는 것은 경쟁사회의 불가피한 단면입니다. 무한경쟁의 사슬에 엮이기 시작하면 그것을 자기 마음대로 풀 수 없습니다. 대문이나 자동차 열쇠처럼 주머니에서 아무 때나 아무렇게나 꺼내서 열고 닫을 수 없는 것이 경쟁사회의 단단한 사슬입니다.

그러나 그렇다고 해도 자기 일마저 관심 갖지 않는 현실은 좀 아닌 것 같습니다. 학교의 주체가 학생인데 등록금 인상한다고 하면 말도 제대로 못하고 더 내고, 학과통폐합을 한다고 해도 어쩔 수 없다고 따릅니다. 그렇게 시키는 대로 착하게 말 잘 듣고 학교 다니다 졸업해서 직장잡고 일하다 보면, 또 하라면 하고 죽으라면 죽는 시늉도 하는, 말 잘 듣는, 웬만하면 귀찮은 일에 휘말리지 않으려 몸사리는, 그러다가 자기 일에 마저 제대로 목소리 낼 수 없는 무기력한 사회인이 되어 있는 자신을 발견하게 될 것입니다.

프랑스에서 출간되어 불과 7개월 만에 200만부가 넘게 팔린 스테판 에셀의 『분노하라』는 우리에게 많은 시사점을 던져줍니다. 93세 나이에 『분노하라』를 펴낸 스테판 에셀은 히틀러의 나치에 저항한 레지스탕스 출신 지식인입니다. 그가 학창시절에 분노했던 대상은 세계시민을 억압의 사슬로 묶어 지배하려던 나치의 전체주의 체제였습니다.

스물두 살 나이인 1939년에 프랑스 최고 지성들의 배움터인 파리 고등사범학교에 입학한 그는 학업을 중도에 포기하고 드골의 프랑스 망명 정부에 합류합니다. 저항운동을 지속하던 그는 1944년 파리에 잠입하여 활동하던 중 체포되어 사형선고를 받습니다. 사형집행을 며칠 앞둔 시점에서 극적으로 탈출한 그는 〈유엔인권선언문〉 초안 작성에 참여하는 등 활발한 사회활동을 전개합니다.

저항하고 투쟁한 에셀이 보기에 21세기 프랑스 사회와 세계는 부의 불평등, 기회불균등, 외국인 혐오증 등이 만연한 불의한 시・공간이었습니다. 하지만 프랑스 대학생들은 70년 전 자신과 달리 침묵과 굴종의 길을 선택합니다. 이에 크게 절망하고 좌절한 그는 이를 글로서 증손자뻘 되는 20대 청춘들에게 소리치기 시작한 것입니다. 그것이 『분노하라』에 담겨 있는 그가 가진 생각의 내용입니다.

경제적 불평등은 사회 · 정치 · 문화 같은 인간생활의 전면적인 영역의 불평등을 야기합니다. 소수의 부자들이 세계의 부를 독점하고, 대다수 시민이 제한된 재원을 쪼개 써야 하는 현실에 눈 감으면 안 됩니다. 오늘 우리를 둘러싸고 있는 현실을 냉정하게 직시하면서 문제의식을 가지고, 서로 공유하면서 연대해야 한다는 것이 그의 신념입니다. 혼자가 아니라 여럿이 함께 나아가라는 것입니다.

오늘 침묵하면 편안하고 안온할지 모릅니다. 하지만 침묵의 대가는 이내 우리 모두에게 어김없이 찾아옵니다. 그리고 매우 불편하게 우리 모두를 향해 옭죄어 옵니다. 침묵으로 야기된 불평등과 불의가 우리 모두에게 부담으로, 아픔으로, 고통으로, 다가올 것입니다. 이 시대의 젊은 지성인들이 침묵하는 이유는 귀찮고, 힘들고, 당장에 생기는 이익이 없기 때문입니다. 가진 사람들은 그것에 기대서 없는 사람들을 지배합니다. 그들은 소비와 향락의 유혹수단을 앞세우면서 정치적 의식과 사회적 인식을 우아하게 마비시키고 뿌리까지 세뇌합니다. 이런 이들의 모습이 고스란히 행동하지 않는 젊은 지성들에게 전해진 r서 같아 안타깝습니다.

지성인은 그저 남보다 우월한 지성임을 뽐내기 위한 것이 아니고, 자기만의 전유물이어서도 안 됩니다. 지성인의 지성은 그것을 나눌 때, 사회공의를 위해 이바지할 때 빛이 납니다. 그러기에 지성인의 지성은 그에 따른 책임과 의무가 뒤따릅니다. 사적이익이나 학연, 지연, 혈연을 넘어서는 냉철한 지성으로 옳다고 생각하는 정의를 구현하기 위해 분명하게 일어나서 외쳐야합니다. 크게 소리 내서 울어야 합니다. 자기 안일, 자기 이익에 빠져, 불평등하고 불의한 세상을 방관해서는 안 됩니다. 울지 않고 잠들어 있다면 일자리도, 꿈도, 미래도 결코 이룰 수 없습니다.

의義를 위해 분노하되 분명하게 인식하고, 공유하면서 연대해야합니다. 그것이 젊음을, 지성을, 삶을, 미래를 아름답게 장식할 것입니다. 지금 당장의 안일한 일자리 찾기와 가정의 평화와 삶의 여유가 귀 멀고 눈멀게 할 수 있습니다. 오늘 내가 행복한 것은 다른 사람의 불행일 수 있습니다. 배움이 경쟁이 아닌 협력으로, 명예를 존중하고 책임적으로 사회공익에 참여하는 생명살림의 지성이야말로 참다운 삶의 자세입니다. 이것이야말로 우리 사회가 대학에 거는 기대이고, 대학이 짊어져야 할 거룩한 의무입니다. 우리 시대의 지성을 담아낸 진리의 전당의 주인답게 분노할 때 분노할 줄 아는 지성의 울림으로, 우리가 사는 세상을 보다 아름답게 정의롭게 만들어주기를 기대해봅니다.

행복하신가요?

언젠가 아는 사람과 저녁식사를 한 적이 있습니다. 오랜만에 만나 이런 저런 세상사는 이야기꽃을 피우다가 문득 장난끼가 발동해서 그에게 물었습니다. 조금은 생뚱맞기도 하고 조금은 뜬금없었습니다.

"행복하세요? 행복이란 뭐라고 생각하세요?"

그는 물끄러미 바라보더니 빙그레 웃으면서 이렇게 대답했습니다.

"지금, 이렇게 함께 저녁을 먹으며 웃으며 이야기를 나눌 수 있는 것. 이것이 행복이 아닐까요? 박사 학위를 받았을 때, 무슨 직책이나 지위를 얻었을 때, 그런 것들이 행복은 아닙니다."

갑작스런 질문에 주저함이 없이 내놓은 답변이지만 행복에 대한 깊은 성찰이 묻어나온 말인 것만 같아 고개를 끄떡였습니다.

무엇이 행복하게 하는가에 대해서는 사람마다 생각이 다를 것입니다. 어떤 사람은 재산을, 어떤 사람은 명예를, 어떤 사람은 권력을 어떤 사람은 사랑을, 또 어떤 사람은 자신이 소중히 여기는 그 무엇인가를 행복이라 여길 것입니다. 같은 사람에게 있어서도 행복은 상황에 따라 다릅니다. 경제적으로 궁핍할 때는 물질적 풍요로움을 행복의 조건으로 생각하다가도 몸이라도 아프면 건강을 행복으로 여기고 소망합니다. 사람들이 각각 생각하는 행복을 포괄하는 진정한 행복이란 무엇인가에 대한 생각을 해보면 어떨까요?

"인간은 무엇을 위해 사는가?" 아리스토텔레스는 인간은 행복해지기 위해 산다고 말했습니다. 그는 인간 삶의 최종 목적이자 선은 행복이라고 보았습니다. 그럼 그가 말하는 행복이란 무엇일까요? 이를 위해 그는 인간이 자신의 고유한 본질적 활동에 충실할 것을 요구하는데, 인간의 본질적 활동은 이성적 능력을 잘 발휘하는 것이라 보았습니다. 이성적 능력을 잘 수행할 때 인간은 인간다워지며 행복에 이른다는 것입니다. 따라서 행복한 삶이란 진리를 얻기 위해 탐구하는 삶, 그리고 올바른 행동을 추구하는 도덕적인 삶입니다. 이것이 인간답게 사는 길이며 잘 사는 것, 즉 행복이라는 것입니다.

우리는 "행복하신가요?"라는 질문을 접할 때 무엇이라 답하는지요? 궁극적으로 '잘 사는 것', '인간답게 함께 잘 사는 것', '인간답게 참되게 사는 것'은 무엇인가 고민해보고 찾아 나서는 것이 진정한 행복에 이르는 길은 아닐까 싶습니다.

이처럼 우리는 가끔, 혹은 항상 행복을 찾습니다. 지금이 불행해서, 아니면 불행하지는 않지만 행복하지도 않아서, 또는 행복 그 자체의 본

질에 대해서 궁금해서, 행복을 잊어버리고 사는 것 같을 때, '진짜가 아닌 행복을 추구하고 있었구나' 하고 느낄 때, 이럴 때 우리는 행복을 생각합니다.

행복은 자신이 처한 상황에 대한 절대적인 긍정의 상태인 것 같습니다. 그러므로 행복하지 않다고 해서 반드시 불행한 것은 아닙니다. 왜냐하면 우리는 행복과 불행사이의 어정쩡 상태에서 대부분의 시간을 보내기 때문입니다. 우리의 삶은 보통 행복하지도 불행하지도 않습니다. 왜냐하면 행복이든 불행이든 그것은 비일상적인 것의 현존일 수밖에 없기 때문입니다. 행복하지 않은 것은 불행한 것이고 불행하지 않으려면 행복해야 한다는 이분법은 비일상적인 상황에서만 등장합니다. 우리의 일상 속에서 우리는 이러한 극단적인 대립을 겪지 않습니다. 우리는 보통 행복하지도 불행하지도 않습니다. 심지어 우리는 행복과 불행이 별로 문제되지 않는 상황에 지속적으로 놓여 있습니다. 그러므로 행복과 불행은 일상의 균열이 낳은 특수한 사태의 소산입니다.

불행에 빠진 사람은 지금 그를 지독하게 불행하게 만드는 현실만 제거된다면 행복할 것처럼 느낍니다. 그에게는 불행의 끝이 행복입니다. 그러나 지독한 불행이라는 이러한 현실은 우리의 일상적인 삶의 현실이 아닙니다. 행복의 눈물을 흘리는 사람은 이 행복이 혹시라도 깨질까봐 조마조마합니다. 그는 이 행복의 시간이 깨지는 순간, 자기가 영원한 지옥에 갇힐 거라고 믿습니다. 그에게는 행복의 끝에 불행이 놓여 있습니다. 그러나 행복하지 않으면 곧 불행해질 것이라는 의식은 행복의 비일상성을 맛본 사람의 고백일 뿐입니다. 우리의 대부분의 시간은 이러한 행복/불행의 이분법으로 압축되지 않습니다.

정리하면 일상적인 삶 속에서 우리는 행복과 불행의 대립을 겪지 않습니다. 그러나 비일상적인 정황 속에서 우리는 '행복 아니면 불행'이라는 이분법적 상황에 놓이게 됩니다. 항상 그렇듯이 이분법은 삶의 일상적인 정황이 아닙니다. 우리는 선과 악의 이분법을 이야기하지만 선악의 대립은 가공된 이야기 속에만 존재합니다. 혹은 선악이란 극단적이거나 극한적인 삶의 정황에서 발생합니다. 왜냐하면 대부분의 사건이나 사물은 선하지도 악하지도 않으며 선악의 대립을 넘어선 곳에 존재하기 때문입니다. 그러므로 선악의 이분법으로 세계를 설명하는 종교의 논리는 일상적인 현실의 논리가 아닙니다. 그것은 항상 비일상성이 현실 속에 침투할 때만 발언되는 삶의 드라마틱한 현상일 뿐입니다. 이야기로 가공된 현실만이 선악의 대립을 품습니다. 그러므로 선악의 세계는 이야기의 세계입니다.

종교는 맥없이 느슨한 세계가 아니라 팽팽하게 긴장된 세계 속에서 발생합니다. 물론 느슨한 세계를 사는 사람에게는 동화나 소설이나 신화의 팽팽한 긴장의 세계가 공포의 대상이거나 오락과 흥미의 대상일 것입니다. 그러나 이분법은 일상적인 삶의 논리가 아닙니다. 행복/불행의 이분법은 비일상적인 맥락의 산물일 뿐입니다. 행복과 불행의 도식으로 삶을 재단하는 것은 무척 불행한 일이며, 이러한 도식 속에서 우리는 항상 불행할 수밖에 없습니다. 굳이 행복해지려 한다 할지라도 이때 우리는 무척이나 많은 것을 희생해야 합니다. 외적 불행, 혹은 객관적인 불행은 극심한 내면의 침잠 없이는 행복으로 전환되지 않습니다. 그러므로 자칫 내면의 행복 추구는 외면의 불행을 억제하고 중화시키기 위한 허구적 기술이기 쉽습니다. 그래서 많은 경우에 행복에 대한 이야기는 밖을 추구하는 정신을 안으로 향하도록 꺾어버리는 기술이 되고 맙니다.

안으로 안으로 침잠하는 정신은 개별성을 지우고 인간을 지우고 시간을 지우고 정체성을 지우면서 자기를 자기 아닌 다른 것으로 변환시킵니다. 갑자기 부서지는 의자를 향해서 화를 내는 것은 이상합니다. 그런데 세계는 부서지는 의자와 같습니다. 우리는 세계를 향해서 화를 내지만, 세계는 우리에게 아무런 감정도 없습니다. 우리는 마치 세계가 인격체라도 되는 양 세계를 향해 분노의 감정을 쏟아냅니다. 그러나 우리가 생각하는 그런 세계는 실은 존재하지 않는 세계이며 환영幻影의 세계일뿐입니다.

행복과 불행은 다분히 종교적인 개념입니다. 행복과 불행의 언어를 구사하는 순간 우리는 종교적인 세계 속으로 내던져지게 됩니다. 아니 어쩌면 종교적인 세계 안에서만 행복과 불행의 어휘가 등장합니다. 그러므로 행복이 문제가 되는 상황에 놓여 있다는 것은 우리에게 서서히 종교적인 세계가 접근하고 있다는 것을 의미합니다. 물론 오늘날 행복은 종교적인 담론이 아니라 세속적인 담론의 중요 주제입니다. 여전히 우리 주변에는 종교를 통해 행복에 도달하고자 하는 많은 사람들이 있습니다. 그러나 이제 대부분의 사람들은 종교 밖에서 행복을 추구합니다. 그러나 종교 밖에서 행복을 추구하는 순간 우리는 종교 밖에 존재하는 지극히 종교적인 상황에 내던져지게 됩니다. 이것을 종교 밖의 종교 의 등장이라고 말할 수도 있습니다. 행복과 불행은 선과 악, 혹은 고통과 구원의 문제를 세속적인 맥락에서 다시 서술하고 있을 뿐, 문제 자체는 여전히 종교적인 것이고 그 해결책도 대부분 종교적입니다.

행복이란 그저 살다가 어느 순간 우리가 발설하게 되는 감탄사와도 같은 것입니다. '아, 행복하다!' 라고 말하는 순간 우리는 행복합니다. 우리는 설명하기 힘든 어떤 상태에 대해서 '행복하다'고 이름 붙입니다. 행복은 마치 '그것'이라는 지시대명사와도 같습니다. 왜냐하면 행복은 빈 말이기 때문입니다. 행복은 정의할 수 없는, 행복에 이를 수 있는 구체적인 방법도 없는, 그래서 저장할 수도 없고, 예측할 수도 없고, 계획할 수도 없고, 또한 가르칠 수도 없고, 학습할 수도 없는 그런 것입니다. 행복은 결코 특정한 대상을 가리키는 말이 아닙니다. 오히려 행복은 어떤 특정한 맥락에서 발언되는 '나의 증언'입니다.

행복은 근대적인 문제이자 물음입니다. 다시 말해서 우리가 개인적으로 행복을 추구한다는 것 자체가 우리 시대의 가장 큰 문제입니다. 우리는 결코 홀로 행복해질 수 없기 때문입니다. 우리는 개인이 행복의 단위이고 사회는 복지의 단위라고 생각합니다. 그리고 행복과 복지가 비례할 것이라고 착각합니다. 행복은 개인적인 것이고 복지는 집단적인 것입니다. 그러나 행복과 복지는 많은 경우에 서로 어긋나는 관계를 형성합니다. 돈을 많이 가지면 행복해질 수 있다고 믿는 사람에게 행복이란 무욕無慾의 상태를 가리키는 것이라고 주장해봤자, 그다지 큰 설득력을 발휘하지 못할 것입니다.

단순한 경제학적 지식만으로도 우리는 한 사회가 지닌 재화의 양이 일정하다는 것을 압니다. 그러므로 경제라는 것은 모든 사람이 갑부가 될 수는 없는 시스템입니다. 한 사람이 잘산다면 다른 사람이 못살 수밖에 없고, 지금 내가 잘산다면 미래의 누군가가 못살 수밖에 없습니다. 그러므로 개인의 행복은 집단의 복지와는 다른 별개의 논리 속에서 벌어지는 사태입니다.

사실 과거 우리 조상들에게 행복이란 그렇게 크게 문제되지 않았습니다. 오복五福이란 말이 가리키듯이 장수하고 부유하고 건강하고 덕망이 있고 급사하지 않는 것은 모두 어느 정도 객관적으로 측정 가능한 것들입니다. 그러므로 오복이란 인간 내면의 상태가 아니라, 어느 정도 명확히 관찰할 수 있는 외적 상태를 가리킵니다. 그러나 오늘날 우리에게 행복은 다분히 심리학적 현상입니다. 우리는 행복이 내적으로 경험되는 충만한 느낌이라고 생각합니다. 그러므로 우리는 근대사회 이후에 팽배해진 이러한 행복의 내면화 현상 내지는 심리학화 현상에 주목할 필요가 있습니다.

우리는 행복을 주관적인 심리적 상태라고 가정합니다. 그러므로 과거에는 행복이 보이는 것이었지만, 이제 행복은 보이지 않는 것이 되었습니다. 이제 우리에게 행복은 아직 실현되지 않은 미래에 대한 꿈이거나 과거에 지나가버려 이제는 사라진 추억 같은 것입니다. 이때 현재는 항상 불행의 장소가 됩니다. 행복은 항상 과거 아니면 미래에 존재하는 무엇입니다. 우리는 그렇게 행복이 이제는 오기를, 아니면 다시 오기를 기다립니다. 우리에게 행복은 메시아와도 같은 구원의 피난처가 됩니다.

그런데 오늘의 행복 이야기는 종교가 지닌 숱한 유토피아 이야기의 축소모형(미니어처)입니다. 유토피아는 공동체의, 혹은 우주 전체의 구원을 위한 자리입니다. 그러나 이제 우리는 유토피아를 혼자 힘으로 만들어야 하는 시대를 살고 있습니다. 이것은 두렵고 외로운 싸움입니다. 왜냐하면 행복 추구는 반드시 실패할 수밖에 없는, 행복하자마자 불행의 덫에 걸릴 수밖에 없는 그런 것이기 때문입니다. 불행하지 않다면 행복을 추구하지 않을 것입니다. 그러므로 불행의 극복이야말로 행복 이야기의 일차적인 과제입니다. 불행을 회피해서는 안 됩니다. 불행은 구제의 대상입니다. 그럴 수 있을 때 우리는 행복과 불행의 이분법을 벗어날 수 있습니다. 불행을 더 이상 불행하게 내버려두지 않는 것이 바로 불행의 구원론이자 행복의 의미론입니다.

고통과
친구맺는 삶

헬렌 켈러! 그녀는 태어난 지 19개월 만에 열병을 앓은 후 보지도 듣지도 말하지도 못하는 3중 장애를 지니는 운명에 놓입니다. 하지만 장애인의 고통을 가장 잘 이해하는 훌륭한 스승 설리반을 통해 헬렌은 지적이며 성숙한 어른으로 성장합니다. 그리고 풍부하고 섬세한 감수성을 지닌 뛰어난 문필가로, 장애인들을 위한 사회복지사로, 사회적 약자들을 위한 사회운동가로 활동하며 사람들에게 희망과 복음을 심어 주었습니다.

그녀는 볼 수 있다는 것이 얼마나 큰 축복인지를 깨닫게 해주는 작품을 썼습니다. 그 에세이가 바로 『3일만 볼 수 있다면Three days to see』입니다. 사흘만 볼 수 있다면 첫째 날은, 사랑하는 사람의 얼굴을 보겠습니다. 다음 날은, 밤이 아침으로 변하는 순간을 보겠습니다. 마지막 날은, 사람들이 오고가는 평범한 거리를 보고 싶습니다.

장애인들과 대화를 나누다가 "꼭 해보고 싶은 것이 무엇이냐"고 물으면 대다수의 대답이 여행이었습니다. 실제로 어느 단체의 조사 결과를 보면 장애인 10명 중 9명이 여행을 희망했다는 통계도 있습니다. 하지만 '여행을 가고는 싶지만, 이동 편의시설 부족과 여행비용 그리고 동행한 가족들에게 불편을 주는 미안함' 등으로 너무 불편하고 힘들다고 포기하고 맙니다. 대부분의 장애인들이 여행에 대해 느끼는 솔직한 감정입니다. 우리가 무심코 지나친 것들에서 아름답고 소중한 가치를 찾아낸 헬렌 켈러가 떠오릅니다. '누구에게는 별일 아닌 손쉬운 일이지만 또 누군가에게는 엄청난 절실함과 결심이 요청될 수도 있겠구나.'

하루에도 밤과 낮의 구별이 있고 일 년의 시간에도 봄, 여름, 가을, 겨울의 사계절이 있듯이 우리 인생 또한 희로애락喜怒哀樂이라는 다양한 과정을 겪게 되어 있습니다. 고통에도 의미가 있다는 말은 그냥 위로 차원에서 하는 말이 아니라, 인류의 풍성한 생명을 위한 창조라고 말할 수도 있습니다. 고통을 하나님이 주시는 '거룩한 방해'라고 말하는 사람도 있고, '하나님은 사람에게 일어서는 방법을 가르치기 위하여 넘어뜨린다'는 말을 하는 사람도 있습니다. 이 두 번째 말은 고故 장영희 교수가 한 말입니다. 그녀는 1952년생으로 2009년 57세의 나이로 사망한 서강대학의 영문학자이자 수필가였습니다. 그녀는 생후 1년 만에 두 다리를 쓰지 못하는 소아마비에 걸렸지만, 장애인에 대한 사회의 차별에 맞서 싸우고, 8년 동안 지속된 암과의 싸움에서도 결코 희망을 잃지 않았던 사람으로 잘 알려져 있습니다. 그녀는 어린 시절 겪었던 장애인의 차별을 다음과 같이 기억합니다.

> "중학교까지는 학교가 가까워서 엄마가 데려다 줬어요. 그때 오빠가 대학생이어서 간혹 저를 데려다 주고는 했지요. 그러다 중학교

3학년 때부터 택시를 타야 되는 거리가 되었어요. 그 당시만 해도 택시 운전수들이 아주 불친절했거든요. 기본요금 나온다고 구박하고, 골목으로 들어간다고 구박하고, 그래서 토요일 같은 때에는 택시를 못 잡아서 다섯 시간동안 길거리에 서 있어야 한 적도 있었어요. 그래서 그게 제일 힘들었죠."

적어도 비장애인들은 이런 설움을 겪지는 않습니다. 그녀는 『살아온 기적 살아갈 기적』이라는 책에서 행복의 3가지 조건을 '사랑하는 사람들' '내일을 위한 희망' 그리고 '나의 능력과 재능으로 할 수 있는 일'로 말하면서 소금 3%가 바닷물을 썩지 않게 하듯이 우리 마음에 나쁜 생각이 있어도 3%의 좋은 생각이 우리의 삶을 지탱해준다고 말했습니다. 그리고 바로 이러한 생각, 3%의 좋은 생각을 품는 것 자체가 기적이며 기적은 결코 쉬이 다가오는 것은 아니지만, 터벅터벅 쉼 없이 매일 매 순간을 최선을 다해 걸어가노라면 언젠가는 만나게 될 것이고 그때 사람은 나비나 새가 되어 하늘을 자유롭게 날게 될 것이라고 말했습니다. 겉으로 보면 불우한 삶이었지만 내면에 있어서는 가장 행복한 삶을 살다간 그녀의 '하나님은 사람에게 일어나는 법을 가르치기 위하여 넘어뜨린다'는 말은 가슴 깊이 되새겨집니다. 두 살짜리 자녀가 놀이터에서 놀다 넘어져서 웁니다. 대부분은 어머니들이 달려가서 일으켜 주지만, 생각이 깊은 어머니는 혼자 일어서도록 하기 위해 못 본체 합니다. 하나님은 못 본체 할 뿐더러 일부러 넘어뜨리기까지 한다는 것입니다. 문제는 기쁨이든 고통이든 이를 어떻게 받아들이는가 하는 개인의 판단이 중요합니다.

피아노 연주가이자 작곡가인 슈만의 일생을 그린 미셸 슈나이더는 『슈만, 내면의 풍경』이란 책에서 "고통은 초대받지 않았지만, 찾아와 문을 두드리는 가면"이라는 말을 했습니다. 누구나 피하고 싶고 외면하고 싶지만, 굳이 찾아와 열어달라고 계속 문을 두드리는 존재가 고통이라는 말은 이해가 쉬운데, "가면이다"는 말은 쉽게 다가오지 않습니다. 고통은 분명히 현실인데, 이를 가면이라고 말하는 이유는 무엇일까요? 가면은 이를 벗기면 그 뒤에 실상實像이 있다는 말입니다. 고통 너머를 보자는 말이라고 이해합니다. 곧 나 자신을 객관화 대상화하라는 말입니다.

아프리카에는 강물이 얕으면서도 물살이 아주 센 강들이 많다고 합니다. 그런 강을 건널 때 사람들은 묵직한 돌을 하나씩 짊어집니다. 그냥 맨몸으로 강에 들어서면 사람이 떠내려가기 때문입니다. 우리 생활도 너무 편하면 세속의 거센 물결에 휩쓸리게 됩니다.

양을 치는 사람들은 염소를 반드시 함께 키운다고 합니다. 염소는 양을 못살게 굴지만 그 덕에 양들은 운동을 하게 되어 좋은 털과 젖을 생산하게 됩니다. 적당한 고통, 적당한 자극은 살아가는 힘의 촉매입니다.

고통을 인생의 과정에 심화시킨 두 단어가 있는데, 고난과 수난입니다. 기독교에서 예수의 고난을 표현할 때 수난이란 말을 씁니다. 그 의미는 무엇일까요? 수난은 인생의 고통을 받아들인다는 능동의 의미가 숨어 있습니다. 자학성이란 이상심리의 소유자가 아니라면 고통을 즐길 사람은 없습니다. 그러나 나 개인의 삶을 인류 생명체라는 폭넓은 차원으로 객관화시킬 수 있다면 고통에게 문을 열어주는 일은 그리 어려운 일은 아닐 것입니다. 오히려 잠들지 못하도록 괴롭히는 노크 소리를 멈추기 위해서라도 차라리 문을 열어주고 그리고 그 가면을 벗겨 진실을 마주하는 것이 지혜자의 삶일 것입니다.

교만을 경계하며 겸손하게 살기

"내 사전에는 불가능이란 없다"는 유명한 말을 남긴 사람이 나폴레옹입니다. 그런데 그가 패망하게 된 워털루 전쟁에 관해서 프랑스의 위대한 작가로 알려진 빅토르 위고가 이러한 기록을 남겼습니다.

"그 격전이 있던 날 아침 프랑스의 전제군주였던 나폴레옹은 싸움이 벌이지게 될 벌판을 바라보며 사령관에게 그날의 작전을 지시하고 있었습니다. '우리는 여기에 보병을 배치하고 저쪽에는 기병을 그리고 이쪽에는 포병을 배치할 것이오. 날이 저물 때쯤에는 영국은 프랑스에 굴복되어 있을 것이며 웰링턴 장군은 나폴레옹의 포로가 될 것이오…….' 이 말을 듣고 있던 네이 사령관이 조심스럽게 말했습니다. '각하, 계획은 사람이 세우지만 승패勝敗는 하늘에 달려있다는 것을 잊어서는 안 됩니다.' 이 말을 들은 나폴레옹은 작달만한 그의 몸을 쭉 펴서 키를 늘리면서 자신만만하게 말했습니다. '장군은 나 나폴레옹이 친히 계획을 세웠다는 것과 나 나폴레옹이 승패를 좌우한다는 사실을 명심하기 바라오.'"

그는 이어서 다음과 같이 기록하고 있습니다. "그 순간부터 이미 워털루 전쟁은 패배한 것이나 다름없었습니다. 나폴레옹의 자신감은 이미 하늘을 찌를 듯한 교만으로 가득해서 그 어떤 자기 점검이나 반성 그리고 다른 사람의 말에 귀 기울일 열린 마음이 없었습니다."

나폴레옹의 계획과는 달리 뜻하지 않은 기상이변이 일어났습니다. 하늘에서 갑자기 비와 우박이 쏟아졌습니다. 나폴레옹의 군대는 계획한 작전을 펼칠 수가 없었습니다. 결국 전쟁이 벌어진 그날 밤, 나폴레옹은 자신의 말과는 정반대로 영국 웰링턴 장군의 포로가 되었고 프랑스는 영국에 굴복하고 말았습니다.

사람의 자신감이 지나치다보면 세상 모든 것을 자신의 손아귀에 쥐고 있는 듯이 말합니다. 그러나 세상일은 그 어느 것도 내 마음대로 되는 것이 없습니다. 전쟁에서 패배를 모르는 천재적인 전략가인 나폴레옹의 완벽한 계획도 뜻하지 않은 상황에 어쩔 수가 없었습니다.

제가 살면서 어려운 과제를 수행하거나 오랜 노력 끝에 큰 일을 이룰 때가 있습니다. 그러면 주변에서 칭찬해주면서 추켜세웁니다. 그러면 저도 모르게 우쭐대는 마음이 생깁니다. 그러다보면 무슨 일이든지 다 할 수 있을 것만 같고 남들보다 자신이 뛰어난 것 같습니다. 그 마음이 슬며시 자만심을 불어오고 다른 사람을 무시하게 되기도 합니다. 그러다가 자신의 능력을 과신한 나머지 더 큰 일을 제대로 준비하거나 대비하지도 않고 덤벼들다가 낭패를 본 경우가 많았습니다. 한 해 두 해 인생경험이 쌓이면서 조금씩 철이 들어감인지 이제는 마음이 조금은 달라졌습니다. 저도 모르게 자칫 자신감이 변해서 자만심이 되려는 것을 경계하고 또 경계합니다. 주어지 과제를 수행해서 누가 칭찬을 하면 그 공적功

績을 제 것이 아닌 공동체 모두의 노력인 것을, 저보다 다른 사람의 공헌貢獻이 더 컸음을 이야기합니다. 그러면 제 마음도 편해집니다. 불필요한 스포트라이트도 피할 수 있고, 교만의 위험에 빠져들지 않을 수도 있습니다. 교만이 아닌 겸손이야말로 사람됨의 중요한 덕목입니다. 독버섯처럼 우리 마음을 패망으로 이끌 교만은 경계 또 경계해야합니다.

19세기에 영국 수상을 지낸 디즈레일리의 젊은 시절 일화입니다. 그는 마침 여비서를 한 사람 구하고 있었는데, 추천을 받고 찾아온 사람은 두 명이었습니다. 디즈레일리는 두 지원자에게 이렇게 질문을 던졌습니다.

> "만약 스무 장의 접시를 포개 들고 이 방을 나가다가 문턱에 발이 걸렸다면 어떻게 하겠소?"

그러자 먼저 한 여자가 자신 있게 말했습니다.

> "그 정도야 간단하지요. 발이 걸리는 순간 턱으로 접시를 단단히 누르고 얼른 무릎을 꿇으면 접시를 한 장도 안 깰 것입니다."

그런데 다른 한 여자의 대답은 달랐습니다.

> "저는 아직까지 그런 일을 겪어 보지 않아서 뭐라고 말씀드릴 수가 없습니다. 다만 발이 문턱에 걸리지 않도록 조심하는 수밖에 없을 것입니다."

자, 여러분이라면 누구를 채용하겠습니까? 디즈레일리는 두 번째 여성을 채용했습니다. 아마도 말로 큰소리를 치는 쪽보다는 겸손한 태도에 더욱 신뢰감이 갔던 모양입니다. 대개의 경우 자신에 넘치는 태도가 좋아 보이는 것이 사실입니다. 그러나 과장된 자신감보다는 겸손이 더욱 성숙한 인격을 나타냅니다.

안영이라는 사람은 춘추春秋시대 제齊(BC1046~BC221) 나라의 이름난 재상으로 그 재능과 능력이 출중해서 나라를 천하의 강국으로 만든 사람입니다. 어느 날 안영이 외출을 하게 되어 마차를 탔는데 길을 지나던 사람들이 길을 비키고 허리를 굽혀 그에게 경의敬意를 표하였습니다. 그러자 마부馬夫는 마치 자기에게 절을 하는 것으로 착각하여 목을 뻣뻣하게 곧추 세우고는 위세 등등하게 말을 몰고 있었습니다. 그때 이 마부의 아내가 길을 걷다가 그 모습을 보게 되었습니다. 재상인 안영은 공손한 자세로 앉아서 사람들의 인사에 답례하고 있는데, 남편은 잘난 척하며 으스대고 있었습니다.

마부가 저녁에 집에 돌아오자 그의 아내가 "저는 더 이상 당신과 살지 않겠습니다."고 폭탄선언을 하였습니다. 마부가 깜짝 놀라 이유를 묻자 그 아내가 이런 말을 했습니다.

> "제가 보니 당신의 주인께서는 나라의 재상이심에도 항상 스스로 몸을 낮추고 계십니다. 그런데 당신은 마부주제에 거만하기가 그지없습니다. 당신 같은 사람하고는 더 이상 함께 살고 싶지 않습니다."

이에 마부는 아내에게 백배사죄하고 다시는 그러지 않기로 맹세를 했습니다. 그 뒤로는 180도 달라진 모습을 보였습니다. 이렇게 변화된 모습을 눈여겨본 안영은 그 마부를 가까이 두고 그 직위를 높여주었습니다.

우리 속담에 '벼는 익을수록 고개를 숙인다', '빈 수레가 요란하다', '물은 깊을수록 소리가 없다'는 말이 있습니다. 자신보다 남을 높게 여기고 겸손한 모습으로 섬기며 살아갈 때 사람들은 마음의 문을 열고 함께할 것입니다.

겸손의 방법은 두 가지가 있습니다. 하나는 자신을 낮추는 것입니다. 그렇게 해서 다른 사람을 존중하고 높여줍니다. 또 하나는 자신을 다른 사람을 높여주는 것입니다. 그러면 자신을 낮추는 노력을 할 필요가 없습니다. 다른 사람을 존귀히 여겨, 지지支持하고 지원支援해줘서 다른 사람이 충분히 자기 역량을 발휘하도록 하는 것입니다. 그리고 칭찬과 격려를 아끼지 않습니다. 첫 번째 겸손도 좋고, 두 번째 겸손도 좋습니다. 둘 다 쉬운 것은 아닙니다. 진심으로 자신보다 공동체를, 다른 사람을 존중하고 높이고 자신을 뽐내지 않으려는 마음일 때만이 가능합니다. 겸손이야말로 사람됨을 알아볼 수 있는 덕목입니다. 겸손이야말로 사람됨을 알아볼 수 있는 덕목으로 마음을 가다듬고 가다듬는 수양을 지속해 나갈 때만이 가능합니다.

자신을 넘어서는 마음으로

어느 회사 입사 시험 중 다음과 같은 문제가 출제 되었다고 합니다. 당신이 혼자 거센 폭풍우가 몰아치는 밤길에 운전을 하고 가던 중 버스정류장을 지나가고 있는데 그곳에는 세 사람이 서 있었습니다. 죽어가고 있는 듯이 보이는 한 할머니, 당신의 생명을 구해준 의사, 당신이 꿈에 그리던 이상형의 여성. 그런데 차에는 단 한명만을 태울 수밖에 없습니다. 누구를 태우겠으며 그 이유를 설명하는 문제였습니다. 우선은 죽어가는 할머니를 태워 한 생명을 구할 수 있을 것이고, 의사를 태워 은혜를 갚을 수도 있습니다. 그러나 이 기회가 지나고 나면 정말로 꿈에 그리던 이상형을 다시는 만나지 못할 수도 있습니다.

이백 명의 경쟁자를 물리치고 최종적으로 채용된 사람이 써낸 답은 이랬습니다.

> "의사 선생님께 차 열쇠를 드려 할머니를 병원에 모셔가도록 하고 그리고 저는 내 이상형과 함께 버스를 기다리겠습니다."

답을 듣고 나서 모두가 기가 막히게 좋은 답이라고 말했습니다. 그런데 이 답을 생각해내는 것은 결코 쉽지 않습니다. 왜냐하면 그건 일상적인 생각의 틀을 깨야 하는데, 그 틀을 깨는 방식이 자기 포기에서 출발하기 때문입니다.

사람은 누구나 자기를 먼저 중심에 놓고 생각하기 마련입니다. 이것은 본능적인 것으로 당연합니다. 그러기에 자기 포기를 먼저하고 답을 찾아가는 일은 결코 쉬운 일이 아닙니다. 자기 포기가 강요받지 않은 상태에서, 1번과 2번과 3번 중 하나를 선택한다고 해서 비난받을 이유가 하나도 없는 상태에서, 자기 포기를 먼저 생각하는 일은 결코 쉬운 길이 아닙니다. 그럼에도 자기 포기를 통해 모두가 축복받는 길이 나온다는 이 이야기는 기독교에서 말하는 십자가의 길을 통해서만이 부활의 축복이 온다는 것과 일치하는 부분이라고 생각합니다.

비슷한 이야기가 하나 더 있습니다. 옛날에 어느 지혜로운 사람이 있었습니다. 그는 자기가 죽은 뒤에도 제자들이 계속 도道를 닦을 수 있도록 지혜로운 스승을 찾기를 바랐습니다. 그는 죽기 전에 제자들에게 17마리의 낙타와 함께 다음과 같은 유서를 남겼습니다.

> "너희 세 제자는 이 낙타를 다음과 같이 나누어 가져라. 제일 나이가 많은 자가 반半을 갖고, 중간 사람이 3분의 1을, 그리고 제일 나이가 적은 자가 9분의 1을 갖도록 해라."

그가 죽자 유언장을 읽어 본 제자들은 어리둥절했습니다. 낙타 17마리를 그런 식으로 나눌 수는 없었기 때문이었습니다.

한 제자가 "우리 그 낙타를 공동 소유로 합시다." 라고 제안했지만,

그것은 스승의 유언을 어기는 것이어서 그럴 수는 없었습니다. 또 한 제자가 다른 제자에게 물으니 그는 "꼭 그렇게 딱 부러지게 나누지 말고 얼추 비슷하게 나누면 될게 아니냐?"고 대답했습니다.

어느 재판관은 제자들에게 "그것을 팔아 돈을 나누어 가지라"고 했습니다. "스승의 유언은 장난이니 지킬 것도 없다"고 말하는 사람도 있었습니다.

그러나 제자들은 스승의 유언에는 반드시 무슨 지혜가 숨어 있으리라 생각하고 이 어려운 문제를 풀어줄 사람을 찾아 나섰습니다. 그들이 만난 사람들은 모두 명쾌한 답을 주지 못했습니다. 그러던 어느날 드디어 지혜로운 스승을 찾았습니다. 그가 한 말입니다.

> "이렇게 하면 되지 않겠는가? 내가 내 낙타를 한 마리 보태주지. 그러면 모두 18 마리가 되네. 제일 나이 많은 사람이 그 절반인 9 마리를 갖게. 두 번째 사람이 3분의 1인 6 마리를 갖고, 맨 끝의 제자는 9분의 1인 2 마리를 갖게나. 그러면 9+6+2=17 마리를 자네들이 갖게 되는 셈이지. 남은 한 마리는 내가 도로 갖겠네."

명쾌하고 지혜로운 답에 감동한 제자들은 그를 새 스승으로 모시게 되었답니다. 흔히 사람들은 자신이 남에게 주는 것보다 받기를 원합니다. 그러나 '받고 싶으면 주라'는 격언이 있습니다. 이것은 사실입니다. 지금으로부터 수년 전에 일본의 어떤 교도소에 한 죄수가 있었습니다. 그는 우연히 알게 된 어떤 여기자에게 매일 참회의 글을 보냈습니다. 처음은 콧방귀도 뀌지 않던 그 여기자는 매일 보내온 죄수의 글에 감동되어 드디어 답장을 보내게 되고 면회까지 가게 되었습니다. 끝내 두 사람은 인간적인 사랑으로 연결되고 급기야는 옥중 결혼까지 하게 되었습니다. 여기자의 동료가 그 죄수에게 어떻게 매일 편지를 보내게 되었느냐고 묻자 그 죄수는 우연한 기회에 잡지를 읽었는데 그곳에서 '받고 싶으면 주어라' 는 글귀를 읽고 실천에 옮겼다는 이야기였습니다.

이 세상을 살아가면서 나 자신부터 상대방에게 먼저 주는 은혜를 베풀 때, 우리 사회는 욕심으로 인한 충돌이 없어지게 될 것입니다. 자신은 주지 않으면서 받으려만 하는 데서 사람의 욕심은 더욱 커지고 마침내 그 욕심이 표면으로 나타날 때 싸움이 되고 범죄 사건이 되는 것입니다.

나를 중심에 두면 이것이 아니면 저것 밖에 없다는 선택의 기로에 닫히고 말지만, 나를 포기하고 공동체를 중심에 놓고 보면 상생相生의 길이 나옵니다. '바둑을 두다 수가 보이지 않으면 화장실을 다녀오고 나서 자기 자리에서 보지 말고 구경꾼의 자리에서 바둑판을 보라'는 얘기가 있습니다. 이는 단순한 습관이나 규범의 변화를 넘어 자기 생각을 내려놓는 존재의 변화를 말합니다. 자기 자리를 떠나 제3의 길에서 자기 인생의 길이나 공동체의 길 그리고 민족의 길을 새롭게 바라보는 존재의 틀을 바꿔보면 어떨까요?

오늘 문득 생각해 본 것입니다. 아침에 세수를 했는데도 저녁때가 되면 다시 얼굴이 더러워지고 맙니다. 저녁에 세수를 했는데도 아침이 되면 다시 얼굴이 더러워지고 맙니다. 세수를 하나 안 하나 어차피 더러워질 것 세수를 하지 않고 살면 될까요? 그럴 수는 없습니다. 더러워지더라도 번거롭다라도 세수를 하고 또해야합니다. 오늘 아침 문득 세수를 하다가 생각했습니다.

'내 얼굴과 내 마음이 모두 나일 터인데 나는 왜 얼굴의 더러움만 씻어내는 것일까? 분명 내 마음에도 먼지나 때가 많이 낄 거야. 얼굴에만 비누칠을 할 게 아니라 마음에도 비누칠을 해야지. 아, 그런데 마음의 비누는 무엇일까?'

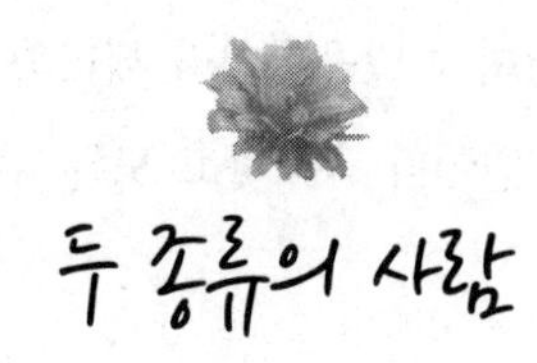

두 종류의 사람

——————————— 파스칼은 사람을 두 종류로 나눌 수 있다고 말했습니다. 하나는 자신을 의인이라고 생각하는 죄인이요, 다른 하나는 자신을 죄인이라고 생각하는 의인입니다. 의인과 죄인을 가르는 기준은 무엇일까요? 우선은 자기입니다. 논쟁이 일어나면 자기는 옳고 상대방은 틀립니다. 선악과를 따먹었다는 말은 선악 기준의 자기 주관 내면화가 일어났다는 것을 의미합니다. 게다가 이 자기 주관의 내면화가 권력을 만나게 되면 한 치의 오류를 인정하지 않는 자기 절대화가 일어납니다. 자신이 권력의 중심에 있다고 여기는 사람들은 가쁜 숨을 몰아쉬듯이 선악과를 마구 따먹습니다.

예수는 선과 악의 기준을 분명히 말해주었습니다. 잘 알려진 비유가 둘이 있습니다. 하나는 '바리새인과 세리의 비유'입니다. 바리새인은 성전 가운데 서서 두 손을 들고 남이 들으라고 큰 소리로 기도합니다.

"오 하나님! 감사합니다. 저는 다른 사람들과는 달리 욕심이 많거나 부정직하거나 음탕하지 않을뿐더러 세리와 같은 사람이 아닙니다. 저는 일주일에 두 번이나 금식하고 모든 수입의 십분의 일을 바칩니다."

이에 반해 세리는 성전 구석에 서서 고개를 숙인 채 가슴을 치며 이렇게 기도합니다.

"오 하나님! 죄 많은 자에게 자비를 베풀어 주십시오."

예수는 자칭 의인으로 행세하는 바리새인은 하나님 앞에서 죄인이 되고, 죄인이라고 고백하는 세리는 하나님 앞에서 의인이 된다고 말했습니다.

이 말은 의인과 죄인의 기준이 행위에 있는 것이 아님을 일깨워줍니다. 그렇다면 무엇이 기준일까요? 자기 성찰입니다. 자기를 알고 자기를 낮추는 사람은 의인이 되고 자리를 남과 비교하면서 높이는 사람은 죄인입니다.

또 하나의 비유는 '최후의 심판에서 나오는 양과 염소의 비유'입니다. 오른쪽 양의 무리들이 주인을 향해 말합니다.

"우리가 언제 주님께서 굶주렸을 때에 먹을 것을 주었으며 언제 주님께서 목말라하셨을 때에 마실 것을 주었으며 언제 옥에 갇혔을 때 우리가 찾아뵈었습니까? 전혀 기억이 없습니다."

왼쪽 염소의 무리들이 말합니다.

"우리가 언제 주님께서 굶주렸을 때에 먹을 것을 주지 않았으며 언제 주님께서 목말라하셨을 때에 마실 것을 주지 않았으며 언제 옥에 갇혔을 때에 우리가 찾아뵙지 않았습니까? 우리는 누구보다도 선행을 열심히 행한 사람들입니다. 이건 착각이자 오해이며 모함입니다."

그러자 예수가 말합니다.

"가장 작은 자에게 행한 것이 곧 나에게 행한 것이요, 그에게 행하지 않는 것이 곧 나에게 행하지 않은 것이다."

의인으로 인정함을 받았던 사람들은 자신의 선행을 전혀 기억하지 못합니다. 왜 기억하지 못할까요? 작은 자들의 아픔이 곧 그들 자신의 것이었기 때문입니다. 자기를 위해 자비를 베푼 일을 기억하는 사람은 없습니다. 반면 악인들은 자신의 선행을 일일이 기억하고 있습니다. 왜냐하면 마음에서 절로 일어나서 남을 도운 것이 아니라, 법을 지키기 위해 그리고 남의 눈을 의식하면서 의도적으로 행했기 때문입니다. 곧 의인과 악인의 차이는 행위에 있는 것이 아니라, '행위에 대한 기억 유무'에 있습니다. 예수는 이 두 개의 비유를 통해 자신의 선행을 기억하고 자랑하는 사람들이 하나님 앞에서 버림받게 된다는 사실을 알려주고 있습니다.

적반하장이라는 말이 있듯이 스스로 의인으로 여긴 바리새인들과 율법학자들은 예수가 의인을 부르러 온 것이 아니라 죄인을 부르러 왔다고 한 말이 자신들을 두고 하는 말인지는 전혀 생각하지 못한 채 오히려 더 예수에 대한 비판을 날카롭게 세웁니다. 요한의 제자들은 우리도 단식을 하는데, 당신의 제자들은 왜 단식을 하지 않느냐고 묻습니다. 그러자 예수는 "잔치 집에 참여한 신랑 친구들이 어떻게 단식을 할 수 있겠느냐? 앞으로 신랑을 빼앗기면 단식을 할 것이다."라고 깊은 여운을 담은 말을 하면서 "낡은 옷에 새 천 조각을 대고 깁는 사람은 없다. 그렇게 하면 낡은 옷이 새 천 조각에 켕겨 더 찢어지게 된다. 또 낡은 가죽 부대에 새 포도주를 넣은 사람도 없다. 그렇게 하면 새 포도주가 부대를 터뜨려 포도주도 부대도 다 버리게 된다. 새 포도주는 새 부대에 담아야 한다."는 말을 합니다. 즉, "지금 너희가 주장하는 단식과 같은 종교적 규율들은 낡은 옷이고 낡은 포도주이다. 지금 내가 하고자 하는 것은 새 포도주이며 새 부대이다"는 뜻을 담은 은유의 말입니다.

유태인 학살을 주도했던 대표적 인물인 아이히만은 기독인이었고 평범한 가정의 가장이었습니다. 자기가 맡은 일을 열심히 했을 뿐이라고 재판에서 강변했습니다. 예수살렘 재판을 참관했던 정치 철학자 한나 아렌트는 악은 다른 곳에 있지 않고 사유하지 않고 성찰하지 못한 데서 온다는 악의 평범성에 대해 이야기했습니다. 인간과 세계에 대한 이해, 인간의 정신, 인류의 문명 등 여러 가지로 설명할 수 있는 깊은 성찰에 대한 공부가 같이 이루어져야 자칫 맹목이나 맹신으로 흐를 수 있는 삶을 다잡아 줄 수 있습니다.

흑백 인종 차별 철폐를 위해 투쟁하다 백인우월주의자의 총탄에 쓰러진 마르틴 루터 킹 목사는 인간 유형을 '온도계'와 '온도조절기'로 나누어 말합니다. 온도계의 인간형이란 방안의 온도를 표시해주는 곧 세속적인 가치를 그대로 따라가는 '모방형 인간'을 말하는 것이고, 온도조절기의 인간형은 방안의 온도를 조절하는 곧 사회의 구조를 바꿔나가는 '혁명적 인간'을 말합니다. 남들이 걸어간다고 하여 그 길을 아무 생각 없이 따라가는 사람은 생명은 있으나 이미 자기라는 주체가 사라진 죽은 사람입니다. 반대로 세상 안에 살아가지만, 끊임없이 세상이 나아갈 참 길을 제시하고 그리고 그런 변화를 위해 저항하고 투쟁하고 연대하는 인간이야말로 예수가 말하는 바 사람을 낚는 어부가 되는 것입니다.

최근 화제의 인물이 되고 있는 우루과이의 무희카 대통령의 이야기입니다. 그는 과거 게릴라 요원으로 총을 들고 독재에 대항하여 투쟁을 하다 투옥과 탈옥 그리고 총상으로 죽음의 사선을 수없이 넘었던 사람인데 민주화 이후 정치에 참여하여 결국은 대통령이 되었고, 그가 재임하는 동안 우루과이는 사회 정의와 경제 부문에서 상당한 진전을 이루었습니다. 그는 대통령 시절 봉급의 90%를 가난한 자에게 기부하였고, 자신의 집무실을 노숙자의 숙소로 제공하고 자신은 이전의 집에서 출퇴근을 함으로 세계에서 가장 가난한 대통령으로 살았고, 지금도 은퇴하여 단순한 농사꾼으로 살아가고 있습니다. 이처럼 권력의 자리에 있으면서도 그 권력을 통해 사회적 공의와 생명적 가치를 추구하고 부자들이라 하더라도 자신들의 전 재산을 사회에 기부하는 경우는 세상의 성공을 통해 세상을 이기는 신념이라고 말할 수 있습니다.

함석헌의 말입니다. "뜻 품으면 사람, 뜻 없으면 사람 아니. 뜻 깨달으면 얼靈, 못 깨달으면 흙. 전쟁을 치르고도 뜻도 모르면 개요 돼지다. 영원히 멍에를 메고 맷돌질을 하는 당나귀다." 나 자신이 살아 있는 하나의 씨ᄋᆞᆯ임을 깨닫고 하나의 지향점을 향해 나아갈 때 참 얼의 사람이 되고 그렇지 못하면 흙에 묻힌 죽은 사람과 다름이 없다는 말입니다. 우리가 의를 위해 일하지 않고 자기 이익만 추구한다면 주인에게 꼬리 흔들어 던져주는 뼈다귀나 먹는 개나 허구한 날 먹고 살 통통 쪄서 삼겹살구이로 사라지는 돼지나 아니면 무거운 짐을 지고 연자 맷돌 빙글빙글도는 당나귀와 다름이 없습니다.

담쟁이

도종환

저것은 벽
어쩔 수 없는 벽이라고 우리가 느낄 때
그때
담쟁이는 말없이 그 벽을 오른다.

물 한 방울 없고
씨앗 한 톨 살아남을 수 없는

저것은 절망의 벽이라고 말할 때
담쟁이는 서두르지 않고 앞으로 나간다.

한 뼘 이라도 꼭 여럿이 함께 손 잡고 올라간다.
푸르게 절망을 잡고 놓지 않는다.

저것은 넘을 수 없는 벽이라고
고개를 떨구고 있을 때

담쟁이 잎 하나는
담쟁이 잎 수 천 개를 이끌고
결국 그 벽을 넘는다.

말하기가 조심스럽습니다

"말 한마디에 천 냥 빚도 갚습니다."라는 속담이 있습니다. 말만 잘하면 어려운 일이나 불가능해 보이는 일도 해결할 수 있다는 말입니다. 이처럼 말은 매우 긍정적인 힘을 발휘할 수 있는 가능성을 언제나 간직하고 있습니다. 그럼에도 우리 사회 전체의 모습을 되돌아보면 오히려 말 때문에 삶이 피폐해진 측면이 없지 않습니다. 언뜻, 다양한 언어폭력을 떠올리기 쉽지만 오히려 더 심각한 것은 겉으로는 전혀 폭력적이지 않은 다음 두 가지 말들이 아닐까 싶습니다.

첫째는 가볍고 소비적인 말들입니다. 드라마나 예능 프로그램에서 발화되는 수많은 말들, 주요 검색 포털 서비스 화면의 무수한 언어들이 그것입니다. 우리는 대부분의 여가 시간을 다양한 매체를 이용하며 보냅니다. 이때 접하는 말은 고된 노동으로부터 탈출하는 긴장 이완에 목표가 있는 말로, 소비적 쾌락의 대상에서 크게 벗어나지 않는 경우가 많습니다. 현대인은 다양한 매체의 말들을 통해 매우 유용한 정보를 얻으니 이걸 굳이 비난할 필요는 없지 않냐고 하실지 모르겠습니다. 그러나 곰곰이 생각해보면 인터넷에서 얻는 정보의 상당수가 사실상 가볍고 표피적인 정보, 소비를 위한 촉진하는 정보, 그저 그렇게 소비되는 정보가 아닌지 반문할 필요가 있습니다. 그렇다고 해도 내일의 노동을 위해 휴식을 취하면서 말장난들을 즐기는 것이 그리 나쁜 것이냐고 말하실 지도 모르겠습니다. 그러나 가치나 진리를 추구하는 진지하고 생산적인 말들이 점점 설 자리를 잃게 되는 것을 경계해야 하지 않는지를 묻고 싶습니다. 물론 노동의 긴장을 이완시키는 것은 바람직한 일입니다. 그러나 그것이 지나쳐서 그저 가볍게 지나가는 소비나 오락거리에 치중한다면 삶을 진지하게 성찰해보는 숙고의 삶이나 생산적이고 진지한 말을 통한 삶의 질과 성숙을 기대하기 어렵게 됩니다. 쉽게 말해 가벼운 소비적인 말들이 당연시되는 사회는 수준이하의 천박한 인간이 당연시되고 말 것입니다.

둘째는 공허한 빈말입니다. 무슨 무슨 기념식이나 회의 혹은 저널리즘의 지면 등 공적인 장에서 행해지는 무수한 표리부동表裏不同의 말들이 그것입니다. 무려 수 십 분 아니 한 시간을 넘기는 말하지만 가만히 들어보면 어떤 진지한 메시지가 없습니다. 그저 의례儀禮적인 말들, 대의大義 혹은 명분이나 원칙을 내세우면서 너를 위해 혹은 우리를 위해서라고 주장하지만 실상은 자기들의 이해관계를 포장하고 실현하려는 말들입니다. 소비적인 말들에 비해 공허한 빈말의 폐해는 너무도 명백합니다. 이는 공동체 구성원들을 공공연한 거짓들에 무감각하게 만들 뿐만 아니라 그렇게 말하지 못하는 사람들을 몰아내곤 합니다. 마치 악화惡化가

양화良化를 몰아내고 주인행세를 하듯이 말입니다. 소비적인 말들이 사적인 삶을 피폐하게 만든다면 빈말들은 공적인 삶과 영역을 무너뜨린다는 점에서 문제가 큽니다.

하루에도 수없이 많은 말들이 쏟아져 나옵니다. 이런 저런 말들을 듣다보면 숨이 차다는 느낌을 갖곤 합니다. 이는 말의 폐해로 인한 것입니다. 좀 더 나은 삶을 위해서 끊임없이 가볍고 표피적인 소비적인 말들과 공허한 빈말들을 경계해야합니다. 말 한 마디의 신중함을 깨달아 생산적인 말, 꽉 찬 말을 만들어 가는 것이 절실함을 되새겨야합니다.

사람은 생각하는 동물이라는 말이 있습니다. 그러나 요즘은 사람과 사람사이의 대화에서 그 말을 찾아볼 수가 없습니다. 주위를 둘러보면 기분 내키는 대로 말하거나 함부로 내뱉는 경우를 흔히 볼 수 있습니다. 또한 친하다는 이유로 친구나 혹은 가족에게 서슴없이 말하거나 생각없이 말하는 경우도 많습니다. 친한 사람일수록 무심코 던진 말 한마디에 상처를 쉽게 받을 수 있고, 실망감도 더 큰 법입니다. 상대방의 입장에 서서 기분, 처한 상황, 성격에 따라 말을 가려가면서 생각하고 말해야합니다. 친하니까 들음에 너그러울 것으로 여겨서는 안 됩니다. 무조건 이해해 줄 것이라는 생각은 잘못된 것입니다. 친하다는 표현으로 흠을 끄집어내거나 변명을 부르고 욕설을 해대는 것은 관계를 깨기 위한 것입니다. 친할수록 말의 예의를 지켜야합니다.

친하지 않다는 이유로 모르는 사람이고 처음 보는 사람은 안보면 그만이라는 생각에 말을 함부로 하는 경우가 있습니다. 특히 음식점이나 상점에서 손님을 대접하고 안내하는 직원에게 말입니다. 다음에 안보면 된다는 생각으로 일하는 직원에게 거친 말로, 함부로 대하는 사람들이 있습니다. 말을 하는 사람은 그냥 던진 말인지 몰라도 그런 손님을 친절하고 상냥하게 대해야 하는 직원은 불쾌하기 짝이 없습니다. 오는 말이 고와야 가는 말이 곱습니다. 손님 입장에서 직원에게 거친 말투보다는 상냥한 말투로 대한다면 자신도 더 나은 대접과 친절함을 받을 수 있습니다.

얼마 전 중국집 배달원이 손님이 내놓은 그릇에 감동받아 올린 글이 화제를 불러일으킨 적이 있었습니다. 중국집 배달원인 A씨는 한 온라인 커뮤니티에 배달하면서 겪은 자신의 사연과 사진 한 장을 게재해 누리꾼들의 마음을 훈훈하게 했습니다. 여느 날과 다름없이 그릇을 수거하러 다니던 배달원 A씨는 5천원을 던져주며 담배 심부름을 시키는 손님 때문에 기분이 언짢았습니다. 마음속으로 울분을 삼키며 다음 집을 방문한 순간 앞서 만난 개념 없는 손님에 대한 속상한 마음이 눈 녹듯 사라졌습니다. 그곳에는 그릇이 깨끗하게 설거지 되어있는 그릇과 함께 캔 음료수가 들어있었기 때문이었습니다. 캔 음료에는 "드세요"라고 정성스럽게 적은 메시지도 붙어 있었습니다.

배달원 A씨는 이 사진을 공개 하며 "세상은 아직 살만하다"고 생각한다며 이날 가벼운 발걸음으로 되돌아갈 수 있었다고 전했습니다. 이를 본 누리꾼들은 "내가 배달원이었어도 감동 받았겠다", "추운데 고생하는 배달원들 고마워요" "배달원들에게 막대하지 않았으면 좋겠다" "나도 음료수 챙겨드려야겠다"며 따뜻한 댓글이 이어졌습니다. 작은 친절의 말 한마디가 담긴 메모 하나가 중국집 배달원 A 씨에게 큰 힘과 용기와 사랑이 담긴 위로와 격려가 되었습니다. 우리가 무심코 만나는 불특정다수에게 따뜻한 배려와 존중의 자세가 담긴 말을 해야 합니다.

이렇듯 사람과 사람사이의 기본적이면서도 가장 어려운 것이 말하기의 예의입니다. 친하던 친하지 않던 간에 말로 오가는 신뢰는 지켜져야 합니다. 말을 주고받는 것은 신뢰를 주고받는 것과 같습니다. 이 세상은 혼자 사는 것이 아닙니다. 말에 실수가 없도록, 말을 통해 고운 사귐이 가능하도록 삼가야할 것입니다.

말 한마디가 인생을 바꿉니다.

말 한마디의 힘은 놀랍습니다. 말 한마디에 따라 사람을 살리기도 하고 죽이기도 합니다. 또한 말 한마디로 조직이 활성화되기도 하고, 무너지기도 합니다. 이처럼 말 한마디는 힘없는 사람을 살리기도 하고, 선량한 사람을 죽이기도 하는 극과 극의 특성을 지닙니다. 말 한마디로 성공에 이르는 경우도 있고, 말 한마디로 오랫동안 공든 탑이 한 순간에 무너지는 안타까운 경우도 있습니다. 또한 잘못된 말하기 습관으로 인해 자신은 물론 주변 사람이나 공동체가 어려움에 처하도록 하는 경우도 있습니다. 이런 모습을 보면 이것이 남의 일이 아니라 저도 그럴 수 있음을 생각하면서 조심해서 말을 해야 할 함을 다짐하곤 합니다.

그런데 이것이 생각처럼 쉽지 않음을 실감하곤 합니다. 말을 많이 하다가 저도 모르게 내뱉은 말이 '아니다' 싶은 때는 이미 말을 해버린 후였습니다. 이미 해버린 말을 취소할 수도 없고, 시간을 돌릴 수도 없습니다. 그럴 땐, 옷깃을 여미고 말에 대한 실수를 정중히 사과하지만 마음이 불편하고 하루 종일 일이 손에 잡히지 않습니다. 더욱이 사과할 기회가 여의치 않은 경우도 있습니다. 이럴 때는 어찌나 후회스러운 지, 저 자신의 미숙한 사람됨을 자책하고 또 자책하곤 합니다.

말에 대한 실수가 적을 때 그 사람을 일컬어 성숙한 사람이라 말합니다. 말은 사람의 성숙도를 판단할 수 있는 중요한 기준입니다. 우리가 행복하고 성공적으로 잘 살기 위해서는 그 무엇보다도 말을 잘해야 합니다. 살아가면서 습관적으로 내뱉는 거친 말을 부드럽게 말하는 습관으로 바꾸기만 해도 운명이 바뀝니다. 자신의 감정을 가다듬고 조절해서 전달하는 말 습관으로 바꿀 수만 있`다면 그것 때문에 생각하는 방식, 느끼는 방식, 심지어는 살아가는 방식도 원만하고 풍성해질 것입니다.

어느 연구 결과를 보니 사람의 뇌세포의 거의 대부분인 98%가 말의 지배를 받는다고 합니다. 말은 행동을 유발하는 힘이 있습니다. 말을 하면 그 말이 뇌에 박히고, 뇌는 척수를 지배하며, 척수는 행동을 지배합니다. 그러기에 할 수 있다고 말하면 할 수 있게 되고, 할 수 없다고 말하면 할 수 없게 됩니다. 그러므로 어떤 일을 '할 수 있다', '할 수 없다'는 것은 환경이나 재정적 여건에 달려 있는 것이 아니라 일을 하려는 사람의 마음에 달려 있습니다. 이 마음은 눈에 보이지 않지만 이 마음이 자연스럽게 표출되는 말이 일의 승패를 결정짓습니다.

평소에 강조하는 말하기 습관으로 "안녕하세요?", "미안합니다.", "감사합니다."하는 말은 자주 하는 게 좋습니다. 이를 학교에서 하나의 의식개혁 운동으로 해서 첫 글자를 따서 "안미감"이라고 해왔습니다. 요즘에는 여기에 추가하여 "감사합니다.", "사랑합니다", "잘했어요", "함께해요"하는 말의 첫 글자를 따서 "감사잘함"운동도 펼치고 있습니다. "안미감운동"과 "감사잘함운동"에서 공통으로 들어간 것이 "감사합니다."입니다.

제가 요즘 중요하게 생각하는 것이 바로 감사의 말입니다. 매사에 감사를 표현하는 말을 습관화하면 좋겠다 싶습니다. 일이 잘 되면 자기가 잘한 것으로 자랑하기 바쁜데 일이 안 되면 남의 탓을 하고, 환경 탓을 하기에 바쁩니다. 이런 말의 습관은 자기반성이 없고 다른 사람을 비난하는 것으로 바람직하지 않습니다. 거꾸로 하면 좋습니다. 일이 잘 되면 다른 사람과 환경 덕분이고 잘 안하면 자신의 게으름이나 부주의로 여기는 말로 자신을 반성해야합니다.

"사랑합니다."는 말은 익숙하지 않고 쑥스러워서 잘 못합니다. 그러나 사랑을 말로 표현하지 않으면 제대로 전달되지 않습니다. 말로 표현하다 보면 사랑도 깊어지고 사랑의 마음도 더욱 풍성해집니다.

"잘했어요."는 말은 사람을 살리는 말입니다. 사람은 자신을 알아주기를 바리고 칭찬에 목말라합니다. 때로는 좀 마음에 들지 않더라도 수고하고 애쓴 것을 생각해서 칭찬하고 격려하는 말을 건네는 것이 좋습니다. 특히 자라나는 세대들은 칭찬 한마디에 어찌할 바를 모를 정도로 좋아합니다. 부모와 교사들의 잔소리는 대부분이 지적과 지시일변도입니다. 그러니 듣기가 싫습니다. 반대로 칭찬하고 격려하는 말을 많이 안하면 듣고 싶어할 것입니다.

"함께해요."라는 말은 개인적이고 이기적인 삶의 자세를 뒤바꾸는 공동체적이고 이타적인 말로 좋습니다. "무엇을 해라."라는 명령형의 말은 매우 권위적이고 비민주적인 말입니다. 이는 자신은 지시자이고 감독자로서 높은 자리에 있고 다른 사람을 낮게 여기는 말입니다. 그러니 듣기 싫습니다. 청유형으로 "같이 합시다."는 말이 좋습니다. 이것도 "함께했으면 어떨까요?", "같이 한 번 해봐요."하는 말로 겸손하고 부드럽게 말하면 좋습니다. "함께"라는 말은 나를 넘어 우리를 이루는 멋진 말입니다.

자신에게는 냉정하고 다른 사람에게는 관대한 말하기로 "그럴 수도 있지요.", "괜찮아요."와 같은 말을 평소에 습관적으로 많이 하면 좋겠습니다. 그러면 가정생활, 직장생활, 인간관계, 사회관계, 삶도 좋아집니다. 반대로 거칠고 격한 말, 가볍고 상스러운 말, 애매하고 막연한 말, 미워하고 비판하는 말은 우리가 속한 공동체를 해치고 갈등을 조장하고 촉진하게 됩니다. 좋은 말은 사람과 공동체를 살리지만 나쁜 말은 죽입니다.

제가 안타깝게 바라보는 것은 많은 사람들이 말의 경솔함과 가벼움으로 일을 망치거나 망신을 당하는 경우입니다. 더욱이 우리 사회에서 이른바 지도자라고 하는 사람들이 품격이 떨어지는 막말을 서슴없이 하는 모습을 볼 때는 안타까움에 화가 날 지경입니다.

부모와 자식 간에, 스승과 제자 간에, 친구 간에, 이웃 간에, 상사와 부하 간에 서로 존중하고 배려하는 말이 오고 가면 얼마나 좋을까요. 가정에서, 학교에서, 직장에서, 사회에서 서로 서로 부드럽고 아름다운 말을 주고받으면 얼마나 좋을까요. 크게 어려운 것도 아니고 특별히 돈이 드는 것도 아닌 말 한마디만으로도 우리는 어제보다 오늘이 더 행복해질 수 있습니다. 오늘 우리의 학교가 이 운동을 펼쳐 가면 어떨까요? 나보다 남을 높게 여기는 말, 비난이 아닌 칭찬을, 미움이 아닌 사랑을,

혼자가 아닌 같이하는 말을 습관화하도록 가르치고 실천하게 합니다. 남 탓이 아닌 내 책임, 다른 사람 덕분으로 여기는 바른 말, 고운 말하기 습관을 길러주는 교육을 펼쳐 가면 어떨까요?

우리나라 학교 교육 현장에서 인성교육이 절실한 과제로 인식되지 않은 적이 없을 것입니다. 그럼에도 지금까지 문제제기와 과제제시만 계속되는 것 같습니다. 절실한 인성교육을 구호로만 그칠 게 아니라 어떻게 실시하면 좋을 지에 대한 구체적인 실천을 고민하고 그 방안을 찾아보는 게 적합할 것 같습니다. 물론 인성이 다양한 요인으로 구성된 만큼 교육도 다양한 분야에서 다양한 방법으로 실시되어야합니다.

이런 점에서 인성을 구성하고 그 표출에 결정적 영향을 미치는 말言語의 순화 교육은 가장 올바른 인성교육 분야라고 말할 수 있을 것입니다. 그 이유는 사람의 말, 즉, 언어 습관이 본인 자신은 물론 그가 소속한 집단이나 사회의 평화와 행복 형성에 결정적 영향을 주는 요인의 하나이기 때문입니다.

지금 우리 청소년들의 언어 사용 습관이 매우 저급하고 부적절한 모습인 것은 다들 아는 사실입니다. 은어와 비속어, 욕설과 폭언을 아무런 가책 없이 사용하고 있는 현실을 외면한 채 어쩔 수 없는 것으로 여겨서는 안 됩니다. 청소년들이 고운 말로, 품격에 맞는 바른 언어 습관을 갖도록 교육하는 것은 그 어떤 지식을 갖추도록 공부시키는 것보다도 중요한 일입니다.

혀 아래 도끼가 들어 있답니다

——————————— '아 해 다르고 어 해 다르다', '말 한 마디에 천 냥 빚도 갚는다', '혀 아래 도끼 들었다' 등 예부터 말의 힘을 전하는 속담들이 많이 있었습니다. 고대 그리스 시대 소피스트들은 일찍이 언어의 힘을 알고 언어를 잘 구사하기 위한 방법을 연구했습니다. 현대사회에서는 언론기관이 소피스트처럼 언어의 힘을 파악하고 이용합니다. 하나의 진실도 언론이 전하는 언어, 단어 하나에 따라 다른 모습으로 둔갑됩니다. 전쟁을 다룬 보도가 대표적입니다. 한 국가에게는 '급습'이 상대 국가에게는 '침략'으로 표현되기도 합니다.

그러나 여전히 우리는 언어에 대해 안일하게 생각하는 것 같습니다. 단어를 단순히 사물, 관념을 가리키는 개념쯤으로 생각합니다. 그래서 우리는 단어가 어떤 사물을 손가락으로 가리켜 보여주는 것만큼 그 사물을 상대에게 표현해 준다고 생각합니다. 그러나 언어는 단순한 지시 그 이상으로 복잡 미묘합니다. 추상적이며 부정확하고 때로는 감정을 담고 전달하기도 합니다. 그래서 같은 사물을 말하더라도 사용하는 단어에 따라 전달하는 의미와 느낌이 달라집니다.

지난 2007년 충남 태안반도 앞 바다에서 삼성중공업 크레인 선박이 홍콩 소속 유조선 허베이스피리트호와 충돌하여 원유 1만 9백 톤의 기름이 유출되는 사고가 발생한 적이 있었습니다. 당시 우리나라 언론들은 이 사고를 두고 일제히 '태안반도 기름유출 사고'라는 표제로 보도했습니다. '삼성 중공업 기름유출 사고'라는 보도는 찾아보기 어려웠습니다. 분명 두 말 모두 같은 사건을 가리킵니다. 하지만 두 명칭은 수용자에게 확연하게 다른 개념, 이미지를 전해줍니다. '태안반도'는 기름유출이 일어난 장소를 가리키고 '삼성'은 기름유출 사고의 직접적인 책임자를 가리킵니다. 이에 따라 앞의 명칭은 사람들의 시선을 사고현장, 우리 국토로 집중시킵니다. 그래서 사람들은 사고현장을 복구하는 데 더욱 관심을 기울였습니다. 그런데 만약 사고에 '삼성 중공업 기름유출 사고'라고 명칭이 붙었다면 사람들의 반응이 마냥 우리 국토를 위해 두 손 걷어붙이고 봉사하려 하진 않았을 것입니다. 책임소재가 분명한 삼성에게 그 책임을 물으면서 사고 현장 복구에 대한 나의 책임감을 덜었을 것입니다.

후자와 같은 상황이 지난 2014년에도 일어났습니다. 바로 '세월호 침몰사고'입니다. 사고가 처음 보도 될 당시 다수의 언론이 '진도 앞바다 여객선 침몰'이라고 보도했었습니다. 하지만 시간이 지나면서 사고에 대한 국가의 대응이 미흡했던 것이 피해를 키운 원인으로 드러났습니다. 그러나 일제히 모든 보도가 '세월호 사고'로 사건을 명칭하고 있었습니다. 사람들은 금세 세월호라는 사고 책임자에게 눈을 돌렸고 비난의 돌을 던졌습니다. 물론 다수의 시민들이 세월호 사고에는 국가의 책임이

상당부분 있다는 것을 알고 있었습니다. 그러나 우리는 그것을 알고 있음에도 세월호 사고를 떠올릴 때 자연스럽게 가장 먼저 세월호와 세월호의 실제소유자로 유병언을 떠올렸습니다.

이처럼 단지 사고를 지칭하는 단어로만 봐서는 안 됩니다. 단어가 내포하는 의미와 의도를 제대로 파악해서 봐야 합니다. 단어는 우리 머릿속에 자연스럽게 침투해 들어와 단순한 지칭을 넘어 특정한 의미와 이미지를 심어줍니다. 의심 없는 단어 수용은 단어를 사용한 이가 던져주는 편견에 사로잡히게 되는 지름길입니다. 각자의 이해관계에 따른 수많은 정보가 쏟아지는 지금, 언어의 집중폭우 속에서 젖지 않을 생각의 우산을 크게 펼칠 때입니다.

이런 점에서 단순히 언어지식을 주입하는 방식의 교육은 바람직하지 않습니다. 이런 교육은 기존의 고정된 사고의 틀을 주입하는 교육으로 우민화愚民化 교육으로 기존 사회질서를 유지하는 체제수호적인 교육입니다. 사실 이전 세대에서는 이런 교육이 당연시되기도 하였지만 오늘이 시대가 요구하는 시대정신에는 맞지 않습니다. 우리 시대에는 학생들의 말하기·듣기 등 자기표현 능력 향상, 합리적 의사소통 능력 신장, 다양한 갈등현상에 대한 비판적 사고와 새로운 의견에 대한 수용적 태도 함양을 목적으로 하는 건전한 토론 문화를 정착시켜 나가는 교육이 필요합니다.

학생들이 토론을 통해 서로 소통하고 공감하며 문제를 해결하는 과정과 방법을 터득하며 나와 이웃, 사회의 여러 문제에 대한 긍정적 관심과 비판적 사고를 통해 논리적 대안을 탐색해나가는 능력을 향상시킬 수 있도록 하는 기회를 제공해야합니다. 이를 위해서는 교육과정과 교과서를 재구성하는 창의적인 교사의 역량이 필수입니다. 이를 통해 창의성을 함양할 수 있습니다. 교과 진도에 급급한 교과서 중심의 교육으로는 학생들에게 비판적 사고와 생각할 여유를 주기 힘듭니다.

비판적 사고는 많이 읽고 생각하고 토론하고 체험하는 과정이 필요하며, 이 과정에서 창의성이 길러지고 자기 생각 만들기가 가능합니다. 또한 학생 중심의 맞춤형 교육을 통해 배움이 일어나도록 할 수 있습니다. 국가 수준 교육과정의 기틀 하에서 학교의 환경, 지역사회의 특성, 학생의 경험 등을 고려하여 교육과정을 재구성하고 이를 통해 배움 중심의 수업이 이루어질 수 있습니다.

이전 시대의 교사는 자신이 배우고 익힌 지식을 10년, 20년 아니 30년을 써 먹을 수 있었습니다. 그러나 오늘 이 시대의 교사는 끊임없는 자기 혁신을 통해 자신의 지식체계를 수정해나가야 합니다. 고인 물이 썩고 흐르는 물이 생명력이 넘치듯이 기존의 지식체계로는 변화의 시대에, 살아 용솟음치는 세대에, 미래를 머금은 학생들에게 적합한 교육을 펼칠 수 없습니다. 교사도 학생입니다. 가르치기 이전에 자신을 돌아보고 배우려는 자세를 지녀야합니다. 자신은 이미 다 알고 있다고, 자신이 아는 지식이 맞다고 확신하는 순간, 교사는 언어의 사기꾼이 될 수 있습니다. 자신이 알고 있는 지식에 대한 성찰과 자기반성과 열린 지성이야말로 건전한 비판능력을 길러줄 교사의 자질일 것입니다.

학생들 또한 지식을 수동적인 자세로 제공받는 입장이어서는 안 됩니다. 가벼운 인터넷 지식이나 또래관계로는 언어가 갖는 의미와 깊이를 알 수 없습니다. 아무 생각 없이 받아들이는 자세에서 벗어나 긍정적인 다짐과 교훈을 자기 주도적으로 찾고, 그것의 이면裏面을 살펴보려는 비판적인 자세를 지녀야합니다. 이를 위해서 평소 풍부한 독서와 사색과 토론의 시간이 풍성해야할 것입니다.

인생을 바꾸는 말 한마디

———————— 말 한마디의 힘은 놀랍습니다. 말 한마디에 따라 사람을 살리기도 하고 죽이기도 합니다. 또한 말 한마디로 조직이 활성화되기도 하고 무너지기도 합니다. 이처럼 말 한마디는 힘없는 사람을 살리기도 하고, 선량한 사람을 죽이기도 하는 극과 극의 특성을 지닙니다. 말 한마디로 성공에 이르는 경우도 있고, 말 한마디로 오랫동안 공든 탑이 한 순간에 무너지는 안타까운 경우도 있습니다. 또한 잘못된 말하기 습관으로 인해 자신은 물론 주변 사람이나 공동체가 어려움에 처하도록 하는 경우도 있습니다. 이런 모습을 보면 이것이 남의 일이 아니라 저도 그럴 수 있음을 생각하면서 조심해서 말을 해야 할 함을 다짐하곤 합니다.

그런데 이것이 생각처럼 쉽지 않음을 실감하곤 합니다. 말을 많이 하다가 저도 모르게 내뱉은 말이 '아니다' 싶은 때는 이미 말을 해버린 후였습니다. 이미 해버린 말을 취소할 수도 없고, 시간을 돌릴 수도 없습니다. 그럴 땐, 옷깃을 여미고 말에 대한 실수를 정중히 사과합니다만 마음이 불편하고 하루 종일 일이 손에 잡히지 않습니다. 더욱이 사과할 기회가 여의치 않은 경우도 있습니다. 이럴 때는 어찌나 후회스러운 지, 저 자신의 미숙한 사람됨을 자책하고 또 자책하곤 합니다.

말에 대한 실수가 적을 때 그 사람을 일컬어 성숙한 사람이라 말합니다. 말은 사람의 성숙도를 판단할 수 있는 중요한 기준입니다. 우리가 행복하고 성공적으로 잘 살기 위해서는 그 무엇보다도 말을 잘해야 합니다. 살아가면서 습관적으로 내뱉는 거친 말을 부드럽게 말하는 습관으로 바꾸기만 해도 운명이 바뀝니다. 자신의 감정을 가다듬고 조절해서 전달하는 말 습관으로 바꿀 수만 있다면 그것 때문에 생각하는 방식, 느끼는 방식, 심지어는 살아가는 방식도 원만하고 풍성해질 것입니다.

어느 연구 결과를 보니 사람의 뇌세포의 거의 대부분인 98%가 말의 지배를 받는다고 합니다. 말은 행동을 유발하는 힘이 있습니다. 말을 하면 그 말이 뇌에 박히고, 뇌는 척수를 지배하며, 척수는 행동을 지배합니다. 그러기에 할 수 있다고 말하면 할 수 있게 되고, 할 수 없다고 말하면 할 수 없게 됩니다. 그러므로 어떤 일을 '할 수 있다', '할 수 없다'는 것은 환경이나 재정적 여건에 달려 있는 것이 아니라 일을 하려는 사람의 마음에 달려 있습니다. 이 마음은 눈에 보이지 않습니다만 이 마음이 자연스럽게 표출되는 말이 일의 승패를 결정짓습니다.

제가 평소에 강조하는 말하기 습관으로 "안녕하세요?", "미안합니다.", "감사합니다."하는 말은 자주 하는 게 좋습니다. 이를 첫 글자를 따서 "안미감"운동이라고 해왔습니다. 요즘에는 여기에 추가하여 "감사합니다.", "사랑합니다", "잘했어요", "함께해요"하는 말의 첫 글자를 따서 "감사잘함"운동도 펼치고 있습니다. "안미감운동"과 "감사잘함운동"에서 공통으로 들어간 것이 "감사합니다."입니다.

제가 요즘 중요하게 생각하는 것이 바로 감사의 말입니다. 매사에 감사를 표현하는 말을 습관화하면 좋겠다 싶습니다. 일이 잘 되면 자기가 잘한 것으로 자랑하기 바쁜데 일이 안 되면 남의 탓을 하고, 환경 탓을 하기에 바쁩니다. 이런 말의 습관은 자기반성이 없고 다른 사람을 비난하는 것으로 바람직하지 않습니다. 거꾸로 하면 좋습니다. 일이 잘 되면 다른 사람과 환경 덕분이고 잘 안하면 자신의 게으름이나 부주의로 여기는 말로 자신을 반성해야합니다.

미국의 심리학자들은 오랜 연구를 통해 '감사'할 때 일어나는 신체적 변화를 확인했다고 합니다. '감사'를 하면 사랑, 열정 등 긍정적인 감정을 느끼게 하는 뇌 좌측의 전전두피질이 활성화되어 스트레스가 감소하고 행복감을 느끼게 된다는 것이었습니다.

실제로 '샌디 셔먼'이란 한 여성은 감사 노트를 작성하고 나서 불행한 삶에서 행복한 삶으로 바뀌었다고 말합니다. 전문가들도 감사 노트에 관해 "잘된 일과 잘못된 일을 구분할 수 있게 해줍니다. 잘된 일은 자신을 격려할 수 있고, 잘못된 일을 통해서 자신을 반성하고 나아가 발전을 도모하게 되어 현재를 긍정적이고 객관적으로 바라볼 수 있는 시각을 갖게 해준다"며 감사 노트의 놀라운 효과에 힘을 실어주고 있습니다. 감사 노트 작성을 위해서는 가장 맘에 드는 예쁜 노트를 준비, 하루에 있었던 일 중 한 가지 이상 감사한 일과 그 이유를 적기, 거르지 말고 매일매일 노트작성을 지속함이 좋습니다.

하버드대 프란체스카 지노 교수는 '감사 인사'와 관련된 한 가지 실험을 했습니다. 실험은 대학의 발전 기금 모금을 위해서 다른 사람들에게 전화를 해야 하는 직원들을 대상으로 이루어졌습니다. 그는 직원들을 A그룹과 B그룹으로 나누었습니다. A그룹의 직원들에게는 책임자가 직원들을 일일이 만나 "당신의 수고가 대학 발전에 많은 도움이 됩니다. 열심히 일해 줘서 감사합니다." 라고 감사 인사를 했고 B그룹에는 감사 인사를 하지 않았습니다. 그러고 나서 직원들의 행동 변화를 살펴보았습니다. 그 결과 감사 인사가 직원들의 행동에 크게 영향을 미친다는 사실이 밝혀졌습니다. B그룹의 직원들은 아무 변화도 없었지만 A그룹의 직원들은 감사 인사를 받은 후 그전에 비해 50%나 더 많은 사람들에게 전화를 걸었습니다. 자신들이 일에 책임감과 성취감을 느꼈기 때문입니다. 이에 대하여 지노 교수는 다음과 같이 말했습니다. "감사를 표현하는 것은 비용을 들이지 않고도 사람들의 사기를 높이고 긍정적인 행동 변화를 이끌어낼 수 있는 방법입니다."

오늘 퇴근 하면서 노트 한 권 사 가는 건 어떨까요? 좋은 습관은 미루지 않고, 생각났을 때 실천해야 그 효과를 하루라도 빨리 볼 수 있습니다.

"사랑합니다."는 말은 익숙하지 않고 쑥스러워서 잘 하지 못합니다. 그러나 사랑을 말로 표현하지 않으면 제대로 전달되지 않습니다. 말로 표현하다보면 사랑도 깊어지고 사랑의 마음도 더욱 풍성해집니다.

"잘했어요."는 말은 사람을 살리는 말입니다. 사람은 자신을 알아주기를 바라고 칭찬에 목말라합니다. 때로는 좀 마음에 들지 않더라도 수고하고 애쓴 것을 생각하여 칭찬하고 격려하는 말을 건네는 것이 좋습니다. 특히 자라나는 세대들은 칭찬 한마디에 어찌할 바를 모를 정도로 좋아합니다. 부모와 교사들의 잔소리는 대부분이 지적과 지시일변도입니다. 그러니 듣기가 싫습니다. 반대로 칭찬하고 격려하는 말을 많이 안하면 듣고 싶어할 것입니다.

"함께해요."라는 말은 개인적이고 이기적인 삶의 자세를 뒤바꾸는 공동체적이고 이타적인 말로 좋습니다. "무엇을 해라."라는 명령형의 말은 매우 권위적이고 비민주적인 말입니다. 이는 자신은 지시자이고 감독자로서 높은 자리에 있고 다름 사람을 낮게 여기는 말입니다. 그러니 듣기 싫습니다. 청유형으로 "같이 합시다."는 말이 좋습니다. 이것도 "함께했으면 어떨까요?", "같이 한 번 해봐요."하는 말로 겸손하고 부드럽게 말하면 좋습니다. "함께"라는 말은 나를 넘어 우리를 이루는 멋진 말입니다.

자신에게는 냉정하고 다른 사람에게는 관대한 말하기로 "그럴 수도 있지요.", "괜찮아요."와 같은 말을 평소에 습관적으로 많이 하면 좋겠습니다. 그러면 가정생활, 직장생활, 인간관계, 사회관계, 삶도 좋아집니다. 반대로 거칠고 격한 말, 가볍고 상스러운 말, 애매하고 막연한 말, 미워하고 비판하는 말은 우리가 속한 공동체를 해치고 갈등을 조장하고 촉진하게 됩니다. 좋은 말은 사람과 공동체를 살리지만 나쁜 말은 죽입니다.

제가 안타깝게 바라보는 것은 많은 사람들이 말의 경솔함과 가벼움으로 일을 망치거나 망신을 당합니다. 더욱이 우리 사회에서 이른바 지도자라고 하는 사람들이 품격이 떨어지는 막말을 서슴없이 하는 모습을 볼 때는 안타까움에 화가 날 지경입니다.

부모와 자식 간에, 스승과 제자 간에, 친구 간에, 이웃 간에, 상사와 부하 간에 서로 존중하고 배려하는 말이 오고 가면 얼마나 좋을까요.

가정에서, 학교에서, 직장에서, 사회에서 서로 서로 부드럽고 아름다운 말을 주고받으면 얼마나 좋을까요. 크게 어려운 것도 아니고 특별히 돈이 드는 것도 아닌 말 한마디만으로도 우리는 어제보다 오늘이 더 행복해질 수 있습니다. 오늘 우리의 학교가 이 운동을 펼쳐 가면 어떨까요? 나보다 남을 높게 여기는 말, 비난이 아닌 칭찬을, 미움이 아닌 사랑을, 혼자가 아닌 같이하는 말을 습관화하도록 가르치고 실천하게 합니다. 남 탓이 아닌 내 책임, 다른 사람 덕분으로 여기는 바른 말, 고운 말하기 습관을 길러주는 교육을 펼쳐 가면 어떨까요?

우리나라 학교 교육 현장에서 인성교육이 절실한 과제로 인식되지 않은 적이 없을 것입니다. 그럼에도 지금까지 문제제기와 과제제시만 계속되는 것 같습니다. 절실한 인성교육을 구호로만 그칠 게 아니라 어떻게 실시하면 좋을 지에 대한 구체적인 실천을 고민하고 그 방안을 찾아보는 게 적합할 것 같습니다. 물론 인성이 다양한 요인으로 구성된 만큼 교육도 다양한 분야에서 다양한 방법으로 실시되어야합니다.

이런 점에서 인성을 구성하고 그 표출에 결정적 영향을 미치는 말言語의 순화 교육은 가장 올바른 인성교육 분야라고 말할 수 있을 것입니다. 그 이유는 사람의 말, 즉, 언어 습관이 본인 자신은 물론 그가 소속한 집단이나 사회의 평화와 행복 형성에 결정적 영향을 주는 요인의 하나이기 때문입니다.

지금 우리 청소년들의 언어 사용 습관이 매우 저급하고 부적절한 모습인 것은 다들 아는 사실입니다. 은어와 비속어, 욕설과 폭언을 아무런 가책 없이 사용하고 있는 현실을 외면한 채 어쩔 수 없는 것으로 여겨서는 안 됩니다. 청소년들이 고운 말로, 품격에 맞는 바른 언어 습관을 갖도록 교육하는 것은 그 어떤 지식을 갖추도록 공부시키는 것보다도 중요한 일일 것입니다.

사람을 살리는 말의 힘

————————————————— 우리나라 축구 영웅 박지성의 이야기입니다. 그가 한 이야기는 말 한마디가 얼마나 중요한지를 보여줍니다. 그가 신문과 방송에서 해온 인터뷰 내용들을 정리해보았습니다.

그는 수원공고를 나왔습니다. 어려서부터 축구를 했고, 집안 형편이 넉넉하지 않아 축구 하나만을 보고 살면서 고등학교를 졸업하면 당장 프로에 입단할 생각만 했습니다. 그런데 대기업 프로축구단 테스트에서 번번이 고배를 마셨습니다. 그는 그때 별 볼일 없는 까까머리에 말라깽이 고등학생에 불과했습니다. 프로 입단을 희망하는 풋내기 축구선수가 어디 그뿐이었겠어요? 수십 수백 명의 학생 중에서 계산 빠른 프로축구단의 감독이나 스태프의 눈에 들려면 뭔가 남들과는 달라도 분명히 달라야 했습니다.

키가 크거나 체격 조건이 좋거나 그것도 아니면 공격이건 수비건 여하튼 특별히 잘하는 장기라도 있어야 하는데 그는 그런 조건 중에 하나도 맞아떨어지는 것이 없었습니다. 게다가 외모도 평범하고 성격도 내성적이라 좌중을 휘어잡는 스타성마저 없었으니 그들이 탐내지 않는 것은 당연한 일이기도 했습니다.

대학팀도 사정은 다르지 않아 관동대학교, 동국대학교할 것 없이 다 퇴짜를 맞았습니다. 그러다 우여곡절 끝에 명지대학교 김희태 감독의 눈에 들어 어렵사리 대학에 진학했습니다. 그때까지 그의 인생은 늘 그랬습니다. 남들 눈에 띄지 않으니 깡다구 하나로 버티는 것이었고 남이 보든 안보든 열심히 하는 것을 미덕인줄 알고 살았습니다. 덕분에 허정무 감독이 사령탑으로 있던 올림픽 대표팀에 합류했고 얼마 안 있어 일본 교토팀 선수로 스카우트 되었습니다. 그리고 2002년 월드컵 평가전에 우리나라 대표팀에 합류했습니다.

그 당시 그는 일본에서 활동했던 탓에 국내 선수 중에 가깝게 지내는 동료도 딱히 없어 늘 혼자 다녔습니다. 그를 주목하는 사람도 없었고, 각각의 포지션에는 이미 이름난 선수들이 꽉 들어차 있어 갓 스물 넘은 어린 그에게까지 기회가 올 것이란 욕심은 애당초 부리지도 않고 있었습니다. 경험 쌓는 것이고, 본선 때 한 경기라도 뛰면 좋겠다는 소박한 마음으로 평가전에 임했습니다.

그런데 히딩크 감독은 평가전에서 그에게 예상 외로 많은 기회를 주었습니다. 처음엔 10분 정도 시합에서 뛰게 하더니, 다음번에 20분을, 그 다음번엔 전반전을 모두 뛰게 하는 식이었습니다. 감독은 평가전이 있을 때마다 꾸준히 그를 시합에 내보낼 뿐 다른 언질은 전혀 없었습니다. 언어소통이 안 돼 감독이 하는 말 중 그가 알아들을 수 있는 것은 오른쪽right 왼쪽left 뿐이었습니다. 다른 말을 했다 해도 알아듣지 못했을 것입니다.

언론도 그에게 별다른 언급을 하지 않았습니다. 그는 언제나처럼 눈에 띄지 않는 선수였을 뿐이고, 감독의 작전지시나 전략은 지금껏 그가 알고 있던 축구와는 또 다른 세계라 그걸 이해하느라 다른 생각을 할 여력도 없었습니다.

그런데 그 날은 달랐습니다. 미국 골드컵 때였을 것입니다. 그는 왼쪽 다리에 부상을 입어 시합에 나가지 못해 텅 빈 탈의실에 혼자 남아 있었습니다. 잘할 수 있는 기회를 조금이라도 더 많이 보여야 할 그 중요한 때에 하필이면 부상을 당했나 싶어 애꿎은 다리만 바라보며 맥이 빠져 앉아 있었습니다.

그런데 어디선가 히딩크 감독이 통역관을 대동해서 나타났습니다. 성큼성큼 그에게 다가오더니 감독은 영어로 뭐라고 말했습니다. 그는 무슨 말인지 몰라 통역관을 바라봤습니다. 통역관은 그에게 감독이 이렇게 말했다고 전해주었습니다. "박지성 씨는 정신력이 훌륭하대요. 그런 정신력이면 반드시 훌륭한 선수가 될 수 있을 것입니다." 그는 순간 얼떨떨했습니다. 뭐라 대답도 하기 전에 감독은 뒤돌아 나갔고 그는 그 흔한 땡큐 소리 한 번 못했습니다. 가슴이 두근거렸습니다. 늘 멀리 있는 분 같기만 했는데 그런 감독이 그의 곁에 다가와 그의 정신력이 훌륭하다는 말을 했다는 것만으로도 힘이 솟았습니다. 더욱이 그 말은 그의 심장을 꿰뚫었습니다. 내세울 것 하나 없지만 오래전부터 그가 믿어왔던 것은 죽는 한이 있어도 버티겠다는 정신력이었습니다.

초등학교 땐가 중학교 때 축구부 감독이 술에 취해 제 정신이 아닌 상태로 선수들에게 자신이 올 때까지 팔굽혀펴기를 하라고 지시하곤 휑

하니 가버린 일이 있었습니다. 다른 친구들은 대충 상황을 파악하고 해가 뉘엿뉘엿 지면서 집으로 돌아가 버렸을 때도 그는 감독이 오기만을 기다리며 자정이 넘도록 팔굽혀펴기를 했습니다. 비록 술에 취해 한 말일지언정 감독의 지시라 따라야 한다는 고지식한 성격에다 어디까지 할 수 있나 그 자신을 시험해보고 싶은 오기가 생겨서 했던 일이었습니다.

그는 놀랍게도 평발이라는 한계가 있는 사람입니다. 어느 병원 의사는 그의 발을 보고 평발인 선수가 축구를 하는 것은 장애를 극복한 인간 승리라 말하기도 했습니다. 그는 그렇게 보잘 것 없는 그의 조건을 정신력 하나로 버텼습니다. 그러나 어느 누구도 눈에 띄지 않는 정신력 따위를 높게 평가하지는 않았습니다. 당장에 눈에 보이는 현란한 개인기와 테크닉만 바라보았습니다. 그런데 히딩크 감독은 아무도 알아주지 않는 여드름 투성이 어린 선수의 마음을 읽고 있기라도 한듯 정신력이 훌륭하다는 칭찬을 해주었던 것입니다. 그 말은 다른 사람들이 열 번 스무 번 "축구의 천재다" "신동이다" 하는 소리를 하는 것보다 그의 기분을 황홀하게 만들었습니다.

어려서부터 칭찬만 듣고 자란 사람은 칭찬 한 번 더 듣는다고 황홀감에 젖지 않을지도 모르지만 그는 그 칭찬을 듣는 순간 머리가 쭈뼛 설만큼 그 자신이 대단해 보였습니다. 그리고 월드컵 내내 그날 감독이 던진 칭찬 한마디를 생각하여 경기에 임했습니다.

그의 정신력이면 분명 훌륭한 선수가 될 수 있을 거란 생각을 하며 공을 몰고 그라운드를 누비며 달렸습니다. 침착하고 조용한 성격이라 남의 눈에 띄지 않는 것이 달갑지 않을 때도 있었지만 히딩크 감독이라면 어디선가 또 그를 지켜보며 조용한 눈빛으로 격려하고 있을 거란 생각에 자신감이 생겨났습니다.

만약 그가 히딩크 감독을 만나지 못했다면 지금의 그도 없었을 것입니다. 지금의 그가 이름 꽤나 알려진 유명 스타가 되었다거나 부모에게 45평짜리 아파트를 사드릴만큼 넉넉한 형편이 되었다는 것을 의미하지 않습니다. 예전보다 더 그 자신을 사랑하는 그가 되어 있다는 것이……. 감독이 던진 채 1분도 안 되는 그 말 한마디는 앞으로 그가 살아갈 나머지 인생을 바꾸어 놓았습니다.